汉语言文学中国特色研究丛书·实践论文学理论建构
主 编／高 楠 韩春虎

通往实践的中国文学理论建构

高 楠 徐可超 等／著

社会科学文献出版社
SOCIAL SCIENCES ACADEMIC PRESS (CHINA)

总　序
构入文学活动的实践论文学理论

　　提出"实践论文学理论建构"课题，并系统地展开规模性研究，不是哪个人、哪个研究群体的突发奇想或标新立异，它有历史延续性的本源根据，有20世纪以来世界文学及文学理论走向的根据，更有中国文学理论几十年来面对它的研究对象而形成的建构取向的根据。在实践论文学理论以理论课题的方式提出之前，在中国，是认识论文学理论一统天下。20世纪80~90年代，经由文学实践的具体情况与脱离文学实践的具体情况的认识论文学理论的争论，文学的能动性获得了理论身份而进入认识论文学理论，并且后者在很短的时间内转入能动反映论文学理论，于是文学对于生活的能动性便被理论地肯定了。

　　然而，在短短的能动反映论文学理论活跃地建构其间的20世纪90年代，大众文化便冲破了文学能动反映论的围墙，把文学及文学理论引入社会性文学活动的领地。文学开始了放弃工具论身份的努力，进入人的生存表述、人的欲望表述、人的压抑乃至苦难表述的境地。文学由工具身份提升为人的主体表述身份，这是中国文学自我主体的重新面对，同时也带来了其理论研究主体文学理论的主体性变化。正是在这一变化中，它邂逅了文学活动的现实实体，其实，这也是文学本质以活动见之于世的身份本源的历史回顾。

　　根据进化论、发生学，马克思的《政治经济学批判》"导言"所强调的研究各种现实具体的方法，即在任何现实具体中，都保存着它们由之生成的本源性根据,就像脑科学所揭示的那样,人的进化中原初的本能,都会在大脑皮层中占据其应有的位置,并会在相应的时刻释放本能的力量。文学活动作为文学的本源属性,始终保留在文学中,并不断地释放为文学的现实乃至当下的规定性。当然,此处所说的文学本源,在还没有文学这一说法的先民时代,曾被后来的文学理论家们称作前文学远古时代的原始现象。尽管留存至今的原始活动的证明已极为稀缺,但并非毫无痕迹,一些地方留存的岩画,如欧洲法兰克和坎塔布里亚地区旧石器时代的岩画,以及旧石器晚期我国江苏连云港的将军崖岩画,其间尽管发生了由幽深洞窟向敞亮岩面的变化,但有一点是相同的,即它们都拥有很广阔的空间。由此可以推断那是原始部落集体活动的场所。至于岩画内容,多是几人甚至数百人集体活动的结晶。岩画研究者们的共识性看法为这类岩画场所是原始人举行群体巫术仪式的场所——"它是全体社会成员共同劳动的成果,是整个部落举行巫术仪式的成果,是全体成员社会生活的需要"。① 而对于原始巫术,艺术发生学认为,那就是诗、乐、舞"三位一体"的活动,当然,这是原始性质的诗、乐、舞,最初大概也就是有节奏的单音或双音话语、喊叫或彼此配合的蹦跳。这就是前文学的活动样式。与诗直接相关的原始诗、乐、舞一体化活动的例子在屈原的《九歌》中体现得尤为充分。据专家考证,《九歌》是根据楚地民间祭祀歌舞加工整理创作而成的。"《九歌》产生于南郢之邑、沅湘之间,这一地区,即今日湖北的西南部与湖南的三湘四水之间。这一地区的原始祭祀歌舞,主要是'傩祭',民间称之为'还傩愿'。其供奉的神灵,又因民族和地域的不同而分为女神系与夫妻神系二种。"② 由此可见,《九歌》已不是前文学而肯定是文学中的诗了。《九歌》源于原始祭祀的诗、乐、舞一体性活动也因此不容置疑。引述岩画与《九歌》的研

---

① 陈兆复:《岩画艺术》,《文艺研究》1991年第3期。
② 林河:《〈九歌〉与南方民族傩文化的比较》,《文艺研究》1990年第6期。

究成果，旨在证明文学是一种社会实践活动，因此将之纳入实践论文学理论体系并不是灵机一动的想法，而是有其发生学的坚实根据的。

实践论文学理论在中国文学理论的延续性建构中，割不断与认识论文学理论的关系，而且关于二者哪个对文学研究更具理论有效性的争论，至今仍在继续。为使实践论文学理论的建构更深入地展开，这里须对几个要点予以阐释。

首先，文学理论研究是对象性研究，它不仅研究对象而且被对象规定。如果对象是文本，则要用合乎文本研究的一套理论去对待，进而建构文本理论体系。认识论文学理论是研究文本的理论，它以文本为中心，不仅是理论的对象设定问题，更是认识论文学理论之于文学文本理论的对应性问题。倘若对象不是文本而是活动，是社会综合性活动，则需要一套研究文学活动的理论，这就是实践论文学理论。由于此前的文学理论研究基本上是文本研究，与之相应，认识论文学理论在文学理论研究中的主流性也就不足为怪。这是有根据的主流性，或者说，是不依研究者的意志为转移的主流性。但是，如果文本甚至产生文本、传播文本、批评文本、接受文本的综合性文学活动被确定为文学对象，那么活动与文本的差异，便规定着实践论文学理论与认识论文学理论的差异。这就像对应着经济活动的经济学与对应着人体疾病的医学的差异一样。这是研究对象与对象研究二者之间相互规定的对应性，前文提出的文学对象不仅是文本对象，更是社会实践对象的发生学根据，是实践论文学理论获得建构合理性的根据。

其次，实践论文学理论与认识论文学理论各自的理论根据，规定着二者理论建构的不同研究路径。实践论研究社会实践的展开过程，社会实践的展开过程有五个研究要点。一是实践目的。任何实践都面对一个为什么实践的目的性追问，因此也都需要在具体的实践活动展开之前预先进行目的设定。而目的设定又是一个综合的目的考察过程，它要解决所设定实践目的的时间可行性、空间可行性及条件可行性等问题，否则，所设定的实践目的便是无根据的目的，很多实践活动之所以半途而废，往往是因为实践启动前所提出的目的本身就是不可实现的目的。二是实践目的的实践路径预设。马克思曾将蜜蜂筑巢与人类建筑做对比，以此说明人与动物的差异，即动物的活动是本能的，而人的活动是预先设计的，人在活动前总要先拿出一个通往目的地的设计图。海德格尔则称此为"此在"活动的预先筹划。三是抵达或实现实践目的的方法与手段。不同的方法与手段不仅规定着所提出的实践目的，而且规定着筹划的实践路径。从这个角度说，方法与手段不总是被实践目的与实践路径所限定、所选择，更多的时候后者也是被前者所规定，预先掌握的或可以借用的方法与手段，往往先行进入目的的设定与路径的筹划，这是一种相互作用。四是实践性协调。实践是社会活动，常见的实践过程是多方合力的过程，各对应方因同一实践目的而被组织起来，发挥各自作用，这使得实践过程成为一个多方力量不断协调的过程。协调既来自各方目的性的自我协调，又来自实践筹划者的通力协调。此外，实践过程的协调还包括不同实践过程间的协调，这是因为社会生活中的任何实践过程都不是单一的，它总是在与其他实践过程的相互作用中协调性地展开，并且也都是先后延续性地协调展开。五是过程性调整与变动。这是因为很少有哪个复杂的实践过程是一蹴而就的过程，发生在现实社会生活中及历史生活中的实践过程，受多种力量的影响，各种各样的偶然因素、各种各样的测不准因素，随时都可能穿透进实践中来，使预先设定的实践目的、预先筹划的实践路径、预先选择的方法与手段，以及预先协调的实践过程发生变化，这时，适当地调整目的、适度地改变路径、变通地变换方法与手段、灵活地进行内外协调，便是实践过程的常态。实践的上述五个特点，使得以实践为对象的实践论具有开放的、生成的、互构的、流变的、有机整体性的研究特点，并且形成了一套与这些特点相适应的研究方法、研究路径，以及自有的理论范畴、命题、经验资源和理论资源。韦伯曾分析过实践合理性问题，提出实践合理性概念的三个方面，即手段的运用、目的的设定，以及价值取向。在价值取向中,实践活动的各方面彼此协调着价值理性行为。哈贝马斯在分析西方理性主义的表现形式时,把实践合理性纳入合理概念中,确立了与认识合理性不同的理性尺度。在论证过程中,他分析了韦伯的实践合理性概念。[①] 以实践论的上述理论要点为基础,实践论文学理论在对文学活动对象的观照中,形成了自己的理论范型。

与之相比,认识论文学理论就是差异明显的另一套理论范型了。认识论文学理论所把握的是对象世界的真,即真理。为了把握真理,保持真理的精粹性,它阻止认识者对于认识对象的融入而强调观察的客观性。它用这种姿态研究文学文本,也用这种价值取向要求文学文本,因为文本是实现了的认识。而被作为真或真理所把握的,便是生活中那些可以抽象为真的普遍的东西、恒定的东西以及必然的东西。而且,这些东西一经文本地宣布已被把握,对于后来的研究者来说,它们就成为理论研究的预设,研究的结论就是这个预设的证明。预设与结论由此进入费希特所说的论证的循环之中。当下主导性文学理论中的意识形态论、文学功能论、文学构成论、批评标准论等,其实都是一种定型化的预设的结论或结论的预设。当这种预设或结论被强行授予文学时,即便是文学文本也往往无法承受。因为文学文本不断创造的对于现实生活的开放性,以及现实生活以其丰富多彩的创新样态进入文学文本的变化性,都使既有文学文本已然实现的认识成为过时的认识,过时的认识仅有延续的价值而缺乏当下的价值。理论于文学无用、理论于批评无用的常见说法,乃根源于此。这种文本远离与批评远去的状况,又激发了坚持认识论文学理论的研究者们自闭式的理论兴趣,既然文本与批评都已远去,理论就成为独享的乐园。于是也就有了一些学者所嘲讽的没有文学的文学理论。

理论建构的历史延续性毋庸置疑,就像大厦总是从地基建起一样。但可以确定的是,那个地基并不是大厦,实践论文学理论——起码从

---

① 〔德〕哈贝马斯:《哈贝马斯精粹》,曹卫东选译,南京大学出版社,2004,第19页。

中国延续的理论资源来说，是奠基于认识论文学理论的。其实这种奠基关系无论从理论上还是从实践上来说，都没有一定要将之对立而不可协调的必要。对中国现代文学理论追本溯源，都可以归结到马克思主义经典理论。正是马克思主义经典大师提供了文学理论的唯物主义认识论根基，同样，马克思主义经典大师也提供了改造世界的实践论的哲学根基。其实，这不是经典大师的问题，而是后继者不同阐释的问题。马克思、恩格斯，包括列宁、斯大林、毛泽东在内，都没有真正意义上的哲学著作，但他们都有自己深刻的哲学思想。而这些思想是他们伟大实践的提炼，并用以指导他们的伟大实践。在这样的思想形成与发展过程中，他们的认识与实践是统一的。他们是为了实践而认识，并为了认识而实践。后继者越来越远离经典大师的现实实践语境与历史实践语境，于是，对后继者来说，他们所面对的便是实践已经离场的认识。实践的结论由此便成为理论的预设。而在实践中随时会出现新的命题，这时便成为理论预设的结论，被预设的理论所解释，实践论因此转为反思哲学，认识论便这样被营造出来。实践论则从另一个角度贴近经典大师，即把握他们在实践中得出结论的方法与思路，如何在实践中应变而变地使他们的认识返归实践，如何在人的丰富的本质力量的活动中提炼人的社会性，又如何用人的社会性探讨人的艺术生产。在这个过程中，虽然当时的实践已然不在场，但实践的流变性、生成性、协调性、有机整体性等作为实践属性，都存留在他们的认识中，并使他们的认识成为实践的认识。因此，从理论溯源角度来说，实践论与认识论并非对立而是互构互融，但从认识论与实践论理论范型的现实状况来说，认识论若想融入实践论，则必须在实践论的理论范型中找到通往实践的路径，而不是单纯的理论兴趣的路径。

更切合当下阐释语境的说法是，实践论文学理论的认识论涵容，同时也是当下文学活动的涵容。在发生学中，前文学的原始巫术是原始人为生存而建立在原始思维基础上的活动，在那样的活动中，通什么神、如何通神、通神的巫术目的等，其实已经有了原始思维的认知，不然就不会有原始巫术原始实践之目的性过程的筹划与实施。也就是说，在前文学阶段就已蕴含了实践与认识相涵容的规定。现实地说，认识是马克思在《政治经济学批判》"导言"中所说的抽象范畴，实践是他所说的具体综合的范畴，而具体综合的范畴则涵容着简单的抽象范畴，并且使这类范畴在更高层次的综合中以具体的方式得以实现。由此可以说，实践论文学理论是认识论文学理论在更大的具体范畴的综合性实现，在这个实现过程中，认识论文学理论是对实践论文学理论扬弃性的延伸。

正是出于上述考虑，我们设计了这套"实践论文学理论建构"丛书。本丛书从文学理论的实践属性、中国马克思主义文论的批判之维，到中国古代文论的实践特征、中国城市文学乡土幽灵的实践写作、中国女作家女性文学意识的实践根据揭示、大众网络时代的实践论语言探索，再到中国民间文化的实践理性，以及西学东渐的实践论转化，既是实践论文学理论实践性的多向展开，又是多向展开的文学实践向实践论文学理论的体系性凝聚。希望更多学者参与到这一课题的讨论中来，同时也希望这套丛书在更多学者的关注与批评中，实现其实践论文学理论建构的预期。

高楠　韩春虎
2017 年 6 月 20 日

目 录

第一章 建构以文学实践为对象的中国文学理论 / 001
  一 一个关键性提法的纠正——文学理论的研究对象由文学纠正为文学实践 / 001
  二 文学理论疏离文学实践的现实状况 / 006
  三 建构文学理论与文学实践关联的中介范畴 / 014
  四 打通理论、批评及实践界限，在三者的互为场域中建构文学理论 / 018

第二章 文学理论构入实践的问题属性 / 022
  一 文学理论的观念性误区 / 023
  二 文学理论的实践属性 / 027
  三 实践总是以问题方式向文学理论现身 / 034
  四 文学理论问题研究的语境性与观念化 / 040

第三章 文学活动的目的性与实践主体性 / 044
  一 文学活动与文学创造 / 044
  二 文学创造的合目的性 / 052
  三 文学创造与社会生活互动 / 058

第四章　实践论的文本阐释学 / 064
　　一　文学文本实践性的根基在于文本的本体性 / 065
　　二　文学文本的本体性构建文学文本学的实践性 / 078
　　三　实践论文本阐释学的阐释运作 / 096

第五章　文学文本实践论的特征性阐释 / 108
　　一　文学文本的实践论特征 / 108
　　二　文学文本以"反形式"为其形式的特征性 / 113
　　三　文学文本以"无特征"为其语言的特征性 / 130

第六章　实践论文本阐释学的历史性阐释 / 147
　　一　文学文本实践论的历史阐释 / 147
　　二　文本历史的不可还原与文本的历史还原 / 152
　　三　文本阐释的历史性与当代性 / 162

第七章　文学文本实践生成的创造个性 / 175
　　一　文学文本生成的见于现实实践的历史延续性 / 175
　　二　文学文本生成的创造个性 / 183
　　三　文学风格与文学流派 / 191

第八章　文学实践中的鉴赏活动 / 201
　　一　实践论的文学鉴赏 / 201
　　二　文学鉴赏的关系场域效应 / 209
　　三　文学鉴赏关系场域的特性 / 214

第九章　实践论文学批评的理性运作 / 219
　　一　鉴赏于批评与批评于鉴赏 / 219
　　二　文学批评的理论建构 / 227

三　实践论文学批评方法举要 / 238

第十章　鉴赏与批评的文本超越 / 246

　　一　鉴赏与批评的文学反馈 / 246

　　二　鉴赏与批评对于社会生活的互动 / 257

　　三　鉴赏与批评的超越之维 / 264

第十一章　文学接受的选择性与综合性 / 275

　　一　文学接受的实践特征 / 275

　　二　文学接受的实践性选择及个性选择 / 290

　　三　文学接受的实践综合性 / 298

第十二章　文学理论的实践论研究方法 / 306

　　一　有机整体性地研究对象 / 307

　　二　流变生成性地把握对象 / 320

　　三　观念敞开性地分析对象 / 328

后　记 / 336

第一章

建构以文学实践为对象的中国文学理论

"文学理论建构"自21世纪以来已经成为一个使用频率越来越高的术语。文学理论的建构意识当然是强化于中国愈益深化的大规模的社会转型,社会转型对文学理论提出的要求及带来的问题性契机,形成文学理论迫在眉睫的建构压力。文学理论自身经过历史性的两次断裂及历史性的两次西学冲击,① 深陷理论散乱与纠葛之中,这一点成为它建构的内驱力。西方在20世纪60年代推涌而起的理论建构潮流,于世纪之交在中国文学理论界逐渐传播成势,对文学理论建构发挥催化作用。如此来头的中国文学理论建构,经过一段东冲西突的忙乱过程,一个建构的理论要务问题便逐渐地明晰与突显出来,它密切地关联着建构的历史与现实取向,这就是建构以文学实践为对象的中国文学理论。本论文就此立论与阐发。

一 一个关键性提法的纠正——文学理论的研究对象由文学纠正为文学实践

当下文学理论的一个通常说法是文学理论是研究文学的理论,文

---

① 文学理论历史性的两次断裂,一是20世纪初对于自己历史传统的断裂,二是20世纪70~80年代对于建国30年中被强化的与社会实践关系传统的断裂。对此,文学理论界已有了一些论述。两次西学冲击,正发生于两次断裂之时,发挥了对于断裂进行填补的作用。

学被锁定为文学理论的研究对象。文学从生成并规定文学的文学社会活动中分离出来，作为独立的研究对象为文学理论所研究，这对于西方来说大体上是19世纪的事。美国学者韦勒克与沃伦把以文学为本体的研究划分为三个方面——文学理论、文学史与文学批评，这是把文学理论对应文学的对象性关系确定得最为清楚的西方学者。这种与文学的对象性研究关系在中国的确定要晚于西方几十年，是20世纪末中国传统文论第一次断裂的产物，也是西论第一轮冲击的产物。在文学本体的对应性关系确定之前，文学的社会活动或社会的文学活动，无论是西方还是中国，都在更大的社会整体性中进行着研究。

历史阶段性地发生的东西，未必就是历史的东西，这是马克思对于历史的一个重要看法。① 把文学从文学的历史实践与社会实践中提取出来进行本体性研究，就是这种历史阶段性地发生了的东西。它的前提是确认文学是什么。而这个前提的确认又恰恰是研究的结果，是由最初的文学规定进入到具体的文学规定，这是由抽象提升为具体的过程。马克思在《〈政治经济学批判〉导言》中特别强调了这种研究方法。② 这是到原始的简单关系中抽象其中的一般性的方法，通过这种方法，获得马克思所说的简单范畴，具体问题的研究便由这类简单范畴入手。这里的要点性问题在于文学能否作为起点性的简单范畴而

---

① 马克思和恩格斯在《费尔巴哈》中从生产力、发明、交往扩展等物质活动的相互关系角度，分析不同地区不同历史阶段因某些偶然性而导致历史发展"必须从头开始的境地"，揭示了历史必然性是通过不同阶段出现的偶然性而开辟道路这种历史看法（《马克思恩格斯选集》，人民出版社，1972，第49页、第60页）。恩格斯在《路德维希·费尔巴哈和德国古典哲学终结》一文中，批判黑格尔"凡是现实的都是合理的，凡是合理的都是现实的"这一观点时，从现实角度对马克思的这一历史看法做了阐释（《马克思恩格斯选集》，人民出版社，1972，第211页）

② 马克思在《〈政治经济学批判〉导言》中提出理论地研究问题，要找出对于问题有决定意义的抽象的一般关系，从中获得简单范畴，如劳动、分工、需要、交换、价值等，进而再找出那些由这类一般关系所分化、细化的关系，从中获得比较具体的范畴，从而实现由抽象向具体，由简单向复杂的综合。简单范畴的获得，与社会生活的普遍本原的关系相关，本原的规定亦即最为基本的一般的规定，最初抽象的简单范畴由此而来。（《马克思恩格斯选集》第2卷，人民出版社，1972，第87页）

切入文学理论研究。根据马克思的方法来理解文学这个概念，它既不是来自具有某种原始意义的抽象的一般关系，也不是原始地发挥作用的，可以在后来进行综合的，包括研究者所赋予它的那些本质、规律、功能、形态的具体。这是因为从历史发生角度来说，在人类社会活动的原始处并没有文学这种关系物，当然也就谈不上存在于这种关系物中的后来所抽象的文学一般性。文学理论所规定的那些后来被称为文学的东西在其发生阶段，不过是原始活动中的一些次要因素，如原始巫术中伴随着摹仿性活动的语义简单的呼喊。然后便有了诗乐舞一体，至诗乐舞一体阶段，后来被称为文学样态的诗，仍是次要的东西，而主要是乐与舞活动。在西方，原始的史诗吟唱及古希腊的悲剧故事表演，也是活动性的，其中的后来被称为文学的东西也都不是原生而是伴生的。[①] 在其后的状况中，文学理论规定要在文学中寻找与研究的东西，如所谓文学形式、文学内容、文学的文体形态等，又恰恰活跃及形成于文学理论研究者们所划定的文学范畴之外。它们都是社会实践与文学实践的产物，即便在现实实践中，被称为文学的诗的形态、戏剧的形态等，也都生成于非文学的社会交往实践活动。正是先有了这类形态，才有了后来称这类形态为文学形态的文学。或者说，在文学活动向社会实践延伸的交互作用中，这些作用及相互作用关系，远远地超出被后来规定为文学的狭窄领域。

而根据众多文学规定，文学又总有一种向着文学文本龟缩的倾向，并且总是在文学文本中确立支撑。近年来，随着文学实践领域的扩大与复杂化，一些学者隐约地或者明确地感受到圈定的文学对象对于文学理论学科任务的束缚，因此试图通过扩大文学内涵的方式对此求得

[①] 由埃利埃泽·梅勒坦斯基原作，让·贝西埃审定的《社会、文化与文学史实》，阐释了原始礼仪中动作、嗓音、乐器声先于原始礼仪活动话语而生的情况，指出"话语产生前，嗓音的象征功能和社会功能非常重要，话语产生后亦如此，它与话语相关联，并行不悖"。（〔加〕马克·昂热诺、伊娃·库什纳、〔法〕让·贝西埃、〔荷〕杜沃·佛克马主编《问题与观点》，百花文艺出版社，2000，第5页）

解决，如把文学直接解释为活动，解释为文化形态，或者解释为某种机制等。但这种内涵解释性的努力并没有产生预期的超越文本的效果。这是因为作为延续已久的文学理解，已经形成一套稳定的、共守的研究范畴，它们都是建立在文本中心的基础上，如文学欣赏、文学创作、文学接受、文学类型、文学方法、文学技巧等。这些东西既不能与文学活动对应，又无法为文化形态所收容，更难以在包罗万象却又似是而非的机制中提炼其机制模式。这些东西都是从文本中心论中闪射出来的东西。

比如童庆炳主编的《文学理论教程》，在对文学理论对象——文学的规定上，体现出很强烈的超越文学文本局限的意识，明确指出"文学不是以成品这种形式而存在的，文学是以活动的方式而存在的"。[①] 教程引用艾布拉姆斯的四要素说来支持这种活动性说法，即作品、作家、世界、读者组成四者间相互流动的过程。这是一个活动过程，但这个活动过程之所以不是封闭在文学文本中，要点就在于"世界"这个要素。教程阐释说，"世界就是我们所指的社会生活，社会生活是'一切各类的文学艺术的源泉（毛泽东语）'"，[②] 经由"世界"，文学活动向现实展开。现实提炼为文学作品，研究作品创造的理论成为文学创造论。其实，教程在这里有一个概念的错解，即把实在的社会生活错解为精神的"世界"，进而对文学活动进行社会生活的解释。然而，无论是艾布拉姆斯的"世界"理解，还是西方哲学包括马克思主义哲学对于"世界"的理解，都认为"世界"是对于现实具体或历史具体的思维总体的把握："正在理解的思维是现实的人，因而，被理解的世界本身才是现实的世界——范畴的运动表现为现实的生产行为（只可惜它从外界取得一种推动），而世界是这种生产行为的结果……这个头脑用它所专有的方式掌握世界，而这种方式是不

---

① 童庆炳主编《文学理论教程》（修订版），高等教出版社，2003，第5页。
② 童庆炳主编《文学理论教程》（修订版），高等教出版社，2003，第6页。

同于对世界的艺术的、宗教的、实践——精神地掌握的。"① "世界"是思维地掌握的具体总体。所以，在艾布拉姆斯的四要素相互作用的图式中，"世界"才能作为作品、读者、作家的思维同质的东西而在四者构成的思维圈里畅通地往复流转。正是这种思维的同质流转，把文本推向语言依凭的中心，四要素的流转在思维中闭合。文本在思维闭合的圈子里成为文本中心。

对上述内容做进一步概括，强调文学回归文学实践，进而把文学实践确认为文学理论的对象，有三点根据。一是文学实践的文学发生的历史根据。作为浑融的、包容着后来所说的文学属性的社会实践，如巫术实践、诗乐舞一体实践、史诗吟咏与表演实践，是本源地发生的实践。这类实践可以因其包融及最初体现的被后来称谓的文学属性而称为元文学实践，并在由古至今（起码是至于西方19世纪，中国20世纪初）的理性思考中被关注；这类实践的东西在今天的文学实践中仍然作为最为一般的关系属性存在着。二是历史发生的元文学实践在其历史的发展过程中分化及复杂化出各种中介性实践关系。如与政治的、经济的、宗教的、社会的、文化的种种关系，它们已被不同程度地作为关系一般而抽象为相关联的中介范畴，并被不断地思考与研究；这类中介范畴所由来的实践关系不是外加或附属于文学实践，而是文学实践本身。因此，对它们的研究就是文学实践的研究，这正如马克思谈到历史条件和生产的关系时所说的那样："一般历史条件在生产上是怎样起作用的，生产和一般历史运动的关系又是怎样。这个问题显然属于对生产本身的讨论与分析"。② 三是就文学理论的研究状况而言，它所面对的多种看来是文学发出的问题，其实是文学实践的问题，并且只有在文学实践的具体综合中才能理论地求解。比如陶东风主编的《文学理论基本问题》谈到中国古代文论体系中的文学思

---

① 《马克思恩格斯选集》第2卷，人民出版社，1972，第104页。
② 《马克思恩格斯选集》第2卷，人民出版社，1972，第160页。

维论，在分析"虚静"这一说法时，从儒家哲学到道家哲学，从观物方式到学习方式，都纳入研究视野；尽管对"虚静"还可以做其他方面的分析，但这一思路的展开，显然就是进入了更大的历史实践空间。① 这是随手拈来的例证，这样的随手性说明了文学问题往往很难在文本中心论中解决。而更多当下的文学理论问题，如大众传播中的文学创作问题、文学接受问题、大众文化语境中文学价值取向问题、文学理论的建构动因问题、中国特色的文学理论问题等，它们都是文学理论所指认的文学问题，但又绝非文本中心论的文学所能解决的问题，文本中心论甚至连求解的可能性都不存在。

把文学理论的研究对象由文学回归于文学实践，其关键性不仅在于历史性追溯文学的生成原点，向本源的实践活动复归，从而在本源中寻觅与发现被称为文学的这种东西的最为一般的关系及关系范畴，为进一步研究奠定坚实根基；这里的关键性还在于当下文学理论建构，即理论不仅规定它的对象，也被它的对象规定，对象的差异直接带来理论建构的差异。以文学为研究对象，文本确定性与明确性的优势很容易使文本成为研究中心，文本中心论的魔咒便难以破除；而文学实践则把文本之外又规定文本的各种实践性的理论问题圈定与提升出来，形成拉起来看文学的开阔视野，并提供了深入研究文学实践属性的对象性前提。

二 文学理论疏离文学实践的现实状况

文学理论要回归文学实践这一研究对象。对文学实践该如何理解？首先要强调的是，文学实践是现实具体的社会活动，它属于马克思所说的在头脑之外保持独立性的实在主体，这就从实在与精神上划开了

---

① 陶东风主编《文学理论的基本问题》，北京大学出版社，2004，第106页。

文学实践研究与文本中心研究的界限。当然，这样说不是把实践中的精神活动排除在实践活动之外，而是从对象性的思维把握角度明确实在与精神的关系。其次，具体实在的文学实践具有实践的目的性、过程性、手段性、实在对象性的一般属性，这类属性在康德、黑格尔及马克思主义实践论哲学中都有过阐发与论述，文旨所限，不予赘述。这类实践一般性在具有文学一般性的社会活动中以实践特殊性的方式体现出来——这里的文学一般性是在历史的文学实践中以不同于其他社会实践的特殊性而被参与并不同程度地把握的，它作为文学实践的差异一般性被先前及当下的研究者概括为相关的概念及范畴，如抒情、体验、表象、想象、比兴、摹仿、虚构、修辞、语言符号、个性、风格等。这类一般的概念及范畴从那些特殊的实践活动中抽象出来，又转而规定着那些特殊的实践活动为文学实践活动。再次，文学实践向内，由各种体现着文学特殊性的相关关系组成纵横交错的关系整体，每一种关系都是关系整体的一个环节并被关系整体规定。这类关系、关系关联、关系整体、关联规定与整体规定，以及它们在历史过程的差异中展开的状况、可能性与不可能性，均可以被抽象为文学实践的一般，进而进行文学理论的研究。文学文本在这样的实践整体中，只是作为产品被生产出来，进入创作与接受的关系体，并为其他关系体及关系整体所规定。文学实践向外，与其他实践整体相关联，如与经济实践关系体、政治实践关系体、宗教实践关系体、社会实践关系体等相关联，这类关联同样在历史的阶段性差异中展开。它们彼此关联、彼此作用、彼此规定，而且不断地把这些外部的关联、作用与规定，转化为各自自身的规定与实践性的展开。对文学实践的以上阐释，可以看到对象性地研究文学实践的文学理论比起对象性地研究文学文本的文学理论，在研究视野、问题提出、范畴抽象、理论构成、逻辑展开、体系建立等方面，具有怎样巨大的差异。

文本中心式的文学理论研究，由于是封闭在文本——作者——读者——世界这一思维领域的，因此它所展开的活动就主要是头脑的疏离现实具体的思辨的、理论的活动，这样的文学理论便难免陷入它目前正经历着的疏离实践的困境。这一困境以如下特征搅得研究者们心神不宁。

（一）观念化倾向

观念地思考问题即理论地思考问题。因此对于理论而言，观念地思考不是问题，问题在于观念的观念化，即便这些观念曾经是从实在具体中抽象出来的。

观念化即使观念实体化。实体化的观念取代实在具体成为理论论证的对象，而理论论证是观念的论证，于是，用观念论证与阐释观念便成为观念化的一个特点。观念是一般的抽象，当观念面对实在具体时，它会在特殊的实在具体中获得新的一般的发现并因此得到调整。但当观念面对观念时，无论论证的观念还是被论证的观念，都是强调着已然确定于观念的抽象，一般抽象的恒常性与确定性便被强化，这是观念化的又一特点。还有，观念的一般是排除具体与偶然的，因此，当观念见诸观念时，它们便以不容置疑的必然提供给观念化的研究者，这是观念化的第三个特点。对于这三个特点，哈贝马斯曾做过概括。①当下中国文学理论的观念化倾向就是在这些特点上体现出来的。比如作为文学理论重要话题的文学创造论研究（"文学创造论"是童庆炳主编《文学理论教程》的术语），在此前的文学理论中，这个理论板块的构成性话题是文学创作论，专事研究文学文本的写作。《文学理论教程》之所以改创作为创造，是因为文学已被转称为文学活动，这样，先前的文本写作就难以容纳活动的内涵。然而，在《文学理论教程》的文学创造论研究中，先前的文学创作这一范畴的一般性，却以其确定性、恒常性和必然性被保留下来，它阻止着创造论研究的活动性展开。在进入文学创造过程及文学创造原则这类真正的活动课题时，

---

① 哈贝马斯将形而上学的观念活动，概括为它所把握的总是那些确定的、恒常的、必然的东西。〔德〕哈贝马斯《后形而上学思想》，译林出版社，2001，第19页。

活动被凝冻为文本，研究则实际上退回到文本写作的老路上去。①

观念化的原因，主要是文本中心论的限定。文本中心论先是把文学封闭于文本，从文本抽取观念又在文本消化观念，文本的类型限定、功能限定、构成限定等成为文学观念限定，归入文本就是归入文本限定的观念。有学者谈到20世纪80、90年代文学理论向内转的情况，向内转，即回到文本，在文本中寻找文学的规定性；为此又进一步寻找回归本文的新的研究方法，于是就有了一段时间的全国规模的方法论热。② 此外还有一个很重要的原因，就是西方理论对于中国文学理论的植入。被植入的西方理论，由它们所生出的具体实在语境多数都在转译中滤除。这几乎成为西方理论在中国文学理论中观念化的前提。当下，观念化问题到了若不予以解决则文学理论将难以为继的程度。特雷萨·德劳瑞蒂斯曾针对西方理论的观念化倾向，提出理论要面对现实的不确定性，主张用不确定性激活理论，这是有见地的说法。③

（二）套用西论倾向

西方理论的理论价值尽管良莠不齐，但因为被转译过来的理论著作多是在西方产生重要影响的理论家或学者的著作，因此对中国文学理论多有重要的研究价值与理论参考价值是不容否定的，这也是中国

---

① 这种情况在童庆炳主编的《文学理论教程》中体现得很明显。在该教程中，文学创造的提法努力尝试转向文学的艺术生产活动，并且在行文中注意向活动说法靠拢，可是谈到真实，谈到形式，谈到艺术概括、典型这类问题时，原来的创作论的操控力量立刻便体现出来。（童庆炳主编《文学理论教程》（修订版），高等教育出版社，1998，第三编"文学创造"）
② 高建平在《论学院批评的价值和存在问题》（《中国文学批评》2015年第1期）中分析了文学理论突破既有理论框架的艰难，指出起于1984年的方法论热，形成文学文体研究的巨大潮流，但回头来看："回望这段历史，觉得那仅是脑力和纸张浪费，没有留下多少有价值的研究成果。"因为有了这次文本中心论的波折，文学活动论被提出，但难以跨过观念化的藩篱。
③ 德劳瑞蒂斯在《理论立足于现实》一文中说："现在可能是让人类科学重新提出主体性、物质性、话语性、知识性的问题，反思后人类的'后'的时候了；这是打破保存概念模式的储蓄罐，在所有理论应用中重新安装不确定性的时候。"（王晓群主编《理论的帝国》，中国社会科学出版社，2004，第38页）

文学理论1980年之后能迅速地多元化繁荣与发展的重要原因。起码很多有代表性的西方理论使我们的很多中青年学者知道和习得了理论思维的规范与方法。不过，这一点也已逐渐成为中国学界的共识，即西方理论的引入，由于缺乏社会语境及学术语境的参照，与中国的具体情况缺乏较为切近的对应性，因此常常难以对其形成具体转换的思考与接受，其结果往往是止于观念化的理解与运用。这种情况见于中国文学理论研究，加之中国文学理论本身又把自己疏离于实在具体的文学实践之外，就有了所说的套用西论的倾向。

　　套用西论主要有两种情况，即以西释中与以西律中。以西释中，就是以相关的西方理论或理论说法，理解中国的文学理论问题，或者把中国的文学活动现象，置于西方的理论或理论说法中予以理解。这样做，从观念上看，是获得了一种阐释的融合，但具体实在地看，却常常南辕北辙。比如就图像问题来说，西方学术界对他们现实生活中出现的图像化现象及图像意识之所以敏感并有所震动，既有他们传统的原因，又有他们时下理论的原因。自古希腊的巴门尼德时代，语言就不仅被视为真理的表述，而且认为那就是真理本身。在柏拉图时代，语言被置于人的社会活动的无所不在的位置。到了亚里斯多德时代，则已开始深入探讨语言的逻辑形式。西方中世纪时期，语言被看作神谕，看作人与上帝沟通的神圣渠道。文艺复兴时期，人的解放被看作语言的解放，话语自由就是人的自由。20世纪的语言学转向，不过是在上述重视语言传统的基础上，把语言实体转化为世界。海德格尔的"语言是存在之家""语言之外世界无存"的说法，是语言实体化的集中表述。在近些年的西方学术界看来，语言结构即社会结构，语言功能即社会功能，语言不仅实体性地表述，而且实体性地创造，不是人说语言而是语言说人。如此的语言霸权被不受语言制约并迅速地在社会活动及社会生活中进入显赫地位的图像侵扰并取代了。这不仅是西方传统和西方理性的颠覆，也是西方既有秩序的颠覆。西方人在图像面前陷入无家可归的恐慌与困境。他们的图像时代、图像社会到来的惊呼及各种各样的过激反应，完全在他们的情理之中。然而图像在中国的活跃及语言在中国社会活动与社会生活中的有限，却是具有传统一贯性的。《易传》的"言不尽意，故圣人立象以尽意"，《老子》的"道可道非常道，名可名非常名"，《庄子》的《庖丁解牛》，以及后来的"意在言外""含蓄蕴藉""羚羊挂角无迹可寻""味外象外"等代表着中国传统智慧的说法，都能见出这种传统的一贯。可以说，中国人的思维一向就是借助图像并在图像中展开的思维。中国人的生活是运用象形文字的生活，读插图文本的生活，翻连环画的生活。这都表明图像是中国人生活与交流的常态。既然如此，按西方阐释，说中国也进入了图像时代、图像社会，显然就是一种以西释中的套用了。①

以西律中，即以西方的某种理论说法作为中国文学理论的根据与理论标准，把中国文学理论及理论研究纳入西方理论的框定中。比如西方人说文学死了，一些中国文学理论学者也就开始论证中国文学之死；西方人提出本质主义并且对其进行批判，一些中国文学理论学者也就忙于在中国文学理论寻找"本质主义"，并以西方的本质主义标准对中国的"本质主义"进行批判等。

（三）研究泛化倾向

研究泛化，即理论研究抓不住现实具体的问题，不能在有理论意义的现实具体问题上凝聚理论研究锋芒，借助于问题研究把理论建构推向深入，进而在问题的综合性求解中完成由抽象上升到具体的理论研究过程。

不能理论地提出现实问题的原因，一方面是理论自身的原因，即这类理论不是面向现实具体敞开的理论，如前面提到的理论的观念化；或者理论所面向的现实具体，不是它应向之求解的现实具体，而是另

---

① 继周宪谈论西方图像时代之后，中国文学理论中的图像话题几乎成为热点话题，甚至有学者提出，如果对中国正在发生的图像时代进程不引起注意，"我们将不得不面对一个商业性和世俗性上位的时代"。（杨向荣《图像转向抑或图像霸权——读图时代的图文表征及其反思》，《中国文学批评》2015年第1期）

外的现实具体,如上面提到的文本中心论的文学理论只能提出文本问题,而难以提出文学实践问题,这是理论与所面对现实具体的错位。第二种情况是理论运作的原因,即理论面对现实具体对象而空悬,它所抽象的观念范畴由于没有一些相关的具体范畴的中介,无法回应现实具体。观念化会导致这种情况,中介范畴的匮缺也会导致这种情况。

问题是具有整体性的相互关联的若干关系体中,某一关系体在与其他关系体的关联上出现了阻碍关联的情况,这导致相关联的关系体被干扰、阻碍、纠缠并因此陷入混乱;而这种局部性的关系状况,往往又不同程度地通过各种关联体的关联,向周边的关系体产生影响,乃至形成关联体的整体影响。这样的影响越大,则阻碍关联的关系体的问题就越大。以2006年前后中国文论界出现的文学研究对象的争论为例,这一争论与本文提出的文学对象问题具有问题一体性。这一争论的焦点是文学理论是研究文学的理论还是应该以文学性为前提扩展开去,后者主张文学理论应研究具有文学性的各种社会现象与生活现象。这场争论的起因,与21世纪之初文学经典的价值讨论和随之而来的文学边缘化现象相关联;它的文化背景是电视借助于大众文化而使日常生活进入狂欢时代,五花八门的综艺晚会在大众接受的群体追随中产生近乎疯狂的效果;而生活艺术化则是它的现实生活形态,生活艺术化借助电视综艺晚会式的疯狂热度与对于明星服饰明星造型这类感性形式的粉丝性模仿,形成舞台灯光般的扑朔迷离的形式幻象。这种情况迅速形成潮流,一边是文学冷却与贬值,另一边是生活领域的热闹与万众瞩目。与此同时,各种各样及各种名目的西方理论大肆涌入,在这些理论的衬托下,既有文本中心论的那套文学理论越发显得枯燥与乏味。在这些情况的综合作用下,文学与文学研究对象这个关系体便被强化起来,并在争论中成为问题焦点。随着这一关系体以其矛盾性显示出来,与其关联的相关关系体便受到影响,引起振动。如文学与社会生活关系体,文学与文化关系体,文学与传播关系体,文学与其他艺术关系体,文学与市场经济关系体等。这类相关关系体的纠结，在文学实践与社会实践的关系整体中围绕文学理论与文学研究对象展开，彼此互动、互构。几经争论，这种纠结性的互动与互构在文学理论扩容中得到了缓解性解决。文学理论扩容，是上述实践过程在具体的文学实践问题求解中的文学理论反应，它的反应形态是两方面的，即研究对象向生活扩容，理论观念向其他学科扩容。① 对文学理论扩容，已有一些学者在进行问题性研究。② 这类问题随社会转型、大众文化繁荣、大众传媒活跃及西方文化大肆导入而在文学活动及文学理论研究中不断地被产生出来，如文学的大众文化接受问题，"80后"文学写作市场化问题，文学批评与文学理论断裂问题，文学理论的批判功能问题，互动互构的网络新文体问题，古代文论转换的中介范畴问题等。这类问题从影响广度及深度来说，并不比上述文学对象问题来得轻松，但被醒目地提出并被持续性地深入求解的理论问题却不多。张江的《强制阐释论》发表一年多来已作为一个母题式的问题引起了国内文学理论界的普遍关注，并从根本上撼动了西方理论在中国理论界压倒优势的地位。但如果没有张江这样一位有能力进行强势运作的学者与领导者呢？这样一个深刻关涉中国文学理论建构走向的普遍性大问题，又将会拖延到何年何时呢？③

---

① 此处需要说明，本文没有沿用文学性的说法来解决文学对象问题，是因为文学性说法是面对文学边缘化现实的仓促之策。文学性来自俄国形式主义的确定内含与文学性被用于解决中国文论界2006年前后国内热闹一时的对象问题时进行的概念理解，发生了明显错位。在俄国形式主义，文学性是文学区别于生活的属性，而在文学对象争论中，文学性却成为把生活归入文学同一于文学的属性。这种概念套用的南辕北辙，解构了这次争论的理论基础。

② 对文学理论扩容，高建平在《论学院批评的价值和存在问题》中进行了条理清晰的思考，分析了扩容的三个理由，即既有文学理论的僵化、文学研究向文化研究过渡、文学研究者开始关注其他学科内容。由此，他对文学理论扩容问题做了进一步的理论思考，提出对研究对象"不要'画地为牢'，但也不能'无家可归'"。"文学仍然是我们的家园，从这里出发，又要回到这里"。（《中国文学批评》2015年第1期）

③ 张江《强制阐释论》（《文学评论》2014年第6期）针对西方文学理论中"强制阐释"的征兆，亮剑式地展开批判。他多次组织不同层次的研讨会亲自推介这篇论文，组织多家学术刊物展开讨论，付出奔走呼号滚石上山般的努力，终于撬动了学术界盲目追随西论这块巨石。

研究泛化的一个重要原因在于,这类来自现实具体的问题须通过相关的、前提性的一般范畴去发现与确认,这才能理论地将之作为问题而提出。这类一般范畴是发现与提出问题的前在性的理论根据。这类一般范畴的网络编织得越细密,则它发现与提出问题的敏度就越高。就像捕食蚊虫的蜘蛛,如果没有预先布好的蛛网,纵然蚊虫往来,也不会有蚊虫的发现与捕食。所以,缺乏这样的一般范畴,或一般范畴因观念化而闭合于现实具体之外,也就无问题可提了。没有问题针对性的理论研究,便只能是疏离现实具体的泛化的研究。

(四) 文本中心倾向

文本中心问题前面已提到,这里再补充一点,即文本中心导致文学实践的理性挤压与遮蔽。各种生动活泼的文学实践形态,特别是那些对文本生成与接受具有具体规定性的实践形态,因为长期被限定在文本之外,无法对其进行理性思考,从而导致它们原生性的、生动活泼的一般性在文学理论中缺位。而理论的观念化,又导致理论对于文本的疏离,其实,理论观念化的原因恰恰在于理论在观念中闭合了与实践的关联。① 这样,其难以规避的现实便是文学理论不仅越来越远离文学实践,同时也越来越远离文本。

三 建构文学理论与文学实践关联的中介范畴

具体与一般间横着一条观念的鸿沟。即是说,一般总是精神对于

---

① 怀特海在他 20 世纪 20 年代便已发表的《过程与实在》这部论著中,从实践的过程性角度对观念化的抽象思辨进行批判,指出"这种关于普遍性的必然性学说,是指宇宙具有一种本质,这种本质作为与其合理性相抵牾的东西,禁止超越自身的相关性,思辨哲学就是要寻求这种本质"。(〔美〕怀特海:《过程与实在》,杨富斌译,中国城市出版社,2003,第 5 页)怀特海的实践过程性观点,是本文的一个理论根据。

具体实在的把握,从观念的角度说,具体实在总是实在地存在于观念之外。这是观念面对具体的一个难题。这个难题在实践中,是实践—精神地解决着的。实践—精神是马克思的提法,它相对于观念地把握世界的方式而言,在实践—精神中,精神与实在的鸿沟被对于实在具体的实践行为所沟通。在沟通过程中,精神具体化为实践行为的精神,它随实践的目的性、调整的目的性、实践手段及实践的变化过程而发生与变化,并随时指导着实践行为的调整。在目的性与方法性上,精神随时从相应的一般出发,对实践进行预先规划与现实纠正;在实践活动的过程中,它又不断地把一般转化为具体行为的引导,并从中抽象新的直观与表象的一般。这类一般,由于从即时的或反思的实践中来,又由于它可以被实践中新发现的一般所提升或转化,它便成为观念见于实践的中介范畴。对这类范畴,马克思又称为"比较具体的范畴"。①

这类中介范畴的来自具体又归入一般的观念属性,法国哲学家布尔迪厄用结构化的内在法则进行解释,认为实践活动所运用的一般性是以"习性"方式进行的,"习性"即既往经验的结构化:"这些既往经验以感知、思维和行为图式的形式储存于每个人身上,与各种形式规则和明确的规范相比,能更加可靠地保证实践活动的一致性和它们历时不变的特性。"② 这种解释的启发性在于它用经验结构冲淡了观念的一般束缚,这里涉及一个经验一般性的理论问题。这一经验一般既是经验的又是思维的,既是表象的又是直观的,还可以通过行为图式的方式实现于实践行为。这可以看作对于马克思把"比较具体的范

---

① 马克思在《〈政治经济学批判〉导言》中就观念的生产一般与具体的生产行为关系进行了深刻分析,指出"这个一般,或者说,经过比较而抽出来的共同点,本身就是有许多组成部分的,分别有不同规定的东西","对生产一般适用的种种规定所以要抽出来,也正是为了不至于因见到统一(主体是人,客体是自然,这总是一样的,这里已经出现了统一)就忘记本质的差别。而忘记这种差别,正是那些证明现存社会关系永存与和谐的现代经济学家的全部智慧所在"。(《马克思恩格斯选集》第2卷,人民出版社,1972,第88页)马克思所说的这些有不同规定的东西,就是比较具体的范畴。

② 〔法〕皮埃尔·布迪厄:《实践感》,蒋梓骅译,译林出版社,2003,第83页。

畴"提升为实在具体的一种实践感的注解。

观念与实在具体的中介范畴，应该具有观念一般及实在具体一般的双重性质。W. J. T. 米切尔曾称此为"定位于普遍和具体之间的某个地方"的理论。① 这一双重属性在中介范畴中被互为地规定着，即观念一般可以在具体一般中获得印证并消化在具体的一般形态中，被具体模塑，凸显为具体的一般属性；同时，具体一般也可以通过观念一般的参照，凸显它与一般的一般差异性，进而向新的一般抽象。马克思谈到消费与生产的中介环节"分配"时，对生产与消费见于"分配"的内在关联性进行了阐释："生产不仅直接是消费，消费也不仅直接是生产，而且生产不仅是消费的手段，消费不仅是生产的目的——就是说，每一方都为对方提供对象，生产为消费提供外在的对象，消费为生产提供想象的对象；两者的每一方不仅直接就是对方，不仅媒介着对方，而且，两者的每一方当自己实现时也就创造对方，把自己当作对方创造出来。"② 马克思在《〈政治经济学批判〉导言》中从关系体相互作用角度理解和阐释生产与消费，体现出辩证地把握对象的深刻；同时，这一阐释也说明，从关系的辩证角度观念地把握研究对象，而不是孤立地思考对象，才能发现对象的中介关系，并在中介关系的基础上抽象出互动互为互构的中介范畴。对于这种情况，马克思又说："在产品和生产者之间插进了分配，分配借社会规律决定生产者在产品世界中的份额，因而插在生产和消费之间。"③ 所以，通过马克思《政治经济学批判》的方法，亦即马克思从充满历史感的黑格尔那里颠倒过来的辩证的方法，可以认识到密切地关联现实具体

---

① 米切尔在他为美国著名的左翼跨学科理论杂志《批评探索》2003 年研讨会写的前言中，针对"理论枯竭"的状况，提出"从事物的中间"入手的理论主张，他称这种理论主张为介于具体与一般之间的"媒介理论"，并用彼德·加利森的"具体理论"及福柯的"具体知识分子"的说法予以阐释。这与本文强调中介范畴的思想相一致。（王晓群主编《理论的帝国》，中国社会科学出版社，2004，第 14 页）
② 《马克思恩格斯选集》第 2 卷，人民出版社，1972，第 96 页。
③ 《马克思恩格斯选集》第 2 卷，人民出版社，1972，第 97 页。

的理论，它的观念抽象虽然体现为一个个抽象范畴，但所抽象的内容，都是见于现实具体对象并规定现实具体对象的各种关系一般性。而这正是恩格斯所概括的马克思研究社会问题的总体基点——"从历史上和实际上摆在我们面前的，最初的和最简单的关系出发"。①

文学理论也正是这样的密切地关联现实具体的理论，它所思考与抽象的是来自文学实践的各种关系的一般性。而它的当下问题却在于更多地热衷于观念一般性的自身思考，热衷于观念间的关联性，却忽略了、疏离了与现实具体的关联。由此带来的当下中国文学理论的一个较为普遍的问题，就是它远离文学实践。

洪治纲在2015年第4期《中国文学批评》中发表了一篇论文——《论新世纪文学的"同质化"倾向》，就中国新世纪文学中的一个内在痼疾发论，即作家创作的自我重复及作家群体对某类社会热点或文学类型的相互袭仿。该论文问题抓得准确。然而，作者进行批评的核心概念"同质化"却并非来自文学理论。如作者所说："'同质化'原来是用来表述商业产品的某些特点。"② 按理说，借用其他学科、其他领域的一些生动而贴切的说法进行自己的研究并不是什么问题，问题是这里的无奈——文学理论中似乎难以找到支持这样的文学批评的中介范畴。通读洪治纲全文，作家意识、创作选材、文学类型、文学价值、文学功能，这些关系到文学理论基本问题的范畴，都被围绕着"同质化"这个商业领域的说法作重新铺陈与搭构。核心概念不仅关系论文的立论及框架，而且它的逻辑与阐释，可一直延续到论文的枝梢末节。既然论文所及的问题是普遍性的现实文学问题，它所关联的文学一般，就理所当然地应该在文学理论中找到就此一般进行的范畴抽象。其实，这类范畴抽象在20世纪八九十年代的文学理论中原本是有的，并且占据醒目位置，这就是文学创作个性及文学风格。它们曾经在那个经典

---

① 《马克思恩格斯选集》第2卷，人民出版社，1972，第123页。
② 洪治纲：《论新世纪文学的"同质化"倾向》，《中国文学批评》，2015年第4期。

细读的时代很活跃地发挥过批评作用。然而，21世纪以来的各种代表性文学理论中，它们或者被简略带过，或者干脆不被提及，而且，即使有教材对此做了展开，如童庆炳主编的《文学理论教程》，也止于规定性表述，而没有在个性构成、个性运作、个性意识方面进行贴近文学实践具体的环节性或要点性阐释。

文学理论的中介范畴，有些可以由既有理论范畴通过面向文学实践的激活，转化为中介范畴，如审美、意象、意蕴、虚构、交往对话等。有些中介范畴，则有待面向文学实践进行建构而获得，提示性地说，如文学接受论的行为性的交流范畴、语言性的互文范畴、心理性的理解范畴；文学创造论的反馈与调整范畴、目的性筹划范畴、行为性言语范畴；文学传播论的差异性对象范畴、传播效果范畴、传播互动范畴等。这类范畴，都具有上述在抽象与具体二者间相中介的特点，都有待建构。

四　打通理论、批评及实践界限，在三者的互为场域中建构文学理论

一个不争的事实是，认为当下这套观念化文学理论对于文学实践有用的作家、读者、媒体人、批评家不多；而当下不少文学理论研究者又不愿与文学实践的作家、读者、媒体人、批评家靠得太近，他们宁愿独享自己的观念之乐。

张永禄、王杰在《中国文学批评》的创刊号上曾发表过一篇论文——《文学批评是公共话语的引领者》。[①] 文章从文学批评引领社会思潮的优越性，文学批评的职责是参与并引导广大人民群众的文化解放，以及新人文学科崛起催生新的文艺批评三个方面谈文学批评性质、特点及重要性。该论文的基本主张本文很是赞同，本文对该论文的一

---

① 张永禄、王杰：《文学批评是公共话语的引领者》，《中国文学批评》2015年第1期。

个重要的不满足,是被论述得如此重要的文学批评,却是无关文学理论的文学批评(对文学理论,该论文几乎不提)。这里,已成共识的文学研究密切关联又相互依托的三大块,即文学批评、文学理论、文学史,就只剩下了文学批评,而且它偏又去依托"新人文学科"了。不过,这种对于文学理论的不提倒是准确地表达了一个事实,也就是上面提到的那个不争的事实——文学理论对于文学批评已经断裂到可以不提的程度。然而,文学理论毕竟是文学活动的理论,包括是文学批评的理论。文学批评也总是有一定标准的批评,标准的一般性是批评有效性的前提。被称为《新法兰西评论》四大批评家之一的费尔南德斯曾说:"批评家是这样一些观众和读者,他们比普通人看得更准,他们告诉别人如何感知,也就是说如何再造作品的真实。批评乃是关于一种看法的看法。"① 费尔南德斯说的"看得更准"、"再造作品的真实"及"看法的看法",显然是就相关的批评标准、相关的文学活动的一般性——真实的一般性、看法的一般性而言的。而这些,正是文学理论所关注的,也正是文学理论所研究的。因此,当务之急在于如何修复二者的断裂,而不是对它不提或者拒斥。在这个方面,本文赞同理查德·尼厄《批评理论之我思》中的一个说法,即批评往往不认真对待理论,"或者把它(奇怪地)视为保守而不予理睬;批评低估了或者忽视了其革命的可能性"。②

前面提到的马克思在《政治经济学批判》中所注重的从关系入手研究问题的思路,同样适用于文学理论与文学批评这一关系体,即从文学理论与文学批评相互关联、相互作用的角度研究前者与后者。在关系中思考对象问题与孤立地思考对象问题,所面对的不仅是不同的对象问题,而且是特征、功能及构成均不相同的对象。这就像单独地看一条鱼和把它放到与弱肉强食的大鱼关系中看这条鱼,会看到完全

---

① 〔比〕乔治·布莱:《批评意识》,广西师范大学出版社,2002,第52页。
② 王晓群主编《理论的帝国》,中国社会科学出版社,2004,第212页。

不同的鱼一样。

　　面向批评的文学理论，在批评的需要和运作中进行批评的对象性理解、批评的问题提取及批评的标准思考。于是，批评的问题意识、价值根据及意义提取，便成为文学理论要在批评中把握的一般。美国文论家、解释学代表人物赫施曾称这种一般为"参与性的意义描述"和"阐释中被影射的价值判断"。① 文学理论把这类一般抽象出来，就有了关于批评的观念范畴。比如离开批评的大众文化中文学活动的研究与文学批评中大众文化的文学活动研究，就是不同的研究，二者具有观念与观念的实践运作的差异。由前者转向后者，面对的问题就发生了变化，批评的理论建构也便不再是既有理论的变通修补，批评的当下接受也不再是因袭西方说法而臆造的以偏概全的接受。这里发生了一个理论身份的转化，即文学理论研究者的理论研究身份转化为理论研究者与批评者的双重身份，这带来新的理论问题的提出，以及通过问题求解而获得的新的理论观点。

　　此外，文学理论与文学批评关系的打通，会促使既有的文学理论观念通过批评向现实具体转化，或者说，文学理论研究者会以批评者的身份思考观念的具体转用问题，批评因此成为理论面向文学活动具体而激活的实践要素。同样，批评又会从批评运作角度提供观念转换的取向，引发观念内部相对于批评的调整与组合；而观念中先前隐蔽或沉睡的某些一般因素也将获得批评的对象性强化与唤醒，从而使既有观念焕发出新的光彩。以文本这个观念来说，当它被锁在文本观念化的牢笼时，它对于文本所观念性规定的四大文体及文体特征便只能墨守成规地坚持与重复，像当下文学理论所坚持与重复的那样；可是当它转向批评角度，考虑到所要批评的某部电视剧文本或网络文本时，四大文体的牢墙就坍塌了，文本规定便走出既有文本观念的牢笼，在

---

① 〔加〕马克·昂热诺、伊娃·库什纳、〔法〕让·贝西埃、〔荷〕杜沃·佛克马主编《问题与观点》，百花文艺出版社，2000，第385页。

电影文本与网络文本中寻找与发现新的一般,并把它们提炼或充实于观念。当下既有文体观念的备受争议,正是新的文体具体通过批评向文体观念展开冲击的结果。所以,与批评关联的修复或打通,对于破除文学理论观念化的魔咒具有不容忽视的意义。

再者,前面提到的中介范畴的建构问题,封闭的文学理论由于把自己封闭在现实具体之外,因此不要说建构,就连建构需要及建构指向都难以形成。而批评视野的敞开,批评成为观念与具体的中介,它一方面把观念导入具体,一方面把具体抽象为新的一般,在这样的导入与抽象中,各种介于观念与具体之间的中介范畴,不仅被建构为批评中介的范畴,而且被进一步抽象为观念性的比较具体的范畴。

上述文学理论与文学批评的打通努力,又是发生和进行于文学实践的场域中,并且只有在实践场域中才存在互通的根据。实践总是体现为过程性与整体性的实践,就具体实践而言,也总是有实践开始,中间展开,以及这一实践过程的完结及那一实践过程的起始。更普遍的情况是实践过程不是孤立地、单纯地展开,而是不同实践过程互为、交叉、互构地展开。而就某一实践过程来说,实践的各种因素又有机地综合在一起,理论中分门别类、条分缕析地研究的一切,在实践中都保持着有机整体的关联性。因此,实践不仅以其多向展开及交叉展开的有机整体性实现着理论的综合,而且为理论提供综合的要求和综合的根据。文学理论,使自己置身于文学实践中而不是封闭在自说自话的理论兴趣中,才能强烈感受到文学批评从实践带给它的理论滋养的分量;同样,文学批评也只有在实践中才能意识到,任何具体作品、具体活动、具体文学活动现象的批评,其实都是某种一般性的批评。体会到一般的重要,也就是体会到文学理论的重要,因为文学理论是研究各种文学活动一般的理论及理论运作。尽管当下这套文学理论被批评地用起来謷手謷脚甚至没有抓手,但那更能引发建构合于批评的文学理论的批评冲动。有了文学活动实践这个场域,文学批评与文学理论也就有了互为场域的机会,理论在批评中建构,批评在理论中展开,实践对批评和理论充满活力地构入。

第二章

文学理论构入实践的问题属性

文学理论是构入实践的应用性理论，它以文学实践为研究对象，并在对文学实践的构入中研究文学实践。对文学实践所通常理解的四个方面，即文学创作、文学接受、文学传播与文学批评，其实都是建立在文学实践与社会实践相互关联的基础上，并且由这一基础所贯通，这一基础是文学实践研究中被不同程度地忽视的第五个方面。从问题发现的角度来说，这五个方面都以文学实践展开过程中不断出现的差异性变化而引起文学理论研究的关注，并得以按问题的方式展开研究。对文学实践展开的差异性进行研究，这是文学理论的要点所在，而被研究的文学理论构入其中的实践性问题，则规定着文学理论构入实践的问题属性。文学实践以其展开的差异性向文学理论照面，文学理论在差异性关注中将这一照面提炼为语言表述的问题，并对其进行语境性研究。

由于我们对文学理论构入[①]或深度介入实践，而不仅仅是面对实践的问题属性缺乏足够认识，致使这一领域缺乏有现实针对性和理论

[①] 构入即构成于其中，指此物或此活动构成于彼物或彼活动中，并且就是在彼此构成中获得彼此身份或形态。易懂的例子是家庭成员与家庭，家庭成员因构成于家庭，才成为家庭成员而不再是单身，即成为父亲、母亲、儿子，家庭因有了家庭成员也才成为家庭。海德格尔所说"此在在世界之中"，说的就是这种构入关系，即此在构成于世界，世界被此在构成。此处说文学理论构入实践，正是强调文学理论构成于社会实践与文学实践之中并为社会实践所构成。

创造性的力作，经常出现远离时代语境，疏离文学实践，因袭或套用西方理论的状况。虽然也有一些研究提出了这个问题，却不是来自文学实践又构入文学实践，而是更热衷于对既有理论的思辨，反而往往使问题越来越深奥，远离实际，甚至成为妨碍我们通过构入实践进行理论建构的一种障碍。近年来不乏对此问题的研讨与争论，几乎每次全国规模的学术会议都会提出五六个、七八个议题，却常常浅尝辄止，究其原因，是很多研讨与争论冷淡于实践问题的求解，常沦为不食人间烟火的概念之争、命题之争或逻辑之争。

一 文学理论的观念性误区

观念是人们通过概念对于世界和社会生活的把握，它属于西方人所说的理性范畴。毫无疑问，由于其理性的概念逻辑言说的性质，人文科学理论，包括文学理论本身就是观念性的。不过，观念从社会生活进入人的头脑、落入一定的理性构架之后，便有了独立运作的力量，成为康德所说的理性主观自生的"先验概念"，或黑格尔所说的"自在自如的真理"。于是，文学理论的观念性误区便由此而生，多年来国内文学理论研究经常在这一误区中挣扎，沉湎于远离文学实践领域，在观念的逻辑运作中自满自足。

当下是文学实践的高度活跃期，文学活动在样式、方法、构成、运作、活动形态等众多方面都发生着前所未有的动荡与变化，甚至裂变。文学理论所面对、所参与的再也不是先前那个相对封闭的，甚至用一个文本中心几乎就可以冒名天下的对象了，互联网研究、数字化研究、文化创意产业研究、大众传媒研究等，这些新的研究领域，用一种差不多可以说是突袭的方式进驻文学理论，这是声势浩大的文学实践面对文学理论的展演。构入这一展演的文学理论扩容5年前即已成定局。文学理论遭受到文学实践前所未有的有力挑战，它在观念误区中苦苦挣扎的窘相,也就前所未有地暴露出来。文学理论既然是观念性的,那么观念又何以会成为当下文学理论亟待走出的误区呢?究其原因,在于文学理论有一个重要属性被时常忽略,这就是文学理论构入实践的问题属性。

十几年前,金元浦发表过一篇谈论文艺学问题意识的文章①,他通过海德格尔在《存在与时间》一书中提出的"问此""设此"与"构此"引出结论:理论对于对象的关注、领会、阐释、把握首先需要就对象提出问题,即"问此";在"问此"中,提问者领会对象并使自己成为对象的领会者,并在领会中向着解释的可能性而在,又在领会的筹划中使问题得以解释,进而达成自己在之中的对象性理解。金元浦并没有止于当年海德格尔提出问题的实践论倾向,而是把自己的问题导入实践论的、开放性的文学与文化研究。金元浦当时敏锐地感受到汹涌而来的大众文化实践对于文学理论的冲击,他以问题意识的方式做出了理论应对。

文学理论构入实践的问题属性,不同于海德格尔哲学性的"问此",而实际上是一种实践差异性的跃入,是逼迫而来的待问。恰恰是面临这种紧迫的待问,文学理论的观念误区使研究者迟钝而且麻木。这里有三种误区性征兆须予以诊视:其一,理论研究的兴趣大于实践研究的兴趣。大家热衷于理论思考,对理论思考本身充满兴趣,对理论地思考什么却缺乏进一步的热情,而对文学理论而言,倘若研究者不能在文学实践中发现与提出可供理论思考的问题,进而进行理论思考,那么他的理论兴趣就只能是远离现实的、观念的兴趣,他所深思熟虑地证实的东西,便也只能是无法求真的东西。对此,怀特海曾不无嘲讽地说:"倘若我们把任何哲学范畴图式都看作某种复杂的断定,并且把逻辑学的真假选择应用于这种图式,那么,其答案必定是:这

---

① 金元浦:《文艺学的问题意识与文化转向》,《多元对话时代的文艺学建设:新理性精神与钱中文文艺理论研究》,军事谊文出版社,2002,第126页。

个图式是假的。"① 其二，更热衷于理论问题而不是实践问题。理论问题是理论运作的问题，这类问题从理论自身涌出，如某种观点、某部文本封闭在观点或文本中的理论读解问题，某类概念或命题的逻辑限定问题，某种思想的体系问题，等等。这类问题往往具有很强的理论及思辨的检验性与考验性，能有效地激发被验者为自己的理性荣誉而应试应验，并且能使其长时间地迷醉于理论沉思的乐趣。其三，对于已然发生的、成为历史的问题兴趣，大于当下正在以实践差异性跃入的问题兴趣。这是延续着的观念认识论，而非实践认识论的研究方法在作祟。② 在德国古典哲学中定型并且成势的西方观念认识论方法，把正在发生的实践问题摒除在研究之外，热衷于到已然发生或成为历史的事实或事件中发掘恒常不变的东西。不少国内文学理论研究者受此影响，重既往而淡当下，在既往的东西中求得恩斯特·卡西尔所说的"心智运作的学问"。这三个征兆性的观念误区问题纠缠在文学理论研究中，不但使很多研究成果仅仅是理论转述的、缺少新意的成果，而且也使不少研究成果像早熟的核桃那样，自我封闭在长不大的理论硬壳中。

造成这三个征兆的原因很多，择其普遍性与延续性较为突出者，可概括为三点。第一个原因是不少中国学者太热衷于与西方学者进行观念性对话，当然，这种对话多数都是不在现场的，是阅读的对话。这种对话并无均等可言，主要是我们读他们的书，其实是读他们提供的各种观念。这里有两点应该实事求是地指出，就得于抽象思辨的"心智运作的学问"而言，中国学者在积累及训练有素方面，确实尚有所短，因此很容易在阅读中陷进去，被牵着走；再有就是很多被阅

---

① 〔美〕怀特海：《过程与实在》，杨富斌译，中国城市出版社，2003，第14页。
② 观念认识论是用既有确定不变的观念或观念体系去研究对象。它根据观念或观念体系对于对象的对应性设定对象，使对象成为观念解答的对象。观念对设定的对象的研究中获得自我确定，当对象是具体对象时，则观念抽象对象的具体而使之被提炼为预设的观念，这是从设定到证明再到自证的观念游戏，马克思、马尔库塞、哈贝马斯等都谈到过这个问题。在文学理论中常见的情况便是用既有概念或命题，强制性地分析或阐释研究对象，如用文学概念阐释作品，用确定的叙事论分析文本等。

读的西方文本，其产生时往往也是来自实践的、有血有肉的，而近些年传入国内并流行开来的却往往是他们十几年、二十几年前的著作，当时西方的实践语境早已时过境迁，更不用说与中国当下实践语境相对应了，中西理论对话的时间与空间的变化，导致西方文本的进一步观念化，由此进行的纯粹观念对话就成为常态。第二个原因是国内学科领域性的，即仿效西方的学科刻板划分与各执一域，结果造成理论研究的"围墙化"。领域围墙在国内高校建制中具有难以逾越的合法性，学者们被分域管理，即便是同一教学楼层的教研室之间也往往难以有跨学科话语的交流与通达，一级学科中二级学科的教授身份，靠他们多年养成的彼此差异分明的知识结构支撑。然而，这类分域所面对的社会实践却总是以其多元综合性为特征，它拒绝高校的学科分域，这往往导致学科与社会实践的严重不对应。第三个原因是文学理论学者们的观念思辨兴趣的语境性强化。不言而喻，改革开放国策得以实施的一个重要标志就是西方思想的自由涌入，哲学的、政治的、经济的、伦理的、艺术的，等等。西方哲思的观念表述特点原本就很突出，加上前面提到的去语境化、去时效化的传入，观念性就愈加纯粹起来，封存于文本的就是概念、范畴、命题、逻辑，以及翻译过来的理论陈述。2014年第6期《文学评论》发表了张江的一篇论文，该论文对西方文论观念性的强制阐释进行了全方位的批判，西方理论观念化症候获得诊视，很有启发性[1]。恰恰又是这些来自西方的观念性的东西，不同程度地支撑着国内各种类型、各种规模、各种形式的学术活动，同时又通过研究生学位教育进行递接性传达与强迫性接受。于是，与西方的观念性对话便成为备受各方面重视的对话，观念研究的兴趣也就成为持久的学术兴趣。

走出文学理论观念误区的极为有效的办法，就是恢复与强化文学

---

[1] 张江从四个方面剖析了西方理论的强制阐释症候，即场外征用、主观预设、非逻辑证明、混乱的认识论。这是对于西方观念认识论传统思维路径的准确而深刻的批判。参见张江《强制阐释论》，《文学评论》2014年第6期。

理论的实践属性,让文学理论的研究对象,由纯粹的文本理论回归文学实践。而且,即便是文本理论,在当下很多理论研究中,也已蜕变为不涉文本实在的文本观念。很多人都在谈文学,却只是天南海北大杂烩式地空谈文学概念;很多人都在谈文学传播与文学接受,却被复杂的传播与接受的功能、意识、心理、价值这类观念层面的东西,而非实践层面的东西锁定在纯粹观念"自给自足"的运作中。如何把观念的东西导入实践,如何实践地提升富于实践活力的观念,并使之理论化,这是文学理论建构并构入文学实践无法回避的重要问题。①

二 文学理论的实践属性

延续至今的主导性文学理论基本上是观念认识论的,这已在一些文章中进行了阐释,而实际上,文学理论更应关注并深入探讨的对象属性则是实践论的。

(一) 文学理论是文学对象的实践关联性理论

文学理论不是关于世界是什么,人是什么,世界或人为什么会是什么,以及如何认识或把握这类"是什么"的观念理论。观念理论的突出特点在于,它所研究的对象具有广延的普遍性与持久的恒常性,即便研究这类对象的动态变化,也是关注动态变化中的普遍与恒常。这类理论研究对象从形态上说在现实生活中并不存在,它只是潜身于现实生活并在思考与研究者头脑中观念地存在着。所以,对这类理论而言,普遍与必然这类观念性的东西,是它必然要深入其中的基本范

---

① 文学理论研究与建构构入文学实践的基本途径,是研究者改变习惯了的就理论研究理论的模式,首先成为文学文本及文学实践现象耐心的阅读者与观察者;然后在阅读与观察的基础上成为文本批评者;进而又在面对与思考文本产生的社会实践的关联性中,对其进行理论提升,揭示其中的现实普遍性与历史必然性。

畴。试图批判西方观念哲学，进而用过程与实在的有机性研究对其突破的怀特海对西方这类观念哲学曾进行过概括，说它们总是"致力于构成某种内在一致的、合于逻辑的和具有必然性的普遍观念体系，以便使我们经验中的每个要素都能得到解释"①。尽管20世纪不少西方哲学家努力突破观念哲学的普遍与必然的观念体系，试图将哲学的立足点向广延的延续性及有机关联性推展，但背负的哲学传统，又使他们大都难免对于观念的自溺。怀特海这样传统回味式地分析说，"这种关于普遍性的必然性学说，是指宇宙具有一种本质，这种本质作为与其合理性相抵牾的东西，禁止超越其自身的相关性。思辨哲学就是要寻求这种本质"②。西方观念哲学又称为思辨哲学，就是意指观念哲学的观念由来，它是思辨的产物。

　　文学理论不是这样的纯粹思辨的理论。它置身观念尚未生成之处，并借助与实践的密切联系，延宕系统化的观念生成，因为观念及观念系统化与面向实践的理论提升、构入实践的理论应用，就实在的现实而言难以通融，这就像文学的饼与实际可食的饼对于饥饿者难以通融一样③。现象学的创始人胡塞尔曾说过一句意味深长的话，即历史不能裁定一种观念，当它裁定时，便只能借助来自事实的想象④，这便揭示了观念与历史实践过程的不可通融性。各种各样与文学相关的现象都是文学理论的研究对象，这是文学理论的出发点，它由此出发，向着对象的类的一般性进行理论提升，并把类的一般性表述为概念，由此获得不同于观念的永恒真理的文学的"事实真理"。此类对象一般性与彼类对象一般性建立在相互作用的具体现象基础上的相关性，

---

① 〔美〕怀特海：《过程与实在》，杨富斌译，中国城市出版社，2003，第3页。
② 〔美〕怀特海：《过程与实在》，杨富斌译，中国城市出版社，2003，第5页。
③ 此处说文学理论既是面向实践的理论提升，又是构入实践的理论应用，是强调了文学理论作为理论的两重属性：一是它使文学实践的一般性、必然性得以在文学实践中出场，而不是像文学实践的自然状态那样，在实践中隐亡；二是指这种出场，并不仅仅是出场，更是要返入文学实践，给予文学实践以理论指导与引导，这就是理论的应用。
④ 〔奥〕胡塞尔：《作为严格科学的哲学》，倪梁康译，商务印书馆，1999；〔法〕梅洛·庞蒂：《哲学赞词》，杨大春译，商务印书馆，2000年，第69页。

便是此类与彼类对象的一般性概念的关联性。这种类的一般性概念的关联性会因为文学实践中各类现象的实际关联的复杂性而复杂化、网络化，这就是文学理论把握的对象的内在联系，这也就是文学理论对于文学对象的内在联系的获得，亦即文学理论的体系性、领域性的根据。对于文学理论构入其中的文学活动，以及在这种活动中理论与实践经由意识而互证的过程，钱中文在批判沃尔夫林的文学活动的机械钟摆运动说的同时，提出一个有启发性的说法，即斜向走动的钟摆运动的说法："这种钟摆运动不是定向的反复，而是斜线式的之字形的摆动。在那之字形的顶端，很可能出现杰作；但在两端之间，很可能是文学发展的最佳状态，它在原有的基础上，消融吸收着种种新的因素，成为有广泛借鉴的新的艺术创造。"[①] 这种说法的启发性在于，它动态地描述了文学理论构入其中的文学实践与理论建构的关联性展开状况，这是一种更迭的、一般性延续的状况，又是一种非更迭的、在更迭中变化展开的状况。

还有，可以按照不同理论之间上下左右的互通来理解理论的通达性关系。要知道，不同类的理论之间、不同层次的理论之间的相互作用，是通过现实生活的实践网络，通过理论的逻辑梳理建立与之对应的理论关联的。比如，文学与政治的既合于实践又合于逻辑的关联，文学与宗教的这种关联，也包括由上至下的哲学与文学的这种关联等，就是不同领域的综合。不同的理论综合形成不同的理论体系，如文学政治论、文学宗教论以及文学哲学论等。理论综合虽然离不开生活实践的关联根据，但这已主要是理论的思维运作或者是在理论融会贯通中的思维运作，所以体现出更多的思辨性与观念性。尽管如此，就文学理论自身而言，它来自实践的类现象、类概念、类命题、类关联性，因类现象而生成；而建构的实践性质则是根基性的。

文学理论所研究的类的一般性，是文学的一般性，是构成文学、

[①] 钱中文：《文学发展论》，经济科学出版社，1998，第438~439页。

规定文学、关联文学的各种类的现象的一般性。文学及与之相关的各种类现象都是变化、生成的现象,并且是唯有变化生成才得以显现的现象。所以,文学理论必定是探究对象生成变化的理论,是揭示这种生成变化的理论。而此一状况向彼一状况生成,此一关联向彼一关联变化,又是以关联处关联前后的差异性体现出来的,于是,发现与捕捉体现着这种生成变化的差异性的类现象特征,并探询与追问这种类特征的原因、条件及其根据,也就成为文学理论研究与构建的基本理论特征。对具有这一理论特征的理论,走出认识论窠臼的西方学者也已引起关注,如 W. 米切尔曾就这样的特征性理论问题做过阐释:"我把理论定位在普遍和具体之间的某个地方,即彼得·加利森所谓的'具体理论',与福柯呼吁用'具体的知识分子'取代萨特过于夸张的人物'普遍的知识分子'相呼应。"① "具体理论" "事实性真理" 这类说法,在理论的具体性与实践性的强调上,显然是对于西方传统的观念认识论的突破。

(二) 文学对象的实践关联的差异性展现与问题的语言性跃出

问题是什么?问题是提问者对问题现象的语言性关注,这是一种充满解答期待的关注。它因提问者与提问对象的关联性而异,又因提问者的状况而异;对于同一提问者,它产生于问题关注的不同原因;而不同问题的关注原因,从提问者普遍采用的思考方式来说又可以分为直观性关注、反思性关注与观念性关注。

直观性关注是对象性的,由对象状况直接引起并在对象中及对象关联中即时地寻找原因,如天阴引起人们对是否下雨的关注与寻因,晃动引起人们对是否地震的关注与寻因。反思性关注是经验性的,它以直观为基础,是发生于直观结束后的一种经验活动,是这类经验在活动中警觉到某种情况,接收到某种提示的活动。而观念性关注则是

---

① 王晓群主编《理论的帝国》,中国社会科学出版社,2004,第 14 页。

思辨性的，是概念的逻辑运作中所发现的逻辑变化、范畴关联、概念的逻辑组合之类的情况，例如，"美"在于形式还是自由，诸如此类不同范畴的命题性组合。上述三类关注形成三类问题，即直观性问题、经验性问题及观念性问题。通常说的实践性问题主要指前两种。

实践性问题就实践展开过程而言，是构成实践过程的现象或现象间的关联，在实践推展过程中因展开而发生过程变化，变化以其差异性越出于实践过程，被实践主体感知与关注，这就有了问题的由来。这涉及一个重要的实践问题形态，即差异性形态。差异性形态后面还将从构成性角度予以进一步阐释。实践过程的观察者或参与者对实践差异性进而形成原因追问、展示特征追问及进一步展开的可能性追问。这类追问在观察或参与者心中形成具有冲击力与压力的关注，并因此获得语言参与，于是见于语言的问题便被提出来。

提出实践问题的实践差异性样态是综合的构成性样态，并在差异性中变动不居。这种情况为问题的语言参与，或者说，把实践提出的问题确定为语言表述的问题，带来了多元多向选择的机遇。这便引起实践主体面对问题的语言斟酌，斟酌的选择性见于角度的选择、重点的选择、效应的选择及现实关联的选择。如中国文学理论如何对待西方理论的问题，在21世纪以来多次成为全国规模文学理论研讨会的重要话题，然而，不同阶段所出现的差异性不同，如新世纪初的差异性，是西方理论的强势涌入引发的中国文论的差异性状况；2005～2006年的差异性，是中国重要文论问题的西论求解状况；近两年的差异性状况又有所不同，是批判吸收的状况。面对不同阶段的差异性，不同讨论者又各有不同的问题表述，有基础理论的，有应用理论的；有稳态的，有动态的；有文论领域内的，有文论领域外的，不同问题的语言化，提领出不同的问题。文学理论构入实践的问题属性，在语言表述中获得了多元性与丰富性，它们丰富多彩地引导着当下文学理论的建构。不同的研究者用怎样的语言表述见于实践差异性的问题，则离不开其理论积累、研究角度、研究方法及思想取向。

此外，语言表述的实践差异性问题，会因语言表述而获得超越提问者的唤起关注意义与求解意义。雅克·德里达曾专门谈到语言问题，他用到一个令人惊悚的词——"被劫持"。他认为"所有脱离了身体的言语在将自己提供给倾听和接受，提供给舞台的同时，都立即变成了被盗走的语言，它成了我丧失了占有权的那种意义，因为它就是这种意义"[1]。这就是说，言语从言语者切身引发进入表述——包括问题的表述领域，这时，它就不再属于言语者，它被别人劫持了。德里达对此指出，表述一定内容的言语被劫持有两种情况：一种被接受者（评著者）劫持，他们有自己的言语理解；一种被既往接受者（"比我姿态之剧更古老的文本"[2]）劫持。这两种劫持使言说者的内容表述，成为他者理解与此前理解的表述。这种情况合于此处论说的问题的语言表述，即经过语言表述，来自实践差异性的问题，成为与他者思考和与此前思考相衔接的问题，问题超越实践提问者却又合于实践提问者的意义，在问题的语言表述中产生出来，问题因此获得了普遍意义。

（三）文学理论见于实践的问题敞开性

就西方传统的观念认识论而言，提出问题就等于解答问题。这是因为观念认识论总是稳定而确定地研究既定、既有、既成对象的实在性与本质性，如此研究的规定性及其思考根据预先地决定着研究者，总是以其所能理解、所能释解为对象性研究的前提。笛卡尔的思、康德的观念理性、黑格尔的理念都不是经由世界对象性观察而取之于外的新知，相反，都是他们对自己既有的知的反观或反思，都是通过思辨而梳理出来的观念或思想体系。这是一个内取过程。因此，如德国古典哲学家费希特所说，当主体对于对象有所设定时，他总是在进行自我设定，是"人们对最初可能认为是的东西进行反思，把一切与此

---

[1] 〔法〕德里达：《书写与差异》，张宁译，生活·读书·新知三联书店，2001，第316页。
[2] 〔法〕德里达：《书写与差异》，张宁译，生活·读书·新知三联书店，2001，第317页。

实际无关的东西抽出去"①。这是精神自我完成的自给自足过程。

文学理论构入实践的应用理论属性，规定着它是求解文学实践问题的理论。对于与文学对象相关的种种实践关联性的问题性研究，使它的问题不是研究者自我设定的问题，而是以实践关联的差异性跃入研究者视野的问题。研究者只是在此基础上以语言方式把跃入视野的问题提出来，而提出问题也就构入了问题；提出问题，对于提问者也好，对于被问的对象也好，对于提问题的根据也好，都具有挑战的性质，因为它发现了变化，发现了某种有待揭发的秘密，并且以使之公开的当事人的身份承受压力。问题要求形成问题各方的"强制性交流"。这是提出挑战与接受挑战的交流，它不仅使交流各方充满自我展示意识与捍卫意识地进入交流状态，而且也使交流的旁观者充满对交流过程及结果的期待，这对于理论研究正是难得的理论期待。研究者对于问题的构入使其既有知识结构、人格结构及理论主张被带入到问题中，使问题成为其个人的问题；同时，问题的差异性跃入又从外部带入了相关的种种实践关联性，与主体的既有知识结构、人格结构以及理论主张相抵牾、相碰撞、相裂变、相聚合。研究者对这些问题远不止于自我解释，他们借助问题向实践敞开，从而把自己推入实践进程，在既有知识与理论的有效性中进行知识与理论的问题阐发；而在知识与理论面对跃入者无能为力的地方，则进行有效的、新的理论建构，而且，也只有在这种意义上，他们才进行着有创新与建构意义的理论研究。对这种敞开的问题式思考与研究，劳伦斯·卡弘借助海德格尔曾做过很贴切的阐释："命题式的真理是从去蔽（aletheia）中产生的，要想打开去蔽之门，就要使证实性探索让位于作为一种创造（poiesis）、能够增强领悟力（aisthesis）的深思熟虑的理解。对于这类思想家来说，探索真理是以另一些东西为背景或决定因素，并且是受

---

① 〔德〕费希特：《全部知识学的基础》，王玖兴译，商务印书馆，1995，第7页。

制于它们的。"① 证实性探索，所证之实已然在胸，是观念的在胸；创造性探索，所探之实正在照面，有待领悟与理解。尽管卡弘的观念体系并未落入实践，但他揭示了二者的差异。问题在实践关联性中现实地敞开了，文学理论的活水也就潺潺而来。

三 实践总是以问题方式向文学理论现身

文学实践只有向文学理论现身时，才成为文学理论的研究对象。那么文学实践是以怎样的状况向文学理论研究现身的呢？

（一）文学实践在差异性中展开

实践以经验进入意识，成为经验意识，经验意识与实践展开次序具有同构对应性，因此，它不仅不滤除实践的具象性，而且以具象的经验方式保持着来自实践过程的内在关联。

实践变化的差异性导致实践自身相对于主体参与的全方位变化。实践的每一步展开对于既有实践都是差异性的，实践的差异性挑战不仅否定既有实践，而且以差异性为前提，要求实施下一步的实践展开。这就是来自实践的问题结构，即它随既有实践而来，又以差异性否定既有实践，再以这种否定为前提，求解新的实践展开。

作为实践的文学活动是延续的实践主体的创造性活动，实践主体构入并延续其中，形成沉入式自我忘却，即所说的随波逐流。"我们的同一性是在与他人的对话中，是在与他们对我们的认同的一致或斗争中形成的"②查理斯·泰勒的这种交往实践的认同感，便是一种在实践中并与实践一体的感受。实践主体发现自己在实践，并形成实践

---

① 〔美〕劳伦斯·卡弘：《哲学的终结》，冯克利译，江苏人民出版社，2001，第17页。
② 〔加〕查尔斯·泰勒：《现代性之隐忧》，杨文贵译，中央编译出版社，2001，第52页。

性关注，是唯有当实践自身出了差池、变化的时候，他习以为常的延续性或同一性才不能再由他信马由缰或随波逐流，他将难以为继。这时，实践便成为他参与其中并要求他予以思考的对象，实践在有所变化的差异性中显身为实践。文学实践正是在变化的差异性中，以对象的问题方式成为文学理论的研究对象。文学实践的目的性与合目的性的展开过程，使实践过程在手段与工具、实践主体状况、目的实现状况以及不同实践过程间的相互关联状况等方面，体现出以差异性为特征的过程阶段性。实践活动与精神活动的一个重要不同之处在于，前者总是以一种进行性的物质规定的力量，要求实践主体或实践参与者进行进一步的实践规划与实践展开，否则他就会被其他实践主体或参与者看作失败者，并被要求承担此前实践的种种损失；而作为精神活动的后者则可以用规避、转换论题、反思等方式绕过差异性纠缠。在必须面对的实践变化的差异性问题中，新的目的性与合目的性问题，新的手段问题、工具问题、主体状况问题及不同实践过程间的关联性问题等，便在进一步的文学实践展开中以经验冲击与经验反思的形式进入意识，形成对于实践的意识问题。实践在展开过程中，以差异性形成意识中的问题，并通过经验意识求解这类问题。

（二）文学实践的参与性与构成性

前面提到，实践是参与性与构成性的。实践过程的研究者要想有效地研究实践过程，就必须参与到实践中去，使自己成为实践过程的构成要素，同时也为实践所构成。认识一个对象与构成一个对象不是一回事，它们会形成并提出不同的问题，这就像看一出戏与演一出戏截然不同一样。对这样的在构入对象中认识对象的实践构成性，布迪厄阐发说：在实践活动中，"认识的对象是构成的（construit），而不是被动记录的；它也与理智主义唯心论相反，它告诉我们，这一构成的原则是有结构的和促结构化的行为倾向系统（systeme des dispositions），即习性，该系统构成于实践活动，并总是趋向实践功能"①。布迪厄揭示了实践主体构入其中，并通过"习性"而展开为实践活动的主体构成性。实践的构成性对象所面对与提出的问题同样是构成性的，它的问题关注点常常在于作为研究者的参与者如何构入对象，对象如何被构入，对象在构入与被构入中发生了什么变化，变化的特点是什么，这一变化将会怎样进一步变化，对于对象的构入的方法怎样，构入的各种要求规定怎样，它达到了或将要达到什么结果或目的，等等。对这类实践问题的理解与答案，并不预先存在于问题主体或研究主体心中，被理解的总是能理解的及所理解的这一阐释学怪圈，在实践的构成性对象中没有合理性。对实践过程而言，问题提出的目的性根据是下一步的实践将会怎样，这个问题的答案在提问时并未到来，也未必会一定这样或那样地到来，这是它不同于观念认识性根据的地方。观念认识性根据总是在于指出对象已经是什么及已经被认定为什么。实践的目的性根据又包括目的调整根据，目的调整根据所面临的是如何调整这一问题，如何调整的根据同样既不在问题提出者也不在对象，而是在二者相互作用的行为展开过程及过程延伸中，这是二者相互作用的生成规定性。生成规定性因目的生成并在生成中对目的形成规定，从而导致预定目的的调整；预定目的的调整引起目的性行为及过程调整，形成新的规定或使先前形成的规定有所调整。这是一个目的性与行为规定性交互作用、交互调整，进而交互地推动行为或过程展开的问题属性。

　　文学实践，除这种目的性与过程规定性交互作用的问题属性外，抵达那不断变化的目的的方法、手段或工具，也同样制约问题的提出与求解；这是实践构成性对象的又一种问题属性，即问题的方法属性。由于可供主体选用的方法总是已然被实施的方法或者已然证明是可供实施的方法，而它所面对的对象性问题，又是在实践差异性中照面的

---

① 〔法〕皮埃尔·布迪厄：《实践感》，蒋梓骅译，译林出版社，2003，第79页。

实践性问题，是非既定的方法性问题。这类问题的方法性面对与方法性求解便处于已然实施与尚未实施之间，用海德格尔的话说，这便是生成中的上手，或者是上手中的生成。倘若不能从这种生成中随时提出如何生成与向何生成的问题，方法对于对象的目的性运用，就难免因失控而失调，这会导致目的性行为的混乱与失序。

就拿文学理论扩容这一广泛地涉及研究对象、研究学科领域属性、研究方法以及理论身份特征的对象性实践问题来说，它作为问题提出并引发文论界关注，大体是在2004年至2006年之间。问题跃出的差异性特征是文学理论的研究对象正实践性地由文学转向非文学，其中既有文学对象这一根据，其研究方法对研究者而言显然是已然实施的，亦即已然上手的文学研究方法；但是它对实践中已引起关注的非文学方面，如时尚研究、家庭装饰研究等，在研究方法上则属于尚未明确与实施。这一问题当时的解决策略是用已然实施了的观念认识论的文学研究方法去研究尚未实施的目的性问题。为使这种研究得以进行，研究者把自己圈定在实践问题观念运作的圈子里，违背概念的常识性规范进行概念的挪用，制造了一个至今尚余波未平的"文学性"公案。①

不仅如此，在实践中抵达预设目的的方法与路径即便已然实施，也不是固定的，这里不仅存在海德格尔所说的生成性上手的情况，而且存在换手及改变路径的情况，这时，方法本身又在目的性行为或过程的进一步展开中成为问题，即如何生成性上手，如何换手，如何对不适合的方法改弦更张等。当下，一些重要的文学理论问题的研究方法与研究路径，都面临不适应状况，比如用西方启蒙中国实践的传统

---

① 众所周知，"文学性"是俄国形式主义者精心提炼的一个规定文学的概念，在这一概念中，文学找到了使文学成为文学的规定性。而2005年前后的大讨论，"文学性"却被用来阐释非文学的各种生活现象，这样，"文学性"就成为一个与本义完全相反的概念，也就是使文学成为非文学，或使非文学成为文学的概念。对于"文学性"问题，我曾做过专题阐释。参见高楠《文学理论扩容的实践走向与理论仓促——文学与文学性的一段未了公案》，《文艺理论研究》2014年第6期。

认识论思路研究中国文学现代性的实践性问题，毫无疑问，西方勃发于文艺复兴的启蒙精神并不是中国现代性的启蒙精神，它只是中国现代性的精神启蒙，而中国现代性的启蒙精神生发于受西方精神启蒙而发动的中国的现代转型实践，并见于中国启蒙先驱批判传统的民族自救与民族振兴的精神。因此，在文学实践的差异性中提出的问题，需要在有机的、变化生成的实践论方法中求解。

（三）文学实践的差异性问题现身

文学实践作为文学理论的研究对象，差异性跃出从而引起研究关注也好，经由差异性关注而促发研究者对于文学实践的参与、构入也好，在差异性文学实践的参与、构入中把握文学实践的目的性变化也好，基于新的目的性生成以及受之规定、与之互动的研究方法及路径的摸索与运用也好，归根结底，都受动并激发于文学实践向研究者现身的方式，即差异性的问题现身。

法国哲学家德勒兹曾阐释过"域外"范畴，认为一切思想的核心都是被"域外"引发。这"域外"就是在人们所熟悉、理解之物以外，德勒兹又称之为"差异性系统"。这正可以帮助我们理解实践展开的差异性，即来自"域外"的一种差异性图式，不可思考地闯入研究视野，又作为必须思考之物引起思考。它"作为展示力量关系整体的图式并不是一种场所，而是'一种非场所'：一种只为了转变之场所。在弹指间，事物便不再以同一方式被感知，而命题也不再以同一方式被陈述"。[①] 前面的阐释中已经提到，差异性对于实践展开的此前、当下及下一步展开的问题结构性，差异性的实践意义不仅仅在于它是一个此前规定、当下延续与突转以及下一步的展开趋向这种时间延续的"域外"式的空间状况，它实际上是一个更为复杂的网络结构。首先，就差异性问题得以提出的此前规定性来说，无论是具体的

---

① 〔法〕古尔·德勒兹：《德勒兹论福柯》，杨凯麟译，江苏教育出版社，2006，第88页。

文学实践最初的目的性与合目的性展开，还是历史性文学实践的发生与展开，都是复杂的历史文化原因综合作用的结果，这既是发生学或发生史的认识对象，又是交错、纠结、生成、变化的有机变动的实践展开对象。即便是对已然发生的实践史进行研究，每一次参与性或构入性研究，也都是从研究者当下生活中引发、激活并洞悉出先前研究中遮蔽的、隐藏的、忽略的、胚胎状的、未着落的、待变异的新元素，使之获得新的实践史及实践过程的理解与阐释。其次，实践差异性问题的当下性，是实践现实展开的众多规定性，其中也包括历史规定性，即在交互作用中的集群展示，而展示是动态的、生成的，登台展示时还没有的往往便会在展示中诞生出来。对这类现实展开的、见于差异性的文学实践，不在于哪一类研究能够将之表述穷尽，而在于哪一类研究能够适应于这一集群展示的不断变化与生成的文学的实践过程；它们活跃于"域外"跃入的差异性问题中，争先恐后地期待着通过适应性研究而有所着落。文学实践的差异性的问题展开样式，充满活力地发生于实践的展开趋向中。在这里，文学实践的目的性与合目的性，目的性与合目的性得以实现的工具性、路径性，以及伴随发生的过程可能性，都在文学实践差异性中向研究者透露，研究者的努力在于如何把这类问题及其求解通过差异性挖掘提升为理论问题，并运用适宜的方法，进行既合于文学实践的对应性，又合于文学理论建构期待性的理论揭示与理论陈述。再次，实践差异性问题的有待展开性，对于参与或构入实践的实践研究者而言，乃是其奠基于实践展开过程的召唤性平台。研究者把可能确定的目的性与合目的性，可能选择的上手与生成性上手的方法与路径，以及实践性研究的超越性取向——进入比实践问题研究更高的精神境界，均召唤于这个平台，并对话于其中，交流于其中，整合于其中，并由此确定自己深入研究的方法取向与学理价值取向，从而构建一个实践问题研究的理论自我。

四　文学理论问题研究的语境性与观念化

问题是问题对象在问题追问中既有意蕴的显现，同时又是既有意蕴对于问题研究者的追问性显现，对象在差异性中被进行对象意蕴的求解。这种问与被问，是在特定语境中发生的。不同时代语境与空间语境规定性地形成不同的问题。马克思曾说，时代的问题是"公开的、无畏的，左右一切个人的时代声音。问题就是时代的口号，是它表现自己精神状态的最实际的呼声"。① 时代声音、时代问题、时代口号，这类可以左右一切个人的时空规定性就是语境性的。语境的系统阐释，见于西方语义派的创始人瑞恰兹，他把各种意义纳入语义学的上下文规定中，认为意义不是意义承担者与体现者的自身规定，而是一种被规定，被规定地置于合于约定俗成的相互关联的规定性中。瑞恰兹从语义学角度把这种规定称为上下文规定，亦即语境规定②。这种上下文式的语境规定揭示了理论发生的现实根据，即理论总是现实问题的理论解答，而且它又总是现实问题得以产生的，实践的或意识的各种周围关系及构成性关系中的理论解答。语境论对于西方观念论的颠覆性在于，它使观念论通过预设而前置的观念确定性的结论，取代为后置的在相互作用中生成的结论，它显然更适合于实践论的开发与运用。

需要予以关注的是，语境规定的理论是合于语境规定的理论，因此是被语境获准的理论。然而，规定着理论生成的语境，却往往不在

---

① 《马克思恩格斯全集》第 40 卷，人民出版社，1982，第 289~290 页。
② 瑞恰兹认为任何一个词都具有多重潜在意义，究竟哪一种意义被现实地开掘与运用，取决于它正置身其中的语言环境，这是语言意义得以确定的条件。瑞恰兹的语境论不仅对"新批评"产生方法论的直接影响，而且对现实生活中任何事件的意义问题，文学实践的意义问题，提供了时空规定的根据。

它所生成的理论中被理论地表述，它对于理论的构成关系是隐蔽或半隐蔽的。这样，当语境事过境迁，它当初所规定的理论就成为语境缺失的理论，它不再受当时生成的语境制约因而成为自在的理论。这时，它在已然向生成语境封闭的理论体系中，获得一种逻辑的自满自足，从而成为纯粹观念性的理论。如前所述，西方理论在传入中国学术界时，它最初得以生成的语境早已无法伴随其规定性传入，它只是以某种纯粹观念性与中国当下的理论研究相照面并且对话。这样，中国当下的理论研究就面临两种选择：或者使自己研究的理论成为一种纯粹观念，进而与传入的西方理论进行纯粹观念性的对话；或者使西方传入的观念化理论在中国当下的理论语境中获得语境性转生，进而构入中国本土的语境性理论。前者是套用，是向着西方的投靠；后者则是同化，是以中国理论建构为主体进而对西方理论进行吸纳与消化。

当下主导性的观念认识论文学理论，由于其对象性设定不是敞开的、动态的、生成的，而是可供认识与可予认识的，亦即德勒兹所说的"场域内的权力设定"，这就决定了对于设定对象的研究成为既有认识结构的印证与实现。不过，既有认知结构作为已然完成的理论结构，作为已然完成的概念的逻辑运作的观念形态，虽然能最大限度地满足研究者对于观念的兴趣以及进行观念研究的思辨的兴趣，却难免不断地受着周围实践的冲击与逼迫。实践作为生存的过程体现，同样也是观念思辨者的生存过程的体现，因此，观念思辨者生存于其中的实践便与他的观念思辨不可避免地发生摩擦与碰撞。这时，观念思辨就可能会向着实践打开缝隙，引发实践的观念思考。

还有另一种情况，即实践冲破观念围墙，不是打缝式地而是总体性地对观念进行反思和追问，要求观念的普遍性解答。由于这类实践问题可能是代表着时代提出的，因此在时代的历史延续中，它体现为稳定的普遍性亦即必然性的追问。观念的普遍性与必然性由此便获得归入实践，进而以问题方式在归入中向着实践具体而复活的机会。这时，语境缺失的观念就可以在观念思辨面对实践的转化中，成为当下语境中的实践性的文学理论。"一个时代所提出的问题,和任何在内容上是正当的因而也是合理的问题,有着共同的命运:主要的困难不是答案,而是问题"。①马克思在这段话中进行的问题强调,从语境论角度来说,深刻地揭示了语境问题与问题的理论求解的内在关联。在实践过程中沉淀下来的文学理论应该就是这样的,有待在接下来的实践中构入性地再生的观念性理论。国内既有的观念认识论的文学理论,一些重要的基础理论问题,如文学的审美属性问题、文本中心论问题、文本构成的文体学问题、文学接受的意义阐释问题、文学功能问题、文学的批评标准与批评方法问题、文学风格问题、文学创作方法与创作原则问题,等等,由于观念化之后缺乏实践构入意识与实践再生努力,实际上不少研究已成为非实践的观念运作,即热衷于观念性地提出的问题,套用西方地并对这类问题进行观念性求解,再进而进行观念体系的建构。

拿近年来进行的人文精神讨论、现实主义讨论及后现代主义讨论来说,这些问题的实践由来毋庸置疑,它们成为当时被实践扦了缝的观念问题,但在接下来的观念思辨中,由于未能更充分地向实践敞开并在当时中国的变革实践中求得着落,导致这类问题讨论沦为套用西方的观念性讨论。于是,中国新时期文学实践中遇到的传统人伦性的人文精神,被观念化为西方建立在个性自由基础上的人文精神,并且就在这样的观念基础上展开讨论。现实主义问题是至今仍很敏感的问题,它在新时期以来引发了两次讨论,但参与讨论的一些学者却忽略了一个根本性问题,即中国并没有苏联意义上的以及西方意义上的现实主义;中国文学实践中即便强制性地为某类文学文本贴现实主义标签,那也只能称为中国人伦现实主义;这与俄国托尔斯泰式的被列宁赞许的宗教色彩的现实主义,与被马克思恩格斯赞许的巴尔扎克式的历史必然性的现实主义,以及与莎士比亚、莫泊桑、福楼拜、乔治·桑、

---

① 《马克思恩格斯全集》第40卷,人民出版社,1982,第289页。

狄更斯式的启蒙现实主义，对于生活的认识取向与认识标准都有着明显的差异。后现代主义的讨论也是一样，它从一开始就表现出非语境的观念性讨论的倾向。就拿后现代的图像问题来说，西方后现代的图像论强调，它是针对此前西方建立在理性基础上的重语言轻图像的传统，因此当图像终于活跃起来时，后现代主义的西方学者才为图像时代的到来而欢呼；然而，这种重语言轻图像的传统在中国并不存在，图像在中国，其传统地位比语言更为重要——言不尽意，故圣人立象以尽意，在这样的传统延续的当下实践中，竟然也套用西方地认定中国图像时代的到来，其远离实践的观念性不言而喻。

当观念仅是一种言说时，对于现实的观念言说不失为一种严谨而富于智慧的言说；而当观念被不加转换地套用于实践问题的言说时，它便以纯粹观念的名义进行实践的有机生成性的判决，并用放逐实践的方式执行这一判决。在缺失语境的观念运作中，坚持实践差异性问题属性而进行建构的文学理论，自然也就成为违抗观念权力而建构的理论。

第三章

文学活动的目的性与实践主体性

文学创造是目的性活动。文学创造活动的目的性是合目的性的，历史合目的性，时代合目的性以及当下合目的性。创造主体在历史、时代及当下三重合目的性的综合作用下，形成不同程度的目的自觉，以创造什么及如何创造的意向整体性展开创造活动。文学创造作为活动过程是不断向现实生活敞开的过程，进而成为与现实生活互动的过程。创造主体在这样的敞开互动中受意向整体性引导，以上一步创造状况为进一步展开的规定性，并把与现实生活的互动状况纳入这一规定性，这是一个动态规定及规定动态的推进过程。

一 文学活动与文学创造

文学创造是社会实践的目的性活动。文学创造的首要属性是社会实践性，它与历史、现实及当下社会实践持有一体性关系；在社会实践的一体性中，文学创造以特有的目的性成为社会实践的构成；文学创造的目的性在创作、接受、传播、批评、生活转换的特征性过程中得以实现。

（一）社会实践中的文学活动

文学活动是社会实践活动，社会实践性是文学活动的基本属性。

1. 社会实践的整体性

社会实践是人的生存与发展的社会性活动，生存与发展既是人的社会实践的目的、目的性过程，又是这一目的的不断实现。所谓社会实践的整体性，是指实践活动是一个由起动到目的的不同程度实现的整体展开过程，这个过程的各个展开部分彼此关联互动互构，实践主体以生命机体的一体性运作实现着实践过程的连贯展开。西方二元论把人的社会实践活动割裂为感性与理性、肉体与精神两个方面，并以此为前提思考精神与理性的规律，将此列为认识论之首要。前提的二元割裂，决定了由此得出的精神与理性把握世界的本质与规律的各种结论只具有合于割裂这一前提的合理性。20世纪以来，西方哲学界及文论界不断发现这种二元割裂或二元对立的片面性甚至荒谬性，做出扭转努力，提出很多富有启发性的看法，他们总的努力趋向是向世界的社会实践的实在状况回归。

以生存与发展为目的的社会实践的总体特征是有机整体性的，它的有机性来自人的实践主体性，人的实践主体性体现为人是对于世界的实践发起者、目的确立者、过程执行者及成果拥有者。马克思谈到人的实践过程时说："只有当对象对人来说成为人的对象或者说成为对象性的人的时候，人才不致在自己的对象中丧失自身。只有当对象对人来说成为社会的对象，人本身对自己来说成为社会的存在物，而社会在这个对象中对人来说成为本质的时候，这种情况才是可能的。"[①] 人在实践中成为社会的人，又以社会人的身份使对象在实践中成为人的对象。人是生命的有机存在，因此人的实践主体地位使实践成为生命的有机性实践。实践整体性奠基于人的生命有机性，生命有

---

① 马克思：《1844年经济学哲学手稿》，人民出版社，2000，第86页。

机性的精神与肉体的一体性，活动的变动连贯性，活动目的与活动过程的统一性，生命有机体与周围环境的互动交流性，以及生命活动的创造生成性，均规定着社会实践有机整体性的特征。

对此，我国古人早有感悟。《乐记》认为："凡音之起，由人心生也。人心之动，物使之然也。感于物而动，故形于声。声相应，故生变，变成方，谓之音。比音而乐之，及干戚羽旄，谓之乐。"① 因物而心，由心而形于声，方于音，比于乐，这个过程便是一个有机生成的过程，中国古代诗乐一体，又以乐为先，谈乐亦即谈诗，对后世影响深远的《乐记》，道出了我国古人对文学活动的有机整体性的体悟。这也是我国古代哲学思想与文学思想不同于西方二元论的基本特征。

（二）文学活动是社会实践的有机部分

作为社会实践的文学活动，不仅分有社会实践的有机整体属性，并且以其有机整体性构入社会实践，成为社会实践的有机部分。首先，文学活动主体并非专为文学的主体，他们都带着社会实践的主体身份进入文学活动，并凭借这种身份成为文学活动的主体。他们的文学活动受孕于社会实践，生发于社会实践，理解并表现于社会实践，又在社会实践中实现文学活动的实践功能。其次，文学实践过程是展开于社会实践的过程，构成文学活动的各种特征性活动都不是独立自主的活动。这类活动不仅在社会实践中发生，而且活动的流转变化总是与社会实践相互作用的流转变化，在这样的相互作用中，社会实践的历史性、时代性及当下性构入文学活动并成为文学活动不容混淆的属性。再次，文学活动的目的性实现亦即文学活动成果，总是在社会实践中实现并因此成为实践成果。独立于社会实践的文学目的或文学成果，这种独立仅仅是相对而言的，其间的界限在于前者是实在后者是摹仿或虚构。韦洛克、卡勒等西方文论学者把文学虚构作为文学的突出特

---

① 胡经之主编《中国古典文艺学丛编》（一），北京大学出版社，2001，第6页。

征谈论:"读者对文学的关注期待各有不同,其原因之一就是文学的表述言辞与世界有一种特殊的关系——我们称这种关系为'虚构'","文学的虚构性使其语言区别于其他语境中的语言,并且使作品与真实世界的关系成为一个可以解释的问题。"[1] 然而,这个界限是篱笆状的,文学虚构不断地穿越界限向社会实践流贯,虚构又可信,可信又虚构,其中的变换根据,是文学活动与社会实践活动的一体性。对此,伊格尔顿从文学创作与社会实践见于意识形态的一体性关系阐释说:"任何文学其实都是被某种阐释活动从它的实用语境中分离出来的、受制于一种笼统化的、重新阐释的东西。由于这种重新阐释总是限定在意识形态之内的一种特定姿态,文学本身永远是一种意识形态的建构"。[2] 在高度关注文学的政治实践属性的伊格尔顿这里,意识形态是文学活动与社会实践一体化的证明与根据。

(三) 文学活动的实践创造性

文学活动是创造性活动,在它的各个特征性活动中,创造性是共有的属性。文学活动的创造性通过虚构性与修辞性的语言运作而实现。

1. 文学活动

作为社会实践有机部分的文学活动,像其他社会实践活动如社会实践的政治活动、经济活动、宗教活动等一样,是精神性与物质性相统一的活动,是有自己的活动规定性、活动特点,又与其他实践活动相互作用、影响与构成的综合性活动。文学活动是社会实践着的语言活动,这使它不同于通过劳作或运用器具作用与改造自然对象或社会对象的实践活动,也不同于通过利用和改造自然对象或社会对象而实

---

[1] 〔美〕乔纳森·卡勒:《文学是什么》(节选),周宪总主编《文学理论研究导引》,南京大学出版社,2006,第41~42页。
[2] 引自段吉方《意识形态与审美话语——伊格尔顿文学批评理论研究》所译英文文献 Terry Eagleton. Walter Benjamin-or-Towards a Revolutionary Criticism, London: Verso Press, 1981,124. 人民文学出版社,2010,第40页。

现一定利益目的的实践活动，它存身于上述实践活动，是上述实践活动中语言形态的活动；它又以见于语言的修辞性与虚拟性特点，有别于实践活动中的其他语言形态的活动，如人际交往的语言活动、公共领域的语言活动、职业公务的语言活动等，修辞性与虚拟性是文学这种语言活动的语言形态特点；文学活动的修辞、虚拟的语言形态特点，通过多种文学活动形态得以体现，包括文学文本的书写形态、文学文本的接受形态、文学宣传形态、文学传播形态、文学表现形态、文学活动向其他活动的转化形态、文学批评形态等，文学文本是活动见于文字的固定化形态。

对文学活动进行这样的理解，既有文学发生的历史根据，又有文学活动展开的现实根据。大量文学发生的史料研究证明，文学活动是普遍性的人类生存活动，这是与其他的人类生存活动共生的活动，它或者是劳动中的协调活动、激励活动，或者是巫术活动中祈神求灵的传达活动，诗乐舞一体也好，文史哲一体也好，都是文学活动的特征性的历史痕迹。就各时代文学活动的展开而言，它都是在各时代的社会实践活动中生成并发展，并且任何有成就的文学家或者庸碌地从事着文学活动的人，都是从他们各自的综合性的社会生活或社会实践活动中开始文学活动的。而且，文学活动碍于发生期的这种综合性，其实至今没有大的变化，它仍然是综合地、实践地活动着的。

文学活动的提法在已有的文学研究中并不少见，但很多持这一提法的研究者把视野限制于文学文本，关注文学文本的创作与接受，这是对文学活动实践属性的单一化。比如美国当代文学理论家 M. H. 艾布拉姆斯提出文学以活动的方式存在，文学文本只是文学活动的一个要素，文学活动还有另外三个要素，即世界、作家与读者。[①] 这种提法虽然由文本单一要素扩展为四个要素，但仍然是以文本为中心的观

---

① 〔美〕M. H. 艾布拉姆斯：《镜与灯——浪漫主义文论及批评传统》，郦稚牛等译，北京大学出版社，1989，第 5~6 页。

念性设定,用艾布拉姆斯的话说,这是一个"人为性"的构架。艾布拉姆斯的这一四要素文学活动说被国内对文学进行活动性研究的学者普遍看重,并写入新编写的文学理论教材,只是后者更强调了四要素的互动互构的流动性。可以肯定的是,艾布拉姆斯把文学理论研究对象由先前的文学作品放大为四要素的活动,这是思路的更新;不过,这种四要素的活动看法,并没有解决文学活动的实践属性问题,这里的关键在于由要素而研究活动,这一要素取决于艾布拉姆斯对文学活动的确定于西方认识论研究传统的观念,当活动成为观念构建的活动时,它便不是社会实践活动,而只是观念,于是,真正意义的实践性的文学活动便在研究的位置上消失了。英国文学理论家艾·阿·瑞恰兹把这种观念地分割对象又将之设为观念对象进行研究的做法比喻为"在黑屋里追逐实际上没有的黑猫的盲人"。[1] 固然,要素研究为理论研究所必不可少,构成的要素、结构的要素、活动的要素等,但实践论地说,这类要素应是实现着文学活动的整体性的要素,它们只能在文学活动的整体性中被发现并进行整体性地思量与考查。为避免不必要的误解,这里须予以强调的是,把文学理论的研究对象与文学文本纠正为文学实践,并非否定文学文本的重要性,文本作为文学活动确定化了的语言形态,凝结着文学实践的众多信息,是文学实践的语言化石。这里强调的是把文本回归于文学实践凝练物的位置上来,进而把文本研究纳入文实践的动态研究中。

2. 文学活动是虚构的修辞的创造性活动

文学活动的创造性以其见于语言的虚构性与修辞性为特征,这是它与一般社会实践创造性的差异。

虚构,是文学活动创造性的特征体现。见于语言的文学虚构是创造性地展示并非实存或并非曾经实存的生活样态的实践过程,或者,它是以并非实存或并非曾经实存的生活样态,呈现对于社会实践过程

---

[1] 〔英〕艾·阿·瑞恰兹:《文学批评原理》,杨自伍译,百花洲文艺出版社,1992,第34页。

的生存与生活体验；前者实现着对于社会实践过程的虚拟展示，后者以虚拟展示的方式，呈现对于社会实践过程的生存与生活体验；前者与后者都建立在某种真实的基础上，即虚拟又让人信以为真。这便是通常所说的艺术真实。艺术真实与生活真实具有摹仿的相似性、过程的同构性以及体验的同类性，它们都在文学活动与社会实践的一体性中获得。摹仿即对于一定社会实践行为的摹仿，以逼真或相像为标准；同构，取构于社会实践中行动或事件的内在关联性，包括时间关联性、空间关联性、因果关联性及心理关联性。体验的同类性，指虚构中的体验与社会实践的生活体验是同种类型的体验。文学活动与生活，在上述三个方面获得真实的同一性。这是文学活动对于生活的虚拟创造得以转化为生活真实感受的原因。

　　文学活动的创造性除体现为对于生活的虚构且又可信的展示，还体现为这种展示的虚构状况，即这是似于生活又异于生活的超越性创造。刘勰把这种超越性创造的自由状态描述为"登山则情满于山，观海则意溢于海，我才之多少，将与风云而并驱矣"①。德国哲学家、文学评理家狄尔泰谈到文艺复兴时期文学创造的超越性时则说："它赋予那个时代极盛时期的文艺作品及诗作以力量使之克服民族和宗教的局限，从而使它们提高到普遍有效的程度，成为世界文学的一部分。它有助于加深对人的描写和对世界进程的反映；它强调个人包括他的外观以及他与世间万物和某些无形力量的相互关系，因而更深入地强化并决定了对生活的相像的理解"②。文学创造对于生活的超越性，既是一种超越时空的心态自由，又是对生活及世界的实践性提升。

　　文学修辞是文学活动的语言实践特征。在文学的语言修辞中蕴含着一个实践关系结构，即谁在进行语言修辞，对什么进行语言修辞，用什么修辞手段修辞，以及向谁修辞，这四个方面在任何一方都共时

---

① 周振甫：《文心雕龙注释》，人民文学出版社，1983，第295页。
② 〔德〕狄尔泰《诗的伟大想象》，伍蠡甫、胡经之主编《西方文艺理论名著选编》下卷，北京大学出版社，1987，第551页。

性地发挥作用,即谁修辞当谁这个主题修辞时,就同时解决了对什么修辞、用什么方法修辞以及向谁修辞的问题,向谁修辞的一方也同时解决了谁向他修辞,如何修辞以及修辞了什么的问题。文学活动的语言修辞结构的实践效果,便是使文学活动各方面的实践关系通达顺畅。对此,王一川做出了富于实践论意味的阐释:"文学的语言创造并非为着语言自身,而实际上为着社会文化语境中取得特殊的效果;通过调整语言组合而间接地调整人的现实生存境遇,使这种充满矛盾的现实生存境遇变得通达顺畅。这就是说,修辞意味着造成特殊的社会效果而调整语言组合,使其最大限度地产生特殊社会效果。"[1] 因此,修辞的意义并不止于通常理解的写作手法或写作技巧的意义,它更体现为人们在社会实践中的交流,并通过交流更有效地展开社会实践的意义。

3. 文学创造的实践属性

虚构的文学创造与修辞文学创造就文学文本而言是以语言为质料的创造。按传统二元论的理解,见于虚构的语言运用,是精神活动而非物质性的实践活动,这是很多文学理论研究拒绝从实践角度谈论文学活动的原因。这里的关键是要有机整体性地理解文学活动与其文学质料间的关系。

质料一词始用于亚里斯多德四因说[2],质料亦即搭构创造物的材料,其中有物质的意思,相当于盖房子所用的砖瓦土木。语言作为文学质料的物质性,不能因为它表情达意的符号功能而被忽略。它的因用而取的随时随地的可调取性与可搭配性,它黑字白纸或键盘敲击见于屏幕的印迹特点,都证明它作为艺术符号的物质性。它和雕塑、建筑质料一样,是坚实的实在。谷鲁斯的内模仿说,里普斯的移情说,都同样在语言符号的文学运用中发生,这是并无例外的实践体验过程。

---

[1] 王一川:《文学理论》,四川人民出版社,2003,第75页。
[2] 亚里斯多德认为一切事物都有四种成因,即质料因、形式因、创造因与最后因。

存在主义哲学家海德格尔论及诗的语言的呼唤召唤功能时，认为这是一种物性活动与物性功能，"被命名之物，被召唤之物把天空、大地、诸神和必死者聚焦到自身之中……这种汇集、聚拢、让其存留，便是物的物性活动。万物通过物性活动而展开了世界"①。萨特则指出："在语言运用中说话者处于特定的环境之中，受到词语的包围；这是他的感觉、四肢、触角和眼睛的延伸；他从里面操纵它们，像感受到自己的身体一样感受到它们，语言的肉体环绕着他并对世界发生影响，而他只是勉强意识到它。"② 这类说法充盈着对于文学虚构与修辞的语言创造的实践性肯定。文学虚构与修辞的语言创造的实践性肯定，进一步肯定了文学活动的社会实践属性。

二 文学创造的合目的性

社会实践的目的性规定着社会实践是受一定目的引导并坚持实现这一目的的活动过程。社会实践的目的性规定着作为社会实践的文学创造活动的目的性，文学创造活动不同于其他社会实践活动的特殊性，由其特殊的目的性决定。

（一）社会实践的目的性

目的是事先设定的目标或所要达到的状况。某种事物的创造生成按照事先设定的目标或所要达到的状况进行，则这种事物及生成这种事物的进程就具有了目的性。人的社会实践是目的性的活动过程，其总体目的在于人的生存与发展，人类历史就是通过社会实践不断实现这一目的的历史。社会实践的目的性呈现于人类生成与发展的历史

---

① 陆扬主编《二十世纪西方美学经典文本》第二卷，复旦大学出版社，2000，第461页。
② 陆扬主编《二十世纪西方美学经典文本》第二卷，复旦大学出版社，2000，第479页。

过程。

社会实践由不同历史时期的具体实践活动构成,具体实践活动是直接的目的性活动,即是说,每一个具体实践活动都有其大体明确或者精确规划的目的。马克思曾用蜜蜂凭本能构筑蜂巢和工程师凭图纸开展实践过程进行对比,指出人的实践活动总是在实践开始之前预设一个目标或状况,接下来的实践活动便是在预设目标或状况的引导下展开的活动过程。人的设定实践目的的根据既取决于人的生存与发展自身,又使这一生存与发展的自身根据合于实践所作用或改造加工的对象根据,由此展开的实践过程便是这两个根据不断统一的过程,而统一的结果,便有了实践的目的性实现,这也就是一个具体实践过程的完成。马克思把这样的实践过程称为"按照美的规律进行创造",这是一个重要的实践论命题。

人能够在自身根据与对象根据的统一中预设实践目的并通过实践活动实现这一目的,有两个基本条件,这就是意识活动与语言交流活动。人在实践中通过意识活动认识、了解对象,同时也对自己的实际状况有所认识,由此确定进一步实践的目的;同时,他又意识到实践展开的目的执行情况与对象变化情况,进行实践过程调整,使意识成为实践的意识,使实践成为意识的实践。语言交流活动不仅是意识交流,也是实践的群体性组织与群体间及群体内部的交流,通过语言交流,群体目的性活动成为社会实践活动。由此也可以看到,实践活动离不开认识活动,实践是认识着的实践,认识是实践着的认识,认识在实践中。从这个意义上说,认识论与本书坚持的实践论并不是二元对立关系。

(二)文学活动的目的性与合目的性

实践活动是目的性活动,这是就社会实践的总体而言的。具体的实践活动又体现着不同的实践目的,如政治目的、宗教目的、群体利益目的等。这类现实实在的实践活动在实践目的上有一个相同点,即目的的相对明确。

与此不同的是文学活动，也包括其他艺术活动，它不同于那些现实实在的具体实践活动，它是以虚构为特点的实践活动，它的目的性也是见于虚构的目的性。这里，虚构什么，在未构之前没有其他社会实践活动的那种可以见诸文字、数字，可以见诸图纸的相对明确的预设目的，即便有个活动大纲，那也不过是活动中可供攀缘的绳索，而不是明确的预设目的。文学活动的目的性是隐约且又模糊的目的性，而由隐约且又模糊的目的引导的文学活动就成为目的性隐约且又模糊的活动。我国古代文论家们普遍体会到这种情况，历史地形成与运用着表述这种状况的一些代表性范畴，如志、象、气、韵、风、骨等，它们被用作文学活动的目的性标准。宋代文论家严羽对这样的目的性活动讲得生动形象，他说："诗者，吟咏性情也。盛唐诸人惟在兴趣，羚羊挂角，无迹可求。故其妙处透彻玲珑，不可凑泊，如空中之音，相中之色，水中之月，镜中之象，言有尽而意无穷。"① 西方传统文论面对西方传统叙事文学，叙事文学与我国文学传统中占据领主地位的诗文学相比，其目的性自然要确定与明确一些，但这也只是相对而言。西方传统文论对文学研究多用认识论方法，如亚里斯多德《诗学》、莱辛《汉堡剧评》、席勒《论悲剧艺术》、别林斯基《艺术的概念》等，这类方法的共同特点是对文学活动进行明确确定的研究。这为后来的文学活动理解留下了巨大的方法论障碍。20世纪以来，西方文论学者面对日益复杂的文学活动，认识到这一方法论障碍，并着手改造或拆除，尼采、柏格森、弗洛伊德、布莱希特、茵加尔登、狄尔泰、海德格尔、加达默尔、德里达、福柯等，都为此做出努力。如现象学派用"意向性"指认文学活动定向却又变动、模糊的目的性特征，接受学派把文学活动的目的性实现理解为通过"对话"与"召唤"而进

---

① 严羽：《沧浪诗话》，北京大学哲学系美学教研室主编《中国美学史资料汇编》，中华书局，1981，第78页。

行的互动性创造等。

文学活动的目的性隐约模糊，但文学活动又体现着合目的性。合目的不同于文学活动的自身目的，文学活动的自身目的引导、规定、实现于文学活动自身，合目的则是合于文学活动之外的某种目的，这是一种域外目的或他者目的，它来自比文学活动更大的活动，而且这是文学活动构入其中的活动，这一活动便是社会实践。

合目的性的提法始自康德。他在《判断力批判》中，从审美对象与其目的关系角度阐释审美判断，认为美的事物虽没有明确目的，但具有"符合目的性"。对此，我国著名美学家朱光潜分析说："没有明确目的，因为审美判断不涉及概念；有符合目的性，因为对象的形式适合于主体的想象力与知解力的自由活动与和谐合作，这仿佛是由一种'意志'……来预先设计安排的。"① 康德所说的"没有明确目的"，是指无法用概念明确言说，这接近于文学活动无可尽言的模糊目的；他所说的"符合目的性"，是指符合审美判断的先验规定性，这与本节所说的社会实践的规定性就不一样了。

（三）文学活动合目的性的时间形态

文学活动对于社会实践的合目的性可以从时间形态划分，即历史合目的性，现实或时代合目的性及当下合目的性。这种合目的性的时间形态的区分，取向于法国社会学家皮埃尔·布迪厄实践反思的思维方式，在这种思维方式中，实践以其现实活动的过程性，实现着历史、现实与当下的统一②。

1. 历史合目的性

历史合目的性是社会实践在历史展开过程中体现出的对于人的生存与发展的规定与实现。实践主体作为历史实践的主体，既是自我决

---

① 朱光潜：《西方美学史》下卷，人民文学出版社，1979，第365页。
② 〔法〕皮埃尔·布迪厄、〔美〕华德康：《实践与反思——反思社会学导引》，李猛、李康译，中央编译出版社，2004，第157~186页。

定的又是在历史过程中被决定的主体,在自我决定与历史决定的统一中,人成为历史合目的性的主体,并因此成为在历史过程中实现着生存与发展的主体。对这种合目的性的决定与被决定关系,布迪厄说:"只有当我们说社会行动才是决定自身的时候,我们才可以同时说社会行动者是被决定的。"① 这就是说,人在历史实践中不仅自我规定,又同时被历史规定。

任何文学活动都是有历史根据的活动,也都是合于历史根据的活动。鲁迅如果没有当时国民性的历史根据,就不可能创作出呈现当时国民性的《阿Q正传》,同样,莎士比亚如果没有文艺复兴的历史根据,也就无法创作他的悲剧与喜剧。因为文学活动主体在自我决定中又为历史所决定,所以他才获得了历史合目的性,也才为历史所验证与接受。

2. 现实合目的性

现实以一定的时代形态划定为现实,现实合目的性又是时代合目的性。现实合目的性以一定的时代精神、时代趋向或时代主流体现出来。作为社会实践活动的现实形态,是现实实践的展开形态,它见于人的现实实践关系状况、现实实践的过程状况,以及现实实践过程的行动模式状况,这是实践主体与实践对象相互作用的过程。在现实实践中,目的通过实践主体的目的规划与实施而成为现实实践的目的。这样的目的作用着、规定着文学活动的展开,使文学活动成为合于现实实践目的的活动。"80后"文学写作群体崛起并且被众人接受,并不是"80后"写作群体的目的性运作,他们对自己的崛起与被众人接受始料不及,他们的文学命运是由时代所决定的,是因为他们的文学活动以某种方式合于时代的实践目的性。

3. 当下合目的性

当下是社会实践的正在展开。对于实践主体而言,他存身于正在

---

① 〔法〕皮埃尔·布迪厄、〔美〕华德康:《实践与反思——反思社会学导引》,李猛、李康译,中央编译出版社,2004年,第157~186页。

展开的实践过程中,并以其目的性活动,构入正在展开的社会实践。历史目的与现实目的,作为已然实现的目的,以其完成式成为可予反思的目的,并经由反思构入当下实践目的;当下实践目的则是正在经历与发挥作用的目的。文学活动作为当下实践活动的有机构成,有自己的活动目的,但它同时又不同程度地合于当下展开的社会实践目的。概括地说,文学活动的当下合目的性,指按照文学活动目的展开的文学活动,其活动目的的形成,其目的规定的活动过程,以及目的过程中的各种活动状况,包括活动主体的心理状况、机体状况、行动状况,都处于当下社会实践的目的规定性中,并不同程度地符合这一正在展开的规定性。

4. 文学活动合目的性的综合状况

这里有两个问题需要阐释。其一,历史目的性、现实目的性及当下目的性,并不是社会实践活动对于文学活动的分派与附加,而是一种融合,融合是通过文学活动主体实现的。对此,布迪厄通过他的"惯习"理论进行了阐发,即实践在"惯习"中发生与展开。他对"惯习"解释说:"我说的是惯习(habirus),而不是习惯(habit),就是说,是深刻地存在于性情倾向系统中的,作为一种技艺(art)存在的生成性(即使不说是创造性的)能力,是完完全全从实践操作的意义上来讲的,尤其是把它看作某种创造性艺术(ars inveniedi)。"[①] 他结合实践活动具体地说:"惯习观提请我们注意,这种建构的原则存在于社会建构的性情倾向系统里。这些性情倾向在实践中获得,又持续不断地旨在发挥各种实践作用;不断地被结构形塑而成,又不断地处在结构生成过程中。"[②] 这就是说,社会实践建构包括建构的目的性,对于各种具体实践活动,包括文学创造活动,不是明文规定的,

---

① 〔法〕皮埃尔·布迪厄、〔美〕华德康:《实践与反思——反思社会学导引》,中央编译出版社,2004,第165页。
② 〔法〕皮埃尔·布迪厄、〔美〕华德康:《实践与反思——反思社会学导引》,中央编译出版社,2004,第164~165页。

也不是强加的,而是通过社会实践中生成的见于活动主体的性情倾向系统融合性地实现的。其二,历史合目的性、现实合目的性与当下合目的性不是各自独立地作用于、实现于文学活动,它们是一体性地在布迪厄说的性情倾向系统中发挥作用,不同程度地实现着活动的合目的性。这里,一切都当下性地发挥作用,当下是融合着历史与现实又向着正在展开的活动敞开的结构,它不仅潜存于活动主体的知识心理结构与经验心理结构中,而且也潜存于主体的机体活动中,通过机体的感官活动,与社会实践进行合目的性交流。

三 文学创造与社会生活互动

文学创造活动是社会实践的构成,社会生活是社会实践的日常形态。社会生活中有很多非实践因素,如见于休闲、消遣、兴趣的一些不具有实践目的的行为。西方马克思主义代表人物于尔根·哈贝马斯将行动和行为进行区分,认为行动(action)是有目的、有意义的活动,行为则是无意识的或被因果律决定的活动。这可以理解为,行动是实践性的,行为则主要是生活性的,我们在这重意义上对实践与生活加以区分,并由此出发分析文学活动与社会生活的关系。

(一) 文学活动与社会生活互动的基本形态

从理论研究角度来说,实践以其目的性行动有别于生活的下意识行为及非目的性的被因果关系推动与展开的行为。不过,对于人的生存而言,实践与生活并没有明显界限,人们实践着并生活着。同样,人们也生活着并实践着。文学活动的实践属性因此也是在日常生活中实现的属性。

文学活动以其有别于其他实践活动的可感可动可以参与并可以思考的过程样式,也就是基本形态,进行着与日常社会生活的互动,并在这个过程中实现为合目的的实践活动。

1. 文学创作活动

文学创作活动以文学文本写作为活动过程,以文学文本的产生及完成为目的指向,在这样的目的性活动过程中,创作主体的知识心理结构、文学经验结构、生活经验结构,以想象及体验方式进入目的性控制,并因此被相互打开,彼此创生、连贯、组合、融通,以有机整体的文学文体样态形塑于文学文本。

文学创作主体在创作活动中经历了一次重要的身份转换,即由社会实践的生活身份转为文本书写的创作身份。这样的身份转换具有带入意义与开发开创意义。带入意义,在于实践的社会生活被创作主体以生活亲历的在场资格带入文本写作现场,并在文本写作目的性的引导下转化为虚构的文本生活图景,这是文本的生活样式的由来,也是文本作者以其生活亲历的资格所做出的可信性举证。开发开创意义,是就文学活动而言,在于创作主体以现场创作者的身份,对他所拥有的生活资源及文学活动资源,进行符合创作目的的开掘,包括文体性开掘、形象性开掘、技法性开掘等,这些资源在开掘中当下化;同时,这又是生成,从未实存过的世界、人物、场景被唯一性地创造出来。创作主体身份转换的上述二重意义,又在创作主体的生存同一性中统合,生存同一性即不管作者进入怎样的实践与生活角色,那都是他本人。这种统合使虚构成为真实、真实成为可信,文本写书活动成为当下生活活动。

2. 文学接受活动

文学接受不仅是对于文学文本的接受,也是对于文学宣传、传播、生活转换,包括对于接受与批评的接受。文学文本接受以集中性有别于其他文学活动的接受。

文本接受的集中性,在于阅读对活动时间的全神贯注的占有,并在占有中延续。阅读的分神是接受活动的退出,退出原因有很多,如文学文本的、接受主体兴趣的、生活干扰的,等等。文本的虚构世界与生活的现实世界在阅读集中性中通过理解与体验互动、互构，生成一个接受的世界。这里存有一个在阅读中发挥作用的接受者对于文本的接受机制，不少接受理论的研究者探讨这个机制，有代表性的探讨如沃尔夫冈·伊瑟尔，他认为"接受中的交流是一个处于动态之中并受到调节的过程，启动并调节它的不是一种既定的符码，而是一种隐与显、表露与掩盖之间既互相控制又相互扩展的相互作用。隐含东西引发读者的思维行动，这一行动又受显露部分的控制。隐含部分揭示之后，外显部分也随之得到改造，一旦读者弥合了空隙，交流便即刻发生"①，伊瑟尔这位接受理论的代表人物，从文本与读者在阅读中互动的角度所进行的互动机制探讨，具有研究思路的启发性。他不仅坚持了阅读中生活对于文本介入的接受理论的一贯主张，而且进一步涉及介入如何可能这一问题。文本之外的其他文学接受活动，如传播接受、向着生活的转化接受，则更多一些日常行为倾向，更具有兴趣性、随意性、从众性等。

3. 文学传播活动

文学活动与社会生活的互动互构通过文学传播而进行，文学传播不仅是既有文学活动与社会生活的传播，而且参与二者互动并构入其中。也就是说，文学传播使文学活动与社会生活获得相应形态。

文学传播活动由传播媒介、传播手段、传媒角度及传播形式构成。这些构成方面，不仅向着文学活动构成，也向着社会生活构成。因此这种传播构成本身也是被文学活动与社会生活建构的。文学传播在文学活动与社会生活建构中进行着对于双方的互动性传播，并因此获得自己的传播活动形态。这种互动性传播不仅是文学活动信息经由传播而由此及彼，更是文学活动与社会生活互动信息经由传播而生成与互达。对此，美国传播学家约翰·费斯克概述说："……将传播看作一

---

① 〔德〕沃尔夫冈·伊瑟尔：《文本与读者的相互作用》，周宪总主编《文学理论研究导引》，南京大学出版社，2006，第283页。

种意义的协商与交换过程,通过这个过程,讯息、文化中人(people-in-cultures)以及'真实'之间发生互动,从而使意义得以形成或使理解得以完成。"① 这种说法,合于文学活动通过文学传播而与社会生活互动的实际情况。在大众传播时代,文学传播活动以其对于文学活动的创构性,对于文学活动主体的型塑性,以及对于社会生活的话语凝聚性而更加文学活动化,使通常意义的传播获得更充分的文学活动意义,也使文学活动进一步成为传播的文学活动。

4. 文学的社会转换活动

文学活动与社会生活的互动互构是活动性的,这也是文学活动的基本形态,即文学活动的社会转换活动。

文学活动的社会转换活动,指一定的文学活动方式、样式、过程性意蕴及语言虚拟或修辞形态,通过传播活动,通过一定社会部门的转换活动(如影视制作部门的影视转换,广告制作部门广告的修辞性转用),以及相关社会实践活动(发布活动、宣传活动、演艺活动、评奖活动、签名售书活动等),而对社会生活渗透与播撒,这是使文学活动对于社会生活的互动得以过程性实现的社会活动。这类社会转换活动未必以文学活动的目的性展开,但它却合于文学活动与社会生活互动互构的目的,并使文学活动的实践功能得以实现。这类活动是文学文本对于社会生活的反哺,文学因此生活化,文学活动因此现实地实现。

文学的社会转换活动对文学活动是语境性的,文学活动的各种情况在相应语境中被规定,因此形成文学活动与社会生活的互动互构形态。当下正展开着的大众文化,语境性地使这种活动日常生活化。

(二)文学活动与社会生活互动的主体性根据

文学活动与社会生活互动的主体性根据体现为:人以主体身份进

---

① 〔美〕约翰·费斯克等编撰《关键概念:传播与文化研究辞典》第二版,李彬译,新华出版社,2004,第45~46页。

入文学活动，成为活动的规划者与实施者，以其智慧、丰富的情感及旺盛的生命力，使活动充满生机，实现着文学活动随时向社会实践敞开，并在社会生活与文学活动的主体身份转换中保持人的生存同一性。根据人在文学活动与社会生活中的主体身份转换情况，对主体性互动问题分述为三个要点：

1. 主体的生活实践目的转化为文学活动的合目的

前面说过，具有自身目的性的文学活动同时又具有对社会实践的合目的性，这种情况实现的重要途径，即活动主体身份转换的生存同一性。生活主体身份使他总是在见于生活的社会实践中被规定于生活的实践目的，他的行动目的、思维目的、交往目的等，都受社会实践目的的制约，他因此是社会实践的目的性存在。我国著名美学家蒋孔阳说："不是人要适应自然对他的选择，而是自然要适应人的目的和需要，服从人的支配。就这样，人在有目的有意识地改造自然的过程中，'创造一个对象世界'。"[①] 生活主体带着这样的目的性转为文学活动主体，自然也就把他的实践目的性带入文学活动，使文学活动在实现自己目的的同时合于社会实践目的。

2. 主体的生活经历转化为文学活动的主体根据

文学活动主体的生活经历，在各种形态的文学活动中都是他投入其中的切身根据。具体的文学活动未必都在活动主体的切身经历中展开，但在切身经历中获得展开的经验根据、理解根据以及体验根据。主体生活经历是主体生活身份的形成与验证，这使他成为真正意义的生活主体；生活富于变化的展开过程，具体化于他的生活经历，又使他成为生活变化的经历者与见证人，这样的变化是主体融入的而非对象性地认识的，是切身于其中的而非语言把握的，这正是文学活动实践属性而非传统认识属性的体现。还有，文学活动的创作性、接受性、传播性与转化性，其实都是在活动主体亲身经历的基础上展开的，否

---

① 蒋孔阳：《蒋孔阳美学艺术论集》，江西人民出版社，1988，第190页。

则，文学活动中构成生活征兆的细腻、流转、生成、变化的东西，这些生气贯注的东西，便无从主体性地提示与把握。

亲历者要聆听、注视及环顾，他的所听、所视、所顾，通过他的亲身经历消除对于他的陌生性与排斥性，扩展为他的世界。他把这样的世界带入文学活动，文学活动也便成为以他为主体的亲历的世界活动。对于这个亲历主体，海德格尔称为"此在"："'此在'总要在现场现身，在现场情态中'此在'总已被带到它自己面前来了，它总已经发现了它自己，不是那种有所感知地发现自己摆在面前，而是带着情绪地自己现身。"① 活动主体的亲身经历就是他自身，社会生活的自身与文学活动中的自身，他通过自身拥有世界，并使自身构入世界。

3. 主体的生存综合性实现着社会生活向文学活动转化的丰富性

文学活动主体是历史进化的人的各种能力的综合体，每一种能力亦即马克思强调的人的本质力量。人的本质力量的丰富性是社会生活丰富性在社会实践中的主体化与综合化。随着社会实践的展开与深入，人的本质力量不断细化与开发，与之相应的生活也不断地丰富多彩。人作为文学活动主体把这种综合性带入文学活动，同时把与之对应的丰富多彩的社会生活带入文学活动，文学活动的丰富多彩的综合性由此获得。

---

① 〔德〕海德格尔：《存在与时间》，陈嘉映、王庆节译，生活·读书·新知三联书店，1987，第166页。

第四章

实践论的文本阐释学

　　众所周知,世界上的一切实践活动都是对象性的,脱离了对象便不存在实践活动。文学创作是以文本为其活动的对象,文学接受是以文本为其活动的对象,文学批评是以文本为其活动的对象,如果文学理论和文学创作、文学接受、文学批评同样是一种实践活动的话,那么它就不能以其自身,或者以某些乃至某种理论、观念、认识为最终的对象,也不能抛开文本而以所谓的"文学创作""文学接受""文学批评"为最终的对象。道理很简单,这是因为,如果抛开了文本,也就抛开了文学创作、文学接受、文学批评的对象,而失去了对象的所谓的"文学创作""文学接受""文学批评",就已经不再是一种活动,更不是一种实践性活动;只是一些概念,甚至是一些僵死的概念。

　　这则寓言故事广为人知:"叶公子高好龙,钩以写龙,凿以写龙,屋室雕文以写龙。于是天龙闻而下之,窥头于牖,施尾于堂。叶公见之,弃而还走,失其魂魄,五色无主。是叶公非好龙也,好夫似龙而非龙者也。"(汉·刘向《新序·杂事五》)它也完全可以用来生动地描画出那种作为观念认识论的文学理论的本质属性,正如其中的叶公子高,某种龙的观念而不是龙之本身为其所好,观念认识论文学理论其实是把某种文学观念而不是文学本身当作自己认识的对象,当然也就无法面对文学本身,或者当其面对文学本身时,必然要"弃而还走,失其魂魄,五色无主",因为它"非好龙也,好夫似龙而非龙者也"。一条真正的龙,它有头角峥嵘、鳞爪耀熠的躯体,和应感变化、光流电转的精神,及动静不定、升潜难测的活动,而活生生的文学本身也同样要有躯体,要有精神,要有活动。文本,它不只是文学的躯体,也蕴含着文学的精神,展现出文学的活动。退一步来说,即便文本只是文学的一具以语言为头角、文字为鳞爪的躯体,那么如果没有这具躯体,也就根本没有活生生的文学本身。因此,作为实践论的文学理论,它敢于宣称自己是一种彻头彻尾的文本学,把一个个文学文本都看成具有全副躯体、精神和活动的真龙,不仅认为文本就是文学的核心,也断定文学的本体就是文本。这样的文学理论之所以敢于提出这样的论调,是因为它明确一个浅显的道理:对象化与对象是浑然一体的活动,没有对象化就不存在对象,反之,没有对象也就不存在对象化,换言之,对象就是对象化活动本身,因此除了对象,无法再另外"发现"一种对象化活动。

那种观念认识论的文学理论,或许这时正在——更确切地说早已开始——担心甚至嘲笑这种自认是彻头彻尾的文本学的文学理论会深陷于形式主义的泥潭不能自拔,其实那些善意的担心者与恶意的嘲笑者,反而将要或已经深陷于由种种空乏无力的概念混合而成的彻头彻尾的形式主义泥潭之中,正值得忧虑和令人惋惜。如果文学理论是一种真正的而不是僭名的实践论的文学理论,那么文本—形式就不会是置之死地的泥潭,反而是其沉潜的渊薮与高翔的天空,也就是它展开实践活动的最为深广的领域。以上观点也可以理解为,只有彻头彻尾的文本学,才是真正的而不是僭名的实践论的文学理论。

一 文学文本实践性的根基在于文本的本体性

如果把文学文本看成是活生生的文学本身,看成是文学全副的躯体、精神和活动,就必然会遭遇这样一个理论难题,即在构成了整个文学活动的"世界""作者""读者"和"文本"这四个要素中,唯有文本是寂然不动的。文学文本是一行行排列起来的凝定的物化符号,它们一经形成就不再变化,如果它们还在变化,就不能叫作文本。那么该如何解释这一行行凝定的物化符号的活动性呢?实践性是一种活动性,如果不能解释文学文本的活动性,那么又该如何解释文学文本的实践性呢?不能解释文学文本的实践性这个理论难题,就不能建立实践文本学;不能建立实践文本学,也就不能建立实践论的文学理论。其实,能够清楚明确地解答这一理论难题的基本思路,已经在本书前面的章节中有清楚明确的阐述,但是,进入文本学这一特定的理论领域,为了回答特定的理论问题,仍有必要对这一基本思路进一步地加以重申和发挥。

(一) 文学文本的确立性、本体性与活动性、实践性

古希腊伟大哲人阿基米德曾说:"给我一个支点,我就能撬动地球。"为什么阿基米德想要的不是一根长长的撬杠,反而是一个小小的支点呢?答案只有一个,这就是如果阿基米德真想撬动地球,那么得到一个牢靠稳固的支点,要比得到一根运动于其上的撬杠更加重要,没有这个支点,撬杠就无法施展其运动。其实不单是杠杆运动,自然界的一切运动和人类的一切活动,全都依循一个同样的原理,这就是它们必须具备或者找到一个坚定不移的支点,非此就不能构成一种运动,不能造成一种活动。支点虽然不在运动,却构成了运动;虽然没有活动,却造成了活动。文学作为一种活动,也不能没有这样一个支点,有了这样一个支点,整个文学活动就能够凭据这个支点而运转、展开,并产生和发挥巨大的力量。这个支点必须是牢靠稳固、坚定不移的,因此必须是一种"实在"。这个"实在"借用一个哲学术语来称谓,就是"本体"。那么,什么是文学活动的支点、实在,或者说本体呢?文学活动变化万千、流转不息,其中唯有一种东西是牢靠稳固、坚定不移的,就是那一行行排列起来的凝定的物化符号,就是文

本。文学创作依赖文本而确立,文学接受依赖文本而形成,现实与精神的大千世界也依赖文本才得以显现。任何不以某种实在为对象的活动,都只能是精神性的、概念化的活动,即便作为精神性的、概念化的活动,也只能是虚假的活动,而绝对不会是实践的活动。一种文学理论如果作为一种活动,不能正确地找到文学的本体作为对象、作为支点,或者虽然正确地找到了文学的本体,却又不明白这个支点的基本原理和操作方法,就必然造成这种活动的非实践性或反实践化。

还是先说一段浅显而奥妙的寓言故事:据《古兰经》记载,有一次,先知穆罕默德指着一座高山对门徒们说,只要意志坚定,就能移动高山。然后他静坐凝神,试图示范坚定意志的力量,但高山并未因此而移动。这时穆罕默德释然而起,对门徒们说:"山不来就我,我便去就山。"如果高山可以活动,它又怎么会促成穆罕默德的活动?正因为高山不能活动,所以才促成了穆罕默德的活动,而正因为穆罕默德的活动,高山也在活动——它在向穆罕默德走来。明白了这则寓言故事中的道理,可能很多问题已经不必多加解释。山是死的,而人是活的。按照辩证、对待的观点来看,如果期望山是活的,恰恰证明人是死的;只有确定山是死的,才会知道人是活的;人是活的,在活动,那么作为其活动对象的山,就也在活动,也是活的。同理,文学理论的活动性正在于文本作为其对象的凝固性,文学理论的实践性也正在于文本作为其对象的确立性、本体性,而文学文本的活动性、实践性,就是其既凝结了人的实践活动又促发了人的实践活动这个意义上的活动性、实践性。

什么是文学的本体,或者说文学的本体在于何处?这是自古以来人们一直紧追不舍的一个问题。如苏轼在《琴诗》中所说:"若言琴上有琴声,放在匣中何不鸣?若言声在指头上,何不于君指上听?"琴声既不在琴上,也不在指上,那么它到底在哪里呢?这个问题与其说是艺术本质论、主体创造论意义上的一种追问,不如说是对艺术本体的一种追问,因为它谈到的不是主体与客体,而是主体与媒介。其实这个问题也并不像它表面上表现的那样难于回答——答案非常简单：琴声不在别处，就在琴声本身。以此喻之于文学而言之，其本体不在作为媒介供人使用的语言符号上，也不在作者的整个创作过程中，而在作者使用语言符号所创作的文本中。可奇怪的是，在很长的一段历史时期，美学家及艺术理论家明知艺术不在艺术家的创作过程中，也不在其使用的符号中，却偏偏习惯于不是从前者就是从后者来追察艺术的真身。

20世纪意大利著名哲学家、美学家克罗齐提出了一个颇为引人注目也颇能引发争议的命题：艺术即直觉，直觉即表现。如今到了人类既有历史上最为追新求异的21世纪，这个"古老"的命题恐怕早已时过境迁，只能被当作一则轶事趣谈，时而给人牙慧，不会有人赞同。然而反对这个命题的诸多理由，恐怕也都未必抓到这个命题的致命之处。以往出现的对克罗齐"直觉"说和"表现"说的诸多非议，归总起来不过有这样两类：一类认为艺术不只是直觉，另一类认为表现必须被物化。

持艺术不只是直觉这一观点者认为，"直觉"只是一种感性的东西，甚至是一种最天然的、原始的感性，而艺术是感性与理性的统一，或者说是积淀着理性的感性，这种感性又是高度社会化了的感性。其实，这种观点从一开始就错会了克罗齐所谓"直觉"的含义。克罗齐认为，直觉是人生而有之的，最初的直觉是感性与理性浑然一体、不分彼此的。随着直觉的发展，其中某些纯粹理性的因素因日渐成熟而从母体中分化出来，形成了哲学、道德、科学等，而其母体于是就被称作了"艺术"。艺术这个人类所有认识形式的母体，并不因为某些纯粹理性的因素从中分化出去便失去了理性，它还和从前一样，将来也会如此，始终是感性与理性的高度统一。克罗齐承认了直觉即艺术以及其他各种文化形式的形成与发展，也就承认了它们的全部历史，承认了它们的社会化过程。经过了不断发展的直觉，已经不会再是最初那种天然的、原始的直觉；经过了不断发展的艺术，也已经不会再是最初那种浑朴的、稚拙的艺术，就像一个成人不会再是他童年的模样。可见，克罗齐的直觉说作为一种艺术本质论，恐怕要比它的反对者更为深刻。

持表现必须被物化这一观点者认为，"表现"只是直觉自发的流露、宣泄，如果不赋予其某种适当的形式并使其符号化，就不能成为艺术。其实，这种观点既错会了克罗齐所谓"直觉"的含义，也误解了克罗齐所谓"表现"的含义。在克罗齐看来，直觉作为人的感性与理性统一的认识活动，必然是以或低或高的某种形式才能形成的，没有形式就不会形成认识，更不会形成直觉。直觉形成之前的东西是蒙混迷乱的感觉，它们没有形式也就不是直觉；直觉形成之后的东西早已具有了形式，当然也就不必另外赋予它们什么形式。艺术家可以使用声音、色彩、形状、语言等符号把这种形式传达出来，或者记录下来，正说明艺术家在其心目中已经明确了这些符号，也就是说他的直觉在其形成之时已经符号化了，已经成了艺术品。那么，再用各种物质材料而不是艺术符号来固定这件艺术品，就是他作为一个工匠、技师而不是一个艺术家要做的工作了。可见，克罗齐的表现说作为艺术创作论，恐怕也并不比它的反对者更为荒疏。

所以说，克罗齐很深刻也很周到地阐释了艺术家按照艺术的本质及规律创造出艺术品的活动过程，那么他真正的理论盲点到底在哪里呢？就在于他忽略了文本，不懂得整个艺术创造活动必须形成这样一个本体，不懂得必须依靠这样一个本体，整个艺术创造活动才能得以最终确立。最让人扼腕叹息的是，克罗齐离这个本体只有半步之遥，却对这个本体视而不见；他只要把已经抬起的一只脚踏在这个本体上，那么他的学说就再也难以让任何人胆敢轻视。

克罗齐的反对者其实也是他的承继者看出了克罗齐显而易见的失误，却并不知道病因究竟在哪里，于是反其道而行之，又陷入另一个理论怪圈。克罗齐按照由直觉决定形式（符号）这一线索来把握艺术，苏珊·朗格则沿让符号（形式）决定情感这一线索来看待艺术。

如果说克罗齐是"若言声在指头上",那么苏珊·朗格就是"若言琴上有琴声"。这位著名的美国哲学家、美学家认为,某种情感能否成为艺术品,就看它采取了什么样的表现形式。采取了艺术的表现形式,那么这种情感就会成为艺术品,而采取了非艺术的表现形式,那么这种情感就不会成为艺术品。艺术的表现形式是由艺术符号构成的,非艺术的表现形式是由非艺术符号构成的。符号原本就分为两种,一种是艺术性的,另一种是非艺术性的。艺术符号是一种特殊的符号,具有一种"内指性",即指向自身之内的象征意义,以此为根据自成一类体系;与之不同,所有非艺术符号都只具有"外指性",即指向自身之外的实际事物,以此为根据又自成一类体系。

但是面对事实,她又不得不承认,这两种符号不过是毫无差别的同一种符号,正如诗歌里的文字和说明书上的文字是一样的,它们使用在艺术品上就是艺术符号,没有使用在艺术品上就不是艺术符号。于是,为了摆脱这一困扰,她又开始大费周折地分辨出所谓的"艺术符号"与"艺术中的符号",最后认定,艺术符号之所以是艺术符号,是因为它本来就具有艺术符号的性能,属于艺术符号的体系,并不因为它在"艺术中"才成了艺术符号;而非艺术符号却只有在"艺术中",才可能是"艺术符号",离开了"艺术中",就又回到了自己所属的体系里,失去了作为艺术符号的资格。就这样同语反复、自相矛盾地大费了一番周折之后,苏珊·朗格终于帮助自己的"艺术符号"及其体系争得了对艺术品的决定权,毫不姑息地弃绝了自己辛辛苦苦即将证明的一个不证自明的道理:其实是艺术品及其形式也即文本这个艺术本体,最终确立了只是作为媒介的符号的艺术性能。

苏珊·朗格的符号学所强调的"形式",与形式主义理论所主张的"形式"十分接近,然而这种接近只是表面上的。符号学的"形式"是先在于当然也就是外在于具体作品的形式,是随人类情感而生的普遍形式,所以说是媒介性或者主体性的形式。而形式主义理论的"形式"是内在于具体作品的形式,因此是本体性的形式。可见,苏珊·朗格的符号学，貌似和形式主义理论非常相近，而实际上完全不同；貌似和克罗齐的学说全然对立，而实际上一脉相承。比克罗齐更加令人惋惜的是，苏珊·朗格的理论脚步已经踏在了艺术本体之上，却又莫名其妙地视若畏途，撤回了脚步；假使她的这一脚步不是撤了回去，便完全可以由此大踏步地向真实的艺术领域迈进，不必再折返到"艺术符号"体系其实就是一些概念、范畴上辗转彷徨。

以上只选择了两个比较典型的案例，但它们足以从反面说明，文本不仅是包括文学在内的艺术创造活动中的一个必不可少的关键环节，而且是整个艺术实践活动的支点、实在和本体；离开了它，整个艺术实践活动就根本无法确立，当然也就根本无法运行。而依存于文学实践活动的某种理论、观念，如果忽视了文本的价值和作用，那么这种理论、观念无论在其他方面如何精到、特出，也只能止步不前、故步自封，退回到认识论意义上的一系列概念、范畴当中——没有"实"，哪能"践"？——因此不会具有实践论上的意义。上举两例皆属由浪漫主义而来的表现主义的艺术理论，众所周知，这种产生于19世纪的理论，与前此一直居于主导地位的"摹仿—再现"理论正相对立，造成了艺术观念的历史性转变。然而，"浪漫—表现"理论相对于"摹仿—再现"理论的革命性，可能并不像人们想象的那么巨大，这是因为"摹仿—再现"理论的基本观点是：艺术把人所感受、理解的世界表现出来，而"浪漫—表现"理论的基本观点是：艺术把人对世界的感受、理解摹仿出来，而摹仿人对世界的感受、理解与表现人所感受、理解的世界归根结底是一样的。所以说，"浪漫—表现"理论和"摹仿—再现"理论关注的是同样一个问题，也和"摹仿—再现"理论同样并不在意这个问题的落脚点和立足处。也就是说，在20世纪之前的文学理论中，只有本质论的位置、主体论的位置和创作论的位置，没有本体论或者说文本学的位置。文本或者说本体，就像爱·伦坡小说《失窃的信》中的那封信，明摆在人眼前，反而因此更难让人发现。尤其是形而上学的理论作为一种深思更关注事物背后的东西，作为一种遐思更留意事物远方的联系，就更容易忘掉了实在的文本。所以只有在理论家由哲学家转变为科学家的时候，文本才会引起理论的注目。

　　的确，历史迈入20世纪之后，随着语言科学的高歌猛进，俄国的一批语言学家开始把文学作品看成一种非常特别的语言现象而投入了全部的研究兴趣，才使得文学理论得到了一个意外的收获。这些被称作"形式主义"者的语言学家对于文学理论的贡献，其实还不在于其对文学的语言和形式方面的认识的提高，因为他们经过对文学语言和形式的种种分析所得出的很多结论，虽说新颖别致，但都似是而非，或者至少是无用的。比如什克洛夫斯基所谓的"陌生化"，文学作品中只有很少一部分语言符合这一规定，其他大部分语言都不具备这种特质，而在区别于文学语言的日常语言中，也经常发生"陌生化"的现象，就像儿童无意中说出的稚语。再比如普罗普从俄罗斯民间故事中归纳出的31种"功能"，其实除了上帝，根本不会再有人能利用它们构造出哪怕是一则新的故事。所以说，俄国形式主义对文学理论的巨大贡献，唯在于它把形而上学所割弃抛却的语言和形式捡拾起来，并归还给文学理论。这样，就促成了文学理论对语言和形式的关注，也就为文学理论中一直空位的本体论或者说文本学的建立奠定了基础。因为没有语言和形式就没有文本，没有文本就没有文学的本体，也就不会有文本学意义上的文学本体论。

　　俄国形式主义可以说向文本学领域迈出了坚实的一大步，但还没能建立起文学本体论。文本学意义上的文学本体论是一批服膺于实证主义、实用主义的英、美文学批评家建立起来的。"实证"和"实用"不能等于"实践"，但不讲求"实证"和"实用"，"实践"从何而来？这些卓越的批评家通过大量针对具体文学作品的实证性研究，取得了许多令人瞩目的理论性发现，产生了非常重要、持久的实用性效应，其中最为关键的也许就是瑞恰兹的"文本"（text）和兰色姆的"本体"（ontology）。瑞恰兹采用文献学上的"文本"一词来替换过去一直习惯地使用的"作品"(work)一词,表明了这样一种观念,即作品一经作者完成之后便获得了它本身的独立性和自足性。后来兰色姆又借用"本体"这一最高级别的哲学范畴来界定文本,不仅指出文本的实体性,也指出了文本的根本性,表明对文本在整个文学活动中的位置和价值的更深刻的认识。[①] 把文本看作文学的本体,这种从文学批评实践中获得的理论观念,又应用于文学批评实践,在科研、教学等领域所取得的丰硕成果是有目共睹的,西方学界也因此产生了这样一种观点:英美"新批评"理论及其前接的俄国形式主义和后引的法国结构主义,三者所取得的成就远远超过了以往二十余世纪文学研究的总和。这种观点当然会有褒誉过当之嫌,因为前之二十余世纪文论的容积、含量,绝对是俄国形式主义、英美"新批评"和法国结构主义三者所无法比拟的。但用另一种眼光来看,这种褒誉也并不为过,因为它们建立并发展了之前二十余世纪文论中一直空位的文本学意义上的文学本体论,这样便把二十余世纪因无处落实而趋于僵死的文论全部给盘活了。

英美"新批评"等形式主义文学理论在文学批评及科研和教学等实践领域所取得的实绩、实效,印证了其把文本看作文学的本体这一基本观念是恰切的、可靠的,而恰切的、可靠的观念所反映的事实必定是现存的。这个现存的事实,即是上文已经指出的:文学文本是人类文学实践活动的牢固的支点与实体,其活动性、实践性,就是其既凝结了人的实践活动又促发了人的实践活动这个意义上的活动性、实践性。

[①] 与兰色姆几乎同时而稍早,波兰现象学家罗曼·英伽登在其《文学的艺术作品》(1931)一书中也论证了作品作为"意向性客体"在文学活动中的本体地位,而他的这种"本体"是先于人的意识活动而存在的,指的是一种抽象的"作品",不是具体的作品,其抽象性为这种"本体"的不可取之处。但他关于文学的艺术作品作为本体的许多论述具有十分重要的价值,也为后来的新批评派理论家如勒内·韦勒克所采纳。

(二) 文学文本自足体的对待性与敞开性

美国文学批评理论家 M. H. 艾布拉姆斯提出:

> 每一件艺术品总要涉及四个要点,几乎所有力求周密的理论总会在大体上对这四个要素加以区辨,使人一目了然。第一个要素是作品,即艺术产品本身。由于作品是人为的产品,所以第二个共同要素便是生产者,即艺术家。第三,一般认为作品总得有一个直接或间接地导源于现实事物的主题——总会涉及、表现、反映某种客观状态或者与此有关的东西。这第三个要素便可以认为是由人物和行动、思想和情感、物质和事件或者超越感觉的本质所构成,常常用"自然"这个通用词来表示,我们却不妨换一个含义更广的中性词——世界。最后一个要素是欣赏者,即听众、观众、读者。作品为他们而写,或至少会引起他们的关注。
>
> ……几乎所有的理论都只明显地倾向于一个要素。就是说,批评家往往只是根据其中的一个要素,就生发出他用来界定、划分和剖析艺术作品的主要范畴,生发出借以评判作品价值的主要标准。因此……可以把阐释艺术品本质和价值的种种尝试大体上划为四类,其中有三类是用作品与另一要素(世界、欣赏者或艺术家)的关系来解释作品,第四类则把作品视为一个自足体孤立起来加以研究,认为其意义和价值的确不与外界任何事物相关。①

真正的实践论文学理论与其说倾向于艾布拉姆斯所概括出的前三类理论,不如说更类似于第四类理论,但也仅仅是类似而已,因为它与第四类理论具有本质性的区别。这一本质性的区别就在于,其作为实践文本学虽然和第四类理论同样"把作品视为一个自足体",但并

---

① 〔美〕M. H. 艾布拉姆斯:《镜与灯——浪漫主义文论及批评传统》,郦稚牛等译,北京大学出版社,1989,第5~6页。

不承认这个自足体可以被"孤立起来加以研究，认为其意义和价值的确不与外界任何事物相关"，而是认为，如若它是孤立的，就不可能是自足体；正因为它不是孤立的，所以才能够是自足体。

确然，文本就是整个一座文学殿堂，它具有这个殿堂所有的内在自足性，但它又是由人建造的，矗立在现实世界之上的，和让人进入其中流连观赏并带着收获回到现实世界的。所以说，文学文本的内在自足性并不是孤立的自足性，而是依赖于艺术家、世界和欣赏者这三个现实要素而得以确立的自足性。正因为艺术家、世界和欣赏者这三个现实要素造就了文学文本的自足性，所以文学文本的自足性也就包含着这三个现实要素，并使这三个现实要素成为其内在的而不是外在的东西。所以说，文学文本可以被看成独立自足的本体，不是因其"不与外界任何事物相关"的割裂出来的孤立性，而是因其由人的实践性与世界的现实性所构成的，因而也蕴含了人的实践性与世界的现实性的独立自足性，因此这种独立的自足性就会同时也是一种对待的自足性。

如上所论，文本作为文学的本体是自足的，既然是自足的，就不会是孤立的；既然不是孤立的，也就不会是封闭的。它是敞开的。形象地说，文本既然是整个一座文学殿堂，这个殿堂如果向人们敞开了一扇大门的话，那么这扇大门必定是在文本之上，而不可能发生这些情况：大门或者还留在建造者自己的家里，或者被安装到了世界上别的什么地方，或者还需要游览者自备工具去凿壁偷光。也可以更干脆地说，文本就是进入文学殿堂的大门。堂堂正正地由这扇大门走入文学殿堂，就可以堂堂正正地观察、领受到大门当中所展现的世界景象、所凝聚的创作者的劳动，以及所隐含的同时也是召唤的、理想的终会成为现实的欣赏者的行程。

以上还只是说明了文本作为文学自足的本体所必然具有的敞开性的一个方面，即让文学实践主体由其外入其内的一种敞开性，除此之外，文本的敞开性还有另一个方面，即让文学实践主体由其内出其外的一种敞开性。也就是说，文本内在的世界、隐含的作者和读者不仅是文学殿堂中充盈的宝藏，它们同时也是其三个窗口，提供给进入文学殿堂中的人向外观看。没有其他更好的途径，比通过文本内在的世界这个窗口，更能让人了解与之发生了最直接关系的外在世界；没有其他更好的途径，比通过文本隐含的作者这个窗口，更能让人了解与之发生了最直接关系的真实作者；也没有其他更好的途径，比通过隐含的读者这个窗口，更能让人了解与之发生了最直接关系的实际的读者。作为一个自足体，文本必然具备世界、作者和读者这三个窗口的功能，没有这三个窗口功能，它又怎么会是一个自足体？不客气地说，一个文本如果不具备其中任何一个窗口功能，或者这种敞开性有较大缺损，那么它就基本上失去了作为一种文学性存在而存在的必要，更不用说是一个自足体。因而可以说，世界、作者和读者这三个窗口，是用来让人们由文本之内向文本之外观看的，不是用来让人们由文本之外向文本之内窥视的。文本的大门是敞开的，为什么还要待在窗外窥视，或者破窗而入呢？不这样待在窗外窥视，或者破窗而入，才能观赏到、领略到窗外的景致。

总之，文学文本是一个自足体，但不是一个孤立的和封闭的自足体，而是对待的和敞开的自足体。艾布拉姆斯所概括出的前三类文学观念和理论，只看到"作品与另一要素（世界、欣赏者或艺术家）的关系"，没有把文本看成一个自足体，因此它们"阐释艺术品本质和价值的种种尝试"，就没有找到正确的标的而走入偏路。而第四类文学观念和理论虽然找到了文本这个自足体，却又莫名其妙、不明所以地要把它孤立起来，封闭起来，就像一个江洋大盗得到一件稀世珍宝然后便把它密藏起来那样。或者说，这类文学理论没有理解透彻和阐释清楚这个自足体和其他三个要素之间事实上原本已经发生了的关系，因此也必然走入困境。比如"本体论"的创立者和命名人兰色姆在其《批评公司》一文中，主张把一部作品与其作者、与其背景的联系，甚至批评家对之阅读后的个人感受，都看成是非关"本体"的问题，而应从"本体论批评"中剔除干净。这一主张流露出兰色姆对他的"本体"的倍加珍爱呵护之深情——这个纯洁的处子哪怕受到外界的一点沾染都会令之痛心疾首,但他的这种做法却反而使得他的"本体"成了一个不能入也不能出的不清不楚不明不白的悖论。再如法国结构主义叙事符号学家格雷马斯,他认定了叙事文本的最终"意义"就是其内部的基本"结构",因此一再向内追索,最后找到了所有叙事文本都必然具备的由"×"与"反×"及"非×"与"非反×"组成的符号矩阵。然而这个符号矩阵仿佛一具伶仃的骷髅,望之让人不觉凄然。由此可见,不透彻理解和清楚阐释文学文本的对待性与敞开性,就不能确定文本的实践性,也就不能把文本当作真正自足的本体,不能建立起完全的也就是实践的文学文本学。

的的确确,上述形式主义文学理论存在着弊端,然而就像不应该把洗过澡的孩子连同他的洗澡水一起扬弃掉一样,也不应该把形式主义文学理论连同它的弊端一概否定,但更不应该沦落到拿孩子的洗澡水当琼浆玉液的可笑地步。在形式主义文学理论有所消歇之后,读者反应批评、接受美学、后结构主义、解构主义、意识形态批评、文化批评此等大泽龙蛇,跟从着众多虾兵蟹将,便一时鼓噪而起,蜂拥而至,接二连三地在文学理论这个舞台上粉墨登场,为世人演绎了一出出悲剧、喜剧、正剧或是闹剧。它们皆以形式主义之文本自足体的孤立性和封闭性为口实,弃之如同敝屣,踏之好似僵蚓,借此标榜自己的革命性。岂不知形式主义创设的这个文本自足体才是真正革命性的,没有文本自足体的创设,以往二十余世纪的文论仍会停留在以往二十余世纪,文论的脚步根本不会经由文本自足体进一步向下迈入读者—接受、意识形态—文化等批评的领域。形式主义之后的众多"批评理论"一方面在批驳、否认形式主义文本阅读、分析方法,但如果它们能够形成一些卓异的见解的话,便在另一方面有意或无意地使用着与形式主义同样的方法,比如罗兰·巴尔特、雅克·德里达用以解构文本的方法,其实与形式主义解析文本的方法连轨并辙,并无二致。由此可见，众声喧哗的"批评理论"皆为形式主义所孕育、延伸。枝叶可以距离根本很远很远，以显示根本的扎实，但绝不能脱开了与根本的联系，这样便会不日而枯萎。同样，"批评理论"无论离开文学与文学的本体有多远，只要还保持着和文学及其本体的联系，便无可厚非。但如果完全脱开了这一联系，那么就不是文学的本体，而是"批评理论"自己，必会陷于绝境。有鉴于此，特里·伊格尔顿这位英国意识形态—文化批评的健将和泰斗，在2003年发表了《理论之后》一文，表达了他对"批评理论"发展前景的忧虑，以及归本认宗的愿望。

  以上又对西方文论发展的历史做了一张简练的速写，其目的是借此再次申明一个基本观点：否定文学文本的孤立性、封闭性是必需的，但应该因此更坚定地把文本看作一个自足体，看作文学的本体。

二　文学文本的本体性构建文学文本学的实践性

  说到这里，可能观念认识论的文学理论以及僭名实践论的文学理论早已按捺不住了，忧心于文本本体论会自封为王，取代了文学理论，撤销了其中的本质论、主体论、创造论以及接受论。其实它们大可不必这样担惊受怕，因为文本本体论根本没有那样的野心，它既不想替换文学理论的王位，也不想挤占其中任何一位既有的位置，更不想让其中任何一位臣服于自己，它只是想站到自己在文学理论中应有的空位上。另外，文本本体论作为一种理论，必然也是一种观念，也是一种认识，因为所有理论都是观念，都是认识，所以文本本体论与观念认识论的文学理论其实是自己人，是一伙的，自己人、一伙的除非想要谋权篡位、犯上作乱，否则怎么会对自己人、一伙的舞枪弄刀、大开杀戒呢？正如刚刚表白过的那样，文本本体论根本不想称王称霸，它更想和本质论、主体论、创造论以及接受论一样，把自己当作文学理论中的一根不能缺少也无可替代的柱石，和本质论、主体论、创造论以及接受论一道挺立起文学理论的屋脊。它甚至想俯首于本质论、主体论、创造论以及接受论，甘做它们的下脚处，让盘旋在空中太久太疲倦的它们能够停落歇息；甘做它们的垫脚石，让它们踩在自己身上去到更高更远的地方。只要文学理论能够收留自己并给自己一个应得的位置，文本本体论便会供其驱使。

可能观念认识论的文学理论以及僭名实践论的文学理论会如是说：我们当中并不缺少"本体论"，所以不必另外招收一名"本体论"。文本本体论如是回答它们：你们当中的"本体论"只是"本质论"，或者在康德所谓"物自体"的意义上使用"本体"一词，或者因为被"非本质主义"吓住了，这才更名为"本体论"。"本质"不是"本体"，正如一个人可以称作人的"本体"但不可以称作人的"本质"一样，"本质论"有它自己该干的工作，不能分身去干"本体论"该干的工作；"本体论"只想去干自己该干的工作，不想顶替"本质论"的工作。

可能观念认识论的文学理论以及僭名实践论的文学理论又会如是说：我们当中并不缺少"文本论"，所以不必另外招收一名"文本论"。文本本体论如是回答它们：你们当中的"文本论"只是"形式论"，因为"文本"一名新颖别致，这才冒用了别人的名字。"形式"不是"文本"，正如一个人的外表只是这个人的一种特征，而不是这个人一样。以"形式"去干"文本"该干的工作，犹如以一个人的名号、衣冠顶替着这个人上岗一样，"形式论"甚至从来都没有干好"形式"的工作，所以"形式论"的工作必须由"文本论"来顶替。

（一）文本的本体性可以起到在文学理论中"正名定位"的功用

所有观念认识论的文学理论都是僭名实践论的文学理论，恰如僭名实践论的文学理论终究是观念认识论的文学理论，因为它们从来没有也绝对不会承认自己只是观念的，而不是实践的。为了僭用"实践"之名，它们必然只会从社会、作者和读者这三个方面来推究文学，而不会从文本这一个方面来考量文学。这是因为在它们看来，社会中活动的人及其活动是实践性的，社会中从事创作活动的作者及其活动是实践性的，社会中展开接受活动的读者及其活动也是实践性的，那么从社会、作者和读者这三个方面来推究文学，也就理所当然地跟着也是"实践性"的了。而文本只是一个个摆放在书架上静止不动也就不能投身于实践的东西，如果没有人把它们拿下来，它们就会落满灰尘，乃至发黄霉变。坐下来和这样一种东西一起埋头苦干，辛苦自不待言，恐怕也就从此画地为牢、抱残守缺，永远成不了"社会实践家"了。

  然而，那些把自己看成"社会实践家"的文学理论家大概没有意识到的是，其实他们和那种在他们看来是画地为牢、抱残守缺的人几乎完全一样，除了一点差别，那就是他们没有坐下来和一种叫作"文学文本"的东西一起埋头苦干。他们不可能跟随着他们正在研究的纷繁多变的社会中各种各样从事着社会实践活动的人，参与到他们的社会中去从事他们的活动，也就索性坐下来研究他们的社会活动。这种研究所面对的当然不会是经验的、实际的社会活动本身，而是对各种社会活动的记录、描述、分析、评介、定性等，也就是各种社会学意义上的文本，或者把文学文本当作社会学意义上的文本来看待，因为文学文本从特定角度来看同样也是对各种社会活动的记录、描述、分析、评介、定性等。如果他们把自己看作"社会学家"，这种做法不仅未尝不可，而且毫无不妥。但如果他们再把自己看作"文学理论家"，那么不但他们的做法和他们的身份不相匹配，而且因为不以文学为依归，所以就很容易忽略文学的性质、特征，这样往往不是以社会学的逻辑捆绑住文学现象，就是把文学现象剪切零碎以适合于社会学的逻辑，因此也就很可能不会得出社会学意义上的合理结论。即便没有忽略文学的性质、特征，而且十分适宜地以文学现象为资料，得出了合理的社会学结论，那么他们已经傲然而据"社会学家"之名，何必再佩戴"文学理论家"这一"LOGO"呢？当然，艺多不压身，名重不累人，"社会学家"兼"文学理论家"不应有人对之多说闲话。然而，如果这样的"社会学家"可以被认作"实践家"，他们在其社会学研究中顺带而得的文学理论可以被认作"实践性"的话，那么，那种死抱着"文学文本"的文学理论家，其实面对的是和他们所面对的同一种性质的对象，采取的是和他们所采取的同一种性质的方法，这样的文学理论家不也同样可以被认作"社会学家"暨"实践家"，他们在其所专注的文学研究中收获的文学暨社会学特定领域的理论成果，不也同样可以被认作"实践性"的吗？

　　抛开了文本这一文学创作活动的实迹，而试图从所谓的文学创作活动本身来研究文学，这种文学研究同样无法获得文学创作活动本身所具有的那种实践性。这是因为文学研究者不可能坐守在某一作者的头脑中，亲历眼见这个作者创作某一文本的活动过程，如果不以这一文本为最可靠的依据，那么他对这个作者的创作活动的任何看法、认识，无论从什么渠道得来，始终都只能是无法验证的猜想、臆测。社会生活的确决定着一名作家的创作活动，但是证明出如此种种决定性，不知是想让一名作家去寻求或者等待生活的决定，还是自己决定去写出一篇优秀的作品？比如，弗洛伊德主义者有此一说：《哈姆雷特》实因莎士比亚恋母之情难消而终成白日之梦，此一说正如其所说之梦一样虚实难辨，即便其为真实，一位想要创作出《哈姆雷特》一般伟大作品的作家，也不会依此而待自己的"俄狄甫斯情结"发作，或是因为自己的"俄狄甫斯情结"没能发作便放弃了创作。再如，红学界曾有人考证出《红楼梦》后四十回作者高鹗为诗人兼书画家张问陶之妹夫一说，由此推说高鹗的创作观念及方法必定受到这位舅哥的一定影响。然而不仅妹夫与舅哥，即便亲如父子兄弟，其创作观念及方法上不相为谋的也大有人在。假使张问陶与高鹗之间真的互有推助，这一点也只有从他们留下的文本上才能看得出来，而即便确凿地证明了这一点，也不能就此去劝告文学家们都去相互联姻结亲。由此而论，从一个文学文本产生之前的创作活动入手来探索文学创作的规律,可以说起于猜测、臆想必然终于无法落实的观念、认识,反不如从文本入手那样来得实在,因为文本就是文学创作活动的最真切、最翔实的记录。

与上述二者相比较,从读者的接受活动入手研究文学,最有可能使文学研究获得实践性,这是因为不但历史上读者接受活动的各种记录可供研究者观察,现实中读者正在进行的接受活动也可供研究者观察,而且研究者自身可以作为一名实际的读者参与到文学接受的实践中去,但这恰好证明了文本作为文学活动的本体,在文学研究中理应占据牢不可动的核心地位,对之如有任何错置或轻视都会导致文学研究的非实践性。英美"读者反应批评"和德国"接受美学"的一个基本观点就是否认文本的本体性与自足性,其最大弊端也正在这里。特别是在"接受美学"看来,作家创作出来的文本仍是一件未完成的东西,只有经过读者的阅读,它才由此获得实际的意义,而成为一件"作品"。在文本成为作品的过程中,读者是第一性的,文本是第二性的,因此读者占据了文学的本体地位,文学史也就成了文学接受活动的历史。其发展到极端,正如斯坦利·菲什的高论,"他一遍又一遍地声称,文本毫无它们自身的特征,它们总是并且也只能是读者的创造物:'阐释不是解释的艺术,而是建构的艺术。阐释者不破译诗,他们创造诗。'"① 依此而论,作家为赋予其作品以意义所付出的艰辛劳动仅如水中捞月,而文学史也成了由读者观念中的种种"误读"所构成的虚幻、混乱、相对的历史:有一千个读者,就有一千个哈姆雷特;同样,有五十亿个读者,便有五十亿个文学史。既然读者的接受活动已经预先占据了全部意义、价值,那么持这一观点的理论本身便毫无意义、价值。应该看到,"接受美学"以及"读者反应批评"对

---

① 〔美〕罗伯特·斯科尔斯:《谁在乎文本》,蒋华译,阎嘉主编《文学理论精粹读本》,中国人民大学出版社,2006,第4页。

于文学理论的重要功绩,在于其试图阐释清楚文本这一自足的本体原本具有的但被"形式主义"铲除了的对待性与敞开性,以重新建立它与读者的接受活动之间原本存在的但被"形式主义"割断了的联系,并不在于其抛掉文本而把读者的接受活动看成文学研究的核心着眼点,并为之黄袍加身,拥立于至高无上的地位。文学理论因为"接受美学""读者反应批评"不可淡忘的功绩,可以原谅它们的强词夺理,但不能将它们强词夺理的说辞也照单全收,并且四处宣扬,甚至当作"葵花宝典",而依照此法"挥刀自宫"。文学活动的实践已经证明因此无法否认,一套成熟的、客观的、科学的文本阅读、鉴赏、阐释和批评标准与方法是最有意义、最有价值的,比如"新批评""结构主义叙事学"所建立的一套标准与方法,只要注意避免孤立、封闭的阅读,便足资借鉴。

称述和肯定了自己的研究对象的实践性,便自认或自称自己为"实践论",这种思维方式是相当幼稚、原始的。既然单独地从社会、作者和读者之中的一个方面来推究文学,无法获得文学理论的实践性,那么全面地从社会、作者和读者这三个方面来推究文学,也同样无法获得文学理论的实践性,因为它只是做出了一道再简单不过的加法题,没有改变幼稚、原始的思维方式。而且,没有核心、齐头并进地从社会、作者和读者三个方面来推究文学,势必造成文学理论的复沓、散乱。就当下国内居于主导地位的文学理论来说,其前身为"社会生活形象反映"论,后经一定的话语阐释摇身一变而为"审美意识形态"论。如果说后者相对于前者发生了什么变革的话,这种变革基本上都在"话语"的方面,而不在实质的方面。比如说,"意识形态"一词与"社会生活的反映"一词从字面上看确实每个字都不一样,但二者指称的对象实际上是一个对象。"意识形态"不能狭义地指"虚假的意识"或者指统治阶级利益的观念表现,只能广义地指建立在社会经济基础之上并反映着社会经济基础、受社会经济基础决定而自身对于社会经济基础同时具有一定能动作用的那个"意识形态"。那么,这个"意识形态"与"社会生活的反映"会有实质性的区别吗？再比如说，"形象"的不都是"审美"的，如果承认这个判断为真，那么就必须承认"审美"的不都是"形象"的。如果承认"形象"可以用来解释一部分文学的特征或文学的一部分特征，那么"审美"区别于"形象"之处，在解释一部分文学的特征或文学的一部分特征时就会是无效的。所以说，"审美"和"形象"同样不能概括所有文学的特征或文学的所有特征。由此而论，把文学看成"社会生活形象反映"作为一种文学本质论，和把文学看成"审美意识形态"同样是正确判断，错误不是出在这个判断本身，而是出在对这个判断的种种丧失了实践依据与逃脱了检验的主观发挥和运用。"审美意识形态"论连同所有对文学的正确判断，经过种种背离了实践依据与检验的主观发挥和运用，也都会和"社会生活形象反映"论一样，诞育出种种"本质主义"的误识与谬见。

对待一个问题，认识论的文学理论因为只是从观念出发而不是从实际出发，往往只能看到病象而不能看到病因，因此总是喜欢用"话语"来解决实际问题，所能做到的也总是以新近想到、见到的一些"同义词"乃至"近义词"去替换掉其原有的那些"话语"。原始人希望通过向某一事物施加咒语来改变这一事物，认识论文学理论试图用"话语"来解决实际问题的做法，其实正同原始人一样原始。然而，假如用"话语"来解决问题可以奏效，即使不能奏效而被公认为有效，这种原始的做法确实又是一种最为省力、最为经济的做法。所以说，"话语"的转来换去与如何转换，成了国内文论界二十余年如一日乐此不疲的一项家庭作业，良有以也。这项作业始于用哲学、美学上的"同义词""近义词"去替换旧有的一套话语，再至下载西方现、当代文论的术语及观念，寻隙粘贴在这套话语中大体看来合适的地方。而西方现、当代文论的术语及观念分属于四种建制，诚如上文已引艾布拉姆斯所说："可以把阐释艺术品本质和价值的种种尝试大体上划为四类，其中有三类是用作品与另一要素（世界、欣赏者或艺术家）的关系来解释作品，第四类则把作品视为一个自足体孤立起来加以研究。"这样，西方现、当代文论的术语及观念所带来的四种建制，就把原本属于一种建制的话语系统切割成四个分立的部分。于是一套理论既可以是四套理论，而四套理论也可以是一套理论，为"一与多"对立统一的辩证法又添加了一个现实的注脚。依照文化多元的先进理念，四套理论之间的诸多冲突当然有其存在的合法性而应得到认可和包容，但是它们之间的相互重复出现在一套理论中就未免显得拖泥带水。比如，文学语言特征的问题在"本质论"的部分必定要讨论，在"创作论"的部分也应要讨论，在"形式论"的部分当然要讨论，在"接受论"的部分仍然要讨论。如果这种相互重复出现在一部文学原理专著或教本中，为了避免有些读者的少见多怪，通过话语转换的技术手段对之稍加掩盖当然有必要，但是在话语转换中又可能因为"同义词"过少只好用"近义词"代替，而另生出必须依照文化多元的先进理念才能认可和包容的种种冲突。理论不应繁复庞杂而应要约明练，甚至可以说繁复庞杂的不是理论，而理论越是要约明练就越方便使用，也越有实践价值。

在中国文论以往"二十年目睹之怪现状"中，搜寻与调换观念的"同义词""近义词"的功课及其造成的理论的繁复庞杂，其实算不上怎么离奇，甚至可以说是一种优良品格，因为它毕竟表现出一种融汇古今、贯通中西的愿望与气魄。算得上离奇的是，这种优良品格不但没能遮掩住反而更加暴露出其生长力与生产力匮乏，而对其匮乏的生长力与生产力的自我反思与改革激情，又推动了其搜寻与调换观念的"同义词""近义词"的功课，而这项功课最后成为其生长力与生产力。这一"怪现状"集中地呈现为文论界对所谓"失语症"的一朝警醒与集体认同："五六十年代，苏联的文学理论成了我们的文学理论，八十年代，美国人的文学理论中的种种概念，又成了我们文学理论中的常用语。这并不是说外国的不能用，因为它们确实具有使对象获得科学说明的能力，但我们自己在哪里？我们是否能在文学研究中形成自己的话语?"① 从医学的角度上说,"失语症"是指由于人的脑组织特别是神经中枢的病变或损伤所导致的对于抽象符号的思维障碍,主要表现为语言的表达和理解能力的丧失。以该词隐喻中国当代文论无法形成自己的话语只能借用他者的话语,因为这只是一个"隐喻"所以难以确断其妥帖、恰切与否。如其未为恰切,那么长期困扰着中国当代文论的问题就属于"没话找话"的问题。如其确为妥帖,那么医治该症的办法就不能只是改换病人不能理解和运用的话语,让他以苹果、鸭梨等实物或图像来传达他的意思,而应根据其脑组织的病情、伤情制定治疗方案。所以,从20世纪90年代中期开始针对中国当代文论问题先后形成的"古代文论现代转换"及"西方文论中国转化"等策略,20年过后仍是一些美好的设想。然而其作为"没话找话"找到的话题,又极大地促进了中国当代文论的生长力与生产力,正反双方为了讨论这一话题所激扬的文字,不知几多硬盘才能承载。这当然也是一项巨大的精神劳动和知识生产的成果,而且按照信息学的刚性原则,其信息量确实可以震古烁今,睥睨天下,因此充分证明了黑格尔那句名言:"凡是合乎理性的东西都是现实的,凡是现实的东西都是合乎理性的。"② 所有貌似不合情理甚至极端荒唐的事情,只要有一个人在做,那么这件事情必定是合乎某种效益的或利益的理性原则。

纯粹从理论上说,文学理论如果作为理论,它必然也必须是普泛的,不能只是一个国家的理论而不是其他国家的理论,不能只是一些人的理论而不是所有人的理论。学术乃天下之公器,理论不像技术专利,它的发现者或创立者只能占有它的命名权,而所有权和使用权则归属于整个世界。文学理论如果作为理论,它必然也必须是势利的——它是真理面前的势利小人,它完全不管什么厚彼薄此、亲疏远近,谁持有真理,它便归顺于谁,依附于谁,听命于谁。所以中国文

---

① 钱中文:《文学理论的自主性问题》,钱中文、李衍柱主编《文学理论:面向新世纪》,山东人民出版社1997,第23页。
② 〔德〕黑格尔:《小逻辑》,贺麟译,商务印书馆,1980,第43页。

论只要掌握了正确的理论及科学的话语，又何必弃外国之理论不能用，非自己的话语不肯说呢？文学批评家李书磊早在20世纪90年代初就针对中国当代文学界"走向世界"的口号指出："何谓'走向世界'？为什么要走向'世界'？不管人们对这个口号的神圣性进行怎样的辩护，都不会改变它的两种基本含义：一是打进国际市场，二是获得国际声誉。前者是逐利，后者是求名，'走向世界'乃是作家名利心的国际实现。其他美学的、文化学的目的都不过是这两种目的的派生物；任何纯粹的美学、文化学追求都是自足的、从容的，一旦变得外向而迫切就打上了鲜明的功利烙印。"但他同时点明自己"对'走向世界'口号功利内容的揭发并不包含任何道德贬低的意味"，并用一句佛家格言"无心恰恰有，有心恰恰无"，奉劝中国当代作家不应"用心太切，缺乏艺术创造所必需的庄严与诚实，不安于艺术创造所必有的冷落与寂寞，丧失必要的人格力量"[①]。中国当代文学界确实逐渐沉稳下来，不再空喊口号，而是用自己的作品向世界说话，让世界再也无法充耳不闻自己的声音。然而中国当代文学界改掉的毛病，很快就为中国当代文论界所效颦。如果说文学家还可以由批评家指出自身毛病的话，那么自视高于批评家的理论家除非自身便无人再能改正自身的毛病。

一个不争的事实是："文学理论如果不植根于具体文学作品的研究是不可能的。文学的准则、范畴和技巧都不能'凭空'产生。"[②] 也就是说，文学理论绝不会产生于文学理论本身，而每一种文论话语都要以一定的文学现象为其立论的依据。如果不这样，文学理论及文论话语只能是没有对象的空洞观念。所以，文学理论及文论话语的来源是文学现象，目的也是文学现象。而在所有的文学现象中，作品即文

---

① 李书磊：《"走向世界"之病》，《文学的文化含义》，上海远东出版社，1998，第105~106页。
② 〔美〕勒内·韦勒克、奥斯汀·沃伦：《文学理论》，刘象愚等译，江苏教育出版社，2005，第33页。

本作为整个文学活动的凝定物和凝聚点，较之于其他难以跟踪、勘察、测度的文学活动更为明确、可靠，而且它也完全可以作为观察点和瞭望台，让人由此了解与之相联的整个文学活动和社会活动。舍之，文学理论及文论话语难以再寻找到如此给力的立论依据。因此，现实的、科学的文学理论必须认定文本的本体性，换言之，文本的本体性可以构建出现实的、科学的文学理论。认定文本的本体性并不等于要以文本论取缔文学理论其他方面的建设，而只是要以文本的本体性为根基来支撑、充实文学理论其他方面的建设，使之不至于虚浮；只是要以文本的本体性为线索来联贯、沟通文学理论其他方面的建设，使之不至于散乱。这样，文学理论及其各方面的建设才会名正言顺，各得其所。对文学文本的实际观察与探析也不应代替文学理论自身的逻辑方法，它作为理论仍然需要采用演绎法，按照精严的判断程序与规则，从一种基本的观念、认识推导出其他观念、认识；或者采取归谬法来指认某种观念、认识之为不当。然而作为逻辑起点的基本观念、认识不能自身产生自身，必须存在一个外在的、客观的来源，这个来源唯其对文学文本的实际观察与探析才最为合法；无论如何缜密的推理过程也不能单凭自身来认定其结论之无误，因此必须存在一个外在的、客观的验证，这个验证唯其为对文学文本的实际观察与探析才最为牢靠。真正实践论的文学理论并不像观念认识论与僭名实践论的文学理论，它敢于承认自己仅仅是"理论"，绝非是"实践"，理论只能起到理论的功用，不能代替实践的价值。而理论有真假正误之分，现实的、科学的理论可以应用于实践，这就是理论唯一的实践性。

（二）文本的本体性可以起到引导文学理论"退位让贤"的效能

如上所论，文本本体论及其言说对象即文本的本体性，在文学理论内部可以起到"正名定位"的功用，与之相表里，在文学理论外部即整体的文学研究领域，又可以发挥出引导其"退位让贤"的效能。前者主要是就理论的一项意义而言："大量事实、一门科学或者一种艺术的一般或抽象原则",而后者则主要是就理论的另一项意义而言:"作为行为的基准而被提议或遵从的一种信条、政策或者程序"①。确认什么样的一般或抽象原则,就会按之在具体行为和实际活动上提议或遵从什么样的信条、政策或者程序。如果确认文学文本具有本体性,是整个文学活动的本体,那么便应在文学研究活动中制定与之相应的策略。

什么是文学理论?正如美国文学批评理论家西摩·查特曼所说的:"文学理论是对文学之本质的研究。它不会为了自身而关注对任何特定的文学作品进行的评价或描述。文学理论不是文学评论,而是对批评之'规定'的研究,是对文学对象和各个部分之本质的研究。正如雷纳·韦勒克和奥斯汀·沃伦指出的:文学理论是一种'方法的工具'。"② 所以说,无论观念认识论与僭名实践论的文学理论,还是真正实践论的文学理论,归根到底都是一种"本质论"(essentialism)。然而同样是一种"本质论",它们之间却存在着巨大的差别。观念认识论与僭名实践论的文学理论认为,文学的"本体"(ontology)即其"本质"(essence):"从哲学意义上看,本体是事物的形态掩饰之下的特质,是此物之所以为此物的内在规定性。每一种事物都有自己的感性形态,但形态不等于本体,它只是事物的外在表征,即我们可以通过感官直接把握的特点。"③ 而真正实践论的文学理论则从另一种哲学意义上来看待"本质"与"本体",认为"本质"是一定事物的内在规定性,可以脱离其外在形态,而"本体"就是这个事物本身,既具有其特定本质,又不能脱离其感性形态。把文学的"本质"与"本体"区别看待,这是实践论的文学理论作为一种"本质论"对于文学本质的一种重新认识和特有观念。

---

① 〔美〕安·达勒瓦:《艺术史方法与理论》,李震译,江苏美术出版社,2009,第2页。
② 〔美〕西摩·查特曼:《故事和叙事》,黄辉译,阎嘉主编《文学理论精粹读本》,中国人民大学出版社,2006,第9页。
③ 董学文、张永刚:《文学原理》,北京大学出版社,2001,第10页。

正如美国文学批评理论家弗雷德克·杰姆逊所说的："你只能看到你的模式允许你看到的东西；方法论上的出发点，不只是指出了研究对象，而实际上是创造了对象。"① 混同文学的本质与本体，就会把文学的本质看成是文学本身，而把文学本身看成是一种抽象的东西。这种抽象的东西当然唯有抽象的思维才能把握，那么也就唯有文学理论才能把握文学本身。这样，文学理论也就成了把握文学的唯一方法论，从这种方法论出发，文学的抽象的本质就成了文学研究的终极对象，而作为这一终极对象的对象的文学理论，也就成了文学研究的最高目的。区分文学的本体与本质，就会重新把文学看成是文学本身，即一种实在、实体，无法脱离其感性形态而被抽象出来。这个无法脱离其感性形态而被抽象出来的文学本身，才是文学研究所要把握的终极对象，因此只能抽象地把握文学之本质的文学理论就只能是一种"方法的工具"，当然它在把握文学本身的过程中一贯发挥极为重要的作用——不了解文学的本质当然就不能了解文学本身，但了解文学本质的目的又是为了了解文学本身，所以文学理论在文学研究中的重要作用终究是一种作为"方法的工具"的辅助作用。可见，观念认识论与僭名实践论的文学理论是唯我的文学理论，它总是以自身为自身的对象，而与之不同，真正实践论的文学理论是利他的文学理论，它会认明自身与自身的对象。

文本作为整个文学活动的凝定物和凝聚点具有本体性，理应是文学理论的依归与目的，但是文学理论必定离之较远。这是因为文学文本总是一个个具体的、特殊的东西，如果不是从理论上来说而是从实际上来说，除非上帝不会再有某个人或某些人能一个个地掌握这些具体的、特殊的东西，也就是说不会有某个人或某些人能一个个地掌握文学本体的整体。而理论如果是理论，就应该建立在"整体"之上，

---

① 〔美〕弗雷德克·杰姆逊：《语言的牢笼——马克思主义与形式》，钱佼汝、李自修译，百花洲文艺出版社，1995，第12页。

而不能建立在"个别"之上。或许,历史上确实有人能够根据两三个文本就建立起一种"理论",比如亚里斯多德根据《俄狄浦斯王》及《普罗米修斯》建立起他的一套悲剧理论,黑格尔根据《安提戈涅》建立起他的一套悲剧理论,但这种理论最多只能是关于这些个别的或这一种类的悲剧的理论,如果其他悲剧——哪怕只有一部悲剧——稍有不满而动点火气,就可以轻而易举地掀翻这种理论。所以说文学理论必定要建立在某种抽象的观念之上,因此也必定要与文本离开一定距离,也就是说:"它不会为了自身而关注对任何特定的文学作品进行的评价或描述。"考虑到自身的性质、特征与依归、目的之间的这种"二律背反",文学理论就会退居幕后,把更开阔的领域让贤于那种和具体的、特殊的文本关系更为亲近的文学研究,自己甘愿为其"方法的工具"而效以鞍马之劳。

在文学理论与文学文本也可以说文学活动之间,存在着一个理应非常开阔的领域,这个领域按其学科建制来说,就是"文学批评";按其实际操作来说,就是"文学评论"。文学批评与文学评论,共时性地说是文学理论与文学文本的中介,而历时性地说又是文学理论的前身与母体。以我国当代文学理论为例,其前身之一是苏联的文学理论,而苏联文学理论的母体又是马克思主义文论。马克思主义文论的奠基或者说经典之作非他,即是一篇篇针对具体文本的文学批评、评论。马克思、恩格斯总是经过对文学文本的反复品读,然后才提出自己的观点、主张。例如,马克思在评论斐·拉萨尔的悲剧《济金根》时说:"在我读第一遍的时候,它强烈地感动了我。"[1] 显然不止一遍;恩格斯对这部作品读了至少四遍而且用去了很长时间:"我对它不吝惜时间。第一、二次读您这部从题材上看,从处理上看都是德国民族的戏剧,使我在情绪上这样地激动,以致我不得不把它搁一些时

---

[1] 马克思:《致斐·拉萨尔(1859)》,《马克思恩格斯选集》第4卷,人民出版社,1972,第339页。

候……在读第三遍和第四遍的时候，印象仍旧是一样的。"① 即便对玛·哈克奈斯《城市姑娘》这件"小小的艺术品"，恩格斯也"无比愉快地和急切地读完了它"②。对于《济金根》《城市姑娘》这种从未煊赫一时的作品已经如此，那么对于古希腊悲剧、喜剧以及歌德、席勒作品这种经典文本的阅读则可想而知更为精心。由此可知，他们并非事先形成了某种理论观点，然后按照这种理论观点评价具体作品，而是经过对具体作品的研读，最后形成了他们"美学的观点和历史的观点"，即衡量作品的"最高的标准"③，换言之，这种观点与标准完全是为了服务于观察与衡量作品的需要而产生的。

从整个文学研究产生和发展的历程上，更能看出文学批评与文学理论之间的这种源与流、母与子的关系。在西方，"批评"（criticism）一词最先是由亚里斯多德提出的，意为对于特定事物做出正确判断所使用的标准，而用以衡量文学作品的标准即为文学批评。此后文学批评的含义逐渐扩展而日益宽泛，与整个文学研究同义。而在20世纪之前，整个文学研究基本上处于混沌未分的状态，只知文学批评，不知文学理论。20世纪以来，由于文学批评的迅速发展，文学理论才作为"批评的批评"随之成熟而具备了从其母体中独立出来的可能。即便如此，文学理论与文学批评在当时、将来乃至永远都难以割舍它们之间血脉相通的关系。20世纪被西方批评家称为"批评的时代"，文学批评摆脱了附庸于文学创作的地位而产生了巨大变化，其表现之一就是文学批评的理论风格越来越突出，似乎逐渐地向文学理论靠拢。批评文体由简到繁而日益规范，乃至七八十年代以来，由研究文学文本的方法学衍变为一种乔纳森·卡勒所谓的"理论体裁"。尽管这样，

---

① 恩格斯：《致斐·拉萨尔（1859）》，《马克思恩格斯选集》第4卷，人民出版社，1972，第342～343页。
② 恩格斯：《致玛·哈克奈斯（1888）》，《马克思恩格斯选集》第4卷，人民出版社，1972，第461页。
③ 恩格斯：《致斐·拉萨尔（1859）》，《马克思恩格斯选集》第4卷，人民出版社，1972，第347页。

就其性质来说仍然是具体实际的批评，而不是凌空构造的理论。

文学理论不能侵犯和挤占文学批评的位置，这不仅是乱伦犯禁，其自身也会因为得不到文学批评的足够供养而日益体弱多病。反之，文学理论留给文学批评伸展的空间越是开阔，其自身的发展就越会良好。同样，文学批评也不可因为过于回护、靠拢文学理论这个骄子，而脱离了与文学文本的密切关系。这样，其自身已经成了无本之木，又有何望再结出理论之果？中国当代文论的症结，并不在所谓西方文论强势话语霸权的掩盖，也不在自己祖先的诗性话语难以驯化为现代的理论话语，而在文学批评在学科建制中的土崩瓦解与悄然隐退。在正常的情况下，"一般似乎都认为文学的研究，可以分为两个主要部门——文学史与文学批评——虽然有时候分为三部：文学理论、文学批评与文学史。后者的分法中，'文学批评'事实上是指实际的批评；这种分类至今仍未获得普遍的采纳，而许多作者仍然使用'文学批评'一词以包括理论探讨与实际批评这两者。"① 中国当代的特殊情况与世界普遍的正常情况不能通约，文学批评非但不是一个基本的部门，并且不是一个独立的部门。它一分为二，一半从属于文学理论，成为其中的"批评学"；另一半寄身于文学史，主要是当代文学史。在大学文学专业中，文学理论会同文学史成为最重要的课程，如果文学批评还能作为一门辅助课程而侧立的话，它也只是"批评学"而不是"实际的批评"。这样，在文学专业中可以学到的基本上是"理论"以及由"理论"所统领的"史学"，几乎学不到"文学"。就像在音乐教育中只讲授音乐理论和音乐史，在美术教育中只讲授美术理论和美术史，这只有在不正常的情况下才能被视为正常的，如果文学教育只讲授文学理论和文学史而被视为正常的情况，那么这种文学教育就是不正常的。不正常的文学教育必然带来不正常的后果，也就是说，即便在这种文学专业中混迹十载，充其量不过成为一名能够站在理论高

---

① 〔美〕刘若愚：《中国文学理论》，杜国清译，江苏教育出版社，2006，第1页。

度上抵掌而谈的学者，"多数学者在遇到要对文学作品做实际分析和评价时，便会陷入一种令人吃惊的一筹莫展的境地"。① 除非视而不见，更加令人吃惊的事实是，长期以来占很大比例的一部分受教者基本上不会写作，无论文学写作还是理论写作，甚至着手一笔即呈语病，即便在从教者中也不乏其例。究其原因，终不过是他们与文学的本体相隔太远，难有接触具体文本的机会。其实细致、完整、深入地阅读了一个文本，哪怕只是一篇微型小说、一首短诗，也强似默诵一整套文学理论和文学史，因为通过对一个文本的阅读，既可以体会到其蕴含的文学本质和呈现的社会内容，也可以学习到其中用词造句、布局谋篇的写作手法，而这些都有可能是文学理论和文学史并不具备的。比如，文学理论的基本问题是对文学为何物的不断追问，但至今还不能回答这个问题，这样就不能"以其昏昏使人昭昭"（《孟子·尽心下》）。从教者把本来应该退居思索的疑问拿上台面，受教者得到的只能是一个疑问，双方都带着问题而来，又带着疑惑而去。这也许确实能够增长人们所谓的"问题意识"，但不会增长人们解决问题的意识。

一方面有了理论对批评侵夺，另一方面就会有批评向理论的聚拢。正如兼文学家和批评家于一身的曹文轩所说的："中国文学批评进入了有史以来最好大喜功的时期。批评家不再安于批评家的角色，而一个个争当起思想家来……这里没有文学，没有艺术，没有形式，而只有与文学无关的社会学的、政治的、伦理的、哲学的、神话学的豪华理论。"② 曹文轩把这种批评称为"大文化批评"，他指出：

> 大文化批评常常是本末倒置的：不是用某种理论来研究文学文本，从而使文学文本获得了有效阐释，而仅仅是用文学文本来

---

① 〔美〕勒内·韦勒克、奥斯汀·沃伦:《文学理论》，刘象愚等译，江苏教育出版社，2005，第155~156页。
② 曹文轩:《小说鉴赏·审阅者序》，引自〔美〕克林斯·布鲁克斯、罗伯特·潘·沃伦:《小说鉴赏》，主万、冯亦代、草婴、丰子恺、汝龙译，世界图书出版公司，2006，第2页。

作为说话的材料从而去满足宣扬某种理论的欲望。它省去了到现实中去观察对象、搜索材料的过程，而采取了以用书本来代替劳苦的观察这样一种投机取巧的做法。阅读这种批评实际上是在阅读某种理论，而不是在一种理论之下阅读文学作品……热拉尔·热奈特在谈他的《叙事话语 新叙事话语》一书的写作时说："或许'理论'的枯燥与评论的细致在这里的真正关系是以交替自娱和互相解闷……"然而，我们现在所见到的文学批评文本，其中的理论与评论，既不能交替自娱，更不能互相解闷——如果要说解闷的话，我们可以打一个比方，理论是只猫，评论则是一只可怜的小老鼠，"猫"要"解闷"了，就抓起"小老鼠"耍弄几下，然后又扔掉它——这绝不是"互相解闷"，而是理论对评论的戏弄，是理论的独自解闷。我们有理由说：与其阅读这些文本，还不如去直接阅读某种主义的理论专著。①

由此可见，并不是什么西方文论话语霸权遮掩了中国当代文论，而是中国当代文论自身的理论话语霸权遮掩了一切，包括自己的眼睛。如果说中国当代文论需要解蔽祛魅的话，那么首当其冲的应该是理论话语霸权的自蔽与自魅。这种自蔽与自魅的理论话语霸权对文学研究、文学教育、文学评论的侵害是显见的，而对文学创作的侵害则是潜在的。诗人、作家总是自矜于不受僵硬的理论的左右，但他们毕竟还是要生活在特定的文化环境之中，其写作水平必然受到这种文化环境中一般文学水平的牵制，或低或高地围绕着这一水平线摆动。即使个别作家、诗人的写作水平可能超出平均水平很高，但也不会高得离谱。即使由于某种特殊原因而高得离谱，一花独放也不等于万紫千红。特定文化环境中的文学水平包括编辑水平、评论水平和接受水平等，它们都与文学教育、研究的水平直接相关。如果文学教育、研究不去关

---

① 曹文轩：《小说门》，作家出版社，2002，第7页。

注文学文本，只是卖弄空乏的理论，就不会培养出懂得文学的读者、编辑、评论家，当然也就不会有整个社会文学活动的长足发展。

唯我独尊的文学理论以及"大文化批评"之所以能够存活并且盛行，就在于它们利用了社会实践活动和文学创作、接受活动变动不居、尚未定型的特质，于是才可以随心所欲地坐而论道，又让人无从考量其真伪正误。因此，疗救文学理论自大之症的良药只有恒定的文学文本，一副即见疗效。文学文本理应站到文学研究、文学教育的最前沿，紧随其后的是针对文学文本的鉴赏与批评。应该让文学文本的鉴赏与批评成为文学研究的核心部门，担当文学教育的主导课程，因为只有依靠文学文本的引领，人们才会踏上一条实实在在的文学之路：通过文学文本的鉴赏与批评，可以学会文学创作与评价的实践方法，从而跻身于文学实践活动当中，经由文学实践活动参与到社会实践活动当中。明确了文学的本体，文学理论大可不必登上前台，表演自己，而应隐然运筹于帷幄之中，作为"批评的批评"，把文学鉴赏与批评所收获的信息加以校验与梳理，形成更为科学的高效的方法论，提供给文学鉴赏与批评活动使用。这是一项更为专业、更为重要也更为辛苦的工作，正如编剧、导演虽不在作品中露面但其工作却非同小可，这种工作于幕后的文学理论虽不自称为实践性的，但有识者必称其为实践性的。

三　实践论文本阐释学的阐释运作

实践论文本阐释学务去空谈，讲求力行，在长期反复的阐释实践中，不仅总结出文本阐释的原则，也形成了一套从下至上、由内而外的具体运作程序、方法。这套程序、方法因其从实践中得来，所以从不故作高深，而是朴素、便利的。

(一) 弄清词义、句意

语言是文学的媒介，因此文学文本阐释的最基本的步骤，就是弄清一件文本中所有字词的含义，不留任何死角、疑问。这项工作虽说辛苦，却也非常简单，不用说大学生，中学生借助辞典等工具书也可完成。尽管这样简单，却经常可以由此发现一些重要问题，因而发挥很大的阐释效力。比如，《水浒传》（袁刻本第五回）写李忠、周通下山打劫归来，发现鲁智深卷走了他们的金银酒器。

> 李忠道："我们赶上去问他讨，也羞那厮一场！"周通道："罢，罢！贼去了关门，那里去赶？——便赶得着时，也问他取不成。倘有些不然起来，我和你又敌他不过，后来倒难厮见了；不如罢手，后来倒好相见。"

关于追回财物，李忠说的是"讨"，而周通说的是"取"，二字的意思有所不同。《说文解字》曰："讨，治也。从言，从寸。"段注云："寸，法也。奉辞伐罪，故从言。"（卷三上）《说文》又曰："取，捕取也。从又，从耳。《周礼》：'获者取左耳。'"（卷三下）李忠说"讨"，说明这位半路出家的强盗仍旧保留着他在市井时形成的价值观念，即人有财产之分，而侵占、损害别人的财产是不合道义的，人人都应以之为羞；周通说"取"，说明他所信奉的是一种强盗逻辑或曰"丛林法则"，认为天下资财本无定主，人人皆需要凭借强力去争夺与保有，因此弱肉强食，天经地义。按照这种逻辑，鲁智深窃走了金银，金银就已经归其所有，如欲重新归己所有，必须奋力去"取"，正如抢掠过往客人一般；自己无力"取"回，就休怪别人，金银理应属于别人的囊中之物，因此他会以像李忠那样去"讨"为羞。从这一差别中，又可欣赏到《水浒传》写人物语言，确实是一个人有一个人的"声口"。

弄清词义往往会生发很大的阐释效力，反之就可能造成严重误读。

比如，对于张爱玲小说《色·戒》标题中的一对词，不仅要了解其如孔子所说"少之时血气未定，戒之在色"（《论语·季氏》）的词义，还要了解它们在佛学中的词义。在佛学中，"色即是空，空即是色"（《心经》）；"所谓摄心为戒"（《楞严经》）。如果只知前者，不知后者，就会从读罢标题开始形成错误的先入之见，而领会不到整部作品精深的含义。

在弄清一件文本中所有字词的含义的基础上，进一步的工作就是弄清这件作品中所有文句的意思。这项工作要比前面的工作略有难度，需要掌握一定的语言学、修辞学知识，但只要具备语言、修辞的常识，便可完成绝大部分工作，并获得重要的发现。比如，张爱玲《色·戒》写王佳芝扮成麦太太初会易太太时：

> 邝裕民算是表弟，陪着表嫂，第一次由那副官带他们去接易太太出来买东西。邝裕民就没下车，车子先送他与副官各自回家——副官坐在前座——再开她们俩到中环。

按照语言、修辞的常识，"邝裕民"与"没下车"之间似乎不该多用一个"就"字。但细一思量，就会体会出这个"就"字的力度，它表明邝裕民这位"爱国青年"从一开始就不想身临险地，当然以后就更不会以身犯险。再比如《色·戒》写到故事起因的一段文句：

> 汪精卫一行人到了香港，汪夫妇俩与陈公博等都是广东人，有个副官与邝裕民是小同乡。邝裕民去找他，一拉交情，打听到不少消息。回来大家七嘴八舌，定下一条美人计，由一个女生去接近易太太——不能说是学生，大都是学生最激烈，他们有戒心。

不必仔细分析，只要看得无误，就可发现文本中根本没有写到邝裕民等设下美人计的目标是刺杀易先生。然而普通读者读到这里一般都会形成一种错觉，以为美人计的目标是刺杀易先生，那么这种错觉是哪里来的呢？只要回头再读一次文本就不难发现，这种错觉来自此前的一段"重复性叙述"：

> 那时候夫妇俩跟着汪精卫从重庆出来，在香港耽搁了些时。跟汪精卫的人，曾仲鸣已经在河内被暗杀了，所以在香港都深居简出。

读者会以为易先生这时防范的，正是邝裕民等所要实施的。换言之，作者巧妙地利用了"重复性叙述"而有意造成了读者的错觉。

孟子曰："我知言，我善养吾浩然之气。"（《孟子·公孙丑上》）一名文学鉴赏与批评者的修养、功力，更是与"知言"直接相关。然而，中国当下文学研究界在很大程度上驰骛并陶醉于宏大的观念批评，乃至"知言"由荒疏而至废弃。一些学者以长江学者尤为特出——不能说很多，但也并非个别——其语言文字的水平在常识之下。语言文字的水平在常识之下，如何能"知言"？不"知言"，就只能故弄玄虚，贩卖某些空乏无物的观念。所以说，中国当下文学研究界的最大弊病不是在学术路向上，而是在学术风气上。从这个意义上看，弄清词义、句意就更不是一个皮毛问题，实践论的文学理论就是要从这个文本阐释实践的起点开始，"养吾浩然之气"。

（二）辨识技法、形式

语言是文学的媒介，但以语言为媒介的不都是文学。语言必须被艺术性地运用，产生了某种艺术效果，才可能成为文学。对语言媒介艺术性地运用，就是技法；其在文本上呈现的结果，就是形式。因此，文学文本阐释在弄清词义、句意之后，进一步的工作就是辨识技法、形式。辨识不出技法、形式，也不可谓"知言"，更不可谓"知味"。比如，舒婷《祖国啊，我亲爱的祖国》的第一节：

> 我是你河边上破旧的老水车，

数百年来纺着疲惫的歌；
　　我是你额上熏黑的矿灯，
　　照你在历史的隧洞里蜗行摸索；
　　我是干瘪的稻穗，是失修的路基；
　　是淤滩上的驳船
　　把纤绳深深
　　勒进你的肩膊；
　　——祖国啊！

　　读罢这一节诗，应该看出其中采用了传统的"拟物"手法，好比陶渊明《闲情赋》中"愿在衣而为领，承华首之余芳"等，抒情者"我"是"老水车""矿灯""稻穗""路基""驳船"等物，那么抒情的对象"你"就是这些物的主人，即一个个艰辛劳作的人。然而按照诗题和节末的一声咏叹"祖国啊"来看，"你"同时又是"祖国"。由此又可看出诗中采用了现代的"隐喻"手法，即把"祖国"和祖国的主体"人"做了类比，形成了隐喻所特有的"双重视野"，既站在国本位也站在人本位的立场上，讴歌了祖国与其主体，从而传达出一种诗性真理。这种诗性真理如果换成散文语言来表述的话，正如诗人的同一代人作家老鬼（马波）在其自传体小说《血色黄昏》中所说的："祖国是什么？她和民族、山河、领袖等等，并不完全等同。在这许多概念中，她的主体只有一个——那就是人民。人民并非一个抽象的集合名词，而是千千万万活生生的个体。"[①] 由此又可看出，诗中表达的情感是一种强烈个性化的个人情感，同时也是一种"非个性化"的情感，即一代人的普遍情感。

　　能否辨识技法、形式，对于文学文本阐释的成功与否至关重要。能够辨识技法、形式，才会揭开普通读者难以发现的秘密，达到阐释

---

① 老鬼：《血色黄昏》，工人出版社，1987，第583页。

的目的。不能辨识技法、形式则适得其反，阐释的水平甚至会在普通读者之下。比如，阿根廷作家博尔赫斯在其著名的短篇小说《小径分岔的花园》中，描写了第一次世界大战期间一个名为余准的间谍，为了完成其任务，杀死了与其任务毫不相干的汉学家艾伯特。在没有任何文学专业知识的情况下，普通读者按照正常人的道德标准会判断出余准的行为是罪恶的，而从自身对艾伯特之死并不痛惜的感受出发，又会知道艾伯特是死不足惜、毫无价值的。然而有些文学批评家却能依据余准与艾伯特之间的一番高深莫测的对谈，演绎出一套更为高深莫测的可以用"时间"来涵盖的错综复杂而充斥着偶然性与神秘性的存在论或宇宙论的哲学沉思，并以为这种哲学沉思就是小说的立意所在，完全忘记了小说所呈现的一桩罪行。其实，只需要具备一定的文学常识，就不难发现余准与艾伯特这两个人物都是作者主要采用"反讽"的手法塑造的，以他们为代表的行为、观念正是作者所要揭露和批判的。如小说中对艾伯特书房的一段描写：

> 我们来到一间藏着东方和西方书籍的书房。我认出几卷用黄绢装订的手抄本，那是从未付印的明朝第三个皇帝下诏编纂的《永乐大典》的逸卷。留声机上的唱片还在旋转，旁边有一只青铜凤凰。我记得有一只红瓷花瓶，还有一只早几百年的蓝瓷，那是我们的工匠模仿波斯陶器工人的作品……

"背景即环境，尤其是家庭内景，可以看作是对人物的换喻性的或隐喻性的表现。"① 所以，来路不明的"《永乐大典》的逸卷"、不伦不类的"青铜凤凰""红瓷花瓶"、复制音乐的"留声机"、模仿"陶器"的"蓝瓷"，表面上是在显示艾伯特博通古今、融贯中西的造诣，实质上却暴露了这个人物是一个文化赝品的典型。所以说，只有辨识

---

① 〔美〕勒内·韦勒克、奥斯汀·沃伦：《文学理论》，刘象愚等译，江苏教育出版社，2005，第260页。

出所有的文学技法、形式，阐释者才能说清楚普通读者已经有了正常的判断和感受却无法说清的东西，而不是强不知以为知，指鹿为马，迷惑、误导了普通读者。

文学是以其技法、形式区别于非文学的语言文字作品的，因此可以说，技法、形式是文学特有的"语言"。辨识技法、形式，就是按照文学的语言来理解文学；懂得技法、形式，就是文学文本阐释安身立命之所。从这个意义上讲，如果说弄清词义、句意是文学文本阐释最为基本的步骤，那么辨识技法、形式就是文学文本阐释最为核心的步骤。

（三）发现文本中各个义项之间的关联

完成了文学文本阐释最为核心也是难度最大的步骤之后，就可以着手下一步相对简单、容易的工作，即发现文本中各个义项之间的关联。文学文本中的词义、句意与技法、形式都代表、传达着某种意义，可谓大大小小的"义项"。在优秀的文学作品中，大大小小的义项之间都具有或疏或密、或近或远的联系，从而形成一个有机的整体，非此就不能是优秀的文学作品。文本中大大小小的义项虽然可以单独传达特定含义，但只有和其他义项发生了联系，其含义才会逐渐明晰、最终确立，此即所谓"互文见义"。比如，《色·戒》中的"色"字是一个义项，单看这个义项是不会知道它到底是指"情色"还是"空幻"的，如能把它和文本中的"钻石""戏""镜子"等意象、象征以及其他各种描写联系起来，就会知道这个点题的"色"字绝不是指前者，只能是指后者。

文本中义项的联系可谓千变万化，但总而归之只有"顺向"和"反势"两类，或称同、异关系。比如，《水浒传》（袁刻本第五回）写鲁达等人在潘家酒楼上准备周济受郑屠欺凌的金氏父女：

鲁达又道："老儿，你来。洒家与你些盘缠，明日便回东京去,如何?"……便去身边摸出五两来银子,放在桌上,看着史进道:"洒家今日不曾多带得些出来;你有银子,借些与俺,洒家明日便送还你。"史进道:"直甚么要哥哥还。"去包裹里取出一锭十两银子放在桌上。鲁达看着李忠道:"你也借些出来与洒家。"李忠去身边摸出二两来银子。鲁提辖看了,见少,便道:"也是个不爽利的人!"鲁达只把这十五两银子与了金老……把这二两银子丢还了李忠。

在这一段里,对鲁达和李忠的两句动作描写中"去身边摸出……两来银子",字词完全相同,形成顺向的关系;"五"与"二"一个多一个少,形成反势的关系。而"去身边摸出……两来银子"与史进的"去包裹里取出一锭十两银子",有"摸"与"取"、缀以"来"与没缀以"来"的差别,形成了异的关系。这种异的关系衬托出鲁达把身边带的银子悉数摸出,因此非常慷慨,那么李忠和鲁达是同样的动作,也表明他和鲁达同样慷慨;"五"与"二"的差别只能表明李忠是在市井中使枪棒卖膏药的,当然不像做提辖的鲁达那样身边会有五两来银子。而"鲁提辖看了,见少,便道:'也是个不爽利的人!'",这一句又和李忠的慷慨形成了反势的关系,表明鲁提辖对待李忠的不公。该句中的"鲁提辖"也与上下文的"鲁达"发生了异的关系,点示出鲁达说话时的身份。下面"把这二两银子丢还了李忠"的举动和鲁提辖所说"也是个不爽利的人",又发生了顺向的关系,表明鲁提辖进一步羞辱了李忠。数回之后,鲁智深窃走了李忠和周通的财物,李忠说:"我们赶上去问他讨,也羞那厮一场!"其中的"羞"可能与鲁提辖对李忠的羞辱之间,存在着更为复杂的同中有异、异中见同的关系。

文本中各个义项之间的关联有密有疏,有近有远,有的甚至疏远于文本之外。比如,海明威小说《弗朗西斯·麦康伯短促的幸福生活》中有一段人物对话:

"你知道,我想再试一下,打一头狮子,"麦康伯说,"我现在真的不怕它们了。说到头来,它们能把你怎么样呢?"

"说得对,"威尔逊说,"人最狠就是能要你的命。这是怎么样说的呢?是莎士比亚说的。说得太好啦。不知道我还背得出不。啊,说得太好啦。有一个时期,我经常对自己引用这几句。咱们不妨听一听。'说实话,我一点也不在乎;人只能死一回;咱们都欠上帝一条命;不管怎么样,反正今年死了的明年就不会再死。'说得真精彩呃?"

威尔逊所引莎士比亚之语,出自《亨利四世(下篇)》第三幕第二场。该场表现的是一个滑稽的情景:著名的喜剧人物福斯塔夫爵士到葛罗斯特郡征兵,乡村法官夏禄强拉"霉老儿""影子""肉瘤""小公牛"和一个名叫弗朗西斯·弱汉的女装裁缝充数。霉老儿等人不愿当兵,千推万阻,只有弱汉慨然道:"凭良心说,我倒并不在乎,死了一次不死第二次,我们谁都欠着上帝一条命。我绝不存那种卑劣的心思;死也好,活也好,一切都是命中注定。为王上效劳是每一个人的天职;无论如何,今年死了明年总不会再死。"被福斯塔夫称赞为"勇敢的弱汉""好汉子"。如果不了解威尔逊之语与弗朗西斯·弱汉之语的互文关系,就会以为威尔逊和弗朗西斯·麦康伯是何等豪迈的硬汉;了解了这种互文关系,就会知道他们只是愚昧的弱汉。由此例可知,文本阐释应该做到凡义项发生关联者,"虽远必诛!"

文本中各个义项之间的关联无论是疏还是密,远还是近,都不是明明白白写在纸面上的。如果明明白白写在纸面上,它就是说明书,而不是文学了。甚至有时为了达到某种特殊的艺术效果,义项之间的关联被作者有意处理得十分隐蔽,如上文提到的《色·戒》中形成"重复性叙述"的两段文字。因此想要发现义项之间的关联,阐释者就必须耐心细致地调查、考求,同时还需要调动起逻辑推理及联想、想象等思维过程。经由阐释者这些积极主动的思考,义项之间的关联就不难一个个接连地建立起来,从而重现、再造出文本中有机整体的世界。

（四）归纳与评价

重现、再造出文本中有机整体的世界之后，阐释工作尚未全部完成，下一步还需要对文本的主题和意向做出归纳、总结。

正如美国"新批评"派代表人物克林斯·布鲁克斯和罗伯特·华伦所说的："我们不可能不注意小说的主题而能深入地了解小说的情节和人物，因为正如我们所强调的，一篇好的小说，它是一种有机的统一体，其中各种重要因素互相之间都有联系。一种因素会牵涉到其他所有的因素，而它们又是为同一个预定目的服务的……主题就是对一篇小说的总概括。它是某种观念，某种意义，某种对人物和事件的诠释，是体现在整个作品中对生活的深刻而又融贯统一的观点……我们要求小说具有合乎逻辑的主题——即某种主题结构，并由这种主题结构将各种成分规划而成一个有机的整体。所以说无主题便无小说。"[①] 小说如此，其他文学文本亦如此。主题存在于文本上各个义项之间的关联之中，也是阐释者可以根据各个义项之间的关联概括出来的。

除了概括出文本的主题，还要揭示出以主题为其总和的文本诸义项的意义指向，即"意向"，这是实践论的文本阐释学区别于形式主义文论的特色所在。形式主义文论的基本观点是，文本中包括主题在内的诸意义，可以独立地产生于文本中的诸形式及其组合。实践论的文本阐释学也承认这一点，但同时又认为，文本中的诸形式是文本之外的作者所创造的，借以体现作者对生活的观点。这一观点既然来自作者的社会生活，必然指向社会生活；既然可指向作者经历的社会生活，必然可指向读者经历的社会生活。再以博尔赫斯的《小径分岔的花园》为例，如果封闭孤立地看待这篇小说，就很容易认为这篇小说

---

① 〔美〕克林斯·布鲁克斯、罗伯特·潘·华伦编《小说鉴赏》，主万等译，中国青年出版社，1986，第357~359页。

呈现的是一种玄妙的哲学，即小说中艾伯特从彭冣的小说《小径分岔的花园》阐发出的关于时间的道理。然而，如果把这篇创作于第二次世界大战期间，又以不久之前发生的第一次世界大战为背景的小说，与文本之外的现实联系起来，正如把其中彭冣的小说与其外的谋杀、罪行联系起来，就不难发现作者是以"小说"影射"哲学"，以"时间"隐喻"历史"，而小说的意向直指当时正在全世界发生的那桩罪行。这桩罪行之所以能够发生，是与像余准那样的大众的参与相关的，而大众之所以会参与到与其本身正相对立的罪行当中，又与貌似玄妙的"哲学"而其实为"虚假的意识"对他们的愚化、鼓动相关。无论作者是否公开说明，他的作品都是以一起特殊的事件，即余准受到"虚假的意识"的愚化、鼓动，而被卷入一个罪恶的巨大漩涡，并亲自犯下了谋杀的罪行，呈现和探讨了他所处的时代最为重大的现实问题。这个问题当时正在发生，过去也曾发生，将来还可能发生，因此可以说小说的意向是针对着人类历史上所有这些问题的。这个意向也是文本的主题，换言之，文本的主题和意向总是一体的。因此，只有揭示出文本的意向，才能更好地概括出文本的主题。但是对意向的揭示，必须来自对主题的理解，而对主题的理解，必须来自对词义、句意、技法、形式和它们之间的关联的理解。自下而上、由内而外地踏实做好每一步工作，必定会走向对文本真实的理解，如果不这样，就可能以某种先入之见——无论其是否为社会历史的观点——绑架、割裂了文本，从而走向反社会历史的文学批评。对文本阐释的这种看法，又是实践论的文本阐释学区别于一些所谓的社会历史批评的一种特色。

经过对一件文学文本从每一个词义直到整体意向的全面把握，才可以最后提出对这件文本艺术价值的评价，以避免陷入某种偏见或成见。再以舒婷《祖国啊，我亲爱的祖国》为例，对于这首诗，在"中国当代文学史"上通行着这样一种评价："她（指舒婷）的诗'复活'了中国新诗中表达个人内心情感的那一线索……这一写作'路线'，使她的诗从整体上表现了对个性价值的尊重。她也会希望承担重大主题，表达某种社会性问题的'哲理'，但这样的诗（如……《祖国啊，我亲爱的祖国》等）总是较为逊色。"① 其中的"逊色"可能有两种含义：一是其与舒婷的其他诗作相比，二是其与其他诗人同类题材的诗作相比。然而，经过对《祖国啊，我亲爱的祖国》从每一个词义直到整体意向的全面把握，就不难发现其与舒婷的其他诗作如脍炙人口的《致橡树》相比不仅毫不逊色，反而在形式与内涵两个方面都超越了这类诗作。《致橡树》成功地运用了比喻、象征的手法，《祖国啊，我亲爱的祖国》则完美地运用了其中更合于诗的本真的隐喻手法。《致橡树》更多地表达了一种极具个性化的个人情感，与之相比，《祖国啊，我亲爱的祖国》表现的情感同样极具个性化，但同时它也是一种"非个性化"的一代人的情感，而且这种情感中又蕴含着深刻的诗性真理。鉴于这种艺术高度，即使还不能说《祖国啊，我亲爱的祖国》超越了其他同类题材的诗歌，也可以肯定地说，古今中外同类题材的诗歌同样不能超越《祖国啊，我亲爱的祖国》。由此例可知，对一件文学作品的客观、科学、准确的评价，只能建立在踏实地完成了上述各个阐释步骤的基础之上。

以上简明扼要地介绍了实践论文本阐释学的原则、立场落实到具体的阐释运作中所遵循的程序、采取的方法，实践证明这套程序、方法具有极高的阐释效力。但是，它也不像某些"理论"那样，是一台自动的阐释机器，从一端输入文本，就可以从另一端拿到文本的阐释，犹如把某些"理论"的条条框框加到文本之上，就可以拿出关于文本的条条框框。它需要文本阐释者的实际经验、能力来启动和运作它，更需要文本阐释的实践来丰富和改进它。

---

① 洪子诚：《中国当代文学史》，北京大学出版社，1999，第297～298页。

第五章

文学文本实践论的特征性阐释

除了文学的本质是什么这一基本问题，文学的特征是怎样的同样是文学理论所关注的一个基本问题。这一基本问题不能留待前者找到答案之后再予回答，两个问题必须同时回答，甚至必须首先回答出后者才能回答前者。不能完整而准确地把握文学的特征，必然造成对于文学本质的片面或错误的理解，而不能完整而准确地把握文学的特征，又往往是片面或错误地理解了文学的本质所延伸出的结果。因此，回答文学的特征问题，和回答文学的本质问题一样，都要面对着文学的本体。

一 文学文本的实践论特征

文学的本体的的确确是个庞然大物，在不见终始的社会时空与文化领域中舒展开躯体。面对如此这般庞然大物，无论目光如何锐利的理论家都会成了盲人，只能凭借手感摸索到其局部，难以开阔视野观察到其全貌。言其如石者有之，言其如绳者有之，言其如瓮者有之，言其如箕者有之，言其如杵者有之，言其如臼者有之，言其如床者有之，言其如萝菔根者亦有之。也就是说，现有的关于文学文本之特征的各种观念之间，尚存许多相互冲突甚至相互否定之处，即便从其未有矛盾的方面观之，它们也难以并归而成一种关于文学文本之特征的完整的、基本的看法。如果把某种属于局部的、片面的观点误以为整体的、基本的看法，并且不加校验地运用到文学文本的阐释与评价中，定然会引发一些不得不对之退避三舍的问题。比如，一般认为"形象"或"感性"是文学文本的总体特征，按照这一观念来衡量文学作品，像朱自清那种情景交融的散文必然会是上上之选，而像周作人那种娓娓道来的随笔也将因此被冷落一旁。前者当然属于上上之选，但后者赏心悦目、醇厚有味，如果能够采用另一种标准来衡量，其品质也并不输于前者。长期以"形象"或"感性"为特征来衡量散文，就容易造成抒情散文的片面发展，乃至于催发为文造情的痹症，同时淡雅宜人的说理随笔则因无人问津而逐渐衰落，以至于疲敝羸弱。所以，在未知文学文本的本质特征之前，最好还是把已知文学文本的局部特征只作为局部特征对待，甚至应该把现有的关于文学特征的观念一概悬置起来留待推究、验证，不惜让文学文本的特征全然还原为"现象"（phenomenon）。

（一）区别于"本质特征"的"现象特征"

"现象特征"而非通常所谓的"本质特征"，是文学文本实践论求证的出发点，也是实践论文学理论区别于观念认识论文学理论的一个重要因素。这里的"现象"概念借自西方现象学，但与西方现象学中的"现象"有极大的区别，甚至是性质的区别。

德国哲学家艾德蒙·胡塞尔为探索人类知识的准确性、确定性，创立了不同于西方传统形而上学的新的哲学方法。这种哲学方法以"现象"为其核心的和基本的范畴，因此被称为"现象学"。现象学起始于质疑和否定"自然的态度"，所谓"自然的态度"是指人们通常的一种信念：相信客体独立存在于人们意识之外的世界，并且想当然地认为人们关于它们的知识一般是可靠的。胡塞尔认为，独立存在于人们意识之外的客体因其未经人的意识，所以对于人的意识来说，这种客体的存在与否就不能被确定，而对其存在与否尚不能被确定的客体的知识，当然是不可靠的。那么，人们对什么可以明确和肯定呢？胡塞尔认为，尽管人们对事物的独立存在不能确定，却可以确定它们在人们的意识中直接呈现的情况，不论它们是实物还是幻想。因此，要想获得知识的确定性，就必须首先忽略、排除超出人们直接经验之外的、非内在于意识的任何事物，或者将其"放入括号"暂时悬置起来；而对一切现实存在的事物，都必须按照它们在人们经验、意识中呈现的情况，即作为纯"现象"加以对待、考察、思维，这就是所谓的"现象学的归纳"。

现象学的误区正出现在这里：胡塞尔质疑既有的、被想当然地认为可靠的知识，否定"自然的态度"，是有理由的，但是被他认定为可靠的"现象"，即事物在人们经验、意识中直接呈现的情况，其实与他所质疑的知识具有相同的性质，并且是这种知识的来源，也构成了这种知识。比如在"盲人摸象"这则寓言中，"如石""如绳""如瓮""如箕""如杵""如臼""如床""如萝蔔根"皆为事物在人们经验、意识中直接呈现的情况，然而这些情况并不可靠。应该承认的是，人们面对大千世界，皆如盲人一般，其经验、意识的能力是非常有限的，因此人们直接经验、意识到的事物的情况也是极不可靠的，反不如后来经进一步的观察、思考所获得的知识更为可靠。由于这一误区，胡塞尔的现象学始于追寻正确的认知方法，并把传统的形而上学行为化、科学化而使其具有一定的"实践性"，却一步一步地最终走向了相反的方向，成为一种他自认的"绝对自足的精神科学"，其实与黑格尔的"精神现象学"没有本质的区别，也是一种形而上学。

虽然现象学从一开始就存在着误区，但其质疑既有知识的精神却是值得肯定和借鉴的，而且"现象学归纳"中的一些方法也有可取之处。现象学将其理论的起点回归到"现象"，如上所论，这个起点也并不可靠。那么，除了这个起点，还有什么是可靠的呢？可靠的还是"现象"，但这个"现象"是不同于现象学中所谓的"现象"的"现象",它正是被现象学"放入括号"存而不论的"现象"。唐代洪州禅祖师马祖道一作有一个偈子:"凡所见色,皆是见心;心不自心,因色故有。"(《五灯会元》卷三)偈子中前后两个"色"是既有联系,又有区别的。前两句中的"色",类似于现象学中所谓的"现象",它呈现于"心"中,因此是"心";后两句中的"色"则相当于现象学中所谓的独立存在于人们意识之外的客体。这个客体或者说"色"在未被人们意识之前,它的存在或者说"有"可否被人们确定的呢?答案是肯定的,因为这个"色"是"心"产生的原因,没有这个"色",就没有"心",而原因总是在结果之前,不会在结果之后,所以这个"色"在"心"之前必定是"有"的。

文学文本实践论所要回归的理论起点,不是现象学所谓的"现象",而是比现象学更进一步,回归到客体上,回归到文学上,回归到文本上。面对这个客体,最为首要的是将其看成是尚未被规定、赋予了任何"本质"的"现象",一种"色",而将其以往被规定、赋予的任何"本质"或称"实",都暂时"放入括号"存而不论。文学文本实践论就是作为这样一种好"色"之徒,以区别于以往的文学理论、批评。在以往的文学理论、批评中,使用频率最高的概念之一,恐怕就是"本质特征",它们总是喜欢指认什么是文学的本质特征,什么是一件文学文本的本质特征。何谓"本质特征"?即一事物表现出或代表着其本质的特征。那么如何指认某一事物的本质特征呢?必须首先确定某一事物的本质,然后再找出合于这种本质的一些特征。这样就会在充分、深入探究这一事物的特征之前,预先规定、赋予了这一事物的某种本质,而这种本质就不会是这一事物的本质,只是人们对这一事物的本质想当然的看法,即一种"自然的态度"。

可以说,"本质"出现之处,就是某种理论探索终止之地。实践论文学理论不但承认而且坚信事物的本质是一种存在,一种"有",但同时也认为这种"有"尚处于探索的过程中。因此不仅把事物最初在人们意识中的呈现看成是一种"现象特征",而且把此后事物在人们每一步理论探索中的呈现仍旧看成是一种"现象特征",无论这种"现象特征"与事物的本质如何接近。这样,"本质""本质特征"等概念,就永久地留给了实践论文学理论的未来,而不是过去和现在。

(二) 不同于"意象"特征的"意向"特征

如果说区别于"本质特征"的"现象特征"是文学文本实践论的理论起点,那么超出于"意象"特征的"意向"特征就是文学文本实践论的理论重点。

现在已无须再做求证,文学文本是由"意象"所构成的一个意象的世界,因此具有"意象"的特征。何谓"意象"?简单地说,就是表意之象,即通过某种"象"——先不论这种"象"是形象意义上的"象",还是抽象意义上的"象"——传达某种"意"。如果这样界定文学文本,是否就应该意识到这样一个问题:文学文本在成为一种"象"之前、之中和之后,是否会有某种明确、稳固的"意"?这个问题回答起来确实相当复杂。

首先,有些而不是所有作者在写定一个文本之前,确实有明确的构思,即想要表达什么和如何表达,这种构思或可称为"意"。但是,正如刘勰所说:"方其搦翰,气倍辞前;暨乎篇成,半折心始。何则?意翻空而易奇,言征实而难巧也。"(《文心雕龙·神思》)也就是说,即使一个作者在写定一个文本之前,确实有明确的构思,他也未必就能用"象"明确地传写出他的构思。也许更多的作者在写定一个文本之前并没有明确的构思,而在以"象"达"意"的过程中,"意"几经变化,"象"也几经变化,最后形成的"意象"即便作家自己都未必能明确其所指。可能会有功力深厚的作者能够做到准确无误地以"象"达"意",那么这个"意"是否只能是作者所要传达的"意",而不能同时也是其他的"意"呢?即使一个文本只传达了单一的"意",读者也未必这样理解,而读者之"意"或许又比作者之"意"更为合理。

其次，用以达"意"的既然是"象"，就会是不明确、不稳固的，甚至斯须改变如白衣苍狗。《周易·系辞上》说："子曰：'书不尽言，言不尽意。'然则圣人之意其不可见乎？子曰：'圣人立象以尽意，设卦以尽情伪，系辞焉以尽其言。'"这里是否是说，"象"要比"言"更为明确、稳定，因而要比"言"更能传达明确、稳定的"意"呢？当然不是。"言"总是不够明确、稳定，而"象"又总是比"言"更加不够明确、稳定。那么，既然"言不尽意"，又为什么要"立象以尽意"呢？这就要以"象"因其不明确性、不稳定性而具有的更多的可能性、更高的适应性，以尽"意"的无限丰富性。这种"意"既然具有无限丰富性，就不会是单一的；既然不会是单一的，就不会是明确的、稳固的。

"意象"因为从始至终都具有不明确性、不稳定性，即一种未完成性，所以又可以名之为"意向"，指其从始至终都是意义指向的可能性。这种意义指向因其未完成性，而具有活动性；因其活动性，而具有丰富的可能性。亚里斯多德说："诗人的职责……在于描写可能发生的事，即按照可然律或必然律可能发生的事。"[①] 由此可知，文学文本主要是按照"可然律"创作的，如其遵循"必然律"，这种"必然律"也是蕴含在"可然律"中的"必然律"。与研究、探索的对象相适应，文学文本实践论不再把更多地体现着"必然律"的"意象"特征作为理论的重点，而是进一步把更多地体现着"可然律"的"意向"作为理论的重点，并且以对文学文本可能的"意向"的不断发现，来增强自身的实践性。

二 文学文本以"反形式"为其形式的特征性

与其他各种以语言文字形成的文本相比，文学文本的特殊之处就

---

① 〔古希腊〕亚里斯多德：《诗学》，罗念生译，人民文学出版社，1962，第28页。

在于其"形式性",因为无论日常话语还是科学话语,都是不必讲求"形式"的,而无"形式"则无文学。或者说:"艺术家往往倾向以'形式'为艺术的基本,因为他们的使命是将生命表现于形式之中。"① 这种观念如今已经成为一种关于文学的普遍观念,就像太阳的东升西落一样可靠。无论"为艺术而艺术"的"形式主义"文论还是其敌手,也无论这种形式只是单纯的"形式"还是"有意味的形式",只要提到"形式",大家都会携手同心,荣辱与共,对之欣然认可而不予排斥。然而,就是这样一种可靠的观念,如果不厌其烦地对之吹毛求疵的话,其中隐含的许多问题也会显露出来。这就好比太阳的东升西落确实是可靠的"现象",如果按照"地心说"它会获得一种解释,可如果按照"日心说",那么原来的解释就成了问题。

(一) 历史地形成的"形式"及其"内容"

"形式"(form)与其"内容"(content),这两个概念是历史地形成的。在古代希腊,"形式"最初是指艺术品各个部分、因素的安排、组织及其形成的比例关系,这种比例关系适度、和谐,亦即合乎宇宙的同时也是人的理性的法则、秩序,那么艺术品就是美的,反之就不是美的。所以说"形式"几乎等同于美与艺术本身,或者说是美与艺术的目的,如果用一个哲学术语称呼它,即为"理式"。之后在修辞学和辩论术中,产生出"形式"与"内容"之分,"形式"指的是言辞的修饰与组织:"演说的形式——风格与安排"②,而"内容"指的是言辞所要传达的意思或表现的事物。这样"形式"就成了为达到目的所采用的手段,无论这种手段多么重要,它终不过是从属于并服务于"内容"的。而且,为了达到某种特定目的,有些修辞家或辩论家

---

① 宗白华:《哲学与艺术——希腊大哲学家的艺术理论》,《美学与意境》,人民出版社,1987,第108页。
② 罗念生:《亚里斯多德〈修辞学〉译后记》,《罗念生全集》第1卷,上海人民出版社,2007,第390页。

也会采用一些诡辩、伪饰的手段,这样"形式"与其"内容"就又具有了不符或背离的关系,并非总是相一致的。一种是作为目的的"形式",一种是作为手段的"形式",而二者又是同一种"形式"。面对这样一个难题,即使伟大如亚里斯多德,也不能轻而易举地解释清楚,所以他在其《诗学》中谈到"诗的起源仿佛有两个原因",第一个原因是人的天性中"摹仿的本能"①,"至于第二个原因是什么,则无法弄清,因为说明这两个起因的那段文字本身条理混乱。"对此,美国美学家吉尔伯特提出一种推测:"是否可以这样说:诗的两个起因之一是最低程度的模仿,即艺术灵魂中最初的普遍性——内容;起因之二是最高程度的模仿,即从一个整体的本质中引出的感受——形式。是否可以设想,亚里斯多德的思想是这样活动的:由于人们对仿造的喜爱而引起了戏剧和绘画对现实的再现。可是,要使模仿物和原物相像,要看出模仿物和原物之间的相像之处,就要挑选出二重性中的同一性。在多种事物中挑选出同一性便是发现本质。要发现本质则需要智慧。智慧的最高产物是形式。形式则是对称、秩序和明确性,它们是美或和谐的本质属性……不管亚里斯多德的思路是怎样的,在这短短的一段中,他却阐明了艺术的两个主要来源,人对再现生活现象的欢喜,以及对构思的喜爱。"② 由此可见,"形式"与"内容"之分不但带来了"形式"与"内容"的矛盾,同时也带来了"形式"本身的矛盾——其作为目的或者说"最高程度的模仿"与其作为手段或者说"最低程度的模仿"之间的矛盾,亚里斯多德试图采取二元论的办法来解决矛盾,但他又并不认为这是一种合理的方案,因为它只能阻拦"形式"与"内容"的矛盾,而不能隔开"形式"本身的矛盾。因为吉尔伯特忽略了"形式"本身的矛盾,也就是只看到了"它们是

---

① 〔古希腊〕亚里斯多德:《诗学》,罗念生译,《罗念生全集》第1卷,上海人民出版社,2007,第29页。
② 〔美〕凯·埃·吉尔伯特、〔德〕赫·库恩:《美学史》,夏乾丰译,上海译文出版社,1989,第95~97页。

美或和谐的本质属性"这一个方面，所以才可以十分清晰地整理出亚里斯多德的思路，而亚里斯多德却只能对本人的思路语焉不详。

尚且注重实际的亚里斯多德无法回答的问题，相隔两个世纪之后被长于抽象思辨的黑格尔轻而易举地解决掉了。黑格尔解决问题的办法，可以说是一种中国当代文论家们一直试图运用又不善运用的"话语转换"。他用"形式"指称亚里斯多德会称之为"内容"的东西，而用"内容"指称亚里斯多德会称之为"形式"的东西："艺术的内容就是理念，艺术的形式就是诉诸感官的形象。艺术要把这两方面调和成为一种自由的统一的整体。这里第一个决定因素就是这样一个要求：要经过艺术表现的内容必须在本质上适宜于这种表现。否则我们就会只得到一种很坏的拼凑，其中内容根本不适合于形象化和外在表现，偏要勉强被纳入这种形式，题材本身就干燥无味，偏要勉强把一种在本质上和它敌对的形式作为它的表现方式。"① 一经这种"话语转换"，"形式"原先作为"理式"的、目的的高级属性便上缴给了现在的"内容"即"理念"，而原先作为现象的、手段的低级属性则为其自留。因此原先"形式"本身的矛盾解决了，"形式"与"内容"的矛盾也随之解决了，二者至少在理论意义上达到了高度统一，"所以，形式就是内容，并且按照其发展了的规定性来说，形式就是现象的规律。"如此说来，"形式"和"内容"恰似一个人有两个名字，他到了高级场合使用一个名字，到了低级场合必须换用另一个名字："内容非他，即形式之转化为内容；形式非他，即内容之转化为形式。"既然"形式就是内容"，那么又何必这样不厌其烦地转来化去呢？这是因为它必须迎合某种自娱自乐的游戏规则，没有了这种规则游戏就不能成立，那么它也就无法参与这种游戏。正如黑格尔自己所说的："这种相互转化是思想最重要的规定之一。但这种转化首先是在绝对

---

① 〔德〕黑格尔：《美学》第1卷，朱光潜译，商务印书馆，1979，第87页。

关系中，才设定起来的。"① 如果缺少了这种相互转化，绝对的也就是抽象的思想活动就不复存在，这样，"理念"就不复存在，当然"形式"与其"内容"也随之不复存在。换言之，艺术之"形式"与"内容"及其相互转化、对立统一的关系，是形而上的辩证法为其自身的目的而构造出来的，也只能在形而上的辩证法中方能成立，因此离开了绝对思维自娱自乐的游戏，一切就又都还原为某种不可名状的"现象"。

黑格尔之后，一些文学批评家、理论家断然拒绝了参与抽象思辨的游戏，可又欣然承继了现成的"形式"与"内容"的概念。在这些文学批评家、理论家中，主观一些的认为"内容"是作者的情感、思想，而"形式"是表现和传达情感、思想的一切方式；客观一些的则认为"内容"是作者所掌握的现实生活，而"形式"是摹写、再现现实生活的所有手段。这样，关于"形式"与"内容"的观念其实又退回到了亚里斯多德《诗学》及《修辞学》的阶段，但是那个让亚里斯多德两难的问题他们并未注意到，仿佛这个问题已经被黑格尔解决掉了，然而黑格尔解决问题的方法却又被他们集体否决了。既注意到那个让亚里斯多德两难的问题，又不采取黑格尔解决问题的方法，关于"形式"与"内容"的观念就必然要进一步退回到其最初的阶段。在20 世纪 10 年代，"关于文学形式问题，什克洛夫斯基和俄国形式主义者的理解已与传统的内容形式二分的理解大不相同。他认为，形式不是相对于内容而言的……形式完全是文学作品独立的存在方式，与内容、材料无关。他在另一处说得更清楚：'文学作品是纯形式，它不是物，不是材料，而是材料之比。'"② 这种"形式"概念与其最初的形成之时已经非常接近，但是"形式"一词此时已经被几千年来的各种理论搅动得浑浊不堪，继续使用定然拖泥带水，因此俄国形式主义

---

① 〔德〕黑格尔：《小逻辑》，贺麟译，商务印书馆，1980，第 278~279 页。
② 朱立元主编《当代西方文艺理论》，华东师范大学出版社，1997，第 44~45 页。

者就有必要对之实行一定的"话语转换"予以澄清,即用"结构"一词代替"形式",以指称其中原来的对于材料安排、组织的意思,而原来的"形式"一词则用于总称文学的基本属性,即"文学性"。有史以来,俄国形式主义者首先认识到,一件作品所要表达的内容并不能决定其是否为文学作品,而其表达的方式才是决定一件作品是否为文学作品的根据。所以在他们看来,"文学性"即文学作品区别于其他作品的独特表达方式,亦即"形式"。但达到这一认识,又是以把表达方式当成目的并使之孤立、封闭起来为代价的。

现代以来,"文学批评家对'形式'这个概念的解释就因其特定的前提与倾向而变化各异"。① 在变化各异的解释中,英国文学批评家罗吉·福勒的观点大概很具有总结性,他"宁愿把形式视为那种与'可意译的内容相对立的'东西,这种对立关系实际上是所要表达的内容与表达方式之间的关系。"并认为:"人们既可感到形式是作品的有机组成部分,也可感到它是外加的……不论是有机的抑或是外加的,形式总是可以用结构性的和肌质性的这两个术语来描述。结构是大规模的,是与安排有关的,而肌质则是小规模的,且与印象有关。"福勒承认"形式"与"内容"之间相互对立、相互区别的关系,但更强调二者血肉相连、不可二分的关系,因此他要在"内容"之前加上"可意译的",在"形式"之前加上"可感到"。"'可意译的'这一形容词至关重要,因为表达方式要影响表达内容","这里使用了'感到'一词,因为上述区别是心理上的,而不是技术上的"。② 这两种限定相对于某些对"形式"与"内容"生硬的分割来说显然是优越的,比如我国20世纪70年代末蔡仪主编的《文学概论》提出"文学作品的内容是作者对社会生活的认识,而它的形式则是这种认识的客观表

---

① 〔美〕M. H. 艾布拉姆斯:《欧美文学术语辞典》,朱金鹏、朱荔译,北京大学出版社,1990,第121页。
② 〔美〕罗吉·福勒:《现代西方文学批评术语词典》,袁德成译,四川人民出版社,1987,第108~109页。

现",并进一步认为:"在分析文学作品的构成因素时……一般习惯上所列举的是下面这些因素:题材、主题、人物、环境、情节、结构、语言和体裁等。前五者是属于内容的因素,后三者则是属于形式的因素。"① 现在看来,如此划分之生硬自不待言。仅以"主题"为例,它是通过作品中一系列反复出现的事件、形象和象征等间接地表现出来的,因此也作为贯通整部作品的一条基本线索,把作品中的各个成分组织而成一个有机的整体。从这个角度来看,"主题"也是一种"结构"。确如福勒所言,文学作品中的任何因素都是既可以归于"形式"又可以归于"内容"的,"内容"不过是人们从"形式"中意译出的内容,"形式"也不过是人们在"内容"上所感到的形式。然而正是福勒非常客观地指出的"可意译的"和"可感到",却表明他对"形式"与"内容"的解释还只是一种主观性的知识,如果按照新实证主义哲学家维特根斯坦的严格标准,这种主观性的知识可以被视为"伪陈述"而被排除在真理之外。

以上仅择文学作品"形式"及其"内容"之概念的形成与发展史上几处重要关节略加论析,如此简约的论析当然难以确定某种立场,却足可质疑一种信念,即"形式性"能否被看成文学文本的基本特征?这是因为"形式"概念一经与"内容"概念对立而产生,其本身就呈现出自相矛盾,而且又和"内容"概念的所指不但在特殊情况下还在一般情况下可以互换为用,产生了逻辑上"同语反复"的现象,甚至其整个历史的终点回到起点的循环性,也可以被看成是一种迂远的"同语反复"。这些都说明了"形式"概念的极不稳定性,那么建立在如此不稳定的概念之上的信念中当然也不会装载着明确可靠的知识,鉴此则暂且还不应以"形式性"作为文学文本区别于其他文本的特征。这样看问题不等于否认文学文本具有某种"形式",或者文学文本就是一种"形式",只是认为以"形式"而论文学文本的特征尚

---

① 蔡仪主编《文学概论》,人民文学出版社,1979,第141页。

未说出什么实质性的命意。既然"生产艺术作品的物质历史几乎就刻写在作品的肌质和结构、句子的样式或叙述角度的运用、韵律的选择或修辞手法里"①，那么说文学文本的特征在于其"形式"也就等于说文学文本的特征在于其所有方面，等于说文学文本的特征在于其"内容"。这种周严而空阔的"形式"特征说如果只是停留在本质论、观念论的阶段，倒也不会造成什么妨害，可是一旦应用于具体文学文本的实际阐释中，便会带来种种偏失。这些偏失可归纳为两种相反的情况：一是把"形式"当成文学文本的全部特征亦即本质，从而使之与"生产艺术作品的物质历史"相疏离而孤立、封闭地加以观察、分析；二是把"形式"仅当成文学文本的特征而非关本质，于是便以对"生产艺术作品的物质历史"的考证、追查来囊括也取消了观察、分析艺术作品的"形式"的价值。迄今为止，上述两种情况以及它们之间的分歧几乎构成了文学文本阐释的全部历史，这与"形式"特征说的长期盘踞却又含混不清具有根本性的关系。

既然不能以"形式"而论文学文本的特征，当然就更不能以"形式"的某一方面或者说某一时期、某一地域出现的对于"形式"的观念而论文学文本的特征。历史上先后形成了关于文学"形式"特征的各种观念，它们之间可谓千差万别，但又各有各的道理，有言之合乎理性的，便有言之强调感性的；有言之为形象的，便有言之在情感的；有言之要真切的，便有言之应奇特的，如此不一而足。正如"石"只是说出了大象头部的特征，"绳"只是说出了大象尾部的特征，现有的关于文学"形式"特征的各种观念也都只说出了某些文学文本的特征，或者文学文本的局部特征。而文学文本的特征则极其繁复而极尽变化，即使一件简单的文本也可呈现出某种异态，因此在阐释具体的文学文本时，如果先入为主地固执于某种观念，则往往方凿圆枘，扞

---

① 〔英〕特里·伊格尔顿：《历史中的政治、哲学、爱欲》，马海良译，中国社会科学出版社，1999，第114页。

格不入，非削足适履，即指鹿为马。为避免这种情况的发生，唯一的办法就是暂且悬置各种观念，让面对的文学文本只是显现为其本身的"现象"，亦即不以主观观念代替实际现象，然后再具体地按其本然而求知其所以然。但这不等于说以往的各种观念都毫无价值而可以弃之不用，只是说所有这些观念就其相对合理性而言，只有措置于适当的地方才会发挥其参考价值。不但文学文本正在和将会形成的形式特征，即使其已经呈现的形式特征，都不能为目前关于文学形式特征的各种观念所涵盖和指认，这是文学文本以"反形式"为其形式特征性的一个方面。文学文本的这一特征性，要求文学理论仍然需要以实践性的文本阐释、批评为中介，面对和投入具体的文学文本，以之校验、核准其所有观念，使自身无限地向真实靠近。文学理论参与这种不是从观念而是从现象出发的活动，无疑会增进其实践性。

（二）文学文本的"意向"对其"形式"的穿透与超出

与文学文本的"形式"特征说如影随形的，是"形式"与"内容"统一或一体的观念，这一观念也是在把文学文本与科学文本及其他实用文本相比较的基础上立论的。按照这一观念，科学文本及其他实用文本的目的在于其"内容"，即所要探讨、传达的某些逻辑、知识或信息，而采取什么"形式"来承载这些逻辑、知识或信息相对来说无关宏旨，无论抽象一些还是形象一些，专业一些还是通俗一些，粗劣一些还是精雅一些，其"内容"都是一样的。而文学文本则不然，因为其"形式"与"内容"的血肉关系，所以"形式"稍有变化，则"内容"立即随之发生变化。因此科学文本及其他实用文本易于转译，而文学文本却难于转译，尤其是诗歌。甚至有的作家认为，如果让他说出其某部作品的"内容"，他只好把这部作品重写一遍。

以"形式"与"内容"统一或一体的观念来看待、要求文学文本，毫无疑问是恰如其分的，但以之看待、要求科学文本及其他实用文本，似乎同样甚至更加恰如其分。首先以数学的形式为例，因为数学的形式是最为客观的形式,以数学形式构成的文本也是最为科学的文本。在数学中,"1"就是"1","2"就是"2","3"就是"3",对它们增减哪怕无限小的量,那么它们就不再是"1""2""3"。所以说数学的"形式"与"内容"、能指与所指是完全统一或一体的。与此不同,文学中的"1""2""3"只需要近似于"1""2""3"即可。比如有这样一首儿歌:"1 像铅笔细又长,2 像鸭子游水上,3 像耳朵听声音……",这首儿歌以某物近似某物的形式来描述"1""2""3"的形状,"1""2""3"的形状是这首儿歌的内容。既然说是"近似",其中当然又会包含"不似"的方面,可以说没有哪只耳朵像"3",没有哪只鸭子像"2",没有哪只铅笔像"1"。所以说,文学文本其实还并不像科学文本及其他实用文本那样需要"形式"与"内容"、能指与所指完全统一或一体。当然,有些科学文本或实用文本可能包含着某种深刻的"思想",然而在表述上却不够精严,甚至结构散乱、章法芜蔓,但毕竟也传达出了它们想要传达的"思想"。从这个角度看,这些科学文本或实用文本没有达到"形式"与"内容"的统一或一体。其实这是一个以最高标准来衡量具体、个别文本所达到的高度的问题,既然这些文本传达出了它们想要传达的"思想",那么在表达上终归存在着与这些"思想"一致之处,只不过从整体上看,它们还没有达到"形式"与"内容"统一或一体的最高标准,甚至与这一最高标准差距较远。如果以同样的标准来衡量具体的、个别的文学文本,就会发现其实堪称完美的作品也同样并不多见,绝大多数作品在表达上都存在着不足的地方或多余的成分。

大概正如波兰现象学家英伽登所说的:"忠实地翻译真正伟大的文学的艺术作品几乎是不可能的,但是对于科学著作'优秀'的翻译就不是不可能的,尽管常常是很困难的。"[①] 但这不足以说明科学文本

---

① 〔波〕罗曼·英伽登:《对文学的艺术作品的认识》,陈燕谷等译,中国文联出版公司,1988,第 165 页。

不必达到"内容"与"形式"的统一或一体,因而"内容"与"形式"的统一或一体便为文学文本区别于科学文本的一种特征。科学文本之所以较之文学文本易于转译,不过是因为科学文本呈现为逻辑形式,而逻辑形式与其含义的关系一般比较明确、固定。文学文本的情况则较为复杂,它们可以呈现为逻辑形式,也可以呈现为非逻辑形式,因此经常会出现一些复义或歧义的情况。比如,张爱玲小说《色·戒》用"胸前丘壑"一词描写主人公王佳芝,该词是由"胸中丘壑"这一成语衍化而成的不规范语词,所以不仅表现出人物的外貌特征,而且暗示了人物不具"胸中丘壑"的性格特征。像"胸前丘壑"这种复义或歧义的情况是绝对难以用其他语词转译的,如果在科学文本出现类似的情况,它们同样难以转译。比如,"form"一词可作动词,意为构成、组织,当其转化为名词,其为动词的词义仍含藏其中,而以"形式"一词对译"form",原来动词的含义就损失了。虽说"忠实地翻译真正伟大的文学的艺术作品几乎是不可能的",但毕竟还是可能的,只要其中没有或较少出现复义或歧义的情况。比如,作家王小波在谈到他的"文学上的师承"时说过,查良铮翻译的普希金诗作《青铜骑士》竟是他的启蒙老师,让他"懂得了什么样的文字才能叫作好"[①]。这说明查良铮的译文不仅忠实于原著,而且准确地把握住了语感,转译出了原著的体度、气格。所以说"忠实地翻译真正伟大的文学的艺术作品几乎是不可能的"中的"几乎",应该是指文学的艺术作品中或多或少地几乎都存在着复义或歧义的情况,而几乎不可能另外再有一种语言形式呈现出同样的复义或歧义的情况。可见,科学文本及其他实用文本之所以较之文学文本易于转译,并非因为它们的"形式"可以与"内容"一分为二,而是因为它们较少出现复义或歧义的情况。较少出现复义或歧义的情况,恰恰说明了它们"形式"与"内容"的统一或一体,因此才会一旦找到了可以转译它们的"形

---

① 王小波:《我的师承》,《万寿寺》,译林出版社,2012,第1页。

式",便同时转译出了它们的"内容"。而文学文本较多地出现复义或歧义的情况,反而说明了它们的"形式"在与"内容"统一或一体的同时,又存在着一种若即若离的关系。

不只是文学文本,所有文本莫不追求"形式"与"内容"统一或一体,因此"形式"与"内容"统一或一体并非文学文本区别于其他文本的一种特征。而在某种意义上可以说,文学文本的特征正在于其"形式"与"内容"之间存在着一种不够明确、不够固定、不够紧密、不够一致的关系,由于这种关系,最终促成了文学文本的"意向性"(intentionality)对于文本本身的穿透和超出。需要说明的是,鉴于"形式"与"内容"这对范畴不够稳定,就有必要在这里引入现象学的"意向性"范畴,其实上文中已经借鉴性地而不是完全照搬地采用了现象学"还原"的方法。"意向性"作为现象学最基本的范畴,是指人的意识表示或呈现其于外部世界所接触到的事物之状态与属性的指向和能力。现象学最基本的方法是把独立于人的意识之外的客观事物悬置起来,存而不论,因为人能够探讨的客观事物只能是人所意识到的对象,既然是人所意识到的对象,就不再是独立于人的意识之外的客观事物。反之,人的意识都是对象性的,都是指向、针对或者说"关于"客观事物的,无论其为物质性的抑或精神性的。所以简单地说,所谓"意向性"就是这个"关于",而这个"关于"与其指向、针对的客观事物则被称为"意向性客体"。每一种文本就其作为人的指向、针对某种对象的意识活动来说,也都是"意向性客体",具有某种"意向性"。科学文本及其他实用文本的"意向性"与其指向、针对的对象从理论上说应该是合一的,不可穿透或超出其对象,正如在数学中"1"就是"一"。英伽登说:"令人奇怪的是迄今为止实际上还没有出现过认识科学著作的理论。"[①] 其实道理很简单,不足为

---

① 〔波〕罗曼·英伽登:《对文学的艺术作品的认识》,陈燕谷等译,中国文联出版公司,1988,第163页。

怪,这就是因为科学著作的"意向性"与其对象的合一,所以科学著作本身就是认识科学著作的理论,不需要另有某种理论用以认识科学著作。正如对于"$1+1=2$"这样一个问题,不需要另有某种关于为什么"$1+1=2$"的理论来对其加以解释,如果这个问题需要解释的话,那么用以解释这个问题的应该是某些实例,而不是某种理论。相反,对于"$1+1 \geq 2$"这样一个问题,就不但需要某些实例,而且需要某种理论来对其加以解释,如果这个问题被认为是可以成立的话。文学文本就如同"$1+1 \geq 2$"且被认为是可以成立的问题,与其说是这个问题本身,不如说是这个问题何以被认为可以成立,才需要某种理论来对其加以解释。

文学文本从来都呈现出一种主要特征,这就是其"意向性"必然针对、指向某一对象,但不仅仅针对、指向这一对象,也针对、指向与这一对象相同、相似或相关的对象,乃至所有这些对象的总和。人们在阅读、理解文学文本时,也从来都经验了和承认了这一主要特征,并且以之作为阅读、理解文学文本的基本原则,因而古今中外关于文学文本的批评、理论也总是立足于或围绕着这一主要特征和基本原则来言说的,如"大象无形""比兴""得意而忘言""寓言""意境""离形得似""典型形象""象征""非个性化""隐喻",等等,它们虽分属的理论流派不同,针对的文学类型有别,但莫不为这一主要特征和基本原则的概念化表述。文学文本何以呈现出这种特征或原则?简单地说,就是因为它们无论感性一些还是理性一些,形象一些还是抽象一些,虚幻一些还是真实一些,从本质上看都是一种"比喻",或者包含着一定量度的"比喻"。这个"比喻"在特定语境中也被称为"寓言""意境""典型""象征""隐喻"等,换言之,"寓言""意境""典型""象征""隐喻"等返本归元都可被称为"比喻",即人们采取相似—联想型的思维模式,按照类比推理的逻辑规则所建构的话语。"比喻"既是一种常见的修辞手法,也是一种基本的认知方法。它主要由本体和喻体构成,通过找到作为本体的某一事物与作为喻体的另一事物的共同点、相似点，而由已知的对某事物的认识推导出对另一事物的认识。文学文本整体上作为一个"本体"，其"意向性"既针对、指向这个本体呈现的某一事物，也针对、指向与其相同、相似或相关的另一事物，此时文学文本的"意向性"就已经穿透、超出了文学文本。而因为比喻的类比功能，作为"喻体"的另一事物又可以是一类事物，所以文学文本的"意向性"是一种"类"的意向性。在文学观念的发展过程中，从"人物"到"典型"，从"形象"到"象征"，从"个性化情感"的"非个性化"到"人类普遍的情感"，都可以看作对文学文本的"类的意向性"的指认。这种类的意向性更说明了文学文本对自身的穿透、超出，也说明了文学文本作为文学本体与外在世界的对待性和向外在世界的敞开性，也即实践性。

庄子有言曰："筌者所以在鱼，得鱼而忘筌；蹄者所以在兔，得兔而忘蹄；言者所以在意，得意而忘言。吾安得忘言之人而与之言哉！"（《庄子·外物》）文学文本可以说是"筌""蹄""言"，或者说是"本体"；其目的在于"鱼""兔""意"，或者说是"喻体"，即文学文本之外的经验的、实际的事物。这些事物作为文学文本的目的当然是至关重要的，因此相对来说"本体"作为达到其目的的方式才显得不那么重要，最终可以被遗忘、废弃。相传唐代司空图《二十四诗品》谓："离形得似，庶几斯人"，郭沫若认为历史学写作要求"实事求是"，而历史剧创作应该"失事求似"[①]，这些都是自古迄今对庄子观点在文学创作论上的发挥。其中"离形""失事"，只能是指为了达到特定的创作目的，而对创作中所使用的素材的进一步加工，而这种加工正说明了文学文本内在形式构造的重要性，并不是说文学文本内在形式构造无关紧要，因而可以由作家随心所欲地肆意而为。恰如没有完善的"筌""蹄""言"，就不能"得鱼""得兔""得意"，文学文本如果没有完善的内在形式构造，也就不会形成针对、指向自身之

---

① 郭沫若：《历史·史剧·现实》，《郭沫若谈创作》，黑龙江人民出版社，1982，第137页。

外事物的"意向性",或者说其"意向性"只能停留在自身之内。而这种以自身为目的而没有达到文学所应达到的实践性目的的文学文本,不能说毫无文学价值,但其文学价值毕竟不会太高,许多现代派、后现代派以及伪现代派、伪后现代派的文学作品正是如此。比如在孙甘露《请女人猜谜》这篇小说中,"后"是"我"根本没写的一篇小说《眺望时间消逝》中的女主人公,也是已经读过这篇不存在的小说的一个女护士,还是"我"在一个朋友家里遇见的一个女人。其他的人物塑造、情节安排等也都是这样莫名其妙,或者说在肆意破坏传统的人物塑造、情节安排等方式,以达到所谓回到"文学本身"甚至回到"语言本身"的实验目的。这一目的确实达到了,因为它几乎没有形成一个"再现性客体"层面,所以其"意向性"就只能停滞在"再现性客体"层面之下的"语意"及"语音"的层面,只有"能指",无所谓"所指",其文学价值也就只在于词句上的模糊感觉。不管孙甘露《请女人猜谜》这样的作品成功也好抑或失败也好,它们只能证明在"得意"之先切不可"离形""失事"。

但是即使不"离形"、不"失事",也未必就能形成穿透和超出文学文本本身的"意向性",一些突出的例证是一些相当完善的侦探、间谍小说,如英国作家阿加莎·克里斯蒂和格雷汉姆·格林的小说。阿加莎·克里斯蒂和格雷汉姆·格林的小说在"形式"上可以说相当完善,并且阿加莎·克里斯蒂的小说总是试图揭示一般的人类本性,格雷汉姆·格林的小说也总是试图揭示一般的政治行为。但是因为它们"形式"的完善而把读者也包括批评家的注意力过于引向它们的"形式"本身,因而无暇注意它们的"意向性"。所以阿加莎·克里斯蒂的侦探小说尽管为全世界所喜闻乐见,其发行量远远超出《圣经》,但任何文学史都不会提到这位小说家;格雷汉姆·格林尽管曾 21 次被提名诺贝尔文学奖,却终未获奖,这些都说明这样的作品不是不具备文学价值,只是其文学价值难以确定。而其文学价值的难以确定,又从一个特定角度说明了文学价值应该在于文本所形成的"意向性"对于其本身的穿透性与超出性。一些被看作"现实主义"的小说也是这样，比如老舍《四世同堂》中的正面人物钱默吟和反面人物蓝东阳，小说对这两个人物音容笑貌、言谈举止的描写不可谓不历历如画，跃然纸上，可以说是小说中十分有个性、特征的形象，但是在这两个人物身上，也存在着可能不尽合情合理的方面，像钱默吟由一个深居简出、诗画自娱的士大夫，在国恨家仇之际转变成具有侠客、特工一般行动能力的复仇者，像蓝东阳身无寸能，只因相貌奇丑且对敌伪极端恭顺，就得到了一个处长职位，这样的情况在现实中不能说没有，但少之又少，因此不可能形成可以穿透、超出这两个人物形象本身的"意向性"，也就不可能成为"典型"，所以尽管人们在读到这两个人物的时候会觉得描写得历历如画，跃然纸上，读罢之后却不能留下长久的印象，这也从一个特定角度说明文学文本超出、穿透其本身的"意向性"的重要性。

再看王小波小说《红拂夜奔》中的一段描写：

> 我知道李卫公精通波斯文，从波斯文转译过《几何原本》，我现在案头就有一本，但是我看不懂，转译的书就是这样的。比方说，李卫公的译文"区子曰：直者近也。"你想破了脑袋才能想出这是欧几里得著名的第五公设：两点间距离以直线为最近。因为稿费按字数计算，他又在里面加了一些自己的话，什么不直不近，不近者远，远者非直也等等，简直不知所云。除此之外，还有一些段落具有维多利亚时代地下小说风格，还有些春宫插图。这都是出版商让加的。出版商说，假如不这样搞，他就要赔本了。出版商还说，你尽翻这样的冷门书，一辈子也发不了财。因此李靖只好把几何与性结合起来。这是因为这位出版商是个朋友，他有义务不让朋友破财。每次他这么干的时候，都会感到心烦意乱，

怪叫上一两声。但是他天性豁达，叫过就好了。①

这里描写的事件纯属虚构且荒诞不经，但在作品所假定的情境中，它不仅是可能的，而且是合理的，用亚里斯多德的话说，是按照"可然律"和"必然律"构造的，形成了完整、明确因而可理解的"再现性客体"层面。这一"再现性客体"呈现出"反讽"的形式、技巧与效果，意旨不仅在于其本身的趣味，更在于对人们在现实中可以经验到的类似现象的批判。这类荒诞性作品的"意向性"需要且可以穿透、超出文本中的世界而针对、指向现实的对象，现实性作品不必说更应如此，如《旧题苏李诗》之一的上半段：

步出城东门，遥望江南路。前日风雪中，故人从此去。

这几句诗仅粗略地记叙了一个事件，没有什么描写、渲染的笔墨，而千载之后读之仍让人感动，原因显然在于读者总会由这几句诗联想到他们在现实中的某些类似的经验，或者说对这几句诗的"具体化"。这种"具体化"并不是像英伽登所认为的那样完全属于读者的能力，因为它也是由文学文本的基本特征所启发和规定的。

可以这样说，文学文本就是"形式"，"形式"就是"内容"，而其"意向"既在于其"形式"即"内容"，又不仅仅在于其"形式"即"内容"，有如锥处囊中，终会脱颖而出，直抵"形式"之外经验的现实的世界。文学文本的"意向"对其"形式"的穿透与超出，这是文学文本以"反形式"为其形式特征性的又一个方面。这种特征性要求对于文学文本的阐释不仅应该具体、切实地研究文本本身，而且应该联系经验的、现实的世界来研究文本。前者是一种实践性的要求，后者又是一种实践性的要求。

---

① 王小波：《青铜时代·红拂夜奔》，《王小波文集》第 2 卷，中国青年出版社，1999，第 267 页。

三　文学文本以"无特征"为其语言的特征性

与其他各种艺术形式相比,文学艺术的特殊之处就在于其"语言性"。就文学文本的艺术形式本身来说,这种艺术形式归根到底是语言的。换言之,一件文本的语言特征,也就是它使用什么样的语言,或者怎样使用语言,最终决定了它是不是一件艺术的即文学的文本。那么文学文本又有什么样的语言特征以区别于非文学文本呢?

(一) 关于文学文本语言特征的各种界说

历史上形成了多种关于文学文本语言特征的界说,其中最具说服力和影响力也最众所周知的一种界说,即文学语言具有形象性及情感性。意大利美学家克罗齐认为:"语言的哲学就是艺术的哲学。"① 所以他对文学的看法也就是他对语言的看法,在他看来:"如果拿出任何一篇诗作来考虑,以求确定究竟是什么东西使人判断它为诗,那么,首先就会从中得出两个经常存在的、必不可少的因素,即一系列形象和使这些形象变得栩栩如生的情感……总之,是某种从逻辑推理来说无法言传的东西。"② 这种看法已被普遍承认因此不必多加解释,仅举一例:

> 他一直走到西四牌楼:一点没有上这里来的必要与预计,可是就那么来到了。在北平住了这么些年了,就没在清晨到过这里。猪肉,羊肉,牛肉;鸡,活的死的;鱼,死的活的;各样的菜蔬;猪血与葱皮冻在地上;多少多少条鳝鱼与泥鳅在一汪儿水里乱挤,头上顶着些冰凌,泥鳅的眼睛像要给谁催眠似的瞪着。乱,腥臭,

---

① 〔意〕克罗齐:《美学原理》,朱光潜译,外国文学出版社,1983,第153页。
② 〔意〕克罗齐:《美学或艺术和语言哲学》,黄文捷译,百花文艺出版社,2009,第1~3页。

热闹；鱼摊旁边吆喝着腿带子："带子带子，买好带子。"剃头的人们还没来，小白布棚已支好，有人正扫昨天剃下的短硬带泥的头发。拔了毛的鸡与活鸡紧邻的放着，活着的还在笼内争吵与打鸣儿，贩子掏出一只来，嘎——啊，嘎——没打好价钱，啪的一扔，扔在笼内，半个翅膀掩在笼盖下，嘎！一只大瘦狗偷了一挂猪肠，往东跑，被屠户截住，肠子掉在土上，拾起来，照旧挂在铁钩上。广东人，北平人，上海人，各处的人，老幼男女，都在这腥臭污乱的一块地方挤来挤去。人的生活，在这里，是屠杀，血肉，与污浊。肚子是一切，吞食了整个世界的肚子！在这里，没有半点任何理想，这是肚子的天国。奇怪。

这是老舍小说《离婚》中的一段文字，是一段非常生动触目的文字，写的是一位平时除了上班就是读书而脱离世俗生活的科员老李偶然步入集市看到的景象。这段文字就像它所描写的景象一样杂乱而热闹，采用的几乎都是不完整的短句子，有只有名词的句子，有只有形容词的句子，一两个字的、四五个字的、八九个字的、十来个字的，随物赋形也随心所欲地排列、穿插在一起，很不齐整。间或两句齐整的句子——"鸡，活的死的；鱼，死的活的"，又前后次序颠倒，反而使整篇文字显得更不齐整。描写货物、摊位也不按次序或类别，卖鱼的、买鸡的里边夹杂着卖腿带子的和剃头的。这种无关逻辑秩序的语言却十分精彩地呈现出一种活生生的景象，并灌注了老李这个人物在左顾右盼、应接不暇中活生生的感触，这种感触又使他未经思索而突然对生活有所领悟：

老李这是头一次来观光，惊异，有趣，使他似乎抓到了些真实。这是生命，吃，什么也吃；人确是为面包而生。面包的不平等是根本的不平等。什么诗意，瞎扯！为保护自家的面包而饿杀别人，和为争面包而战争，都是必要的。西四牌楼是世界的雏形。那群男女都认识这个地方，他们真是活着呢。

仅由这一个例子也大致可以看出文学语言所具有的形象性和情感性，而这种形象性和情感性又可以说是表现性和直觉性。

文学文本中的世界不是物态、物象的世界或者物态、物象世界的替代品，其中的种种物态、物象与其说是其所要传写、呈现的对象，毋宁说是其利用的材料。文学文本利用这些材料所要传写、呈现的是人的感受、情感、意念、思想，等等，总之是人的观念世界。像王小波《红拂夜奔》这类偏重虚构的作品如此，像老舍小说《离婚》这类偏重写实的作品亦如此。《离婚》中描写的北平西四牌楼早市在当时是实际存在的，实际存在的北平西四牌楼早市也确如作品中所描摹的那个样子。但作者又绝非为了描摹这个早市而描摹这个早市，而是借助对这个早市的描摹来表现人物乃至作者对生活的认识。在一系列物态、物象的描摹中，因渗透着人的观念而改变了其物态、物象的性质，西四牌楼早市已不再是西四牌楼早市，而成了一种"意象"（image）或者说"象征"（symbol）。所以说文学文本中的世界是一种意象世界、象征世界、观念世界，一种由特殊的艺术符号构筑的世界。这个世界中的艺术符号与一般的实用符号不同，一般的实用符号总是对应、关涉、指称自身之外的某种事物、状况，而正如苏珊·朗格所说的："艺术符号是有点特殊的符号，因为它具有某些符号的某些功能，但不具有符号的全部功能，尤其是不能像纯粹的符号那样，去代替另一事物，也不能与存在于它本身之外的其他事物发生联系。""所谓艺术符号，也就是表现性形式，它并不完全等同于我们所熟悉的那种符号，因为它并不传达某种超出了它自身的意义，因而我们不能说它包含着某种意义。"① 就像老舍小说《离婚》中的北平西四牌楼早市并不是因为对应、关涉、指称了20世纪30年代的北平西四牌楼早市而获得了意义，而是因为其本身就包含着一种意义，需要人们驻留其中加以体验。这也就是说，文学文本中的语言区别于一般实用语言的指称性功

---

① 〔美〕苏珊·朗格：《艺术问题》，中国社会科学出版社，1983，第127、134页。

能特征，而具有表现性功能特征。

与符号学美学及艺术符号学同样的是，俄国形式主义文论也认为文学语言的特征是偏离一般实用语言的指称功能，以突出表现功能。而文学语言之所以具有这种特征，是因为文学以特殊的方式使用语言，这种方式被称为"陌生化""疏离化"或"扭曲化"。也就是说，文学语言总是违背日常生活中的语言习惯，使日常生活中的语言发生形变，这样就造成了人们理解的困难，阻滞了人们的理解，因此人们不能像对日常生活中的语言那样习惯性、机械性地接受文学语言，感觉更长时间地停留在语言及其表现的事物之内反复品味，从而恢复了人们因为习以为常、司空见惯而丧失掉的对于事物的感受。这也是现在广泛流传、普遍认可的一种观点，因此不必细论，仍以老舍小说《离婚》中对北平西四牌楼早市的描写为例，略作说明。这段描写首先不是从作者更不是从某个经常光顾早市的市民的角度，而是从"头一次来观光"的老李的角度来看待早市。对于经常光顾早市的市民来说，这里的景象早已习以为常、司空见惯，不会引发他们什么兴趣，而对于老李来说则完全不同，一切让他觉得"惊异，有趣"，像"多少多少条鳝鱼与泥鳅在一汪儿水里乱挤，头上顶着些冰凌""拔了毛的鸡与活鸡紧邻的放着，活着的还在笼内争吵与打鸣儿"等。这段描写中特殊的叙述视角的选择就是一种"陌生化"，另外还有"泥鳅的眼睛像要给谁催眠似的瞪着"这样新奇的比喻，也是一种"陌生化"。可见"陌生化"现象在文学文本中普遍存在，因此也可以看作文学语言的一种特征。

俄国形式主义文论把文学语言与日常语言加以比较，发现了文学语言的"陌生化"特征，而英、美新批评文论则把文学语言与科学语言加以比较，又发现了文学语言的悖论性和含混性特征，二者可谓异曲同工。英、美新批评文论的前驱艾·阿·瑞恰兹已经开始注意到诗歌语言中的一种特别而重要的现象，即诗歌在词句搭配方面经常突破词句之间的习惯联系，用突然的、惊人的方式把一些似乎毫无关联甚至完全对立的事物、含义联系在一起,并且认为它是诗歌的力量的主要来源。其后克林斯·布鲁克斯把这种语言总结为"悖论语言",明确指出"诗的语言是悖论语言……悖论正合诗歌的用途,并且是诗不可避免的语言。科学家的真理要求其语言清除悖论的一切痕迹;很明显,诗人要表达的真理只能用悖论语言。""科学的趋势必须是使其用语稳定,把它冻结在严格的外延之中,诗人的趋势恰好相反,是破坏性的,他用的词不断在相互修饰,从而相互破坏彼此的词典意义。""如果诗人必须忠实于他的诗,他必须说诗既非二,又非一;悖论是唯一的解决办法"。① 其实何止诗歌,在其他类型的文学文本当中,这种"悖论语言"也并不鲜见。比如老舍小说《离婚》对北平西四牌楼早市的那段描写,其中既描写出混乱、污浊、血腥的一面,也描写出生气盎然的一面;既有反感、贬斥的态度,又含认同、赞颂的情调,两种正反对立的方面好似并不矛盾地混溶、统一为一体,这也就是悖论性语言。与"悖论"在含义上近似且交叠的是"含混",也称"复义""歧义"。"在一般用法上,'歧义'往往指文体上的缺陷,即本应明确具体的语意却表达得含混晦涩。自从威廉·燕卜荪(William Empson)在1930年发表论著《七种歧义》以来,该词已被广泛用于文学批评,代表诗歌创作的一种手法——用某一词或表达语来意指两个或更多的不同事物或者两种或多种相异的态度与情感"。② 按此,上述那段描写既可以说是悖论性语言,也可以说是含混性语言。另外,其中使用了"天国""面包"等欧化语词,这无疑又在"民以食为天"的中国观念之内融入了西方关于世俗生活和物质基础的看法,使得这段文字的内涵更为复杂丰富,这也是文学语言的含混性特征的一种表现。

---

① 〔美〕克林斯·布鲁克斯:《悖论语言》,赵毅衡译,《"新批评"文集》,中国社会科学出版社,1988,第313、319、329页。
② 〔美〕M. H. 艾布拉姆斯:《欧美文学术语辞典》,朱金鹏、朱荔译,北京大学出版社,1990,第14页。

(二) 文学语言作为"元语言"的无特征性

以上简要论述了历来对于文学语言基本特征的一些看法，包括形象性及情感性、表现性、陌生化、悖论性和含混性等。这些特征在文学文本中可谓随处可见，有例可证，因此确为文学语言的基本特征，然而文学语言似乎也具有被这些特征排除的所有特征。

如果把文学语言的基本特征看成是形象性及情感性，那么抽象性及理智性就不能是文学语言的基本特征，然而在文学文本中，抽象性及理智性的文字——无论从质上还是从量上看——可能也并不比形象性及情感性的文字低下。克罗齐把文学之中抽象性及理智性的文字归入"其他东西"，认为"它们不过是牵强附会地注入其中的东西，或是强行堆砌在一起的东西"[①]。这或许是一种先入之见，因为如果把抽象性及理智性看成是文学语言的基本特征，那么文学之中形象性及情感性的文字也就成了"其他东西"。作家、文学批评家格非"有一种奇怪的感受……尽管列夫·托尔斯泰一生写了七百万字以上的小说，其中大部分都堪称杰作，但托尔斯泰本人似乎对第一流小说家的荣誉并不那么在乎。也就是说，驱使他写作的动机不是做一个一流的小说家……因此，我觉得他被称为一个思想家也许更合适。在他的名作《战争与和平》《复活》中，列夫·托尔斯泰动不动就让精彩的故事突然中断，毫无顾忌地加入大段大段的议论和评述，尽管他的议论性文字不乏真知灼见，但对故事流畅性和阅读效果而言，未尝不是一种损害……尤其是在《战争与和平》的第三部分，他为了塞进那些议论性的文字而不惜让整个故事'突然死亡'。其实，以列夫·托尔斯泰的睿智，他并非不知道这一写法会带来何种结果。他一意孤行，我行我素，说明整个写作活动已部分地脱离了作家的智慧的控制"[②]。格非的

---

① 〔意〕克罗齐：《美学或艺术和语言哲学》，黄文捷译，百花文艺出版社，2009，第3页。
② 格非：《卡夫卡的钟摆》，华东师范大学出版社，2004，第14~15页。

感觉是敏锐的，他认识到列夫·托尔斯泰作品的一个突出特征，而这一特征其实并不专属于列夫·托尔斯泰创作的作品，许多优秀的、伟大的文学作品也具有这一特征，这一特征早已有之，并且随着现当代文学的发展越来越突出，比如，"翻阅论述陀思妥耶夫斯基的大量著作，会形成这样一种印象：这里讲的……是有几位堪称思想家的作者，发出了一连串的哲理议论，这便是拉斯科尔尼科夫、梅思金、斯塔夫罗金、伊万·卡拉马佐夫、宗教大法官等人。在文学评论界眼里，陀思妥耶夫斯基的创作分裂成了一系列各自独立又相互矛盾的哲理观点"[①]。米兰·昆德拉的小说中也塞进了大量议论性的文字，他甚至试图创设一种对立于"叙事学"的"叙思学"来探究这一现象，并使之在小说中合法化。按照一种惯常的看法，这些作品只因其杰出、伟大，所以其中那些"牵强附会地注入其中的东西，或是强行堆砌在一起的东西"，才成了无伤大雅而可以原谅的东西。然而也不妨这样来看，或许正是这些"其他东西"造就了它们的杰出、伟大，如果清除了这些东西，它们必然会降格为普普通通的作品，甚至还赶不上普普通通的作品。

钱钟书说："理之在诗，如水中盐，蜜中花，体匿性存，无痕有味，现相无相，立说无说。"[②] 这一说法当然可以解释许多文学作品中的"理"与"象"及"情"的关系，特别是许多诗歌，因为诗歌被看成是侧重借景抒情、托物言志的文体，但它无法解释所有的文学作品，特别是许多杰出的、伟大的作品，比如托尔斯泰的作品。在托尔斯泰的作品中，许多说理的文字显然可以被看成是"塞进"的，因此就不能说是"立说无说"。至于对非诗歌、小说类的说理性文学作品，如先秦诸子散文、汉代贾谊的政论文、唐宋八大家的论说文，这一说法完全可以反过来说，即"理"如"水"和"蜜"，而"象"及

---

① 〔俄〕巴赫金：《陀思妥耶夫斯基诗学问题》，《巴赫金全集》第5卷，白春仁等译，河北教育出版社，2009，第3页。
② 钱钟书：《谈艺录》，中华书局，1993，第231页。

"情"却如"水中盐""蜜中花",可谓"体匿性存,无痕有味"。在中国,从先秦到"五四"时期,说理性的作品一直是文学中的一座重镇,在世界范围内也是如此。德国历史学家特奥多尔·蒙森、哲学家鲁道尔夫·欧肯、法国哲学家亨利·柏格森、英国哲学家伯特兰·罗素、政治家温斯顿·丘吉尔先后于1902年、1908年、1927年、1950年、1953年荣获诺贝尔文学奖,他们能够获奖,绝不是因为作品中融入于"理"的那一丝丝"象"及"情",而主要是因为"理"。且他们也只不过从一个很小的侧面确证了"理"的语言在文学上的胜利,因为在文学成就上不亚于甚至超过他们的说理文作家真可谓不胜枚举,如法国文豪蒙田、英国文豪弗朗西斯·培根、美国文豪拉尔夫·爱默生。很多文学家大概是因为他们的小说、诗歌创作获得殊荣,其实他们在说理文创作上的成就,从量和质两方面来看,都远远超过小说、诗歌创作,比如鲁迅就是这样。后来说理性作品越来越退居文学的边缘位置,不过是因为它们受到由某种文学观念所主导的文学史、文学批评、文学理论的忽视及排拒,这种文学观念先入为主地把形象性及情感性当作文学语言的基本特征,所以不能说明理性化语言特别是其丰富多彩的修辞、行文手法、技巧不具文学性。

如果把文学语言的基本特征看成是表现性,那么指称性就不能是文学语言的基本特征,也许如"什克罗夫斯基的一句名言:'艺术永远是独立于生活的,它的颜色从不反映飘扬在城堡上空的旗帜的颜色'"[①]。确实,文学世界中的颜色不可直接用以指称现实世界中飘扬在某一具体的城堡上空某一具体的旗帜的某一具体的颜色,但正因为如此,它便能够用以指称现实世界中一般的城堡上空的旗帜的颜色。强调文学相对于生活的独立性与特殊性是正确的,但不应就此割断了文学与生活的联系;强调文学语言自身的意义是合理的,但不应就此

---

① 方珊:《〈俄国形式主义文论选〉前言:俄国形式主义一瞥》,〔俄〕维克托·什克洛夫斯基等:《俄国形式主义文论选》,方珊等译,生活·读书·新知三联书店,1989,第11页。

认为文学语言"并不传达某种超出了它自身的意义"。文学作品中许多写实性的描写差不多是直接依照现实生活，因而可以直接指称现实生活，如恩格斯指出："巴尔扎克……在《人间喜剧》里给我们提供了一部法国'社会'特别是巴黎'上流社会'的卓越的现实主义历史，他用编年史的方式几乎逐年地把上升的资产阶级在 1816 年这一时期对贵族社会日甚一日的冲击描写出来……在这幅中心图画的四周，他汇聚了法国社会的全部历史，我从这里，甚至在经济的细节方面（如革命以后动产和不动产的重新分配）所学到的东西，也要比从当时所有职业历史学家、经济学院和统计学家那里学到的全部东西还要多。"① 文学作品中许多抒情性描写也是来自现实生活，因而可以指称现实生活，如恩格斯指出与卡尔·倍克的《穷人之歌》："情节大致相同的同样的题材，在海涅的笔下会变成对德国人的极辛辣的讽刺；而在倍克那里仅仅成了对于把自己和无力地沉溺于幻想的青年人看作同一个人的诗人本身的讽刺。在海涅那里，市民的幻想被故意捧到高空，是为了再故意把它们抛到现实的地面。而在倍克那里，诗人自己同这种幻想一起翱翔。前者以自己的大胆激起了市民的愤怒，后者则因自己和市民意气相投而使市民感到慰藉。"② 文学作品中许多幻想性的描写同样可归源于现实生活，因而最终可以指称现实生活，如马克思指出："希腊艺术的前提是希腊神话，也就是已经通过人民的幻想用一种不自觉的艺术方式加工过的自然和社会形式本身。"③ 所有的文学作品都必然要指称现实生活，因此其语言也和所有的语言一样必然具有指称性，只是文学语言在具有指称性的同时并不减损其表现性。

然而，按照符号学的观点，语言的表现功能与指称功能的强弱是

---

① 恩格斯：《致玛·哈克奈斯（1888）》，《马克思恩格斯选集》第 4 卷，人民出版社，1972，第 462～463 页。
② 恩格斯：《诗歌和散文中的德国社会主义》，《马克思恩格斯全集》第 4 卷，人民出版社，1958，第 236 页。
③ 马克思：《〈政治经济学批判〉导言》，《马克思恩格斯选集》第 2 卷，人民出版社，1972，第 113 页。

成反比的，表现功能越强，则指称功能越弱，反之亦然。比如明代谢榛《四溟诗话》云：

> 韦苏州曰："窗里人将老，门前树已秋。"白乐天曰："树初黄叶日，人欲白头时。"司空曙曰："雨中黄叶树，灯下白头人。"三诗同一机杼，司空为优，善状目前之景，无限凄感，见乎言表。（卷一之三九）

谢榛之所以认为司空曙的诗句优于白居易和韦应物的诗句，是因其相比之下具有最强的表现性，即"善状目前之景，无限凄感，见乎言表"，而其指称性显然是最弱的，因为它指称的"人"是受到"白头"和"灯下"限定的，"树"是受到"黄叶"和"雨中"限定的，只能指称处于此时、此地、此情、此景中的人和树，不能指称其他的人和树。相较说来，白居易诗句的指称性要强于司空曙的诗句，因为它指称的"人"和"树"只是分别受到"白头"和"黄叶"的限定，而其表现性显然要弱于司空曙的诗句。同一机杼的三句诗中，指称性最强的要数韦应物的诗句，其中的"人"和"树"没有受到"灯下""白头""黄叶""雨中"的任何限定，因此可以更为宽泛地指称人和树，然而其表现性显然最弱。但是似乎有些奇怪，人们读到"雨中黄叶树，灯下白头人"时，仍然可以领会其中"窗里人将老，门前树已秋"之意，可以从织锦中看出机杼，可以在"个别"中把握"一般"，也就是说，司空曙的诗句在增强了表现性的同时，其指称性非但没有因之而稍减，反而随之增强了。

种种现象表明，文学语言在表现自身所构筑的特殊世界的同时，也指称自身之外的现实世界，而且在强调表现功能的同时，更突出了指称功能。何以如此？其中的道理再简单不过，对此上文也已有所论析，即文学语言是采取相似—联想型的思维模式、按照类比推理的逻辑规则所建构的话语及话语系统，它呈示为比喻、反讽、寓言、意象、典型、象征等形式，这些形式总归可以被看成是"比喻"，所有文学文本归根到底都是"隐喻"。作为比喻，就要求"言在于此而意在于彼"，也就是说，比喻的表现功能在于其本体，而指称功能在于其喻体。一个比喻不能只有本体而没有喻体，也不能只有喻体而没有本体。同样，文学语言也不能只表现自身而"并不传达某种超出了它自身的意义"。一个比喻的本体越是精妙、完善，就说明它越是具有表现性，那么它就越能指称它的喻体，也就越是具有指称性。同样，如果从总体修辞上把文学语言看成是"比喻"而把文学文本看成是"隐喻"，那么就很容易理解为什么它们的表现性与指称性不是成反比的，而是成正比的。上引王小波小说《红拂夜奔》中李靖翻译《几何原本》的情节、老舍小说《离婚》中北平西四牌楼早市的景象、司空曙的"雨中黄叶树，灯下白头人"都是比喻或者隐喻，文学史上所有优秀的意象、形象、象征、寓言乃至文本亦如之，所以可以看到它们越是具有个别性、具体性和表现性，也就越是具有普遍性、一般性和表现性。

  文学语言同时具有表现性特征和指称性特征还另有一个原因，这就是许多文学文本往往综合性地使用语言，而不是单一性地使用语言，也就是说，表现性的语言与指称性的语言合理地交错、间杂于一体，二者相互生发、促成。例如上文提到格非指出："列夫·托尔斯泰动不动就让精彩的故事突然中断，毫无顾忌地加入大段大段的议论和评述。""精彩的故事"主要采用表现性的语言，而"议论和评述"则主要采用指称性的语言。如果单纯看重文学的表现性，就会觉得这些不乏真知灼见的议论性文字"对故事流畅性和阅读效果而言，未尝不是一种损害……让整个故事'突然死亡'"，特别是对于那些只对故事感兴趣的读者来说。正如英国小说家佛斯特所批评的那样："有些人除故事外一概不要——完完全全是原始性的好奇心使然——结果使我们其他的文学品味变得滑稽可笑"。① 其实优秀的小说除了说故事，还要通过故事传达一定的意义和价值。从这个角度来看，托尔斯泰的写法

---

① 〔英〕佛斯特:《小说面面观》，花城出版社，1981，第22页。

也许就不像格非认为的那样，是"他一意孤行，我行我素，说明整个写作活动已部分地脱离了作家的智慧的控制。"托尔斯泰的智慧正在于他不像很多现代作家那样偏执于文学的表现性，而看重文学的整体功能，他的小说交错、间杂地使用表现性语言和指称性语言，也正是他以这种智慧控制下的结果。

如果把文学语言的基本特征看成是陌生化，那么平常化就不能是文学语言的基本特征，然而在文学文本中，陌生化的语言为数甚少，大部分皆为平常化的语言，这是有目共睹的。而且平常化也是文学语言更高一级的追求、创造，即宋代王安石所谓"看似寻常最奇崛，成如容易却艰辛"（《题张司业诗》）。如果文学语言过度追求陌生化，则会走向歧途，不但达不到它试图达到的效果，即增强人们对语言的感受，反而会因为违反自然而令人反感、拒绝，甚至成为笑柄。如宋代沈括《梦溪笔谈·人事一》记载："嘉祐中，士人刘几，累为国学第一人，骤为怪险之语，学者翕然效之，遂成风俗。欧阳（修）公深恶之。会公主文，决意痛惩……有一举人论曰：'天地轧，万物茁，圣人发。'公曰：'此必刘几也。'戏续之曰：'秀才剌，试官刷。'乃以大朱笔横抹之，自首至尾，谓之'红勒帛'，判'大纰缪'字榜之。即而果几也。"中国文学传统向来崇尚语言的自然、素朴、本色，崇尚语言的自然、素朴、本色其实也是整个世界文学的优良传统。这一传统是对文学语言无限制地陌生化的一种限制，以背离、抛弃这一传统为创新、突破，显然并非明智之举。如果像提出"陌生化"概念的俄国形式主义文论那样，把每一个简单的比喻等修辞方法一概认作"陌生化"，那么又会使得"陌生化"概念泛化，因为比喻等修辞方法在文学乃至日常语言中比比皆是，不足为奇，所以无所谓"陌生化"，这样也就取消了"陌生化"概念。"陌生化"概念最初又是在把文学语言与日常语言相比较的基础上提出的，正如巴赫金所说的："形式主义者的出发点是把两种语言体系——诗歌语言和生活实用语言、交际语言——对立起来,他们把证明它们的对立作为自己的主要任务。"① 然而生活中也和文学中一样,语言在不断地变化、发展、更新,充斥着所谓陌生化的现象,其翻新出奇的程度绝对会让文学语言瞠目其后、望尘莫及,文学语言的陌生化可以说源自生活语言的陌生化,一如文学源自生活。如果把生活语言的陌生化看成是平常的语言现象,那么源自生活的文学语言的陌生化也就是平常的语言现象。俄国形式主义文论看到了文学语言的陌生化现象,有其对语言学及文学的特殊贡献,但它把文学语言与日常语言视为两种体系而对立起来,割裂了二者之间的血肉联系,显然是形而上学的。

和陌生化的语言同样的是,悖论性、含混性的语言在文学文本中为数甚少,而合理的、明确的语言占其绝大部分。当然,是否能说悖论性、含混性的语言在文学文本中为数甚少,这还要视如何界说悖论性、含混性的语言而定。燕卜荪认为,"任何语义上的差别,不论如何细微,只要它能使同一句话有可能引起不同的反应",只要具备这一特质,即为复义语,而"从充分引申的意义上说,任何散文陈述都可能称作复义语。"如果按照这一绝对的标准,那么在文学乃至生活中就没有明确的语言而只有含混的语言。因此燕卜荪并未按照这一绝对的标准,以致把"复义"一词的含义"被荒谬地引申得太远",而把"说一样东西像另一样东西,它们都具有使之相像的某些属性"——即比喻——"当作最简单一类复义",并认为"关于第一类复义所下的这样一个定义,差不多把文艺上有价值的东西都包括在内了"②。然而,即使按照这一宽泛的标准,也不能说含混性的语言在文学文本中为数甚众,更不能说它"差不多把文艺上有价值的东西都包括在内了",因为从总体上看,在文学文本中陈述语还是要多于比喻

---

① 〔俄〕巴赫金:《文艺学中的形式主义方法》,李辉凡、张捷译,漓江出版社,1989,第117页。
② 〔英〕威廉·燕卜荪:《复义七型》,麦任曾等译,《"新批评"文集》,中国社会科学出版社,1988,第306~307页。

语，例如在"步出城东门，遥望江南路。前日风雪中，故人从此去""雨中黄叶树，灯下白头人"这样的诗句中，不见比喻语而唯有陈述语，这样的陈述语也不能说不是"文艺上有价值的东西"。在诗歌中已经如此，在侧重散文陈述的其他类型的文学文本中就更是如此。燕卜荪按照逻辑和语法混乱的程度，把"复义"亦即"含混"分为由低到高的七种类型，比喻语属于其中最初级也是最普遍的类型，而悖论语则属于最高级当然也是最稀有的第六型和第七型。如上所论，比喻语在文学文本中相对来说并不常见，那么悖论语就更为少见。如果说在文学文本中为数不多的悖论性、含混性的语言呈现出文学的特征，那么为什么不能说为数更多而且同样具有艺术价值的合理的、明确的语言也呈现出文学的特征呢？

总而言之，文学语言具有形象性及情感性、表现性、陌生化、悖论性和含混性等特征，也同样具有与这些特征对立的特征，因而可以说文学语言具有语言的一切特征，也可以说文学语言没有特征。何以如此？其中的道理非常简单，这是因为文学语言不是什么别的语言，它就是语言本身，就是"元语言"。这里所说的"元语言"不是西方形式主义、结构主义、后结构主义、解构主义等一系列文学批评理论所说的"元语言"概念，而是俄国文论家巴赫金所说的"元语言"概念。巴赫金在《陀思妥耶夫斯基诗学问题》一书中提出，他要研究的小说语言"指的是活生生的具体的言语整体，而不是作为语言学专门研究对象的语言。这后者是把活生生具体语言的某些方面排除之后所得的结果；这种抽象是完全正当和必要的。但是，语言学从活的语言中排除掉的这些方面，对于我们的研究目的来说，恰好具有头等的意义。因此，我们在下面所做的分析，不属于严格意义上的语言学分析。我们的分析可以归之于超语言学；这里的超语言学，研究的是活的语言中超出语言学范围的那些方面（说它超出了语言学范围，是完全恰当的），而这种研究尚未形成特定的独立学科。当然，超语言学的研究，不能忽视语言学，而应该运用语言学的成果。无论语言学还是超语言学，研究的都是同一个具体的、非常复杂而又多方面的现象——语言，但研究的方面不同，研究的角度不同。"① 其中"超语言"的前缀也可译为"元"，就其"超出语言学范围"来说，译为"超"更合适，而就其作为"活生生的具体的言语整体"来说，则译为"元"更合适。"元语言"作为"活生生的具体的言语整体"，不仅具有"活的语言中超出语言学范围的那些方面"，当然也具有属于语言学范围的那些方面。

作为一种"元语言"，文学语言具有现实生活中活的语言的一切特征，一如现实生活中活的语言具有文学语言的一切特征。比如作家汪曾祺谈道："我在兰州认识一位诗人……有一次他去参加一个花儿会，跟婆媳二人同船。这婆媳二人把这位诗人'唬背了'。她们一路上没有说一句散文，所有对话都是押韵的。……这个媳妇到娘娘庙求子。她跪下祷告，不是说送子娘娘，你给我一个孩子，我为你重修庙宇，再塑金身……只有三句话：今年来了我是跟您要着哪，明年来了我是手里抱着哪，咯咯嘎嘎地笑着哪。"② 由此可见，文学语言和生活语言是通同一气、血肉相连的，这也是所有优秀的文学家都要向生活学习语言的原因。如果说文学语言与生活语言有什么区别的话，那就是后者还只是"话语"（discourse），而前者则由话语构成了"文本"（text），或者说后者在文本之外，前者在文本之中。所谓话语，是指人与人之间通过语言完成的沟通、交流行为，而文本则是指通过某种方式而固定下来的这种语言行为。无论是凭借记忆口耳相传，还是转为文字写到纸上，文学必须获得一个躯体亦即文本。而没有组成文本的话语无论如何具有文学性，也不会被称为文学。所以可以这样说，生活语言是散放在文本之外的文学语言，文学语言是集合于文本之中

---

① 〔俄〕巴赫金：《陀思妥耶夫斯基诗学问题》，《巴赫金全集》第5卷，白春仁等译，河北教育出版社，2009，第239～240页。
② 汪曾祺：《思想·语言·结构》，《汪曾祺全集》第6卷，北京师范大学出版社，1998，第75页。

的生活语言；生活语言因为没有固定下来而只能一次性使用，文学语言为了重复性地使用而被固定下来。当然，这不等于说任何生活语言一旦被固定下来就成了文学语言，因为有被固定下来的价值的，是生活中那些良好地发挥了其功能的语言，换言之就是语言良好的功能，包括表现功能和指称功能。这些功能良好乃至优异的发挥就是技艺、形式、艺术，而技艺、形式、艺术又是文学文本的规定和要求。文学文本不是随意任性地堆积在一起的语音或字符，而是人们在长期语言实践中为达到语言的最佳功能而形成的一系列惯例、规则。文学语言可以突破和改变这些惯例、规则，但必须是为达到语言的最佳功能而突破和改变这些惯例、规则，作为语言实践形成了新的惯例、规则。所以，说文学语言是集合于文本之中的生活语言，就等于说文学语言是良好地发挥了语言应有的功能的语言，是艺术化的语言。

综上所述，文学语言与生活语言确实存在一定的区别，但这种区别是程度上的区别，不是本质上的区别，所以不能把文学语言与生活语言看成是分属于两个不同系统的两种语言。在人类的语言活动中，与生活语言分属于不同系统的可以说只有科学语言。科学语言为了达到切合客观对象的特定目的，必须更高程度地发挥语言的指称功能，因而需要高度抽象化、概念化，并尽可能地排除语言中歧义、悖论的情况，所以科学语言是因为选取了生活语言的一个方面单向发展而从生活语言中分化独立出来的语言。但是，生活语言并未因为科学语言选取了其中的一个方面而失去了这个方面，它仍然具备语言所应具备的所有方面。同样，文学语言也不能因为科学语言选取了这个方面便拱手相让，弃之不顾，因为文学语言需要发挥语言在生活中需要发挥的所有功能。所以，相对于语言本身或称元语言来说，科学语言呈现出自身的特征，而文学语言作为语言本身或称元语言，就不会像科学语言那样呈现出自身的特征，因此只能说它在整体上是以"无特征"为其特征性。承认文学语言在整体上以"无特征"为其特征性，就必然承认每一个别、具体的文学文本之中每一个别、具体的语言活动都在发挥着各自的功能，呈现出各自的特征，因此文学语言的特征又是千差万别而无所不有的。这就要求对于文学语言的阐释不能按照某种既有的、现成的观念为之贴上标签，必须根据其每一具体情况而具体地分析、辨别其特征，因此文学语言以"无特征"为其特征性是对文学批评、文学理论实践性的一种规定。

第六章

实践论文本阐释学的历史性阐释

任何事物都具有历史,历史不仅是事物的存在方式与过程,也是事物之价值的重要构成部分,乃至事物的价值正基于其历史而构成。比如"秦砖汉瓦",如果去掉"秦汉",就只是"砖瓦",甚而不过是"残砖碎瓦""破砖烂瓦"。实践论文本阐释学的目标是揭示文学文本真实的存在与价值,因此对于文本的历史性阐释,和如何展开历史性阐释,就是实践论文本阐释学需要探讨的重要而基本的问题。

一 文学文本实践论的历史阐释

观念认识论文学理论作为话语是一种"述愿语"(constative utterances),而实践论文学理论不但是"述愿语",也是"述行语"(performative utterances)。"述愿语"只是描摹事物的情状并对其性质做出判断,而"述行语"本身就构成一种行为,或者说切实地完成其所指的行为。它们一旦生效,便成为现实的一部分,因此创造了现实。僭名实践论文学理论承认文学具有实践性,并对其情状做出描摹,对其性质做出判断,所以称为一种"实践论",其实是僭实践之名。真正实践论文学理论要切实地参与到文学活动中,使自身成为一种现实的行为、一种实践。因此,在文学文本的历史阐释上,实践论文学理论重视对文学文本所具有的历史性的阐释，但比之更为关注的是如何现实地展开对文学文本的历史阐释，特别是如何解决在展开这种现实性活动中所要遭遇的难题。

（一）"时间一直是我们的敌人"

"时间一直是我们的敌人。"英国小说家佛斯特在探讨小说理论问题时这样说，"我们必须以一种新的眼光去看英国小说家：他们不是在浮载万代的时光之流里，漂游而下，瞬息即逝；而是一群坐在一间像大英博物馆那样的圆形阅读室里大家同时创作的人。""我们曾把过去两百年来的小说家看成同在一间房间里写作的人：他们的感受相同，而且将他们各时代所发生的种种事件倒入一具灵感的熔炉之中……我们也应把未来两百年的小说家看成同在一间房间内写作的人。他们的题材必然大有改变，但是他们本身不会变……历史是向前发展的，而艺术则峙立不动。"① 当年佛斯特的这种新的眼光作为一种理论方法应该说是合理的和必要的，因为文学理论的对象并不是个别的作家、具体的作品，而是"一个与时代同时出现的秩序（simultaneous order）"，是"文学的原理、文学的范畴和判断标准等类问题"②，这个秩序及这类问题以其永恒性超越了时代，驻留了历史。也就是说，从文学理论的意义来看，不同时代的作品可以共时性地存在。

然而也只有在理论之中，过去及未来的作家才有可能成为"同在一间房间里写作的人"，实际上他们终归要"在浮载万代的时光之流里，漂游而下，瞬息即逝"，而他们留下的痕迹表明他们都是身处不同时空的人，他们的作品都诞育于具体的时空之中，因此只有把这些个体放在其本身的具体时空中才可以辨认。这就是说，文学文本产生于具体的时空，所以文学文本具有历史性。文学文本的历史性包括两

---

① 〔英〕佛斯特：《小说面面观》，花城出版社，1981，第 5~6，144 页。
② 〔美〕勒内·韦勒克、奥斯汀·沃伦：《文学理论》，刘象愚等译，江苏教育出版社，2005，第 32 页。

种含义：一是每一个文学文本都与其所由诞生的具体时空亦即特定的社会文化语境发生了相互作用的关系，二是每一个文学文本都与其前接后引的文本发生了嬗递通变的关系。当然，前者可以交由"文学批评"来解答，后者可以委派"文学史"去梳理，文学理论不需要也不能事必躬亲。但是，在文学文本的两种历史性关系中，是否深潜着某种文学的本质性、规律性呢？换言之，文学批评、文学史又该依循怎样的原理、标准及方法来辨析、确断文学文本的历史性问题呢？这个大的问题却是文学理论责无旁贷的。如果说"时间一直是我们的敌人"，那么绕开这个敌人只能是文学理论的一种策略，不能是文学理论的目的。文学理论绕开这个敌人的目的，是能够直面并解决这个敌人。

天体物理学有这样一种假说，即"时间"在特定情况下是可以被"压扁"的，如同一张纸上的一条直线，因此是可以被"折叠"起来的。而"时间"又不是平板一块，密不透风，其上散布着一些"虫洞"，这样"未来"就可以通过这些"虫洞"直达"过去"，或者"过去"通过这些"虫洞"回归"未来"。但假说毕竟只是假说，既然不能被天体物理学所证实，更不能被演示，就只能寄身于幻想性的文学或影视作品之中，成为人类想象的一种触媒。至少目前人类尚不能"压扁"和"折叠"时间并找到时间上的虫洞，或许时间永远都是一个客观存在的敌人。文学理论因为是理论，可以像佛斯特所说的那样只选择在共时性这一个维度上展开，从而绕开这个难题，但因为实践论文学理论本身是一种实践，实践不能在单一的维度上展开，因此就无法绕开这个难题；在解决这个难题之前，首先要认清这个难题。

（二）"层累"的"虚假的意识"是更大的敌人

物理的时间是纯净的，某些纯粹理论抽象出的时间也可以是纯净的，然而人类现实社会的时间即"历史"是绝非纯净的，其上"层累"着各种"虚假的意识"，乃至本来的历史已面目全非。"虚假意识"是恩格斯在阐释"意识形态"时提出的一个范畴，他说：

意识形态是由所谓有意思有意识地、但是以虚假的意识完成的过程。推动他行动的真正动力始终是他所不知道的，否则这就不是意识形态的过程了。因此，他想象出虚假的或表面的动力。因为这是思维过程，所以它的内容和形式都是他从纯粹的思维中——不是从他自己的思维中，就是从他先辈的思维中得出的。他和纯粹的思维材料打交道，他直率地认为这种材料是由思维产生的，而不去研究任何其他的、比较疏远的、不从属于思维的根源。而且这在他看来是不言而喻的，因为在他看来，任何人的行动既然都是通过思维进行的，最终似乎都是以思维为基础的了。[①]

"层累"是"古史辨"派历史学家顾颉刚提出的一个术语，他经研究发现："从战国到西汉，伪史充分的创造，在尧、舜之前更加上了多少古皇帝……时代越后，知道的古史越前；文籍越无征，知道的古史越多。汲黯说：'譬如积薪，后来居上。'这是造史很好的比喻。"由此提出："古史是层累地造成的，发生的次序和排列的系统恰是一个反背。"[②] 这里把"层累"与"虚假的意识"结合起来，以指集聚在一件历史文本之上的"虚假的意识"往往不只一层，而许多层累积之后的结果，又使每一层都很难辨认，为文本的历史性阐释更增添了重重难度。

"历史"有三层含义：第一，它是在现实中已经发生、正在发生及将要发生的一系列事件，即实际的历史。第二，它指历史学意义上的历史，即历史的书写。历史的书写并非总是对历史准确、如实地记录，往往也是对历史的一种观点、解释，而这种观点、解释又总是由于主观或客观的原因而与实际的历史不相符合。第三，它也是文化学意义上的历史，或称广义的历史。除了历史学，其他如哲学、宗教、艺术等，凡是

[①] 恩格斯：《致弗·梅林（1893年7月14日）》，《马克思恩格斯全集》第39卷，人民出版社，1974，第94~95页。

[②] 顾颉刚：《古史辨自序》，河北教育出版社，2003，第7~8、82页。

第六章 实践论文本阐释学的历史性阐释

人留存在纸面上及观念中的一系列符号、象征，都可以叫作"历史"，如清代史学家章学诚所说的"六经皆史也"（《文史通义·内篇·易教上》）。文学文本属于第三种历史，它和第二种历史同样具有意识形态的性质，因而可能含有"虚假的意识"成分，而与第二种历史相比，它与实际的历史的关系更为间接，这就使得文学文本的历史性阐释十分错综复杂，必须穿越层层障碍。

文学文本的历史性阐释的一个目的是呈现文学本身的变化发展的历程和规律，另一个目的是从文学文本中认识社会历史的状貌，和判断、评价文学文本的社会历史意义。然而，如果说文学文本最终是可以还原为社会历史的话，那么这个还原的过程绝对不会是直接的、简单的。有些文学文本是其作者"从纯粹的思维中——不是从他自己的思维中，就是从他先辈的思维中得出的"，属于"虚假的意识"，或者含有大量"虚假的意识"成分。这些"虚假的意识"非但不是社会历史状貌的反映、呈现，反而是对社会历史状貌的歪曲、背离。如果把这些文学文本斥为"虚假的意识"而不予理睬，问题就简单了。但是，如果想要找到"推动他行动的真正动力""思维的根源"，即"始终是他所不知道的"却促使他产生"虚假的意识"的社会历史，问题就牵缠起来。对于优秀文学文本的历史性阐释，问题似乎简单了许多，因为优秀的文学作品总能为社会历史传神写照。然而，正如韦勒克和沃伦所说的："伟大的小说家们都有一个自己的世界，人们可以从中看出这一世界和经验世界的部分重合，但是从它的自我连贯的可理解性来说它又是一个与经验世界不同的独特世界。"[①] 也就是说，优秀的文学文本在传写经验世界的同时，也在经验世界之外创造了一个独立的世界，那么又该如何于这个独立的世界中析离出社会历史的成分呢？而且，优秀的文学文本诞生之后，必然受到种种阐释，这些阐释作为

[①] 〔美〕勒内·韦勒克、奥斯汀·沃伦：《文学理论》，刘象愚等译，江苏教育出版社，2005，第249页。

"意识形态"乃至"虚假的意识",总是真伪并存,对文学文本重新阐释往往需要借助前人的阐释,但同时又会受到它们的蒙蔽。

如果说一种学说的创设不是为了用已知的知识拼搭起一种理论体系,而是为了探索未知的领域,那么意识到的问题就是这种学说的内在构造。从这种意义上讲,"时间"和"虚假的意识"这两大难题的提出,就基建了文学文本实践论的历史阐释。

二 文本历史的不可还原与文本的历史还原

孟子曰:"一乡之善士,斯友一乡之善士;一国之善士,斯友一国之善士;天下之善士,斯友天下之善士。以友天下之善士为未足,又尚论古之人。颂其诗,读其书,不知其人,可乎?是以论其世也,是尚友也。"(《孟子·万章下》)探究一个文学文本的意义,必须"知人论世",这是孟子的真知灼见。然而往往越是在真知灼见中,越会潜藏着某种难以解答的问题。"诗""书"明摆在孟子面前,而"人""世"俱已往矣。孟子何以能够以其所"不见"而见其所"见",以其所"不知"而知其所"知"?

(一) 观念中文本历史的还原

"知人论世"作为文学研究与文本阐释的一种最为基本的方法论,从孟子开始一直沿用至今。这种方法论之所以会有如此强盛的持续力,是因为人们抱持着一种观念:如果能够与一件文学文本的作者处于同一时空,也就看到了作者的生活与思想,看到了决定着作者的生活与思想的社会风貌与时代精神,这样就掌握了一件文学文本的"起因"。既然掌握了"起因",那么其"结果"当然也就不言而喻。比如唐代孟棨《本事诗·高逸》记载:

第六章 实践论文本阐释学的历史性阐释

杜舍人牧,弱冠成名。当年制策登科,名振京邑。尝与一二同年城南游览,至文公寺,有禅僧拥褐独坐。与之语,其玄言妙旨,咸出意表。问杜姓字,具以对之。又云:"修何业?"傍人以累捷夸之。顾而笑曰:"皆不知也。"杜叹讶,因题诗曰:"家在城南杜曲傍,两枝仙桂一时芳。禅师都未知名姓,始觉空门意味长。"

了解了一首诗的"本事",也就仿佛看到诗人写作之时的情况,窥见诗人的命意,那么对于这首诗也就不必多加解释。正如《本事诗·序目》所言:"诗者,情动于中而形于言。故怨思悲愁,常多感慨。抒怀佳作,讽刺雅言,虽著于群书,盈厨溢阁,其间触事兴咏,尤所钟情,不有发挥,孰明厥义?"然则,杜牧"触事兴咏"之时,孟棨尚需几十年才会出生,那么诗人如何"情动于中而形于言",这绝非孟棨可想而知之的。其实《本事诗》中的许多条目都纯属小说家言,如"崔护"一条写男女相恋,精诚感动,女死而复生,终成眷属。因此有理由怀疑"杜牧"一条也与"崔护"一条同样,系小说家言。即便是杜牧的这首"逸诗",也不见于《樊川文集》之中,没有丝毫可靠的证据可凭以断定其为杜牧所作。因此可以说,这则"本事"充其量是一种对于历史的想象、幻想,借以发挥其本身的一种观念、见解。

作者"情动于中而形于言"的情况不但是他人所无法还原的,甚至也是作者本人所难以还原的。对此,小说家马原深有体会:"我的西藏题材的小说写的全部是我自己在情境中发生的事情,我给读者讲的都是真事,但读者通常并不相信我说的是真的。这是怎么回事呢?可以这么说,比如我今天早上遇见一桩事,我遇见的这桩事的真实情形已经过去了。当我再跟张三李四说起今天早上这件事时,实际上我说的已经不是当时的真实事件,而是我自己对那件事的描述,这描述中已经有我个人的生活经验、判断经验和语言经验,已经有我诸多的经验掺入其中,已经不是事件本身了。我一直认为我们不可能知道真实的历史,我们读到的所有的历史都是虚构的……我们经常以为自己是在描述一个真实的发生的事件,而我们使用的方式实际是虚构的方式……我敢说没有一个人,当他用口语追述某个已发生事件时,能够完全客观地丝毫不差地还原事件真相。"马原进一步现身说法:"我自己曾经闹过一个大笑话。我有一篇自己颇为得意的小说叫《零公里处》,是写我在十三岁时大串联中遇到的事情……其中写到一段情节,我们在一个回民中学的院子里,这中学原来是一个大钟表商的产业……当初我把这些都记在心里,印象非常深刻。若干年以后我把它写成小说《零公里处》。完成小说之后又过了几年,我突然心血来潮,我跑去北京通县找当初的回民中学,找钟表商的院子,却无论如何找不到……我向当地很多老人打听,他们也都说没有这回事。我想这不出鬼了么?我自己亲身经历的,怎么会弄错呢?……自己在复述很多少年时代的一个故事时,尽管回忆显得这样清晰无误,其实我早将虚构当成真实。"①

以上特选两例,借以说明每一代人都只能站在自己的历史结点上,回顾以往的历史,以及停留、凝定在这条长河的各个结点上的各个文本。回到过去,站在各个文本所停留、凝定的历史结点上去观察、认识、理解和阐释这些文本,只有在想象、幻想中才能成立。所以说,任何人都不能实际地回归一个文本的历史,只能观念地回归一个文本的历史。在这个观念地回归一个文本的历史的过程中,人的观念必然会引导、左右着这个历史回归的过程,甚至会掩埋、代替历史本身。

孟子说:"尽信书,则不如无书。吾于《武成》,取二三策而已矣。仁人无敌于天下,以至仁伐至不仁,而何其血之流杵也?"(《孟子·尽心下》)《武成》是《尚书》的一篇,东汉光武帝时已经亡佚,所叙大概为周武王伐纣之事。按照孟子的看法,武王伐纣,商朝百姓定然"箪食壶浆以迎王师。岂有他哉?避水火也"。(《孟子·梁惠王

---

① 马原:《虚构之刀》,春风文艺出版社,2001,第87~89页。

上》)因此周武会不战自胜,必不至于出现血流成河的残酷惨烈。孟子觉得自己的观念较之于信史的记载更为可靠,由此可见一个人的观念在其向文本的历史回归过程中,主观的引导与左右。

《毛诗序》说:"《关雎》,后妃之德也,风之始也,所以风天下而正夫妇也。"按照汉代旧说,《诗经·周南·关雎》所咏为周文王妃太姒之事。唐代孔颖达《毛诗正义》又说:"言后妃性行和谐,贞专化下,寤寐求贤,供奉职事,是后妃之德也。二南之风,实文王之化。而美后妃之德者,以夫妇之性人伦之重。"宋代朱熹《诗经集传》又说:"淑,善也。女者,未嫁之称,盖指文王之妃太姒为处子时而言也。君子则指文王也。"对于《关雎》的这些注解也不可不谓一种"知人论世",而以现代的观念来看,这些"知人论世"的注解皆为牵强附会的误识,由此可见,在文本的历史回归过程中,人们的特定观念对于历史本身的掩埋和代替。

现代人、当代人当然不难指出古代人在"知人论世"时所犯下的错误,然而在他们历史主义的文学研究与文本批评中,其实也一直在犯着和古代人同样性质的错误。古代人用他们所处时代通行的某种观念来看待某一文学文本,现代人、当代人在看待这一文学文本时,往往不过是以自己所处时代通行的某种观念替换了古代人的观念。就文本历史的回归过程而言,现代人、当代人并不比古代人走得更远。仅以《水浒传》批评为例:对于《水浒传》的主题,古代人基本上主张"忠义说",辛亥革命之后"忠义说"便背时倒运了,于是"革命说"兴盛起来,对之鲁迅讽刺说:"在最近,虽是最革命底国度里,也有搬出古典文章来之势……拉旧来帮新,结果往往只差一个名目……说《水浒传》里有革命精神,因风而起者便不免是涂面剪径的假李逵——但他的雅号也许却叫作'突变'。"[①] 新中国成立以后,按照阶级斗争的理论"农民起义说"被定为一尊;新时期以来,文学、文化

---

① 鲁迅:《集外集·选本》,《鲁迅全集》第7卷,人民文学出版社,1973,第550~551页。

批评界思想活跃，许多学者把自己逐步学习、理解、掌握到的某些社会政治文化理论应用于《水浒传》的重新解释和评价，"农民起义说"也就难以一统天下，而"为市民写心""游民说给游民听的故事"以及"崇尚暴力"的"伪形文化"等说相继应运而生。这些学说归根到底都是一种"拉旧来帮新"，借助对《水浒传》的解释和评价来验证其时代的或者自己的乃至某位国外理论家的一种观念，这也确实丰富、激发了当代人的思想，然而《水浒传》的历史，仍然与他们相隔着那段永远也不可缩短、不可改易、不可消除的客观的时间距离。

当然，每一个时代的人都有权利按照自己的观念去解读和评价一件文学文本，但是需要意识到和懂得的是，自己的观念与文本的历史之间客观而必然地存在着差距，每当人们自以为这段差距已经不复存在时，那么它也就成了一道不可逾越的鸿沟。每件文学文本的历史都具有不可还原性，也就是说，一件文学文本一旦完成，也就成了历史，与现在及未来为无形且无情的时间所间隔。在进行文学文本的阐释时，如果不时刻意识到和懂得这一点，就很容易以自己的观念引导、左右甚至掩埋、代替文本的历史，因而由历史主义陷入被决定性的观念论与认识论，即一种主观主义、唯心主义。

（二）实践中文本的历史还原

然则，每一文学文本的历史是触摸不到的吗？绝非如此。如果人们愿意，就可以随时触摸这段历史，因为历史就摆在人们的面前——它不是什么别的东西，就是这一文本本身及其相关的文本。人们在面对一件文学文本时，可能会不知所措或不知其所以然，因此为了方便起见，就会绕过这一文本试图去看看其"历史"，此时，人们也就绕开了不应绕开的东西，即历史本身。如果想要寻找历史，文本就是不可绕开的历史。这也就是说，人们不可能先验地回归一段所谓的"历史"，然后再站在这个"历史"的角度去看待这段历史及其所诞育的文学文本。所以说，文本是还原历史的唯一途径，是历史及其时间上

第六章 实践论文本阐释学的历史性阐释

的"虫洞"。

文学文本具有与历史同样的性质,因为它就是历史的记录、再现。比如,清代刘鹗在其《老残游记续集·自序》中说,一个人对五十年前的事差不多都会遗忘殆尽,而五十年后其人也不复存在,"虽然前此五十年间之日月,固无法使之暂留,而其五十年间,可惊、可喜、可歌、可泣之事业,固历劫而不可以忘者也。夫此如梦五十年间,可惊、可喜、可歌、可泣之事,既不能忘,而此五十年间之梦,亦未尝不有可惊、可喜、可歌、可泣之事,亦同此而不忘也。同此而不忘,世间于是乎有《老残游记续集》"。可见,作家写作的目的之一,就是要留驻自己与世界那倏忽即逝而不可回复的历史。用海德格尔的话来说:"语言是存在的家。人以语言之家为家。思的人们与创作的人们是这个家的看家人。"[①] 伽达默尔也说:"在所有关于自我的知识和关于外界的知识中,我们总是早已被我们自己的语言包容"[②]。作家及其生存的世界全部都包容在文本这个语言之家里,如果人们想要寻找、发现的是这种存在,那么除了文本,夫复何求?

而且,"文学既可用作社会文献,便可用来产生社会史的大纲。乔叟和朗格兰(W. Langland)保存了14世纪社会的两种概貌。乔叟的《坎特伯雷故事集》中的序诗早就被认为几乎完整地提供了当时社会形态的概观。莎士比亚的《温莎的风流娘儿们》,本·琼生的若干剧本,还有狄龙尼(T. Delony)的作品,似乎都告诉我们一些有关伊丽莎白时期中产阶级的生活。艾迪生、菲尔丁(H. Fielding)和斯摩莱特(T. Smollett)描写了18世纪英国新兴的资产阶级;奥斯汀则描写了19世纪初的乡绅和乡下牧师,特罗洛普、萨克雷和狄更斯等描写了维多利亚时代的风貌。在19世纪和20世纪之交,高尔斯华绥为我们展现了英国的上流社会,威尔斯(H. G. Wells)表现了中下层社会,

---

① 〔德〕海德格尔:《关于人道主义的书信》,孙周兴编译,《海德格尔选集》,三联书店,1996,第358页。
② 〔德〕伽达默尔:《哲学解释学》,夏镇平、宋建平译,上海译文出版社,1994,第63页。

本涅特（A. Bennett）则表现了乡间的城镇生活……这样的例子可以说是不胜枚举。"[①] 无论从文学文本的目的性还是从其中所含纳的信息来看，如果不能说其本身可以等同于其历史，那么也可以说其本身是后代人能够看到的其最为真切的历史。因此，还原文本就是还原其历史。

历史文本的还原必定要经过先、后两个步骤：首先是文献的整理，然后是文本的释义。文献的整理包括各种文本及其相关信息的搜集、校订、考证、编纂等一系列工作：这些文本在流传的过程中，如有缺失的信息就需要补充，如有衍生的讹误就需要订正，其目的是尽最大可能使这些文本恢复为其产生时的情状。这项工作属于文献学的范畴，而对于文学研究来说，其意义也十分重大，它不仅外在地为文学研究提供更为全面而准确的材料或依据，且作为文学研究内在的组成部分，经常发挥着关键性的甚至决定性的作用，文学意义上的许多难点问题往往会因为文献意义上的发现、突破迎刃而解。这种意义与作用在古代文学与文论研究中是显而易见且毋庸置疑的，而在现当代文学、外国文学、文艺学研究中就显得似乎不那么重要。其实，文学文献学长期以来所形成的一套行之有效的实践方法，特别是务真求实的科学态度，如果仅被局限于某个特定的领域，也甚为可惜。然而，无论文献的整理在文学研究中多么重要，它毕竟只是一种初步的、基础的工作。荒疏了这项工作当然是不恰当的，因为离开了这项工作，就没有进行下一步研究的可能，正如王运熙先生所说的："写东西要有扎实的材料做基础，光有理论不行……因为在理论、方法上借鉴一些新的东西固然重要，但搞清历史的本来面貌更是学术上的首要问题。"[②] 但是，如果过分重视这项工作，即把这项工作当成唯一的、最终的目的，同样并不恰当，因为文献整理的目的不在于其本身，而在于为下一步更

[①] 〔美〕勒内·韦勒克、奥斯汀·沃伦：《文学理论》，刘象愚等译，江苏教育出版社，2005，第111～112页。

[②] 李时人：《"世纪之交：中国古代文学研究的回顾与前瞻研讨会"综述》，《文学评论》1997年第5期。

加深入的工作服务，这项工作即文本的释义。

相对于文献整理的细致而烦琐来说，文本的释义往往更为牵缠而棘手，正所谓"盖非知之难，能之难也"，许多问题不仅需要理论的指导，更需要实际的操作才能解决，因此"若夫随手之变，良难以辞逐"（陆机《文赋》）。一位作者选取、采用某些语言以至形式，终归是要传达某种意义的。但是，语言与其意义之间本来就存在着矛盾与差距，文学语言尤其如此，而这种矛盾与差距又会因为时间、时代的原因而有所蔓生和扩大。因此，文学文本与其历史之间的关系相对于人的认识能力来说，真是变幻莫测。然而，正是由于问题的存在才有解决问题的必要，也正是由于文本释义中的这种复杂而困难的问题，才有文本释义的必要。在处理这样一种错综复杂的问题过程中，必须明确某些基本的规律或者原则。正所谓"天不变，道亦不变"（《汉书·董仲舒传》），如果没有这些明确的规律或者原则，那些错综复杂的问题也就更加无法解决。这些规律或者原则不可能是先验地推定的，而必须在前人的经验和教训中才能总结出来。

在历史与文本的关系这一问题上，西方旧历史主义批评理论片面地选择了前者，把对于历史的某种解释看成是一种最终的、唯一的解释甚至历史本身，走向了"历史决定论"；而形式主义以及紧随其后的结构主义、后结构主义批评理论片面地选择了后者，取消了文本的社会历史，而使之封闭、孤立起来，又走向了"文本中心论"。在对"历史决定论"和"文本中心论"的清算中，新历史主义文化诗学从20世纪80年代开始异军突起，把"文本的历史性"与"历史的文本性"连接起来，恢复了文学研究的历史维度与视域，形成了一种富于创见的阐释文学文本社会文化历史内涵的独特理论与方法。新历史主义文化诗学抹平了文本与历史之间的沟壑，而且既不承认文本是一种封闭、孤立的"形式"，也反抗某种对于历史的解释的最终的、唯一的话语权力，是有其不可辩驳的道理的。然而，新历史主义的理论与方法也存在着一个致命的偏失，这就是它由于否认了以往历史的可知性，所以模糊了真实历史的客观性，进而消解了客观历史的唯一性。比如海登·怀特坚持认为，人们无法找到历史，只能找到关于历史的叙述，即被编织与释义过的历史，因此不可能存在客观的、真实的历史，所有的历史其实都是所谓历史的话语形态，而且其中融入了诗化的、戏剧性的想象与虚构。这样，历史就不止一种，有多少种哲学的释义和诗学的编织便有多少种历史。人们都是按照自己的目的和需要选择了自己所认同的一种历史，这种选择绝非是认知的，而是道德的或审美的。可见，新历史主义把实际的历史看成是业已消散而不复存在的东西，只承认对于历史的各种解释的存在，且把对于历史的各种解释全都等量齐观，认为它们具有同样的合法性，这又走向了历史相对主义与虚无主义。

由于历史相对主义与虚无主义的误识，新历史主义也混淆了历史文本与文学文本的分野，把它们看成同一性质的话语，这样就既不能以历史的态度也无法按艺术的特性来看待文学文本。确实，文学文本可以作为一种历史文献，其中蕴藏着丰厚的历史因素，如曹操的诗被称为"汉末实录"，杜甫的诗被称为"诗史"，而在历史文本中也难免容含着许多文学的成分，特别是在科学的观念与方法尚未建立的时代。但是，自古以来文学文本与历史文本就存在着差别，正如亚里斯多德所说的："历史家与诗人的差别不在于一用散文，一用'韵文'；希罗多德的著作可以改写为'韵文'，但仍是一种历史，有没有韵律都是一样；两者的差别在于一叙述已发生的事，一描述可能发生的事。因此，写诗这种活动比写历史更富于哲学意味，更被严肃的对待；因为诗所描述的事带有普遍性，历史则叙述个别的事。所谓'有普遍性的事'，指某一种人，按照可然律或必然律，会说的话，会行的事……至于'个别的事'则是指亚尔西巴德所做的事或所遭遇的事。"[①] 这一段话已经触及历史文本与文学文本的本质性差异，这种差异不在于它

---

① 〔古希腊〕亚里斯多德：《诗学》，罗念生译，人民文学出版社，1962，第28~29页。

们的形式,而在于它们的内容。所以说,历史文本与文学文本的差异实际上就是"历史"与"文学"的差异。文学文本的内容是"可能发生的事",即按照某种哲学性的逻辑所推测、假设、虚构出的事,因此具有多种选择的可能性,而不是唯一的。历史文本的内容是"已发生的事",即已经被个别的、具体的人所选择,因此不再具有被选择的可能性,而必然是个别的、具体的,也就是唯一的。凡是历史都只能发生一次,这种唯一的历史才是客观存在的历史。如果承认现在是存在的,那么就必须承认过去是存在的,因为时间如流水一般是不可分割的,历史也是一样,其过去、现在与未来是不可分割的一个连续的过程,所以逝去的历史必然实际地存在于其现在与未来当中,并且或隐或显地时刻都在发挥着决定性的作用。

文学文本的历史性阐释确实是一项异常复杂艰难的课题,至今仍然期待着更为妥当的理论与方法。新历史主义总结、吸取旧历史主义与形式主义的经验教训,取双方所长而避双方之短,形成了相对进步的理论方法,但自身也难免出现一定的偏差、失误。总结、吸取新历史主义的经验教训,就必须坚定两项应该贯穿始终的基本原则:第一,"文本之外一无所有"的观点是错误的,在文本之外存在着客观的、唯一的历史,而这一历史不仅是文本阐释的鹄的,也是判断各种阐释之是非与高下的客观的、唯一的标准。因此,历史并非可以任人随意阐释而各种阐释都无所谓正误之分,其价值应该依据历史来衡量、估定。第二,文本之外的历史不仅是存在的,也是可知的,而认知这一历史客观的、唯一的途径,就是记录着、言说着、含藏着这一历史的各种文本,除此之外别无他途可寻。

这两项原则看似自相矛盾,而回到了孟子的那个悖论:既然需要通过文本来发现历史,那么历史就必然是未知的,这样又该如何以未知的历史来作为阐释文本的鹄的与标准呢?要解决这一问题,就必须懂得:没有一种完好如初的历史尚保存在各种文本之外的某个地方,也没有一种文本完好如初地保存着以往的历史;历史总是以残存的形式保存在各种文本之中，换言之，各种文本都是历史残存的形式。人们只能以历史残存的形式为线索来探知历史，无法预先找到某种仍然完好的历史，而以之阐释其残存的形式。当然，各种历史文本归根到底都是对历史的某种误读，而这些误读之间又会相互瓦解、破坏对方的依据，因此似乎所有的文本都不足为凭。其实，它们所相互瓦解、破坏的只能是它们各自的误读，而文本之中包含的那些真实的历史，正因为其为真实，所以终归不会遭到瓦解、破坏，反而会由于脱卸了错误的形式而显露出来，并且相互补充对方的残损而共同形成更为清晰、完整的历史面貌。所以说，任何文本作为历史残存的甚至错误的形式也都是历史的形式，因此可以作为发现历史的线索和依据，而由此发现的历史反过来又可作为阐释文本的鹄的与标准。但这种阐释绝不可能一次完成，必须经过从文本到历史再从历史到文本的无数次循环，才能逐步地、不断地向历史接近，而历史也终归是存在的，并等待着人们去发现。

三　文本阐释的历史性与当代性

上文已述，还原了一件文本也就是还原了一段历史，那么还原这段历史的价值、功用特别是其对于当代的价值、功用何在呢？这可以说是当下中国文论界最为紧促迫切的一个问题，然而其实又是一个应该暂且悬搁冷置的问题。试举一则史实以明之：众所周知，第一位发现、认识甲骨文的人是清朝末年的王懿荣，而在王懿荣之前，甲骨出土地河南安阳小屯村"某年某姓犁田，忽有数骨片随土翻起，视之，上有刻画，且有作殷色者，不知为何物。北方土中，埋藏物多，每耕耘，或见稍奇之物，随即其处掘之，往往得铜器、古钱、古镜等，得善价。是人得骨，以为异，乃更深掘，又得多数，姑取藏之，然无过问者。其极大胛骨，近代无此兽类，土人因目之为龙骨，携以视药铺。

药物中固有龙骨、龙齿，今世无龙，每以古骨充之，不论人畜。且古骨研末，又愈刀创，故药铺购之，一斤才得数钱。骨之坚者，或又购以刻物。乡人农暇，随地发掘，所得甚伙，检大者售之。购者或不取刻文，则以铲削之而售。其小块及字多不易去者，愁以填枯井"。（罗振常《洹洛访古游记》"宣统三年二月二十三日条"）那么，这里有这样一个问题：是王懿荣还是药铺实现了甲骨文的所谓"当代"价值、功用？对于这个问题，大概不会有人会说是药铺。其实不然，1900年（清光绪二十六年）八国联军入侵北京，王懿荣临危受命，时任京师团练大臣，因无法抵御外辱而自尽身亡。试问王懿荣在甲骨文上的发现、认识于其身其世又有何补？反而是药铺匪夷所思地把"龙骨"用于治病救人，当时有效且最大化地实现了它的所谓"当代"价值与功用。人们承认王懿荣在甲骨文研究史以及整个人类历史、文化上的贡献，其实承认的是他的"历史意识"，而不是所谓的"当代意识"。

（一）"历史意识"首先是一种"求真意识"

清人袁枚"尝谓诗有工拙，而无古今"。（《答沈大宗伯论诗书》）这种观点是为了批评当时诗坛贵古贱今、崇唐抑宋的门户偏见而提出的，当然有其合理性。但是，如果抛开这一正确的宗旨，那么袁枚的论断就未必恰当，因为诗不仅有工拙，也分古今，并且只有把诗放在古今的坐标上，才能看出诗的工拙。首先，诗必然要有一种从古到今且由拙而工的发展变化过程，古诗之工拙与今诗之工拙在客观上无法并列于同一水平之上，因而必须把它们放在各自的历史发展阶段上才能正确衡量其工拙。其次，看待诗之工拙的观念、标准、原则也总会随着历史的发展而变化，因而以某种古今通同、恒常不变的观念、标准、原则来衡量诗之工拙，正如刻舟求剑一般无法奏效。所以说，诗之工拙与古今始终联系在一起，而且，如欲论定诗之工拙，先要分清诗之古今。"工拙"与"古今"换成恩格斯提出的一对范畴，就是

"美学观点"与"历史观点"。

在《诗歌和散文中的德国社会主义》一文中,恩格斯为了批判"真正的社会主义者"卡尔·格律恩主观地、抽象地"从人的观点"来评价歌德,把歌德的著作当成"人类的真正法典""完美的人性""人类社会的理想"的荒谬做法,因而不但公允地、客观地指出歌德的成就与不足,并且着重声明:

> 我们决不是从道德的、党派的观点来责备歌德,而只是从美学的和历史的观点来责备他;我们并不是用道德的、政治的或"人的"尺度来衡量他。我们在这里不可能结合着他的整个时代、他的文学前辈和同时代人来描写他,也不能从他的发展上和结合他的社会地位来描写他。因此,我们仅限于纯粹叙述事实而已。①

阐释和评价文学人物与作品,自然应该从"美学的观点"即艺术的角度出发,而不能从其他的观点出发,这是尽人皆知而不必多论的。那么,什么是"历史的观点"呢?"历史的观点"归根到底是要求"叙述事实",而要做到"叙述事实",还要尽可能地结合着一个文学家的"整个时代、他的文学前辈和同时代人来描写他","从他的发展上和结合他的社会地位来描写他"。恩格斯之所以说"我们在这里不可能"做到这些方面,是因为其《诗歌和散文中的德国社会主义》一文的宗旨是驳斥当时德国流行的"真正的社会主义"的庸俗、廉价的思想,是社会思想批判,而不是专门的文学研究,更不是专门的歌德研究,限于这篇文章的重点和篇幅,才"不可能"将笔墨过多地敷设到这些方面。假使是专门的文学研究乃至歌德研究,那么这些领域是不能不深入的。恩格斯虽然"在这里"没有深入这些领域,但其实他在文章的背后必然已经深入到这些领域并且进行了大量认真的研究,

---

① 恩格斯:《诗歌和散文中的德国社会主义》,《马克思恩格斯全集》第4卷,人民出版社,1958,第257页。

如果不是这样，便不能那样中肯地"叙述事实"，只是这些研究"在这里不可能"表露出来而已。

在对斐·拉萨尔的历史剧《济金根》做出全面细致的评论之后，恩格斯又对这位作者明确指出："您看，我是从美学观点和历史观点，以非常高的、即最高的标准来衡量您的作品的，而且我必须这样做才能提出一些反对意见，对您来说这正是我推崇这篇作品的最好证明。"① 在这里，恩格斯因为进行的是对一个作家的一部作品的专门研究，所以就不仅"限于纯粹叙述事实"，而且充分地展开了他凭以"叙述事实"的根据，也就是结合着拉萨尔的"整个时代、他的文学前辈和同时代人来描写他"，"从他的发展上和结合他的社会地位来描写他"。

恩格斯说："首先，我应当称赞结构和情节。"② 时隔一个月他又说："如果首先谈形式的话，那么情节的巧妙安排和剧本的从头到尾的戏剧性使我惊叹不已。"③ 这是从"美学观点"出发的一种审美判断，而这种审美判断的提出，又是基于一种客观的标准，即拉萨尔的整个时代和同时代人戏剧创作的实际状况与水平，从这一"历史观点"来看，拉萨尔的剧本才可以说是达到了一种值得称赞的艺术成就，因为"在这方面，它比任何现代德国剧本都高明"。④ 这样，就从一个事实——拉萨尔所处时代的创作实迹，获得了另一个事实——拉萨尔剧作的艺术实绩："当我说任何一个现代的德国官方诗人都远远不能写出这样一个剧本时，我知道我对您并没有做过分的恭维。同时，这正好是事实，而且是我们文学中非常突出的，因而不能不谈论的一

---

① 恩格斯：《致斐·拉萨尔（1859年5月18日）》，《马克思恩格斯选集》第4卷，人民出版社，1974，第347页。
② 恩格斯：《致斐·拉萨尔（1859年4月19日）》，《马克思恩格斯选集》第4卷，人民出版社，1974，第339页。
③ 恩格斯：《致斐·拉萨尔（1859年5月18日）》，《马克思恩格斯选集》第4卷，人民出版社，1974，第343页。
④ 恩格斯：《致斐·拉萨尔（1859年4月19日）》，《马克思恩格斯选集》第4卷，人民出版社，1974，第339页。

个事实。"① 要更完整、更深刻地把握事实,就不仅要结合着一个作家的"同代人",也要结合着他的"文学前辈"来衡量他的创作。比如,恩格斯在谈到拉萨尔在"人物的个性描绘"这一问题时说:

> 您完全正确地反对了现在流行的恶劣的个性化,这种个性化不过是玩弄小聪明而已,并且是垂死的模仿文学的一个本质的标记。此外,我觉得刻画一个人物不仅应表现他做什么,而且应表现他怎样做;从这方面看来,我相信,如果把各个人物用更加对立的方式彼此区别得更加鲜明些,剧本的思想内容是不会受到损害的。古代人的性格描绘在今天已经不够用了,而在这里,我认为您原可以毫无害处地稍微多注意莎士比亚在戏剧发展史上的意义。②

在文学史上,"性格描绘"及其"个性化"存在着一个发展的过程。欧洲的"性格描绘"以"模仿"为其传统,注重对人物外在形象、行为特征的刻画,由此达到的"个性化"也基本上是一种外在的个性化,难以与人物的形象、行为的内在思想动因形成联系,因而也难以使作品表现出"思想内容"。随着时代和文学的发展,这种"性格描绘"及其"个性化"在当时"已经不够用了""垂死"了。拉萨尔反对这种"性格描绘"及其"个性化",力图在作品中表现出"思想内容",具有进步的历史意义,对此恩格斯从"历史观点"出发予以充分肯定。但是,拉萨尔为了作品的"思想内容",有时不顾或牺牲了"人物的个性描绘",也导致了人物性格不够生动、鲜明。当然,"人物的个性描绘"与"思想内容"总会发生矛盾,往往让作家顾此失彼,然而作家之所以顾此失彼,不是因为矛盾无法解决,而是因为作家没有找到和采取解决矛盾的有效办法。恩格斯正确地指出了这一点,不是从主

---

① 恩格斯:《致斐·拉萨尔(1859年5月18日)》,《马克思恩格斯选集》第4卷,人民出版社,1974,第343页。
② 恩格斯:《致斐·拉萨尔(1859年5月18日)》,《马克思恩格斯选集》第4卷,人民出版社,1974,第344页。

观愿望出发,而是从历史事实出发。他标举"莎士比亚在戏剧发展史上的意义",以这位"文学前辈"在"人物的个性描绘"与"思想内容"相统一上所达到的高度,进一步衡量拉萨尔的剧作,则又呈现了一个事实:这个作品还不够尽善尽美,存在着很多可以提高的空间。

从"历史观点"衡量一位作家与其创作,还包括"从他的发展上和结合他的社会地位来描写他"。比如,恩格斯之所以认为拉萨尔"能够轻易地把对话写得简洁生动",是因为他在《济金根》的"最后两幕充分证明"了这一点。既然在最后两幕可以做到,那么再经努力,"除了几场以外(这是每个剧本都有的情况),这在前三幕里也是能做到的,所以我毫不怀疑,您的舞台脚本大概考虑到了这一点。当然,思想内容必然因此受损失,这是不可避免的。"可见,恩格斯不是按照某种主观的、抽象的原则来要求拉萨尔,而是充分考虑到作家本人的实际条件,并采取一种发展的眼光来看待作家的创作,即作家的创作是处于发展过程之中的而且是可以发展的,并不是凝定的、停滞的。出于同样的考虑和眼光,恩格斯赞同拉萨尔"不无理由地认为德国戏剧具有的较大的思想深度和意识到的历史内容,同莎士比亚剧作的情节的生动性和丰富性的完美的融合,大概只有在将来才能达到,而且也许根本不是由德国人来达到的"。德国文化历来长于抽象思辨与理性认识,其有所长必有所短,因此要求一位生活于这种社会背景与条件下的作家做到"较大的思想深度和意识到的历史内容,同莎士比亚剧作的情节的生动性和丰富性的完美的融合",在当时还是不现实的,必须允许作家分阶段、有步骤地向这个"戏剧的未来"努力。拉萨尔意识到了这个未来的方向,而且其剧作中的许多优异之处能够表明他正在向这个方向努力,恩格斯从这个发展的角度看问题,因此肯定地对拉萨尔说:"您的《济金根》完全是在正路上。"[①] 这样的评

---

① 恩格斯:《致斐·拉萨尔(1859年5月18日)》,《马克思恩格斯选集》第4卷,人民出版社,1974,第343页。

价完全符合拉萨尔剧作的实际情况，也完全符合文学发展的客观规律。

恩格斯对于拉萨尔《济金根》的论析，可谓文学文本阐释的一个经典范本，足资后人取法。通过重温这个范本，可以让人懂得"美学观点"必须与"历史观点"合作，尤其可以让人懂得"历史观点"的真正含义。"历史观点"就是"叙述事实"以及怎样做到"叙述事实"，其中的"事实"就是历史对象的原貌、真相，它是"叙述"所要达到的目的，因此也是对"叙述"的最终要求与规定。而朴素的"叙述"一词，绝不是意为阐扬、发挥，而应意为原原本本地讲解、评定。要原原本本地讲解、评定历史对象，就不能从某种主观的观念、意愿、要求出发，而必须以历史实迹为依据，采取客观的、科学的方法、步骤才能达到目的。卡尔·格律恩从自身黑格尔主义的抽象的人性论出发，把歌德阐扬、发挥为"人类的真正法典""完美的人性""人类社会的理想"，其实是歪曲了歌德及其作品的实际情况，而借以装点自己贫乏得可怜的"人的观点"。这与其说是在阐扬、发挥歌德及其作品，不如说是把自己贫乏得可怜的"人的观点"装点成了"人类的真正法典""完美的人性""人类社会的理想"。这种非历史的观点可以作为当代中国学者的反面教材，使其认清"历史意识"首先不是一种按照主观意愿"开发利用"历史资源的意识，而是一种"求真意识"。

（二）在"求真意识"上建构起"当代意识"

"历史意识"归根到底是一种"求真意识"，求真意识是一种科学的、进步的意识；如果承认当代是一个讲求科学、进步的时代，而"当代意识"是一种科学的、进步的意识，那么"历史意识"就是一种"当代意识"，并非在"当代意识"之外还存在着某种"历史意识"。之所以有人会把"历史意识"与"当代意识"看成两种意识，甚至两种完全对立的意识，是因为他们一方面误解了"历史意识"，另一方面在对"当代意识"的理解上也往往走入了两个误区：一是把当代人的"处境"错当成"当代意识",二是把当代人在自身的处境中产生的某种"欲念"错当成了"当代意识"。这样的"当代意识"正是恩格斯称为"意识形态"即"虚假意识"[①]的东西,而不是真正的"当代意识"。真正的"当代意识"应该是当代人作为主体对自身的处境和欲念的一种科学的、正确的审视,当然也包括对与自身的处境和欲念相关的历史问题的科学的、正确的审视,亦即"历史意识"。错误地理解了"当代意识",那么"当代意识"就在人的头脑中成了一种先在的、固定的东西,这种东西总是要求历史对象向自己靠拢,与自己符合,不会主动地向历史对象靠拢,与历史对象符合。而历史对象作为已经发生的,亦即先在的、固定的东西,当然不会总是与另一个先在的、固定的东西巧遇,那么另一个先在的、固定的东西就会相当幼稚地焦虑、烦躁、吵闹,而这种焦虑、烦躁、吵闹就是所谓的"当代意识"与"历史意识"的对立、矛盾、冲突。并不是作为一个当代人就会具有"当代意识",作为一个当代人就会具有的只能是"当代无意识"。"当代无意识"对于一个人来说是先在的,"当代意识"对于一个作为主体的人来说不是先在的,而是他永不停息地追求的目标,即对客观真理的认知,所以说"当代意识"总是处于人的不懈的建构当中的。在"当代意识"的建构过程中,"历史意识"作为"当代意识"必不可少的构件,无疑会发挥至关重要的作用。

在文学文本的历史性阐释中建构"当代意识",首先应该澄清或者至少意识到"当代无意识",因为这种"当代无意识"也造成了包含于其中的"历史无意识"。陈寅恪曾经指出中国哲学史领域的一种现象:"因今日所得见之古代材料,或散佚而仅存,或晦涩而难解,非经过解释及排比之程序,绝无哲学史之可言。然若加以连贯综合之搜集及统系条理之整理,则著者有意无意之间,往往依其自身所遭际

---

① 恩格斯:《致弗·梅林(1893年7月14日)》,《马克思恩格斯全集》第39卷,人民出版社,1974,第94页。

之时代，所居处之环境，所熏染之学说，以推测解释古人之意志。由此之故，今日之谈中国古代哲学者，大抵即谈其今日自身之哲学者也。所著之中国哲学史者，即其今日自身之哲学史者也。其言论愈有条理统系，则去古人学说之真相愈远……此近日中国号称整理国故之普遍状况，诚可为长叹息者也。"① 其中所批评的这类阐释者其实没有真正意识到"自身所遭际之时代，所居处之环境，所熏染之学说"，因此也没有真正意识到自身正在被动地受其左右、牵制，而走向了一己之偏见。这种没有被阐释者真正意识到的自身的当代性可称为"当代无意识"，它往往造成其宿主不能将自身的当代性与阐释对象的历史性区分开来而混为一谈，因此也是一种"历史无意识"。

当然，无论在任何情况和条件下，阐释者都必然要带着由于"自身所遭际之时代，所居处之环境，所熏染之学说"而产生的成见，进入到对于历史文本的阐释之中，这是不可避免的。西方传统的方法论解释学认为，有成见就必然有误解，因此阐释的目的就要消除成见及误解以达到对文本中作者真意的准确理解。伽达默尔等创建的西方现代本体论阐释学则不再这样笼统地看待成见，而是首先把它看成是阐释者进入阐释之前的特殊视域，也是阐解之所以可能的一种必要条件，称之为"先行结构""前见"。然而伽达默尔也把"前见"区分为两类，即"伪前见"和"真前见"。"伪前见"是阐释者因受各种功利目的的影响而形成的视域，从这个视域出发则不能见到文本的真实意义。"真前见"不是来自功利性的现实关系，而是来自整体性的历史传统，它将被阐释的文本带出现实关系并纳入一种封闭的历史视域，从而保证阐释者对历史文本真实意义的理解。"当代无意识"以及由此产生的"历史无意识"属于或者更确切地说包容着伽达默尔所谓的"伪前见"，而非"真前见"。

---

① 陈寅恪：《冯友兰中国哲学史上册审查报告》，《金明丛稿二编》，生活·读书·新知三联书店，2001，第279~280页。

西方现代的主体论阐释学确实包含着许多独到之处可资借鉴，但是也应该意识到，其中还存在着一些唯心的、机械的甚至荒唐的成分。比如伽达默尔认为，阐释者与文本之间的"时间距离"——这种传统阐释学试图竭力克服的阻碍，恰恰是一种能够使阐释者消除"伪前见"而获得"真前见"的有利条件。因为"时间距离"可以隔断阐释者与文本之间的现实关系，从而让阐释者以整个历史传统所赋予他的"真前见"去理解文本。然而，从上文提到的陈寅恪所批评的那些阐释者的情况来看，"时间距离"绝对没有起到伽达默尔所设想的那种作用。那些阐释者和他们阐释的文本之间存在着足够的"时间距离"，但并未因此便摆脱了"伪前见"。这就是说，一个阐释者作为现实的人，他与任何对象发生的关系都是现实关系，包括他与一个历史文本发生的关系也是现实关系，因此他永远也摆脱不掉他的现实关系，而进入某种封闭的、纯净的所谓"历史传统"中。任何"历史传统"都是现实的人建立的，是现实关系的反映，因此归根结底也是一种现实关系。所以说，要消除"伪前见"而获得"真前见"，"时间距离"是不足凭据的，足以凭据的只能是阐释者自己。这个"自己"不是阐释者"日常"的自己，而是他作为一个"主体"的自己。也就是说，人一方面必然存在于特定的历史处境中，受到这种历史处境的决定而产生特定的欲念并采取相应的行动，另一方面也可以观念地超出自己的历史处境，而达到第二个自我，即站在更高的高度反观、审视自己的历史处境，以及在这种历史处境中产生的欲念和采取的行动。通过这种反观、审视，阐释者或许可以辨别出自己的"伪前见"，以及这种"伪前见"背后的某种现实关系。现实关系并非像伽达默尔认为的那样，一概都是功利的关系，也并非所有功利的关系都是促生"伪前见"的原因。只有那些不合理的现实关系或者说现实关系中不合理的因素及其所催生的利益关系，才是造成"伪前见"的原因。比如，学术机构的极度政府化、官僚主义的量化目标管理、僵硬隔格的学科区设、学人名利化的个人追求，等等，这些属于不合理的现实关系，

"伪前见"是在其中孳生滋长。而正常的环境、求实的目标、端正的学风,等等,作为合理的现实关系,不仅不是"伪前见"的源头,反而会对其发挥一定的免疫作用。所以说,要消除"伪前见"而获得"真前见",不能通过摆脱现实关系这种办法,而应通过反思,辨别出现实关系中的合理因素与不合理因素,以避免受到那些不合理因素的驱迫。这就是说,意识到了"当代无意识"是建构"当代意识"的第一步。

"历史意识"当然只能是一种当代人的意识,不是已经成为历史的某种意识;已经成为历史的某种意识是当代人意识的对象,既不是"历史意识",也不是"当代意识"。清末民初学者刘师培说:"论各家文章之得失应以当时人之批评为准……历代文章得失,后人评论每不及同时人评论之确切……盖去古愈近,所览之文愈多,其所评论亦当愈可信也。"① 这种观点之大谬不然者在于,它基本上还没能区分开自己意识的对象与自己的意识,以自己意识的对象取代了自己的意识,因此也是一种"无意识"。这种"无意识"既是"当代无意识",也是"历史无意识"。鲁迅曾批评"郑(振铎)君治学,盖用胡适之法,往往恃孤本秘笈,为惊人之具,此实足以炫耀人目,其为学子所珍赏,宜也……郑君所作《中国文学史》……诚哉滔滔不已,然此乃文学史资料长编,非'史'也。但倘有具史识者,资以为史,亦可用尔"。② 刘师培定为准的"当时人之批评""同时人评论"其实与郑振铎所恃"孤本秘笈"及"资料长编"性质相同,仍需要以鲁迅所说的"史识"加以意识。尽管"去古愈近,所览之文愈多",但是当时人对其"所览之文"的意识却未必恰当,因此其评论也未必确切。比如东晋诗人陶渊明在其当时人的视域中是远逊于谢灵运的,在南朝钟嵘的

---

① 刘师培:《汉魏六朝专家文研究》,《中国中古文学史讲义》,上海古籍出版社,2006,第136~137页。
② 鲁迅:《致台静农(1932年8月15日)》,《鲁迅全集》第12卷,人民文学出版社,2005,第321~322页。

第六章 实践论文本阐释学的历史性阐释

《诗品》中也仅作为"古今隐逸诗人之宗"列于"中品",而谢灵运则作为"元嘉之雄"列于"上品"。到了北宋,苏轼对苏辙说:"吾与诗人无所甚好,独好渊明之诗。渊明作诗不多,然其诗质而实绮,癯而实腴,自曹(植)、刘(桢)、鲍(照)、谢(朓)、李(白)、杜(甫)诸人,皆莫过也。"(苏辙《追和陶渊明诗引》)至此,陶渊明在世人眼中,即便不远过于谢灵运,也是与之比肩的一代宗师。以现代的眼光来看,对于陶诗,宋代苏轼的评论较之于梁代钟嵘的评论也更为确切。这是因为每一代人的"史识"是在不断地发展进步的,所以应以发展进步了的"史识"观照历史,而不能停留在前人的"史识"上。尊重史实是"历史意识"的起点,但照搬史料不等于尊重史实,而仍止步于"历史意识"之外,当然更不足与论"当代意识"。

当代是历史的一部分,而"历史意识"是"当代意识"的一部分。如果说"当代意识"永远处于建构当中,那么"历史意识"正是建构当代意识的起点。尽管西方现代主体论阐释学中存在着一些唯心的、机械的甚至荒唐的成分,但是也确实包含着许多独到之处可资借鉴。正如伽达默尔所说:"只有当解释者倾听文本或世界,让文本或世界坚持它的观点,从而使自己真正向文本或世界开放时,解释学的对话才能开始。"① 他把"对话"概念纳入阐释学,认为"理解"总是以对话的形式出现;而且在解释者与其所解释的对象亦即"文本或世界"的对话关系中,他强调对象的第一性与"倾听"的优先性。这些都是与恩格斯在阐释文学文本时提出的"历史观点"相通的,也就是说,首先要尊重解释对象的客观事实,才能达到真正的"理解"。如果解释者一味地按照自己的主观意愿对解释对象强加解释,那么无论他面对什么对象,都只是他自己在"独白",用马克斯·韦伯的概念来说,就是以"应该的陈述"取代了"事实的陈述",因此就不存在"对话",当然更不存在"理解"。如果说"当代意识"并不是指

---

① 〔德〕伽达默尔:《哲学解释学》,夏镇平、宋建平译,上海译文出版社,1994,第11页。

当代人的处境与欲念，而是当代人的"理解"，即对"文本或世界"合乎实际的认知，那么"历史意识"作为"求真意识"或者说"倾听意识"，就是"对话"的开始，"理解"的开始，也就是"当代意识"的开始。换言之，缺少了历史意识，便根本无法建立当代意识。

艾略特认为作家"不但要理解过去的过去性，而且还要理解过去的现在性，历史的意识不但使人写作时有他自己那一代的背景，而且还要感到从荷马以来整个的文学有一个同时的存在，组成一个同时的局面"①。这一说法对于文学理论的实践文本学来说同样有效，文学理论的最终目标是把人类的文学活动作为一种"同时的存在"加以把握，而要达到这一目标，又必须首先把文学活动如其本然作为一种"历时的存在"加以对待，这就需要实践文本学按照历史唯物主义"叙述事实"的原则，对于具体的文学文本做出历史性阐释。

---

① 〔英〕艾略特：《传统与个人才能》，《艾略特诗学文集》，王恩衷编译，国际文化出版公司，1989，第2页。

第七章

文学文本实践生成的创造个性

文学文本是延续于历史实践的当下社会生活交往的产物。它承受历史及现实实践交往的整体规定性，它在承受中又分享这一整体规定性。同时，文学文本又生成于文学创造主体的创造个性，因此文学文本是历史及现实实践的整体规定性与创造主体创造个性交互作用的产物，创造个性也是在社会生活及文学创造实践中生成与建构的，同样具有整体属性。文学文本创造是社会实践见于文学的整体性与创作主体个性整体性的互动与互构，这种互动互构关系体现在文体运用、选材叙述、表达修辞、想象抒情四个方面。风格是见于这四个方面的个性化及个性模式化，流派则是见于这种个性化及个性模式化的文学群体形态。

一 文学文本生成的见于现实实践的历史延续性

文学文本自身是一个包含诸多方面的复杂活动系统，同时又作为人类的整个社会活动的一个子系统呈现出来，它是延续于历史实践的当下社会生活交往的产物。探究文本生成的"创造个性"问题，我们首先要把它放到作为它的基础和前提——人类的历史实践活动及现实实践交往活动的有机整体中去加以认识，然后再对文本自身的创造个性、风格、流派等问题进行具体分析。

（一）文学文本生成的历史延续性

"文学文本生成的历史延续性"的含义可以从广义与狭义两个方面来理解。广义方面是指，文学文本的生成并非单纯是创造主体进行创作的个人事件，而是在整体上对人类历史实践活动的文本形态的延续，它承受人类历史实践的整体规定性，在承受中又分享这一整体规定性。狭义方面则是指，就个体创作而论，文学文本的生成具体表现为一个文学实践以文本形态展开的现实建构过程，实践展开的合目的性与过程调整性使文本的生成呈现为一个文本史的延续过程。下文从"文学文本生成的历史延续性"在历时性与共时性的交互作用中得以体现角度来予以说明。

我们先从历时性的角度来看。一般而言，文学文本创造是发生在创造主体"小我"世界中的事件，但是文学文本深层的意义与价值却总是沟通着那个"大我"即人。那些具有永恒艺术魅力的文学经典之所以能为不同时代的人所享，其中一个重要原因就是它揭示、延续了人类千万年来共同的精神事件及其历史过程，沟通了人与人之间的最深层的精神性联系与普遍经验。历时性意义上的"文学文本生成的历史延续性"表现为以下三个方面。

其一，文学文本主题生成的历史延续性。在长期的人类文明积淀、传承过程中，一个民族、国家乃至人类的思想、审美、习俗、性格、理想、精神等都具有不断积聚、不断提升，并不断延续的性质。这种积聚、提升和延续，并非凭空发生，而是借助流传下来的各种文明，精神的、物质的，以及习惯习俗、实践交往，而得以代代传递与交流。这种情况见于文学实践，使在文学文本的主题性延续上获得重要体现。延续性的文本主题与不同时代人共有的生存状况、生存体验、生存关注密切相关，如生、死、爱、欲、自由、平等、公正等，所以才被不同时代人所接受。它作为人类共同生存感知与感受使得文本的生成超越了创造主体自身，历久而弥新，这就是为什么说不同时空的读者们在阅读文本时，其情感常常会产生共鸣的原因。一个文学母题可以不断置换变形被赋予新的内容，一个故事可以在历史的长河中不断流传，一首古老民歌可以打通时空界限引发不同情境下不同民族的共同情感，一首诗可以感动无数代心灵而被长久地欣赏。从一定意义上讲，这都与文本主题的历史延续性有关，文本主题是历史反复体验过的精神模式在创造主体心灵的积淀物。文本的创造与生成是古、今视野融合的结果，是现实实践与历史记忆的"互文"。

其二，文学文本形式生成的历史延续性。如果说文本主题的生成更多地体现了文本创造在思想、情感上的历史延续性，那么文本形式的生成则体现为文本自身在审美形式、审美自律性上的历史延续性。文本形式是与历史实践、生活、接受、传播互动互构、流动生成的形式，就历史而言，它有一个流变不已的边缘模糊的大体形态，一些相对稳定的形态因素在文体形态中以变动不居的方式得以延续。从历史来看，中国文学自古至今以其非常重视人与自然关系的亲和，而形成了抒情诗的创作及其抒情传统；西方文学以其重视人与社会关系的反思，而形成了叙事文学的创作及其叙事传统。中西方文学的不同历史传统延续至今，成为在当代作品中仍然看得到文本生成的历史延续性。除了最基本的叙事、抒情类、戏剧表演类等文体具有文本生成的历史延续性之外，作为文本形式的各种体类、创作方法、技巧等的生成也都是不同程度的历史延续的结果。一切文本创作的形式、技巧都是符合人的审美表达、主题表达等需要而生成的，特定文本形式的生成、创造都具有一种无目的的合目的性。

其三，文学文本生成的历史延续性还体现在文本对于被人类历史所遮蔽问题的深度开掘、反思与批判。如果说，"文学文本主题生成的历史延续性"是对文学传统中显在的、"看得见"的"主题"的历史性延续，那么，对被人类历史所遮蔽、"看不见"问题的深度开掘、反思与批判，则显示了文本生成的隐在的历史延续性。以鲁迅作品为例，鲁迅作品的一个重要特质即是对于几千年来潜匿于中华民族身上的"国民劣根性"的深入批判与反思。在其《示众》《祝福》等作品中，每个人在看的时候又被别人看，被犯人看，被别的看客看，在这里，"看"与"被看"构成了一组生活场景。而这种"看"与"被看"的现象背后，则隐含着鲁迅对人的生存价值的思考。生活的悲苦、人生的不幸长期以来在中华民族的心理上积淀而成的心理定式就是去发现和赏鉴别人更大的悲苦和不幸。"群众——尤其是中国的，——永远的戏剧的看客"，中国人在生活中不但自己做戏，演给别人看，而且把别人的所作所为都当作戏来看。看戏和演戏，即"看别人"和"被别人看"已成为中国人的一种历史生存方式。对这种习而不见的"国民劣根性"的揭露与批判，显示出鲁迅作品文本生成的历史深度。

在这里需要指出的是，历时性意义上的"文本生成的历史延续性"不同于荣格曾提出的"集体无意识"。所谓"集体无意识"，是指有史以来沉淀于人类心灵底层的、普遍共同的人类本能和经验遗存。荣格的集体无意识理论是先验的、机械的，忽视了现实实践交往这个文本生成的具体中介，而我们主张文本生成的历史延续性是见于现实实践交往的，是在历史延续中现实地生成着的。

下面，我们再从共时性的角度来看。共时性地看，文学文本生成具体表现为一个实践展开的建构过程，实践展开的合目的性与过程调整性使文本生成呈现为一个文本史的延续过程。

首先，文学创作活动以文学文本写作为活动过程，以文学文本的产生及完成为目的指向，在这样的目的性活动过程中，创造主体的知识心理结构、文学经验结构、生活经验结构，以想象及体验方式进入目的性控制，并因此被相互打开，彼此创生、连贯、组合、融通，呈现为一个历史延续性的创作流程。

一般而言，文本创造、生成的流程大体有三个阶段，即发生阶段、构思阶段和文本化阶段。三者既是三个相对独立的阶段，又是相互衔接、连贯、组合、融通的完整过程。在发生阶段，审美发现让作家明确了"写什么",创作冲动推动作家"想要写""急于写"。接下来就是对想要写的内容进行艺术构思,创造主体通过直觉、回忆、想象、情感、理解、灵感、无意识等心理活动,以各种艺术构思方式,孕育出完整的、呼之欲出的形象序列和中心意念的艺术思维过程。在创造过程中,创造主体的知识心理结构、文学经验结构、生活经验结构——这些可以划入创造主体的个性和人格的东西,以想象及体验方式进入目的性控制,为文本灌注了生气,决定了文学创作的有机性与独创性,构成了文学作品的风格、气韵、格调、境界。创造主体的目的性控制将三个阶段协调起来,融为一体。一部文学作品体裁的选取、篇章的布局、情节的安排、言辞的润饰等无不和作家审美上的、技巧上的以及道德上的控制活动有关。在文本生成最后的文本化阶段,创造主体通过语言、文字、纸张等媒介,把精神性的发现与构思"转化"为物质性的作品,成为可以流通与消费的文学话语系统。

其次,创作的过程调整性使得文本显现为一个不断生成的、展开的建构过程。这一过程是创造主体在实践中不断调整自我、丰富自我的生成过程。文本创造是以从社会实践中获得的感性材料作为其加工对象的,因此要进行文学创作,第一步就需要创造主体有充分的社会实践的生活积累。文本创造看起来是突然发生的事,但实际上与创造主体对社会实践的长期积累、长期感悟相关。文本创造需要有一个印象积累和情绪酝酿的过程,创造主体受生活的启示,早就萌生了创作某个作品的念头,只是印象积累和情绪酝酿不足以将这个念头清晰地给予文学的表现,也就难以进入付诸行动的紧张情绪状态。在这种情况下,创造主体需要有意识地、较长期的酝酿,直到那存放在心中的模糊念头逐渐清晰化了,出现冲动勃发、寝食不安的强烈体验,这才能进入文本创作过程。曹雪芹创作《红楼梦》花费了十年时间,郭沫若的《屈原》孕育了二十一年,詹姆斯·乔伊斯的《尤利西斯》酝酿了十年,马尔克斯的《百年孤独》在头脑里盘桓了十五年,罗曼·罗兰的《约翰·克利斯朵夫》在他的心目中活动了二十年,歌德的《浮士德》的构思过程更长，前后延续了整整六十年，等等，这些都显示出文学创作的过程调整性。创造主体出于对变化着的社会实践的动态理解，常常还需要不断地回到社会实践再度理解与感悟。

　　文学文本生成的过程调整性还体现在创造主体对文本的推敲、修改上。推敲是创造主体在语言文字操作过程中反复选择语词、调改语序，以求准确、妥帖地把形象或意念具体化的操作过程，推敲体现文本化过程的艰难。唐代苦吟诗人贾岛自述自己的"独行潭底影，数栖树边身"这两句诗的创作经过时说："二句三年得，一吟双泪流。诸君若不赏，归卧荒山丘。"可见其在语词推敲上所花费的功夫。法国19世纪作家福楼拜写长篇小说《包法利夫人》用了近五年的时间推敲每一个字、每一句话，可谓不厌其烦、精益求精。文本化阶段是文学创造的最后阶段，也是艰苦细致的语词落实阶段。倘若不注重文字训练，不下苦功夫，不以准确的词句、娴熟的技巧把内心形象和意念栩栩如生地文本化在纸上，一切美好的构想都会功亏一篑。

（二）文学文本生成的现实交往性

　　将文学文本归入历史实践的范畴，是为了清晰地展现其与现实社会生活的关系。历史与现实之间具有延续性和变化性。历史是昨天的现实，现实是明天的历史，历史与现实在社会实践与文学实践中，获得共时性互动与转化。历史延续性的展开方式具体落实于现实社会生活的交往实践中，在历史延续性地展开的交往实践中，文学获得自己的形态，生活的每一点变化都导致文本的变化。在文本生成的过程中，文本不断地、连贯地进行历史与现实的互证，并通过互证，历史以现实名义而活跃，现实以历史身份获得合理性与深刻性。

　　所谓"文学文本生成的现实交往性"，是指文学文本创造虽有历史延续的根据，却更需要具体落实、展开、生成于现实社会人生的交往实践，文学文本是当下社会生活交往的产物。文学文本受孕于社会实践，生发于社会实践，理解并表现于社会实践，是创造主体在社会生活实践中不断进行审美感悟的结果。

文学文本的创造过程是不断地向现实生活敞开的过程,并进而成为与现实生活互动的过程。文本是创造主体所生活的那个历史时代的社会生活的文学性反映,是当时而非当下的社会实践在哲学、经济、政治、法律等各个方面的诗意折射,也可以说是一种历史的时代精神不同程度的展示。在文学文本构思中,随着客观生活内容的源源涌现和流动,主体的思想、情感、理解、评价也不断渗透其中。客观生活内容如人物、事件、环境等固然会影响甚至改变创造主体创作的初衷、立意和情感,而主体的感受、认识、直觉、理解等也会介入构思,对表现什么、如何表现、为什么表现等,形成影响并发挥制约作用。文本构思和主体因素的介入,不但是创作欲望的现实化,更是创作欲望的深化和升华。

文学文本的文本化形式是文学与现实社会生活交往互动关系体中文学的对应性活动的凝结,文学的对应性活动的诸多方面及诸多因素,经由活动模塑而显形与定形于文学文本。见于文学文本的文体、结构、修辞、韵律,以及风格、流派、语言表述,这类文学的基本方面及因素,都不是文学自身的规定,而是在文学文本与社会生活关系体中的被形成与被规定。一切文学文本创作的形式、技巧都是符合人的审美表达、主题表达等需要而生成的,特定的文学文本形式具有一种无目的的合目的性。

文学文本生成的现实交往性,是创造主体在现实生活中实践展开的合目的性的结果,它合乎人在社会生活中生存与发展的本性。一般而言,社会生活表现为衣食住行、劳动与交往,因而是功利性的,文学创作作为审美活动则是非功利性的,二者是有明显差异的。不过,文学文本的生成表面上虽然是无功利的,是一种形式创造,但在根本上追求的则是关乎人类生存与发展的命运这一最大的功利性。孔子在《论语·阳货》中讲"小子何莫学夫诗?诗可以兴、可以观、可以群、可以怨"①，讲的就是这个道理。《诗经》从表面上看是一部诗歌经典总集，实际上则关乎如何成人的大道理，表面上是诗人的小我抒情，实际上则关乎整个人生的大我命运。所谓"兴"，就是兴起、感发人的意志，使日常生活中被压抑的身心得以宣泄、泄导、"圆梦"；所谓"观"，就是观风俗知得失，正如亚里斯多德所说的："写诗这种活动比写历史更富于哲学意味……因为诗所描述的事带有普遍性，历史则叙述个别的事。"② 文学文本的创造与欣赏不仅是审美，同时也是对现实生活的一种诗性认识；所谓"群"，就是"群居相切磋"，就是说文学文本可以帮助人们沟通感情，互相切磋砥砺，从而使现实的社会生活保持和谐；所谓"怨"，是就文本的反思历史、干预现实、批评社会的作用而言的。由此可以说，文学文本的生成无不深切地与历史现实人生息息相关，从而合乎人的实践目的性与生存目的性。正是文学文本与现实人生实践的交往互动，文学文本的生成具体表现为一个实践展开的建构过程，实践展开的合目的性使文本的生成呈现为一个文本史的延续过程。

总之，文学文本是延续于历史实践的当下社会生活交往的产物。它承受历史及现实实践交往的整体规定性，在承受中它又分享这一整体规定性。任何文学活动都是有历史延续性的活动，也都是合于历史延续性的活动。同样，文学文本生成又有着坚实的现实依据，文学文本不仅是历史的产物，也是时代的普遍性心理反应。从这个意义上说，历史实践和现实社会交往可以说是文本创造、生成的源泉，这正如毛泽东在《在延安文艺座谈会上的讲话》中所讲的——"人民生活是一切文学艺术的取之不尽、用之不竭的唯一的源泉。"③

---

① 《论语译注》，杨伯峻译注，中华书局，1980，第185页。
② 〔古希腊〕亚里斯多德：《诗学》，罗念生译，人民文学出版社，1962，第29页。
③ 《毛泽东选集》第三卷，人民出版社，1991，第860页。

二 文学文本生成的创造个性

文学文本是延续于历史实践的当下社会生活交往的产物,同时,文本又生成于文学创造主体的创造个性。一方面,从历史与现实社会生活的角度说,文学文本创造是无限复杂的人的整个社会活动的一个子系统,与人的社会活动系统相联系,受人的社会生活系统的影响和制约,这是文本生成与创造的一般性;另一方面,文学文本的生成与创造又总是在创造主体独具的特殊状况中进行。由于个体的差异性,由于种族、文化、环境、时代、经历等的不同,每个人的思想、感情、气质、兴趣、习惯等也各不相同,因此形成了人与人之间千差万别的创造个性,文本也呈现出特殊性与多样性。

(一) 文学文本生成于文学创造主体的创造个性

创造个性是指在一定的生理基础上,在社会生活实践及文学创造实践中生成与建构、在文学文本中呈现出来的创作主体的个性化特点,这些特点与创造主体的气质、人格精神、艺术追求、审美情趣和艺术才能等精神因素有关,是上述精神因素的总和。

创造主体的个人生理基础是创造个性生成的前提性条件。人们常把创造主体的创作禀赋、天赋称为"才":文才、天才、鬼才、怪才、仙才、奇才、妙才、雄才、通才等。这里的"才"是一种特殊的才能,是通过创作外化出来的一种能力,而在未外化之时则是一种潜质、潜能。禀赋、气质、天性之类作为一种特殊的潜能是存在的,它是创造主体创造个性生成的前提性条件,但不是唯一条件。创造个性的生成需要更多的因素和条件,尤其是需要后天深广的社会生活实践经验与文学创造实践经验。

创造个性的形成与创造主体独特的社会生活实践、生活经验、生活阅历密切相关。因为社会生活无比丰富而广阔，独特的社会阅历、生活实践不仅为创造主体提供了广阔的创作题材，更重要的是，特定的社会生活实践及其经验，形成了创造主体独有的思想情感、世界观、观察问题的独特角度等个性化特质。郭沫若的先天生理禀赋有着一定的缺失，从少年起就耳聋，"于听取客观的声音不大方便，便爱驰骋空想而局限在自己的生活里面"，然而，郭沫若之所以是郭沫若，归根结底，是因为他生活在"五四"的时代环境之中，是那个奔腾激荡的伟大潮流造就了诗人。拜伦也是如此，其孤傲而忧郁的个人风格的形成和发展，固然与母亲的神经质的遗传有关，但起决定作用的，是他的生活道路和社会实践。拜伦作为贵族子弟、瘸腿少年，从小在上流社会的圈子里受尽冷遇，后来，他的爱情和家庭生活又不断地遭到来自各方面的非议。这些经历对他的创作产生了重要影响。

创造个性还与创造主体艰苦的创作实践分不开。从来也没有从事过创作的人，无所谓创作个性，充其量只具有创作潜能。刘勰说："然才有庸俊，气有刚柔，学有浅深，习有雅郑；并情性所铄，陶染所凝，是以笔区云谲，文苑波诡者矣。故辞理庸俊，莫能翻其才；风趣刚柔，宁或改其气；事义浅深，未闻乖其学；体式雅郑，鲜有反其习；各师成心，其异如面。"① 刘勰认为创造个性的形成是先天的气质禀赋和后天学养的有机结合，所论颇为辩证。文学史上重要作家们创造个性的形成无不是其后天艰苦创作实践的结果，杜甫的诗作能够不拘一格"兼得众调"，便是他兼采众家之长、"转益多师"的结果，在此基础上，他方能"不失本调"地表现出个人风格的基本特征。杜牧也是如此，他在《献诗启》中说"某苦心为诗，本求高绝。不务奇丽，不涉习俗，不今不古，处于中间"，他不追求李贺、韩愈一派艳丽奇险的诗风，也不沾染元白一派平浅俗艳的习气，一定要在艰苦的

---

① 刘勰：《文心雕龙·体性》，选自范文澜《文心雕龙注》，人民文学出版社，1962，第505页。

写作中创造自己的艺术个性,达到"高绝"的艺术境界。

如果说文学文本的创造与生成在外因上是延续于历史实践的当下社会生活交往的产物,那么创造个性则是文本生成的内在原因,这意味着:

第一,创造个性是创造主体走向成熟的标志。创作个性的形成使创造主体获得文艺的生命,也使创造主体以独特的艺术风格在文学史上占有相应的位置。作家创作个性的形成,也说明其在思想上、艺术修养上和审美趣识上都相对成熟。创作个性是一个作家区别于另一个作家的标志所在。作家要使自己的创作走向成熟,就必须培养自己的创作个性,并善于按照自己的创造个性进行创作。雪莱说过:"凡是他人独创性的语言风格或诗歌手法,我一概避免摹仿,因为我认为,我自己的作品纵然一文不值,毕竟是我自己的作品。"[1] 雨果也说:"若要和天才并驾齐驱,那就要和他们不一样。"[2] 高尔基曾经多次教导青年作家必须"找到自己,找到自己对生活、对人们、对既定事实的主观态度,把这种态度体现在自己的形式中、自己的字句中"。[3] 为此他要求作家:"应该细心地、时时刻刻地细心地倾听自己,以便正确地知道——这是谁说的?是您,还是屠格涅夫、拜伦、契诃夫、海涅踞坐在你的心灵里?……如果是他们的话——那么就赶走他们:滚出去!非这样不可。谁想当作家,谁就必须永远无限真诚。谁想当作家,谁就必须善于在自己身上找到自己——一定要找到!"[4]

第二,创造个性是文学作品的灵魂与生命。只有在创作中充分体现主体的创造个性,其作品才会有生命力,才能获得永久的价值。创

---

[1] 〔英〕雪莱:《伊斯兰的起义》序言,载伍蠡甫《西方文论选》下,上海译文出版社,1979,第47~48页。
[2] 〔法〕雨果:《雨果论文学》,人民文学出版社,1980,第140页。
[3] 〔苏〕高尔基:《给康·谢·斯坦尼斯拉夫斯基》,载《文学书简》上卷,人民文学出版社,1962,第426页。
[4] 〔苏〕高尔基:《给玛·格·亚尔采娃》,载《文学书简》上卷,人民文学出版社,1962,第133页。

作的内容（包括题材与主题）都可能轻而易举地转到别人的手里，唯有创作个性是别人无法模仿、转借的。因此，一部作品能不能经得起时间检验，能不能传世，关键在于作品是否体现了一种别人无法转借的个性。姚斯曾举费多的《范妮》与福楼拜的《包法利夫人》两部小说的兴衰为例："《包法利夫人》初问世时，比起费多的小说《范妮》一年发行十三版来，仍然大为逊色。《范妮》获得了巴黎自夏多布里昂的《阿达拉》以来从未经历过的成功。"① "在《包法利夫人》初问世之时，只有一小圈子的慧眼之士将其当作小说史上的转折点来理解、欣赏，如今它却享有了世界声誉。它所创造的小说读者群终于拥护这种新的期待标准，这种标准反而使费多的弱点——他的花哨的风格、时髦的效果、抒情忏悔的陈词滥调——令人不堪忍受了。《范妮》最终只得落入昨日的畅销书之列。"② 当前文学创作的浮躁现象、作品缺少原创性和作家的创造个性的缺失有内在关系。创作跟着市场需求的魔棒打转，一味快产"量贩"，粗制滥造，都不能使作品传世。

　　第三，文学的繁荣有赖于创造个性的多样化。如果文学家按一个路子去写作，千人一面，千篇一律，文学便会走向衰亡。在我国文学发展史上，先秦散文、唐诗、宋词、元曲、明清小说之所以呈现出繁荣的景象，其原因是复杂的，但一代作家群体创造个性的多样化，是一个重要原因。关于盛唐气象影响下的诗歌创作，高棅曾总结道："开元、天宝间，则有李翰林之飘逸，杜工部之沉郁，孟襄阳之清雅，王右丞之精致，储光羲之真率，王昌龄之声俊，高适岑参之悲壮，李颀常建之超凡，此盛唐之盛者也。"③ 正是各个作家群体创造个性多样化，才推动了当时文学创造的繁荣局面。与之相反，苏轼曾严厉批评

---

① 〔德〕汉斯·罗伯特·姚斯：《接受美学与接受理论》，周宁、金元浦译，辽宁人民出版社，1987，第32页。
② 〔德〕汉斯·罗伯特·姚斯：《接受美学与接受理论》，周宁、金元浦译，辽宁人民出版社，1987，第34页。
③ 高棅：《唐诗品汇》，上海古籍出版社，1988，第8页。

王安石"使人同己"的错误态度。他在《答张文潜书》中指出:"文字之衰,未有如今日者也!其源实出于王氏。王氏之文,未必不善也,而患在于好使人同己。自孔子不能使人同。颜渊之仁、子路之勇,不能以相移。而王氏欲以其学同天下。地之美者,同于生物,不同于所生。惟荒瘠斥卤之地,弥望皆黄茅白苇,此则王氏之同也。"① 与此相类,在"十七年"时期,由于强调文学观念与创作方法的统一和一律,限制了作家创造个性的发挥和探索的可能性,结果影响了文学创造的繁荣。

(二) 创造个性的表现

文学文本创造是社会实践见于文学的整体性与创作主体个性整体性的互动与互构,正如黑格尔所说的:"独创性是和真正的客观性统一的,它把艺术表现里的主体和对象两方面融合在一起,使得这两方面不再互相外在和对立。"② 这两方面的有机结合牵涉了作家许许多多的不同,比如对生活的体察,对素材的选择,对语言的运用等,都会使作品在客观上显示出独树一帜之处。文本生成的整体性及建构性在文学创造中以创造个性的形态得以实现,包括文体运用个性、选材叙述个性、表达修辞个性、想象抒情个性,都是创造个性的内容。

1. 文体运用个性

文学作品的体裁是作品存在的具体形式,每一种文体都有着自身的质的规定性,都有一定的审美规范。当不同创造主体用不同的文体以各自的形式规范去表现与其相适应的特殊内容时,就必然体现出创造主体创造个性上的差异。文体种类繁多,选择同自己相适应的艺术种类、体裁,以适应自己的创作个性,这是创造个性见于文体的一个方面。俄国古典作家克雷洛夫并不擅长诗和戏剧文体,但他开始写作

---

① 《苏轼文集·答张文潜书》,中华书局,1986,第1427页。
② 〔德〕黑格尔:《美学》第一卷,朱光潜译,商务印书馆,1979,第373~374页。

时却写了大量的诗和剧本，结果都失败了。后来经过苦苦探求，他终于找到了适合自身个性表现的文体——寓言，因而获得属于自己的风格。作家会根据自己的直觉感悟和表现对象，选择合适的体裁，去建构自己的作品，实现特定的创作意图和审美理想。他以这种体裁模式为坐标和参照系，一方面遵循它的基本框架和规格，另一方面又进行自由扩张和变异，从而形成自己独特的文体风格。作家不断努力地从已有的叙事范型中摆脱出来，寻找更为切合自己当下状态的结构方式，从而给创作注入了新的活力，这是创造个性见于文学文体的又一个方面。萧红所创作的《呼兰河传》，在文体意识上已经有了自觉的审美追求。作家的文体意识撑破了小说的传统模式，出现了诗化、散文化的倾向。读完作品，你会觉得它好像自传，又不完全像自传，没有贯穿全书的线索，故事和人物是零碎片段的，不是一个有机体。然而茅盾在为此作品所写的序中对它做了高度评价："要点不在《呼兰河传》不像是一部严格意义的小说，而在于它这'不像'之外，还有些别的东西——一些比'像'一部小说更为'诱人'些的东西；它是一篇叙事诗，一幅多彩的风土画，一串凄婉的歌谣。"① 这"诱人"的东西，就是作家对新形式的创造精神。

2. 选材叙述个性

作家选择题材，而题材也在选择作家，作家如何充分发挥自己创作个性的优势，以己之长，克己之短，选择自己最熟悉、最理解、最有体验的题材来写，是取得文学创作成功的"秘诀"之一。《钦差大臣》的题材原是普希金提供给果戈理的。感情型的普希金觉得不适合自己写，无力深入地开掘它，只有让独具讽刺才能的果戈理来写，才会得心应手。这是就相异的题材而言。就同一题材，不同的创造个性也会使文学创造呈现多样化的特点。比如同是取材于中国古代文化典籍中女娲补天的神话故事，鲁迅的《补天》就迥异于郭沫若的《女神

---

① 茅盾：《论萧红的〈呼兰河传〉》，《文艺生活》1946年12月号。

之再生》。前者基本上忠实于古代典籍中的有关记载,在"博考文献,言必有据"的基础上作了一些"演义",通过女娲抟土造人和炼石补天的描写,歌颂了古代劳动人民巨大的创造热情和献身精神。后者写一群通体光明的女神从神龛走到人间,在二王争帝的废墟上,创造出一轮新鲜的太阳从大海上喷薄欲出。女神们为此欢呼雀跃,载歌载舞,"欲祝新阳寿无疆"。显然,这已经不再是神话传说中的"女娲补天"了,而是诗人在加工改造后,饱蘸着理想的彩笔绘制出的一幅"女神再生图"。前者体现出现实主义文学关注、批判现实的特色,鲁迅曾说:"我的取材,多采自病态社会的不幸的人们中,意思是在揭出病苦,引起疗救的注意。"① 后者则体现出郭沫若在处理题材时大刀阔斧"为我所用"的浪漫主义文学特色。

3. 表达修辞个性

创造个性不但表现在写什么,即题材上面,还表现在怎么写,即表达修辞上面。表达修辞是技法性的历史限定,表达修辞的选择性运用,则是在技法的历史限定中体现出的创造能力,创造主体的创造个性,自然支配于其中并呈现于其中。创造主体独特的个性气质对作家的表达修辞方式的独特性产生直接影响。尽管这些表达修辞方式的运用取决于内容的需要,但创造主体的创造个性是其积极的选择者和推动者。具有创造个性的作家,其表达修辞印有作家鲜明的个性特征,无论是在修辞的方式上还是在表达的基调上都印有自己的个性特质。比如鲁迅先生《药》中的一个著名比喻:"路的左边,都埋着死刑和瘐毙的人,右边是穷人的丛冢。两面都已埋到层层叠叠,宛然阔人家里祝寿时候的馒头。"为什么其他的文学作品没有这样的比喻呢?为什么要把层层叠叠的丛冢比喻成"阔人家里祝寿时候的馒头",而不比喻成别的什么呢?首先就由于在创造主体的创造个性心理中,深刻的现实社会人生感悟与强烈的启蒙意识决定了他对"阔人"们愤怒的

---

① 鲁迅:《鲁迅全集》第4卷,人民文学出版社,1981,第512页。

情感和揶揄的意味。此外，要创造出这样绝妙的比喻，更需要创造主体具有相当的联想、分析等心理能力，即除了看到丛冢同馒头的形状有相似之处之外，更重要的是作者清楚地认识到在那个社会，"阔人家里祝寿时候的馒头"正是建筑在那众多"死刑和瘐毙的人"、"穷人"的"丛冢"之上的这么一个严酷的事实。这样的表达修辞，无疑很好地体现了创造主体的创造个性。

4. 想象抒情个性

在创造主体的文本创造过程中，有一系列复杂的心理活动在发挥作用，这其中最重要的、贯穿文本创造活动始终的便是想象活动和情感活动。有创造个性的主体审美感受总是有其独特性的，创造主体总是选择那些能体现其个性心理优势的东西来表现。比如，李白和杜甫相比较，李白的想象力更丰富，也更云谲波诡，所以写诗多出于丰富的想象力，无限夸张对象的形态，如"疑是银河落九天""坐令鼻息吹虹霓"，其诗作就显出瑰丽超奇、神驰思骋、跳脱万变、意落天外的特色。而杜甫写诗，则擅长观察和体物，善于捕捉生活中细小的事物予以表现，如所写诗"细雨鱼儿出，微风燕子斜""飞星过水白，落月动沙虚"，都是体物入微，非常细致的。这种感受能力和想象能力的差异，也使两人的风格个性出现差异，正如严羽所概括的那样："子美不能为太白之飘逸，太白不能为子美之沉郁。"

想象抒情离不开一定的抒情体验，抒情体验是创造主体进行想象抒情的个性体现的重要方面。创造主体对所感受的生活总是有着一定的情感态度，或喜或悲，或留恋或超然，情感态度始终伴随在文本创造活动中，作为创造个性而言，这是一种个性化的稳定的心理特征。比如，同样是写离别题材的作品，李白、王勃、王维的诗作就呈现不同的抒情境界。比如李白的《黄鹤楼送孟浩然之广陵》："故人西辞黄鹤楼，烟花三月下扬州。孤帆远影碧空尽，唯见长江天际流。"阔大的江水背后有着诗人的向往、想象、期待、超脱，"境"是诗人心潮起伏的象征，既饱含着对友人的一片深情，又能够超越、纯化、提升这种离情别苦。这种超然的情怀，显然不同于王勃《送杜少府之任蜀州》"儿女共沾巾"那种少年刚肠的离别，也不同于王维《渭城曲》"劝君更尽一杯酒，西出阳关无故人"那种深情体贴的离别，后者呈现出来的是一种空灵飘逸的人生境界。

总之，文学文本的生成是社会实践见于文学整体性与创造主体个性整体性的互动与互构。文本创造既是与人的历史与现实实践活动相互作用、影响与构成的综合性活动，同时又有着创造主体独特的个性规定性，包括独特的文体运用个性、选材叙述个性、表达修辞个性、想象抒情个性，是这类个性活动的有机统一。这些共同构成了创造主体的创作个性。或者说，只有在创作的所有环节充分地表现出这类有机统一的整体性的创造个性，才是创造主体的现实的创造个性。

三 文学风格与文学流派

面对着同样与诗人有亲和性存在的自然山水，李白诗云"山随平野尽，江入大荒流"，杜甫诗云"星垂平野阔，月涌大江流"，王维诗云"江流天地外，山色有无中"。在这里，"自然美"作为本体的显现是客观的、普遍的，但对它的美感经验则有着个体的识别性与体验性，从而创造出多样性的审美风格形态，或是"飘逸"，或是"沉郁"，或是"空灵"。创造主体个性的多样化在文本的文本化形态中显现为风格的多样化。在文学多样化的风格中，一些风格大体相近的作家群体或是在相交流中，或是在相追随中，或是在差异性对应中常常形成特定的文学流派。概略地说，风格是创造个性的模式化，流派则是见于创造个性模式化的文学群体形态。

（一）文学风格

文学风格，是文学活动中出现的一种具有特征性的文学现象，通常被誉为作家的徽记或指纹。其含义是指作家的创造个性在文学作品的有机整体中所显示出来的独特的文学风貌。其中，创造个性是风格形成的内在根据，是文学风格的主观、主导层面。不过，光有创造个性并不能构成文学风格，创造个性必须具体展开、依存、落实于文本创造的有机整体层面上。作为文学作品的有机整体构成，如文体运用、选材叙述、表达修辞、想象抒情等，是风格形成的重要文本条件与外部特征，是使创造个性模式化的文本载体。风格在这样的条件及外部特征中模式化，或者说成为模式化的风格。这里说的模式及模式化，是行为心理学与认知心理学常用的概念，指心理活动或行为的稳定程序性与不断发生的重复性，它是特征性与习惯性的养成物。用于风格则在于它强调自身的见于个性特征的稳定性与重复性。谈论风格时必须全面、系统，不能以偏概全。

在文学批评史上，关于文学风格有两个著名的理论观点。一是我国古代的"文如其人"说，比如孔子的"有德者必有言"，又比如扬雄在《法言·问神篇》中所说的"言，心声也；书，心画也。声画形，君子小人见矣"等。二是法国文学家布封在一次论风格的演说中所提出的"风格即人"的观点。这两个观点，都是侧重强调从作家主观的创造个性方面去研究文学风格，认为文学风格和作家的个性品格是一致的，文学风格是作家个性品格的外在显现。实际上，"个性"与"文章"、"人品"与"文品"，两者既可能一致，也可能大相径庭。这是因为：

首先，"日常个性"与"创造个性"不同，两者之间存在着一定的鸿沟。日常个性如心理性格、气质性情、禀赋才能、表达方式、处世态度、思维习惯等，可以说人人皆有，而创造个性则并非人人都有。一来，创造个性不是与生俱来的、现成的，而是作家在创作实践中逐渐生成和发展的，同时，并非所有作家都能拥有成熟的、独特的创造个性。二来，创造个性是对日常个性的审美提升。在日常生活中，日常个性常常与人们世俗的欲望心、功利心等相混同，日常个性不能直接形成文学风格，需要通过创造的升华转换为创造个性。三来，见于生活的"日常个性"受制于一定的生活目的，而创造个性则体现于文学创造目的，这两种目的具有差异性，创造主体在一定的创造目的的制约下，有时会有创造目的压抑生活目的，导致文学创造对于他的"日常个性"隐藏、遮蔽或歪曲的表现。如以写空静为创作目的的王维，其"日常个性"并不空静，而是常存做官之心。

因此，历史上或现实生活中更多的情况是，很多作家的风格与他们的个性品格并不一致，文不符人的情况普遍存在。歌德常常惊叹于拜伦"放荡不羁"的个性和"柔顺"的创作个性间的巨大差异："拜伦通过遵守三整一律来约束自己，对于他那种放荡不羁的性格来说，倒是很适宜的。假如他懂得怎样接受道德方面的约束，那多好！他不懂得这一层，这就是致他死命的原因"，"但是他在创作方面总是成功的。说实话，就他来说，灵感代替了思考……他作诗就像女人生孩子，她们用不着思想，也不知怎样就生下来了。""作为诗人，他显得像绵羊一样柔顺。"[①]

元好问也曾对扬雄进行质疑："心声心画总失真，文章宁复见为人。高情千古《闲居赋》，争信安仁拜路尘？"[②] 钱钟书对"文如其人"的观点也进行了限定性分析："所言之物，可以饰伪：巨奸为忧国语，热中人作冰雪文，是也。其言人格调，则往往流露本相；狷急人之作风，不能尽变为澄澹，豪迈人之笔性，不能尽变为谨严。文如其人，在此不在彼也。"[③] 他认为，人格与文格不是一回事，不能一味地以文观人，因为文也可以饰伪，生活中既有言行一致、文如其人的现象，也有言不符行、文不符人的情况。他认为，文如其人的"文"，不是指"所言之物"，而是指作品中的格调，格调是作者性格"本相"

---

① 〔德〕爱克曼：《歌德谈话录》，朱光潜译，人民文学出版社，1978，第63~65页。
② 元好问：《论诗三十首》，载郭绍虞主编《中国历代文论选》第三册，上海古籍出版社，2001，第449页。
③ 钱钟书：《谈艺录》，中华书局，1988，第163页。

的自然流露，并非有意为之。

其次，文学风格呈现在读者面前的更直接的是作品的风格而非作家的"人格"，作家的创造个性需要通过作品的形式因素显现出来。创造个性本身并不是风格，创造个性只是文学风格的内在根据，只有当作家用独特的眼光发现了独特的题材，运用特定的文体，通过独特的想象抒情，用独特的修辞加以表达，将内在的创造个性文本化为内容与形式相统一的作品时，才能产生风格，换句话说，风格的形成要受到文学形式因素的制约，风格是创造主体见于实践整体性的个性整体性的文本体现。

特定的文学体裁对风格的创造提出不同的要求。作家虽有内在的创造个性，但在创造不同体裁的文学作品时，却要"随体成势"地适应不同体裁的要求。曹丕在《典论·论文》中即说："奏议宜雅，书论宜理，铭诔尚实，诗赋欲丽。"① 将不同文体的不同要求提出来了。陆机的《文赋》则进一步从每种文体的不同性质来说明每种文体所应具有的风格特点，而且对文体的分类也更为细致："诗缘情而绮靡，赋体物而浏亮。碑披文以相质，诔缠绵而凄怆。铭博约而温润，箴顿挫而清壮。颂优游以彬蔚，论精微而朗畅。奏平彻以闲雅，说炜晔而谲诳。"② 刘勰在《文心雕龙·定势》篇里，还将文本创造的局势和体裁联系起来："夫情致异区，文变殊术，莫不因情立体，即体成势也。"他认为，文本局势的形成关键在于体裁："如机发矢直，涧曲湍回，自然之趣也。圆者规体，其势也自转；方者矩形，其势也自安；文章体势，如斯而已。"③ 把体裁比作溪涧、规矩之形，认为作家的情趣是通过它们表达出来的。

文学风格的创造还要符合不同题材的要求。黑格尔曾说："风格说到底是主体与对象的契合：从一方面看，这种独创性揭示出艺术家

---

① 曹丕：《典论·论文》，载萧统《文选》卷五十二，上海古籍出版社，1986，第2271页。
② 转引自郭绍虞《中国历代文论选》第一册，上海古籍出版社，1979，第171页。
③ 转引自周振甫《文心雕龙注释》，人民文学出版社，1983，第339页。

的最亲切的内心生活;从另一方面看,它所给的却又只是对象的性质,因而独创性的特征显得只是对象本身的特征,我们可以说独创性是从对象的特征来的,而对象的特征又是从创造者的主体性来的。"① 布封一再强调:"为了写得好,必须充分地掌握题材;必须对题材加以充分的思索",因为"笔调不过是风格对题材性质的切合",而"壮丽之美只有在伟大的题材里才能有",题材的选择制约着作品独特的格调和风貌。但丁也认为,文学作品的风格与所描写的题材分不开,悲剧写的是重大严肃的题材,因而带来了高雅的风格,喜剧写的是一般的题材,因而带来低下的风格。即使是同一个作家,如果他表现不同类别的题材,最终所呈现出来的风格也会大相径庭:"这种情况可能发生:同一作家的两部作品具有完全不同的风格,表现出完全不同的内容。在某种程度之下,很难在莎士比亚的十四行诗中重新认识那位曾经写作戏剧的创造者⋯⋯另外一个明显的例子是歌德的《葛兹·冯·伯利欣根》和他的《少年维特之烦恼》⋯⋯必须承认,在各种类别中有一些规定风格的力量。"②

　　文学风格的创造还要符合表达修辞的要求。"风格"(style)的本义即是"刀笔",喻指"以文字装饰思想的一种特殊方式"。③ 亚里斯多德便主要在修辞学的领域内讨论风格问题,他认为修辞的高明就是风格,"语言的准确性,是优良的风格的基础",强调体现风格要注意修辞,如用词妥帖恰当,讲究节奏、隐喻等④。我国古代文论也常以表达修辞作为划分文学风格的依据。周济在《介存斋论词杂著》中发表过这样一番议论:"毛嫱、西施,天下美妇人也。严妆佳,淡妆亦佳,粗服乱头,不掩国色。飞卿,严妆也。端己,淡妆也。后主则粗

---

① 〔德〕黑格尔:《美学》第一卷,朱光潜译,商务印书馆,1979,第373~374页。
② 〔法〕布封:《论风格——在法兰西学士院为他举行的入院典礼上的演说》(1753年),《译文》1957年9月号,第147~151页。
③ 歌德等:《文学风格论》,王元化译,上海译文出版社,1982,第17页。
④ 〔古希腊〕亚里斯多德:《修辞学》第3卷,转引自伍蠡甫主编《西方文论选》上卷,上海译文出版社,1979,第91页。

服乱头矣。"他认为李煜的词在表达修辞上崇尚自然不假雕饰的风格。沈德潜也从表达修辞的角度来评价杜甫的诗："少陵诗阳开阴阖，雷动风飞，任举一句一节，无不见此老面目。"① 不同的表达修辞方式会形成作家们在文学风格上的差别，比如残雪小说怪诞、痉挛的风格和意识流的表达修辞手法是不可分离的。马原的小说对传统的拟真风格的叛离、瓦解，是和叙述者不断地以解构者姿势出现的表达修辞方式合为一体的。

文本创造过程中的想象抒情特点也会左右风格的形成。凡是有风格的文学作品，其想象抒情无论是在格调上、韵味上、节奏上还是在境界上都各有其不可雷同的个别特点。郭沫若在《论诗三札》中说："大波大浪的洪涛便成为'雄浑'的诗，便成为屈子的《离骚》、蔡文姬的《胡笳十八拍》、李杜的歌行、但丁的《神曲》、弥尔顿的《失乐园》、歌德的《浮士德》。小波小浪的涟漪便成为'冲淡'的诗，便成为周代的《国风》、王维的绝诗、日本古诗人西行上人与芭蕉的歌句、泰戈尔的《新月集》。"② 这里所说的"大波大浪""小波小浪"便是指想象抒情的特点制约、影响了风格的特点。在文本创造的过程中，如果作家一味地追求独特的风格、格调，而不注重想象抒情的深入挖掘，便不会真正成为一流的作家，这正如王国维在《人间词话》中对姜夔的批评："古今词人格调之高，无如白石。惜不于意境上用力，故觉无言外之味，弦外之响，终不能与第一流之作者也。"

总之，为防止对风格概念理解上的以偏概全，应将创作主体内在的创造个性因素与文学作品外在的形式因素结合起来予以全面、系统的理解。这种理解的前提或基础就是要把文学作品看成一个有机统一体。事实上，对于具体的文学作品来说，一旦它被主体创造出来，就像一个鲜活的生命存在一样，难以再做人为的切割，我们只有像看待

---

① 沈德潜：《唐诗别裁》，中国致公出版社，2011，第35页。
② 郭沫若：《郭沫若论创作》，上海文艺出版社，1983，第209页。

生命体那样去看待它，给予足够的尊重，才能予以恰如其分的分析和阐释。风格的最终形成就不只是内在的创造个性或是形式诸要素的外化，而是内容与形式、主体与对象渗融后产生的结果。

文学风格既涉及作家的创造个性和言语形式，也与时代、民族、地域文化有关系。

时代风格是指文学作品受时代因素影响而形成的具有一定的时代特征的文学风貌。每个时代都会体现出这个时代的特征和个性，从而形成时代风格。时代风格是时代精神的集中反映，是时代主潮的具体体现，从而构成这一时代不同于那一时代的个性特征，比如中国文学史上的"建安风骨""盛唐气象"。时代风格是通过创造主体本身的时代性社会生活实践与文学实践而在文学创造中留下的印迹。

民族风格是指文学作品受民族条件影响而形成的带有民族特点的独特的文学风貌。不同民族的文学文本，受民族文化传统、民族审美情趣与民族语言等因素的影响，在内容与形式上必然会染上浓郁的本民族特色。在历史的长河中，许多民族国家的这种共同的民族特色逐渐积淀下来，形成相对稳定的区别于其他民族的独特风貌。比如同为"悲剧"风格，中西民族在悲剧结局上的处理便明显不同，有"大团圆"和"一悲到底"的区别。与时代风格一样，民族风格也是通过具有民族特性的实践生活，而作用于实践创造主体，进而民族于文学文本。

地域风格是指文学作品受地域环境影响而形成的审美风貌。地域的生产水平、经济状况和生活条件的特点，形成该地域的人们独特的气质、心理、审美情趣，这些特点反映在文学上，便成为独特的浓郁的地域特色，这就是地域风格。如以中原地区的《诗经》为代表的现实主义与以南方楚地的《离骚》为代表的浪漫主义，都体现出不同地域所形成的风格差异。地域风格体现着创造主体的地域个性。

（二）文学流派

文学流派是指在特定的历史条件下，文学见解、创作方法和文学风格近似的一类作家自觉或不自觉地形成的文学群体，常常以联合体的方式在文学史上产生不同程度的影响。文学流派的重要标志是作家之间具有某种相似或共通的文学风格，风格是形成流派的根据，没有风格就没有流派。

文学流派的构成有其自身特点，这也是其形成的条件，主要有以下几点。

其一，文学流派中的成员应具有相近的文学见解。这样的文学流派常常公开发表宣言和声明，明确提出一定的文学主张，并自觉按照这种主张去从事文学活动，主要是创造活动。如中唐时期的"新乐府诗派"的形成，正是基于白居易、元稹、张籍、王建、李绅等诗人的共同政治抱负和文学主张。他们倡导诗歌应负起"补察时政""泄导人情"的政治使命，达到"救济人病，裨补时阙""上下交和、内外胥悦"的政治目的。像白居易便明确地高扬文学的功利作用："文章合为时而著，歌诗合为事而作"，强调艺术为国家、时政、时事服务。由此，他们创作出了一大批揭露弊政、讽喻时事、关心民生凋敝、同情百姓疾苦的具有现实精神倾向的诗作，在中国文学史中产生了重要影响。

其二，文学流派中的成员应具有相近的文学实践与文学创作方法，这样的文学流派经常以其独特的文学实践主张、文学创作方法与创作原则而形成文学潮流。而且，它们中的一部分又热衷于在一定的文学主张的旗帜下，展开有组织的文学实践活动，尽管这类组织起来的活动多数是松散而散漫的。比如现代派文学是19世纪80~90年代以后，在世界范围内兴起的一个文学流派的总称，主要包含象征主义、未来主义、意象主义、表现主义、达达主义、超现实主义、存在主义、意识流小说、荒诞派、新小说派、黑色幽默等具体的文学流派。现代派文学有着大体相近的创作方法，比如非理性的艺术思维的运用，强调抒写主观印象，强调意识的无序流动，强调描写潜意识中的现实，或梦幻与现实结合的超现实，大量运用夸张、变形、象征、反讽等表现形式，运用自由联想、错觉等艺术手法。

其三，文学流派中的成员往往具有相近的文学风格，并自觉于这种风格，又在此基础上联络为流派群体。文学流派总是具有一定文学风格特征的流派，它们因特征而成群或被批评界指认成群。流派的风格特征，亦即风格构成特征。这种大致相同的文学风格，具体表现为：在文体样式的运用上，有大体近似的审美意识；在题材的选择、主题的开掘上，有共同的关注；在形象塑造、想象抒情上，有共同的艺术追求目标；在表达、修辞、语言等方面的运用上，有共同的创新开拓。同一个流派的作家，既有个人的独立风格，又有流派的共同风格。流派风格的多样化，往往是文学繁荣的重要标志。

（1）文体运用上风格的近似。文体是文学作品重要的构成形式。同一文学流派的作家作品，固然不乏多样的体裁，但他们往往喜欢采用相同、相近的文体，作为他们表情达意的样式。中国古代文学如花间词派的词、江西诗派的诗、桐城文派的文。中国现代文学的京派致力于小说的风格化、个性化，其以绘画的特征、散文的笔致酿造为一种独特文体的建筑风格。外国的"黑色幽默"作为一种审美形式，属于带有悲剧色彩的变态的喜剧范畴，体裁多为小说。

（2）选材叙述上风格的近似。在一定的社会背景、历史条件和时空范围内，大致写同一题材，并形成近似特点与风格，产生了较大或很大社会影响的作家群体和作品群落所构成的文学流派便具有这个特点。盛唐时期的"王孟派"和"高岑派"便是很具代表性的"题材型"文学流派。前者以田园山水为其写作题材，代表作家有王维、孟浩然等人；后者以行役边塞为其写作题材，以高适、岑参、王昌龄、陈子昂等人为代表。

（3）表达修辞上风格的近似。同一流派的作家作品，在塑造艺术形象时，其在表达修辞上往往有许多近似之处，表达修辞运用的群体性特征，也可促成一个流派。如"韩孟诗派"，则与诗的用字特色相关，韩愈用字的险、怪，孟郊用字的峭、寒，贾岛用字的瘦、硬，这种奇特的、反常规的用字方式就构成了独特的作品群体风格，促成了这一流派。

（4）想象抒情上风格的近似。同一流派的作家群体在审美情趣、审美理想上往往有着趋同的艺术特点、艺术风格，具体呈现为文学创造中想象抒情上的近似。如兴起于汉魏之交的"建安文学"流派的诗作融想象、抒情、写景、议论、思辨、感怀、弘志、驭文、治武于一体，形成了刚健豪迈、清峻通脱、慷慨激昂、华丽悲凉的审美风格，铸成了特有的"建安风骨"，"建安文学"的"风""格""骨""气"，充分地显示了想象抒情型文学流派的审美风貌。

总之，如果说文学风格的形成是一个作家创作成熟的标志，那么文学流派的形成则是一个时代文艺繁荣的标志。在文学发展中，不同的文学流派之间总是存在着相互争鸣、批评、学习的复杂关系，从而对文学的创作和发展产生了积极的推动作用，这有利于各种创作原则、审美理想、艺术风格的交融、拓展与深化，作为文学流派的社会实践与文学实践活动，它推动了文学创作整体性的创新与发展。

第八章
文学实践中的鉴赏活动

鉴赏与批评是交互作用的两个方面,也是接受反馈的两种基本形态,它们经由文本与文学活动互动,又在文学与社会生活的更大关系体中获得互动规定。鉴赏与批评都在阅读中发生,鉴赏发生于接受活动,随着接受活动展开;批评虽然发生于接受活动,又反制接受活动,使接受活动按批评意旨展开。鉴赏是对于接受选择性与综合性的召唤,接受主体经由鉴赏获得接受的选择自由与综合实现;文学批评是接受的理性运作,它基于鉴赏的经验所得,又将鉴赏的经验所得向理性提升。批评中进行经验向理性提升的根据,是相应的文学理论基础,它使文学理论向文本敞开,又使文学理论在敞开中进行实践性建构与调整。鉴赏与批评进行于接受与创造见于文本的互动关系,它在历史与现实实践的更大关系体中获得接受的超越性维度;预设的社会实践合理性及理想性,是鉴赏与批评对于文本的超越根据。

一 实践论的文学鉴赏

文学鉴赏活动的实践论,要求从实践的角度而不是从通常的阅读等角度理解文学鉴赏。虽然前者仍然离不开阅读,不过这时鉴赏过程便成为打通文本与生活界限的过程,便成为有意地把更多的生活经验、生活现实带入鉴赏的过程。而且，已经形成的鉴赏体验也会在实践中予以印证与感受。强调鉴赏体验的当下根据，这是实践论文学鉴赏活动的独特性。

文学鉴赏是读者阅读文学文本时的一种审美认识和体验活动，也是读者向着文学文本进行综合性融入的阅读活动。读者通过语言的媒介，获得对文学作品塑造的艺术形象的具体感受和体验，引起思想感情上的强烈反应，得到审美享受，从而领略到文学作品所包括的思想意蕴；同时，文学文本也通过读者的鉴赏由潜在文本变为现实文本。文学鉴赏是文学发挥和实现其社会作用的重要环节。一方面，文学鉴赏是文学活动总体过程的一个内在组成部分，是文学接受活动的基础，也是连接作品和读者的一座桥梁。一部文学作品，总是经由阅读和欣赏活动才能为读者所了解和认识，并借助读者的现实经验得以再现，由潜在文本转化为现实文本。另一方面，文学鉴赏又是通过文学作品进行的转换生成活动，是生活实践的经验世界经由鉴赏活动向作品文本世界的融入，并通过文本世界提升读者的经验生存境界。

实践论的文学鉴赏不同于传统的文学鉴赏。传统的文学鉴赏注重在个人的既往经验中展开鉴赏，这样的鉴赏论注重研究的是个人基于经验的审美趣味及鉴赏中的审美运作与体验。实践论的文学鉴赏，把鉴赏置于展开鉴赏的实践活动中，不仅强调实践语境对鉴赏的作用，而且注意现实敞开的实践经验对于鉴赏的作用，研究现实实践经验透入鉴赏的形态、机制，以及这类鉴赏的动态展开过程。其实，即便是传统的鉴赏，也总是经验的现实敞开的鉴赏。就经验活动的心理状况而言，封闭的经验只是回忆，当它参与到任何现实活动中并发挥作用，它便获得现实性，成为现实活动的经验，受各种现实条件的作用与影响，并与当下形成的经验相互作用。实践论的鉴赏论不过是从现实实践的角度，把鉴赏中经验的现实开放性进行了合于实际情况的强调而已。在现实生活中，文学鉴赏活动不是单向的、静态的认识性活动，它是一个创造性地转化生成活动，是文本与世界、文本与主体、创作主体与接受主体等要素间交互作用、协力生成的动态过程。读者阅读一部文学作品，并不是在消极地等待作品文本的意义自动地呈现在他面前，而是在某一特定时空中，在特定的现实语境中，在一定的心态下，以自己的生活阅历、知识储备、理解能力、趣味好尚和胸怀境界等主体条件，去承接文本世界，并将之带入到现实生活中来，文本世界是有选择地呈现的；而主体也不是一个容器，静态地等待文本内容的流入，而是基于自己的主体力量和现实情境去应和文本世界，有吸纳、强化，也有抗拒、扭曲，完成主体力量的文本超越与提升。因此，文学鉴赏是一个复杂的、动态的转换过程，也是一个双向的、活跃的生成过程。

（一）文学鉴赏的经验融入

文学欣赏是经由读者的阅读完成的，阅读过程实际上就是读者以自己的经验重新激活文本的过程，这一过程不是作者思想情感的机械复制，而是融入欣赏主体的个人化体验，在想象中塑造新文本的过程，正所谓"一千个读者眼中有一千个哈姆雷特"。

文学鉴赏是以文本为核心展开的阅读活动，更是鉴赏主体向着文本进行经验性融入的过程。文学鉴赏的结果并不是文本意义或作者本意原封不动的再现，而是一个由鉴赏者所完成的主体表达活动。"作者之用心未必然，而读者之用心何必不然"。[①] 读者完全可以根据自己的体会来理解文本，而不用亦步亦趋地追寻作者的最初用意。

文学鉴赏就是一个再创造的过程，每个读者都是根据自己既有的生活经验，去丰富完善作品意象，这是任何文学鉴赏活动都必须面对的文本接受的基础前提。没有相应的生活经验，是无法完成文学鉴赏的。正如鲁迅先生所说的："北极的遏斯吉摩人和非洲腹地的黑人，

---

① 谭献：《复堂词录序》，载郭绍虞《中国历代文论选》第四册，上海古籍出版社，1998，第77页。

我以为是不会懂得'林黛玉型'的;健全而合理的好社会中人,也将不能懂得,他们大约要比我们的听讲始皇焚书、黄巢杀人更其隔膜。"① 不过,即使能理解作品,来自不同生活背景、生活经验不同的人,也可能形成完全不同的理解。清人邹弢在《三借庐笔谈》中记载了这样一件趣事,两人都喜欢读《红楼梦》,却因意见不合差点打起来:"许伯谦茂才绍源,论《红楼梦》,尊薛而抑林,谓黛玉尖酸,宝钗端重,直被作者瞒过。夫黛玉尖酸,固也,而天真烂漫,相见以天,宝玉岂有第二人知己哉?况黛玉以宝钗之奸,郁未得志,口头吐露,事或有之,盖人当历境未亨,往往形之歌咏,诗三百篇,大抵圣贤发愤之所为作也。圣贤且如此,何有于儿女?宝钗以争一宝玉,致矫揉其性,林以刚,我以柔,林以显,我以暗,所谓大奸不奸,大盗不盗也……乙卯春,余与伯谦论此书,一言不合,遂相龃龉,几挥老拳,而毓仙排解之,于是两人誓不共谈红楼。"②

同一个宝钗,在一人眼里端庄,在另一人眼里藏奸;同一个黛玉,在一人看来尖酸,在另一人看来则率真天然。这种鉴赏效果的不同,是鉴赏者各自不同人生经验的融入造成的。不同的阅读个体有着不同的心理结构和人生阅历积累,每一个读者都不是以一块心理"白板"去阅读和接受文本,在接受文本之前,读者已经有了一套自己理解人情世故的经验,在阅读文本的过程中,他们会不由自主地以自己的惯有的认识模式去理解文本,从而使同一文本出现完全不同的阅读效果。

美国学者乔纳森·卡勒指出:"把一部文本当作文学作品来阅读并不是要把读者的脑子变成一片空白,毫无先入之见地去读它;读者必定会带着他自己对文学叙述作用的理解去读它,这种理解告诉读者该寻找什么。"③ 接受美学所说的"期待视野"强调的正是这一点。接

---

① 鲁迅:《花边文学·看书琐记》,载《鲁迅全集》第5卷,人民文学出版社,1981,第531页。
② 邹弢:《三借庐笔谈》,载朱一玄编《红楼梦资料汇编》,南开大学出版社,2001,第832~833页。
③ 〔美〕乔纳森·卡勒:《文学能力》,《外国文学报道》1987年第8期。

受美学的代表性理论家姚斯认为,任何阅读活动,都是在一定的期待视野中进行的。所谓"期待视野",指的是读者在文本阅读之前及阅读过程中,在心理上形成的一种"既定图示",它是接受者从自己现有的主客观条件出发所能达到的理解范围。这种"先入之见"既是理解文本的基础,也是文本理解的限制。它不仅决定了读者对文本内容的选择,也决定了对内容理解的角度、侧重点,以及对文本的态度和评价。

(二) 文学鉴赏与文本构入

文学鉴赏是一种审美认识活动,但绝不仅仅是认识活动,它同时是鉴赏主体与文本互动过程。文本并不是一个静止地摆在那里的物件,可以随时随地拿走供人使用;相反,文本更像一个等待时机开放的花朵。

明代钟惺在《诗论》中说:"《诗》,活物也。游、夏以后,自汉至宋,无不说《诗》者,不必皆有当于《诗》,而皆可以说《诗》。其皆可以说《诗》者,即在不必皆有当于《诗》之中。非说《诗》者之能如是,而《诗》之为物,不能不如是也。"[①] 钟惺以《诗经》阐释为例,把文学文本看作"活物",不仅从文本的角度认可了文学文本阅读鉴赏的多样性,而且也是对文本性质的一个全新的认识。读者"皆可以说《诗》",并不是因为"说《诗》者之能如是",而是由于"《诗》之为物,不能不如是也",这就从根本上指出了文本的意义来自阐释,而不能仅仅局限于文本的原意。如果认为文本只有一个固定的含义,每个读者都只能想方设法地找出这个原意,那么,这个文本实际上是被作为一个"死物"。而这种将文本看作"死物"的做法是违背文本自身特性的,因为文学文本是不能不通过被人以不同方式阅读和理解的途径存续下去的。

当代接受美学理论对文本的看法与此类似。在德国接受美学理论家伊瑟尔看来,文本只有与读者结合,才能产生出现实的文学作品,

---

① 钟惺:《诗论》,载《隐秀轩集》,上海古籍出版社,1992,第391页。

他说:"文学作品有两极:可将它们称作艺术的和审美的;艺术的一极是作者的文本,审美的一极则是有读者完成的实现"。① 他在《召唤结构》一文中强调,文学文本只有在读者的阅读过程中才能现实地转化为文学作品。文学文本在结构上具有一系列空白点,它们是文本中未实写出来或明确写出来的部分,它们有待于读者在阅读过程中填补出来。

一位演员在读了《北京人》这个剧本后,这样描绘愫方的形象带给她的感受:"我用什么来描绘我读过《北京人》以后愫方的意象的来临呢?——那太难说了。哦,那有点像我刚听罢一节哀怨而寂寞的小提琴独奏,我在不知不觉中迷失在一种凄寂的暮霭中……我开始看见一个模糊的黑色的身影在眼前掠过,接着也许是一瞥幽柔的眸光,也许是一丝隐默的微笑,也许是耳边依稀听见的一声悠然的叹息,也许是心头流过的一股凄寂……"② 这位演员并不是字面地照着剧本的描写勾勒出人物,而是在剧本提供的文字基础上形成了自己心中的人物形象。从她的感受中看,这位演员有着较高的审美感知力,不仅能在自己的内在感受中激活这种文字描述,甚至可以在不同的艺术类型中完成形象转换。如果换一个读者,他对愫方这一形象的感受可能就极为不同,他的欣赏和接受文本的贮备可能使他形成另外一种感知结果。

实际上,文学文本尽管看起来很详尽,但在读者的心理体验中,它还只是提供了一个关于情节、人物,或者某种情感的初级图式,每一个读者都会以自己的方式将其具体化、现实化为一个自己可以理解的形象,经由这样的阅读过程,一个潜在的文本变成了现实的作品,文本在阅读中将自己敞开,并在阅读中释放出其各种可能的意义。

(三) 文学鉴赏与生存境界提升

文学鉴赏的确需要以阅读和理解文学文本为基础,但其最终目的

---

① 〔德〕沃尔夫冈·伊瑟尔:《文本与读者的交互作用》,《上海文论》1987年第3期。
② 郑君里:《角色的诞生》,中国电影出版社,1986,第57页。

并不是阅读主体要向着文本或作者无限趋近，或达到同一，而是鉴赏主体经由鉴赏活动获得心灵的满足和精神境界的提升，因此，文学鉴赏又是一个激活主体，进而充实主体的过程。

现代心理学认为，人的认识的发生，既不是单方面地取决于客体对象，也不是单方面决定于主体意识，而是主客体之间的相互关系、相互作用，换句话说，人的认识是在主客体互动之中建构起来的。在主体与对象的接触中，由于对象的刺激，不断地打破原有结构建立起新结构，并由初级结构过渡到复杂结构的有机建构过程。人在认识过程中不是单纯地受制于外界对象，被动地接纳，人的认识是一种自主行为；同时，人也不是一个全能的主体，单凭自主意识就可以完成对世界的认识。主客体的相互作用是认识活动的关键。

在文学鉴赏活动中，鉴赏者面对文学文本并不是照单全收，而是在作为鉴赏客体的文本刺激下，心灵受触动，结合着自己的既有图式（原来的人生体会和经验）理解文本；当文本与既有图式相接近或一致时，既有图式就会把它吸收过来加以同化，纳入原有图式，使之得以丰富强化。这样，文学阅读就会大大拓展读者原有的心理结构，使主体的心灵更加丰富，从而提升鉴赏主体的人生境界。读者在阅读那些优秀作品的时候，可能由于在知识存量、认识水平，以及审美素养等方面的差距，一开始会出现读不太懂、不太理解的情形，这很正常。但如果读者能多花一些时间用心去理解，或者虚心请教别人，多读几遍，就会有收获。读者从不懂到懂，就是不断拓展既有图式，把新内容不断扩充进主体原有心理结构的过程。因此，好的作品的阅读与欣赏，不仅可以让读者获得阅读的快感和满足，还可以使读者在愉悦的阅读体验中，打开心灵壁垒，承纳更多的新鲜信息，在更新自己对世界的认识与理解，拓展眼界的同时，扩展心灵的包容度，从而使主体的精神境界不断提高。

（四）文学鉴赏的实践敞开

文学鉴赏活动虽然属于文学活动中的环节，却具有向文学之外延展的现实属性，理解文学作品的枢纽在于现实生活自身。

生活中的人总是有着各种各样的现实经验，有着来自基于不同的生理和心理条件基础上不同的性格气质和心理特点，有着来自所受教育的一定的知识构成，有着成长环境给他的面对各种情况的生存经验，有着不同工作和活动领域给他的职业风貌，有着不同的价值取向和审美趣味指向，等等，这些构成了一个人既有的稳定的心理经验结构，也是文学阅读欣赏活动的经验来源。在没有进行文学鉴赏活动之前，这些鉴赏经验或内心贮备只是一种潜能，正是在鉴赏文学作品的具体实践中，这些潜能才体现出来，甚至被我们感受到。鉴赏活动敞开了我们内在的自我，并且经由文本的内容，为我们自己所理解、所认识。尤其是我们原来感到的一些莫名的情绪，似有似无的情感，一晃而过的某种意念，可能都会借着文学作品的形象、情节而变得清晰起来。我们通过鉴赏的作品而认识或看到了自己的思想、感情、意念的真实存在。当然，我们鉴赏经验的展开，还要受制于一定的现实语境要求，某种特定的时代风尚、社会思想文化大背景等都会影响鉴赏的结果。比如，今天的读者很容易把《红楼梦》看成是显示了封建社会走向崩溃没落的趋势。这种理解不可能来自作者曹雪芹的创作意图，而是现在的读者以他们所熟知的社会发展规律原理所做的解读，这种理解与读者所处的时代环境紧密相关。

另外，文学鉴赏经验的实现还会受到来自其他鉴赏者的鉴赏活动的影响。其中，文学批评活动的影响作用巨大。有些读者是在看过或听过评论家们对某个作家或某部作品的评论后，才去阅读某一作家的作品的，这样，他的理解就会直接受到批评家的观点影响；有些读者虽然是自己进行的阅读选择，但读不懂作品，或对自己的理解缺乏自信，就会去了解批评家的意见，这样也往往受其影响而得出与他们相同或相近的见解。当然，在阅读过程中，读者之间还会经常就同一作品相互交流，这个互动过程也是相互发生影响，使接受活动向现实敞开的重要方面。

二 文学鉴赏的关系场域效应

文学鉴赏的关系场域是文学鉴赏活动展开于其中的文学与社会生活关系体效应。关系场域不仅受文学活动与社会生活状况制约，而且受二者互构、互动关系的制约。文学鉴赏的关系场域不仅是语境规定性的氛围影响性的，更是受制于"文学—社会"互动关系体，后者要更为广博，也更体现为文学鉴赏的主体心境，因此也更有不着痕迹的广泛的随顺效果。

文学鉴赏虽然是发生在鉴赏主体与鉴赏客体之间的活动，但具有广泛的社会文化牵涉面，显示出明显的实践品性。在文学接受活动中，各种社会文化因素均可以通过鉴赏主体、创作主体、文学文本之间的相互作用、相互构成关系进入到整个阅读鉴赏活动中，形成文学鉴赏活动的关系场域效应，影响鉴赏效果。这种影响会进入到文学鉴赏过程的每一个环节中，从鉴赏的审美感知、审美体验，到审美判断和领悟。

（一）文本的经验性感知

审美感知是文学欣赏的发生阶段，这个阶段读者是通过文字的中介，在视觉作用下由眼睛的看转化为内心构想，在头脑中形成完整的形象。它包含审美感觉和审美知觉两个环节，而无论是感觉还是知觉，都离不开感受活动的现实场域作用。

在文学鉴赏过程中，鉴赏者并不是漠然地接受眼前的信息，其理解力随着眼前的观察知觉处于紧张活跃状态。从心理学角度说，人的感知在很大程度上受制于有意注意的对象。当人的注意力集中于对象的某一特征，就会在大脑皮层的相应部位形成优势兴奋中心，这一兴奋中心会对其他部位造成某种抑制。人对事物的某一特征越是注意，就越容易获得清晰的信息，而其他部位的属性则越是模糊。这种有意注意优势具有"定势效应"，常常把外部对象按照主体自己熟知的模式加以感知，使文学艺术鉴赏活动中的感知行为并不是必然地走向个性化，而是受主体所处的社会文化诸因素左右。比如，贝多芬的《英雄交响曲》恢宏壮美，是人类音乐宝库中的珍贵乐章，但是它的首次演出却遭到听众的非议和指责，说它既冗长又杂乱无章，令人厌烦，有人甚至称之为"怪物般的交响乐"。对此我们并不能只站在今天的立场上批评听众对音乐外行，不懂伟大的音乐，而应该看到观众的反应是有其欣赏的场域影响的。在当时，一般的交响乐都是30分钟左右就结束了，而这首曲子却长了一倍，尤其是乐曲中又加入了很多贝多芬独创的表现手法，这些和观众在当时的音乐通行模式，以及相应的社会评价系统中培养起来的审美感知都是抵触的。观众在"定势效应"的影响下，没有发现自己熟悉的感知模式，对乐曲不接受、不理解的情形也就在所难免。这种群体性的感知模式来自当时的音乐表现惯例，这种惯例已经通过之前多次的音乐演奏活动，化入听众的接受感知当中。可以说，音乐接受活动来自音乐现实实践活动的养成。文学欣赏过程中的感知心理和音乐是一致的，主体所处的关系场域现实，直接影响艺术感知的实现。

（二）伴随着理解的情感体验

情感体验是文学鉴赏的核心环节，它是鉴赏主体被文学作品的艺术形象魅力所感染，经由联想与想象，感同心受，全身心地投入到文学形象的再体验中，与作者发生情感共鸣。高涨的情感体验活动标志着文学鉴赏高潮的到来。文学鉴赏过程中的情感体验过程是文学作品完成其艺术功能，发挥社会作用的必要基础。

文学阅读与普通文字阅读的一个根本区别在于，情感活动始终贯穿于文学阅读的全过程，是文学形象所激起的情感活动促动着读者的阅读，也正是这种情感活动，才使文学作品产生深远的现实效应和社会影响。文学欣赏中的情感因素主要体现为情感体验和情感反应两个方面，前者是读者对文学作品内容的感受和体验，它保证读者和作品的充分交流和共鸣；后者来自读者对作品的评价所产生的情绪反应。

在文学欣赏活动中，读者面对的不是客观的外部世界，而是主客体交融的意象世界。我们所面对的一个个具体景物、形象、事件，无不是作者情感的转化，它由作者的心灵和情感化出。面对这种客体，欣赏者也要以情感的方式来感受、应对和理解。

文学作品中的情感表现虽然出自个体，却不是纯粹个体性的，它带有社会属性，凝结着作者的社会经验。作者创作出的艺术形象绝对不是客观的人或景物，而是浸染了具有一定群体性特征的创作主体情思的形象。"众鸟高飞尽，孤云独去闲"写出的并不仅仅是鸟儿们都高飞远走，连一片云朵都没有的明净天空的现实画面，也是诗人不顾世俗毁誉，傲然独行的超然情怀。这种情怀也是那些才能在现实境遇下得不到施展，一片赤诚在奸佞当道的环境里得不到辨明的人共有的情怀，具有普遍的意义。因此，接受主体能够欣赏这样的诗句，甚至与之发生强烈的共鸣，正说明情感体验所具有的深刻的社会关联度，及其广泛的场域随顺效果。读者徜徉在林林总总的文学意象世界中，以同样的场域氛围感受作者情感的投入，分辨作者每一处细微的情感变化，与作品发生交流与共鸣。其次，情感同人对事物的评价有关，心理学认为，情感表现是人对客观事物的一种态度反应。文学鉴赏活动中，读者也会对作品中的人或事做出社会性的、符合特定时代文化特征的评价，如孔乙己的迂腐让人慨叹痛心，黛玉之死让人怜惜同情。这种评价虽然是以个体情感的方式表现出来的，却不乏普遍性的社会共同情感的土壤，这正是文学鉴赏的现实实践场域带来的。

(三) 超越经验的审美提升

文学鉴赏过程既是一个读者被艺术形象诱导，展开形象思维的过程，也是理性思维活动伴随其中，对艺术形象进行认识、理解与判断的过程。一方面，读者在情感体验中以自己的经验验证作品中艺术形象和作者艺术情感的真实程度；另一方面，读者也会对作品的价值倾向、艺术水准、思想深度做出理智的判断，是文学鉴赏过程中对作品进行深入理解认识的环节。这一环节也有赖于认识与理解的时代文化的共同场域的作用。

文学虽然可以帮助人们"多识于鸟兽草木之名"，但这并不是文学发挥认识作用的主要方式。文学不同于科学给人们提供的认识，以概念或逻辑的方式对自然和社会现象做出解释，文学是通过感性地、形象地展现生活，让人们理解生活、认识世界。文学活动的体验性和意象性特征，规范着读者在对艺术世界的真切体验中，感知生活，体悟其中所蕴含的生活意义。文学语言的意指性特征也要求读者熟悉文学语言的隐喻、象征、假定、虚拟、变形等表现技巧，把握文学揭示生活，反映社会发展规律的独特方式。而理解这些技巧所指代的具体内涵，没有历史文化的背景知识，是很难做到的。如顾城的《一代人》"黑夜给了我黑色眼睛，我却用它来寻找光明"，并不是告诉人们黑眼睛和黑夜之间有什么因果联系，而是以隐喻的方式，展示出"文革"的黑暗时代给年轻人带来了创伤，但这并不能阻止人们探寻真理、获取幸福的热情。它通过特定的历史，让人们认识到人自身的顽强的生命和抗争的勇气，这对人类自身的认识，对世间至理的揭示，没有具体语言情境背景的关联作用是不行的。

(四) 反思性体会玩味

在文学鉴赏的整个过程中，文学阅读的终止并不意味着鉴赏活动的终结，读者在阅读活动中所感受到的人物形象、故事情节、审美意境、情感境界、人生意蕴等，会长时间地盘旋在读者脑海中，甚至久久挥之不去，所谓"余音绕梁，三日不绝"。这是文学作品对读者的人格、趣味、情操、思想进行塑造的隐性过程。

伴随着这个隐性过程的，是读者从暂时的忘我的沉醉状态恢复到清醒的理智状态的过程，这其中，读者开始由感性知觉转为理性探索，对作品进行玩味、品鉴、分析、评价，文学鉴赏活动进入了更深入的阶段和层次。实际上，充满着情感体验的文学阅读的过程并不排斥理性的介入，有时即使在感受体验之时，理性思索也会伴随其中，很多时候，阅读主体在脱离了文本阅读之后，还常常要进行单独的理性思考。著名美学家王朝闻说："在接受过程中，思索这一理性因素在一定程度上起作用。不论是看悲剧还是看喜剧，不论是理解角色的美和丑，感受与思索相互作用，互为条件，互为原因。不论思索活动是长久，是短暂，它在接受过程中不可避免，而且必要。"[1]

如果说感情体验活动中人们依据的是内心原则、理想原则，那么，在理性活动中人们更多依据的是现实原则、社会原则。伴随着理性思考的情感体验活动，其指向处处受到社会的、现实的因素的影响与制约。美国作家海明威的作品现在受很多读者喜爱，然而他的作品在他死后的一段时期，尤其是20世纪70年代，却受到冷落。这并非是由于人们不懂作品，而是因为当时正值"越战"，女权运动风起云涌，很多人认为他的作品宣扬了男性中心论，美化战争暴力，对其宣扬暴力和勇气的作品存有敌意。然而随着时代的变迁，人们又重新对海明威的作品发生兴趣，他的作品销量大增。可见，对作品的判断经常受一种时代风尚的影响，个体的欣赏判断活动不可避免地被打上了社会文化心理的印记。

---

[1] 王朝闻：《王朝闻文艺论集》第三集，上海文艺出版社，1980，第293页。

三　文学鉴赏关系场域的特性

　　文学鉴赏活动虽然是由阅读个体承担的，却不是纯粹个体性的活动，文学鉴赏主体的形成，鉴赏客体的生成，与社会历史文化息息相关。如同创作活动一样，文学鉴赏活动中，鉴赏主体也有各自独特的鉴赏个性，体现出鉴赏活动的个体性特征。但是，在鉴赏实践中，每个鉴赏主体实际上都是处在一定的具体环境和背景下，呈现出具体的关系场域特征。在相同的场域条件下，不同的鉴赏主体会表现出某些相近的接受反应，显现出文学鉴赏活动的群体一致性。从另一方面，它也可以理解为群体外的差异性。可以说，不同的当下体验，不同的社会历史环境，不同的民族、时代、地域等文化因素，不同的话语体系都会对文学鉴赏的效果产生影响。

　　文学鉴赏的主体是文学鉴赏活动的承担者，是能够对文学作品进行创造性阅读的人。在阅读活动中，文学鉴赏主体不仅要具备一定的知识积累、审美能力，更要能充分激活自身的生活体验、人生经验，重现作品提供的生动的审美体验。马克思认为，人的本质在其现实性上是一切社会关系的总和。苏联心理学家列昂捷夫在此基础上对人的个体性提出进一步看法，认为"个性的真正基础乃是主体的活动整体的特殊结构，这种结构是在主体同世界之间人的关系一定发展阶段上产生的"。[①] 个性的首要基础是个体与世界的关系的丰富性。因此，鉴赏主体对客体文本的鉴赏不是单纯的接受，或是拒绝的单向行为，而是用构成主体的丰富世界去承接和拓展文本，呈现出场域效应。

　　而文学鉴赏的客体作为文学阅读鉴赏活动对象，一方面是直接呈

---

① 〔苏〕阿·尼·列昂捷夫：《活动　意识　个性》，李沂等译，上海译文出版社，1980，第150页。

现给鉴赏主体的敞开着的文本，另一方面还包括以隐性的方式存在的背景性客体。前者就是作品本身，后者则包括与作品有关的历史的、时代的、文化的，以及来自作者的各种因素。在鉴赏活动中，鉴赏主体的文本阅读接受活动，是在主客体的多层次双向互动关系中完成的，并具体表现为当下性、历史性和文化性的关系场域特征。

（一）文学鉴赏与当下场域

文学鉴赏活动总是在一种具体的当下情境中完成，并受当下产生的各种情境性因素影响，形成文学鉴赏的当下场域。在文学鉴赏过程中，它集中体现为鉴赏主体的当下鉴赏心境。

心境的产生有多方面原因，自然的社会的、主观的客观的、直接的间接的、外在的内在的，等等。大量的文学鉴赏实践表明，心境是文学阅读接受心理中最为活跃、最现实的要素，对文学鉴赏活动也有着直接的影响。人在某种心境之下，其行为心理必然受到相应的影响，染上某种情绪色彩，所谓"心忧恐，则口衔刍豢而不知其味，耳听钟鼓而不知其声，目视黼黻而不知其状，轻暖平簟而体不知其安"[①]，"感时花溅泪，恨别鸟惊心"，可以说，心境直接影响欣赏状态。白居易《琵琶行》中写道："座中泣下谁最多，江州司马青衫湿"，聆听者之所以会如此感动，不仅在于他被商妇的可怜身世打动，也与听者自己的心境有关。此时的诗人正被贬江州，心情烦闷；又送客江边，满腹离愁。此时此刻，一首琵琶曲，让他悲从中来，泪如雨下。

在鉴赏活动中，心境大体分为前导心境和后成心境，前者是指进入鉴赏活动前，制约主体进入鉴赏活动的基本情绪和情感状态，引导主体选择对象，并规定鉴赏活动的整体情感色调；后者主要指在欣赏过程中，来自客体对象以及当下环境要素，对欣赏活动的情感状态的制约。在上边的例子中，诗人被贬，并正值别离情绪，属于前导性心

[①] 王先谦：《荀子集解》，中华书局，2011，第431页。

境。这种心境使得诗人注意到这个唱歌女子，促动诗人去了解并进入女子的情感世界。而当诗人以这种前导心境，又逢秋风之中花叶瑟瑟、江水茫茫的场景，歌声骤入耳端，让人神伤的身世、感人的歌声，旋又聚合而成当前心境。正是这种心境，使得诗人产生"同是天涯沦落人，相逢何必曾相识"的感怀，也让诗人忽觉山歌与村笛顿失悠扬，唯有此琵琶声入耳入心，形成特有的审美体验。

（二）文学鉴赏与历史场域

鉴赏活动的展开与鉴赏主体所处的社会历史状况直接相关，建立在一定历史阶段社会政治经济文化基础之上的社会价值观念、审美趣味、艺术需求都会多多少少影响到鉴赏主体的鉴赏对象选择、艺术判断标准。

文学鉴赏活动需要主体以全部的心理储备去承接、呼应作品内涵，其中由各种历史信息构成的历史接受场域，形成一种稳定的文学接受历史期待视域，这就是欣赏主体心理积累的历史时空场域。如当代读者阅读小说《红楼梦》，通过小说语言的导引，进入到小说的艺术世界里，在脑海里浮现出一幅鲜活生动的官宦贵族家庭生活景象，一个个闪耀着艺术魅力的形象，贾宝玉、林黛玉、薛宝钗、王熙凤、贾母、袭人，等等，深深地吸引着读者。读者和这些人物一起欢乐、哭泣，感受他们的欢欣与苦痛，着迷于宝黛的痴情，痛恨于王熙凤的狠毒，唏嘘于晴雯等丫鬟的悲惨命运，从而获得一种体验上的快感和精神上的满足。而当这个昔日兴盛的大家族"树倒猢狲散"，走向没落衰败，读者也深切地体会到那个时代社会制度的严苛、现实的残酷，乃至人生的变幻、命运的无常，从而对历史社会人生有更加深刻的认识。这是当代人的一般感受，这种感受来自近现代文化洗礼，人们对男女情爱、人伦情感有了现代感受，认可并赞美爱的追求、美的向往。同时也由于现代文明的发展，使现代人对人的生命、生存的价值有了更深的体会，这一系列感受、认识，构成当代读者的文学接受历史心理场域,在这种场域主导之下,便会引发上述欣赏心理。不过在清代,一些学者却将《红楼梦》视为"淫书"。比如有人说:"《红楼梦》一书,诲淫之甚者也。"① 还有人说:"淫书以《红楼梦》为最,处处描摹痴男女性情,其字面绝不露一淫字,令人目想神游,而意为之移,所谓'大盗不操干戈'也。"② 这种接受心理的差异来自两个时代不同的历史接受场域所造成的心理影响。

(三) 文学鉴赏与文化场域

文学鉴赏主体总是处于一定的文化时空中的个体,难以摆脱他所处的民族、地域等文化因素的制约,形成文学鉴赏的文化场域效应。在文学鉴赏活动中,读者的阅读兴趣、评判尺度乃至鉴赏语汇使用,均受到上述文化场域因素的影响。

民族、地域等文化因素不仅影响作家的创作整体风格,同样也影响欣赏者。不同的自然景观、气候物产、风俗习惯,以及不同的语言文字、教育模式、民族心理、民族气质形成不同的文学接受的文化场域,影响场域内接受主体对于作品的欣赏和阅读体验。晚清学者陈蜕庵谈到小说的感人效果时指出:"小说之妙,在取寻常社会上习闻习见、人人能解之事理,淋漓摹写之,而挑逗默化之,故必读者入其境界愈深,然后其受感刺愈剧。未到上海者而与之读《海上花》,未到北京者而与之读《品花宝鉴》,虽有趣味,其亦仅矣。故往往有甲国最著名之小说,译入乙国,殊不能觉其妙。"③

读者被作品感染的程度,取决于读者投入作品的程度,而不同地域、民族的文化差异会阻碍读者深入理解非本地域、本民族的文学作品。实际上,在不同文化系统中成长起来的人总是带有他所属文化的

---

① (清)梁恭辰:《北东园笔录》,载《笔记小说大观》,广林书社,2007,第11332页。
② (清)陈其元:《庸闲斋笔记》,中华书局,1997,第200页。
③ 陈平原、夏晓虹:《二十世纪中国小说理论资料》第一卷,北京大学出版社,1989,第67页。

特质，并进一步影响他的感知、情绪等心理状态，这种"文化规定性"同样影响到文学作品的接受活动。比如，曾有美国朋友读了《三国演义》后，认为作者把刘备写的耳朵长、胳膊长是一种讽刺，这样写表明作者对这个人物是有看法的。而刘备的相貌在中国人看来是帝王之相，就应该做皇帝的。抛开作者因素不论，中美读者对作品理解上的差异，总是离不开各自不同的文化场域的作用和影响。

在当代文化大背景下，文学鉴赏活动呈现出与文化权利关系密切交织的状态。女权主义文化、后殖民主义文化、移民文化等文化语境，使文学鉴赏活动的背景更为复杂，文学鉴赏的主客体处于多元文化话语碰撞、融会的现实境况中，这也为文学鉴赏提出了新的时代性课题。

第九章

实践论文学批评的理性运作

文学批评奠基于文学鉴赏。相对于文学鉴赏活动的感性感知，文学批评更注重理性求解，更强调与文学理论的互动与互构，可以说文学批评活动本身就是一种理论活动。当将文学批评作为研究对象，置于文学交流活动的整体背景中进行理性审视时，文学批评所处的独立于文学理论和文学创作的特殊位置以及它独具的完整而自足的学术品格，便自然呈现出来，这便有了批评理论的研究与构建。批评理论借助具体的批评方法，得以在文本阐释中发挥效用，这才算推进文学批评活动深入。

一 鉴赏于批评与批评于鉴赏

文学批评与文学鉴赏是人类所从事的文学活动中不可或缺的高级精神活动，在整个文学活动当中起着重要的作用，缺少了这一环，就意味着文学活动的未完成。文学批评与文学鉴赏同属文学接受活动，既密切相关却也彼此相异，关于此，苏联美学家泽列诺夫和库利科夫做了科学的界定。他们在《艺术批评的方法论课题》中谈道：（1）艺术家创造艺术；（2）欣赏者感知艺术；（3）批评把艺术放在艺术与艺术家、艺术与欣赏者的双重关系中评价艺术；（4）批评直接从艺术家本人那里获得艺术信息,并以此做出评价;(5)批评从欣赏者那里获得他们对艺术的态度的信息,并以此做出评价。① 可见,文学鉴赏侧重感知,是文学批评的感性前奏;文学批评则侧重评判,是文学鉴赏的理性凝华,两者既有联系又有区别。

(一) 文学批评与文学鉴赏在文学活动中的地位

文学批评和文学鉴赏是文学接受活动的两种基本形态,它在作家、读者和文本之间起着沟通和桥梁的作用,可以通过提高读者的审美能力,推动文学的健康发展,进而在更广泛的社会生活领域中确定与实现文学活动的实践属性。

1. 文学鉴赏和批评对读者地位的强调

美国文艺学家艾布拉姆斯在《镜与灯:浪漫主义文论及批评传统》一书中提出了著名的文学四要素的观点。认为文学作为一种活动,是由作品、作家、世界、读者四个要素组成的,缺少其中任何一个要素,文学活动将不能完成。也就是说,文学作品的完成,实质上只是表明作家创作活动的终结,而不是整个文学活动的终结,因为文学作品的价值,只有通过读者的鉴赏和批评活动,才能得以实现。过去那种将文学作品的存在看作是先于读者接受的已然条件,只把作者与作品联系起来认识文学,认为读者不过是被动地接受作品,因而与作品存在并无关系的观点是片面的,其片面之处就在于割裂了创作、文本、接受三者的有机联系性。正是在三者的有机关联性中,文学才成为实践活动。

实际上,文学作品从来就是在读者的鉴赏与批评的接受过程中作为生成着的审美对象而存在的,正如萨特所说的:"精神产品这个既是具体的又是想象的对象只有在作者和读者的联合努力之下才能出现。

---

① 中国艺术研究院马克思主义文艺理论研究所外国文艺理论研究资料丛书编辑委员会:《美学文艺学方法论续集》,文化艺术出版社,1987,第523页。

只有为了别人，才有艺术；只有通过别人，才有艺术。"① 因此，文学鉴赏和批评活动不是外在于作品和文本的活动，而是内在于作品的存在和文本的结构之中的。接受美学反对作者中心论、文本中心论，强调作品的意义只有在阅读过程中才能产生，它是作品与读者相互作用的产物，鉴赏和批评并非被动地反应，而是主动地参与，在理解的基础上与作品进行交流、对话，从而建立了一门全新的"读者学"。其中姚斯承袭海德格尔的"前结构"、伽达默尔的"理解视野"和皮亚杰的发生认识论原理，提出了"期待视域"概念；伊瑟尔改造了波兰现象学家英伽登的作品存在理论和伽达默尔的视域合理论，在新的综合基础上提出系统的阅读理论等，对于我们从实践角度理解鉴赏和批评在整个文学活动中的地位、提高读者的审美鉴赏能力，以及更好地发挥文学的社会实践作用，都有很大帮助。可以说，没有鉴赏与批评，就没有真正意义的文学文本，即便这类文本被写作出来，它们的价值也并不比没有字的白纸更高。而把鉴赏与批评仅仅置于你告我知的位置，则文学文本便只能沦落为小学生的识字读本。历史上的文学经典之所以具有永久魅力，就在于它们在不断的鉴赏与批评中获得新的生命力。

2. 文学批评和鉴赏对读者审美能力的提高

意大利美学家克罗齐很赞赏"批评是教人阅读的艺术"。② 刘勰在《文心雕龙·知音》中说："操千曲而后晓声，观千剑而后识器，故圆照之象务先博观。"③ 刘勰的名言借音乐、剑器说明全面欣赏文学作品必须以"博观"为基础，所谓"博观"，指的正是广泛阅读文学作品，积累丰厚的鉴赏批评经验，如此，才能培养读者的鉴赏水平。文学的本质是审美的，真正的文学批评和鉴赏也应该是审美的，只有用审美的眼光，才能对文学作品做出正确的分析和评价。相反，如果没有进入作品的艺术世界，采取断章取义的非审美的态度进行批评，这样的

---

① 柳鸣九主编《萨特研究》，中国社会科学出版社，1981，第6页。
② 〔意〕克罗齐：《美学原理·美学纲要》，外国文学出版社，1983，第275页。
③ 刘勰：《文心雕龙·知音》，中华书局，1988，第432页。

文学批评不仅无助于文学实践，有时甚至还会产生严重的后果，使文学活动的实践意义被扭曲或歪曲，这种情况在历史中并不少见。明代杨慎在《升庵诗话》中说："千里莺啼，谁人听得？千里绿映红，谁人见得？若作十里，则莺啼绿红之景，村郭、楼台、僧寺、酒旗，皆在其中矣。"①这种批评虽谈不上什么严重后果，却也是一种于诗理不通的审美干扰。正如别林斯基讽刺的那样，这是没有美学情感，是用脑子而不是心灵去感受艺术。"而没有心灵的参与"，"几乎比用脚去理解艺术还更坏"。②

（二）文学批评与文学鉴赏的关系

鉴赏不同于批评，尽管批评奠基于鉴赏。总体而言，批评是对于文本理解与接受的话语表述，其中有揭示、有发现、有判断、有评价。由于这些都离不开用以表述的一般性根据，而一般性根据又是概念性的，因此批评总是一种概念性的表述。鉴赏则是文本接受的自我形态，它在阅读体验中发生并在阅读体验中完成，它当然也离不开理解与判断，但不必进入概念表述的层面。

1. 文学鉴赏是一种"凝神观照"的审美感知活动

文学鉴赏是读者在阅读文学作品时，为了满足自己的审美需要，对文学作品所进行的带有创造性的感知、想象、体验、理解活动，从而获得特殊的审美愉悦感。它是审美活动的自由境界，是柏拉图式的"凝神观照"。柏拉图认为审美活动的极境是"凝神观照"，最高的美感是对绝对美的观照。这种观照，是指人以那种非功利、非道德、非概念，无所为而为的淡然态度去欣赏审美对象所进入到的物我两忘、怡然自得的境界。人们在进入审美观照的时候，暂时隔断了与其他事

---

① 杨慎：《升庵诗话》卷八，"唐诗绝句误字"条，载丁福保辑《历代诗话续编》，中华书局，1997，第800页。
② 〔俄〕别林斯基：《别林斯基论文学》，别林金娜选辑，梁真译，新文艺出版社，1958，第265页。

物的所有联系,而有意或无意地"自失"于对象的审美体验之中,从而产生审美愉悦。如刘勰所说的"登山则情满于山,观海则意溢于海"①,陶渊明的"采菊东篱下,悠然见南山。山气日夕佳,飞鸟相与还。此中有真意,欲辨已忘言。"(《饮酒》其五)等,都说的是在审美观照中物我两忘,获得了愉悦。柏拉图在《会钦》篇中描绘第一流人达到的境界时说:"这时他凭临美的汪洋大海,凝神观照,心中起无限欣喜,于是孕育无数量的优美崇高的思想语言,得到丰富的哲学收获。"②借用中国传统的理论资源,它又是王国维式"入乎其内"的潜入活动,俞平伯在为《人间词话》所做的序言中说:"作文艺批评,一在能体会,二在能超脱。必须身居局中,局中人知甘苦;又须身处局外,局外人有公论。此书论诗人之素养,以为'入乎其内,故能写之;出乎其外,故能视之',吾于论文艺批评亦云然。"③俞氏所论"身居局中",就是潜入作品的文学鉴赏活动。

然而无论是"凝神观照"还是"入乎其内",首先都应以阅读活动为欣赏发端,没有阅读,不可能产生鉴赏。阅读活动不是外在于作品和文本的活动,而是内在于作品的存在和文本的结构之中的。接受美学反对作者中心论、文本中心论,而强调作品的意义只有在阅读过程中才能产生。它是作品与读者相互作用的产物。阅读并非被动地反应,而是主动地参与,理解作品,进而融入作品,忘情于作品,唯有在这个过程中,海德格尔的"前结构"、伽达默尔的"理解视野"、姚斯的"期待视域"等才发挥作用,并释放出艺术鉴赏的能量。

2. 文学批评是一种"洞察深义"的综合判断活动

据俄国别林斯基考察:"批评"一词源于希腊文 kritiés,意指"判

---

① 刘勰:《文心雕龙·神思》,引自周振甫《文心雕龙注释》,人民大学出版社,1983,第295页。
② 〔古希腊〕柏拉图:《会饮篇》,转引自朱光潜《西方美学史》,人民文学出版社,1981,第49页。
③ 俞平伯:《重印〈人间词话〉序》,载雨露、杜黎明等编《俞平伯精选集》,远方出版社,2004,第132页。

断"；因而从广泛的意义上说，批评就是判断。① 郭沫若也考察过这个词，他说"批评"这个词语源的意义本是"分别而判断"。郭沫若认为："所谓近代的文学批评是从法国的申徒白吾开始的，申徒白吾的批评方法，着重'媒层'的研究。他以为要研究一种作品当先研究作者的人格，作者的状态，作者的遗传，作者的境遇，作者的生涯等，然后再在作品中洞察其潜在的意义……他这种划时期的精神和态度，使英国的批评家阿诺德称之为'人类所能达到的最完全的批评家'。"② 英文中的"批评"（criticism）一词有"批评、批判性意见、评论性文章；责难、非难"等意思。批评概念的形成"显然同日益增长的怀疑态度、不相信权威和法规的意思来讲的普遍批判精神及其传播以及后来又同以鉴赏力、情趣、情感或某种不可言喻的东西等等为准有关的过程。以前一个专指对古典作家进行文字考证的名词慢慢变得等同于整个有关理解、判断甚至认识论的问题"。③ 文学批评是指在文学鉴赏的基础上，以一定的文学理论及相关人文学科理论为指导，对文学文本及与之相关的文学现象进行理性分析、评价与判断的综合阐释活动。相比于文学鉴赏的感性求知，文学批评则更趋于理性求解，因而也就更具有理性思辨的特性，是从具体的文学抽象出有普遍意义的规律的活动。普希金说："批评是揭示文学艺术作品的美和缺点的科学。它是以充分理解艺术家或作家在自己的作品中所遵循的规则、深刻研究典范的作用和积极观察当代突出的现象为基础的。"④ 别林斯基说："进行批评——这就是意味着要在局部现象中探寻和揭露现象所据以显现的普遍的理性法则，并断定局部现象与其理想典范之间的生动的、

---

① 北京师范大学中文系文艺理论教研室编《文学理论学习参考资料》下，春风文艺出版社，1982，第1248页。
② 郭沫若：《文艺论集：批评——欣赏——检察》，人民文学出版社，1979，第273页。
③ 〔美〕韦勒克：《文学批评：名词与概念》，载《批评的概念》，张金言译，中国美术学院出版社，1999，第23页。
④ 〔俄〕普希金：《论批评》，载伍蠡甫主编《西方文论选》下卷，上海译文出版社，1979，第373页。

有机的相互关系的程度。"① 这表明，坚持实践论文学批评虽然要从对具体作品的鉴赏开始，却不能仅仅停留于表层的感知阶段，还必须在社会历史的语境中，在更为开阔的文化视野中，来解读和阐发文学文本的意义，从而探索更具普遍性的问题。如"多余人"形象就是19世纪俄国文学批评对当时描写俄国贵族知识分子作品的理性概括，"阿Q精神胜利法"则是中国文学批评对鲁迅《阿Q正传》的理性提升。"黑暗王国里的一线光明"是杜勃罗留波夫对奥斯特洛夫斯基的《大雷雨》的理性判定。

从感性接受凝华为理性批评，还须摒除个人情感偏好，文学批评与批评者个人倾向的关系，这是一个多有争议的问题。一种主张认为，批评只能是批评者的批评。他所批评的一切都来自他个人的实践体验与精神活动，与他人无关；另一种主张则认为，批评者须摒除个人的东西，包括情感倾向、个人偏好、个人的是非观念等。如莫泊桑指出："一个真正名实相符的批评家，就只该是一个无倾向、无偏爱、无私见的分析者，像绘画的鉴赏家一样，仅仅欣赏人家请他评论的艺术品的价值。他那种无所不知的理解力应该把自我消除得干干净净，好让自己发现并赞扬甚至于他作为一个普通人所不喜爱的、而作为一个裁判者必须理解的作品。"艾略特也指出："批评家，如果是真正名副其实的话，本来就必须努力克服他个人的偏见和癖好（这是每个人都容易犯的毛病）。在和同伴们共同追求正确判断的时候，还必须努力使自己的不同点和最大多数人协调一致。"② 因此，问题不在于他有没有个人倾向、是非好恶，而在于这一倾向与是非好恶是否具有引导文学接受与文学实践的社会意义。俄国的别林斯基、车尔尼雪夫斯基、杜勃罗留波夫，我国的鲁迅、左联文学批评及新时期文学批评中的社会批评，都坚持后一种主张。我们认为，前一种主张是批评者以自我为

---

① 〔俄〕别林斯基：《关于批评的讲话》，《别林斯基选集》第3卷，上海译文出版社，1980，第574页。
② 〔美〕艾略特：《批评的功能》，《西方现代文论选》，上海译文出版社，1983，第279页。

中心的自说自话，后一种主张则更合于实际，具有批评对象的客观实在性，也是实践论批评所倡导的。以歌德对雨果的《巴黎圣母院》的批评为例：

> 我最近读了他的《巴黎圣母院》，真要有很大的耐心才忍受得住我在阅读中所感到的恐怖。没有什么书比这部小说更可恶！即使对人的本性和人物性格的忠实描绘可能使人感到一点乐趣，那也不足以弥补读者所受的苦痛。何况这部书是完全违反自然本性，毫不真实的！他写的所谓剧中角色都不是有血有肉的活人，而是一些由他任意摆布的木偶。他让这些木偶做出种种丑脸怪相，来达到所指望的效果。这个时代不仅产生这样的坏书，让它出版，而且人们还觉得它不坏，读得津津有味，这究竟是一个什么样的时代啊！①

歌德的批评失误，是由他的立场决定的，他对雨果在政治上表现出来的民主进步倾向格外反感。恩格斯对歌德的这种两面性做出过精辟的分析。恩格斯说："在他心中经常进行着天才诗人和法兰克福市议员的谨慎的儿子、可敬的魏玛枢密顾问之间的斗争；前者厌恶周围环境的鄙俗气，而后者却不得不对这种鄙俗气妥协、迁就。因此，歌德有时非常伟大，有时极为渺小；有时是叛逆的、爱嘲笑的、鄙视世界的天才，有时则是谨小慎微、事事知足、胸襟狭隘的庸人。"② 朱光潜先生在翻译《歌德谈话录》时对此所加的注中也说："歌德对雨果屡次表示不满，可能是由于雨果在当时所代表的算是进步的民主倾向不合歌德的口味。"③ 显然，歌德对雨果的《巴黎圣母院》的批评由于政见的不同过于主观武断，而没有从历史发展、文学实践规律去考察，如

---

① 〔德〕爱克曼：《歌德谈话录》，朱光潜译，人民文学出版社，1978，第248页。
② 马克思、恩格斯：《诗歌和散文中的德国社会主义》，《马克思恩格斯全集》第4卷，人民出版社，1958，第256页。
③ 〔德〕爱克曼：《歌德谈话录》，朱光潜译，人民文学出版社，1978，第248页。

果歌德能够摒弃政见，以天才艺术家的眼光，客观实际地批评《巴黎圣母院》，相信其批评结论就会是另一番情形。

3. 批评与鉴赏是相互作用、相互推进的两个方面

对于文学的批评者而言，鉴赏是批评的奠基。无论批评者用怎样的话语表述他的批评，实际上他都是对于自己鉴赏的批评。

文本在鉴赏中成为被鉴赏的文本，因此而失去了文本的独立性，文本在鉴赏中被体验与理解，并被关注与感动。由此说，鉴赏的过程又是一个过滤的过程，那些不足以使鉴赏者鉴赏的东西，便被过滤出去，消失在鉴赏之外。同时，鉴赏又是开掘的过程，鉴赏中的直觉，常常发生于无意中，无意中的发现显然来自文本的无意表现之中，这是文本中隐藏的东西，如哈姆雷特的犹豫、约翰·克利斯朵夫的柔弱、安娜·卡列尼娜欲望的激情、林黛玉无奈的绝望、周朴园虚伪的情感真实等，都隐藏着文本作者的很多心秘，鉴赏者被这类心秘感染，却找不到文本陈说的根据，这就有了鉴赏开掘的空间。再有，鉴赏唤起个人经验性的理解，鉴赏者的个人经验不同于文本作者的个人经验，因此，前者的理解便是创造性的，这造成文本原意的增值或歧义，这又恰恰是鉴赏的佳境与自由。

批评是鉴赏的理性化，是鉴赏经验的概述性表述。在鉴赏中发生的东西都需要另外地陈述理由，批评则需要理由陈述，为了理由陈述则少不了旁征博引，穿凿附会，由此可说，鉴赏的经验大于批评的理性，而批评的理性表述，又大于鉴赏的经验自我。

二　文学批评的理论建构

从文学诞生之日起就有了文学批评活动，之后随着文学批评的发展，累积并提炼出了文学理论，而在文学理论中，又出现了文学批评理论，从而批评的观念和方法成为自觉，批评家们也对文学批评的本

质和功能有了理性的认识。文学批评是一种具体的实践活动,没有理论的文学批评至多只能算是一种粗浅感觉,还不能算是真正意义上的文学批评。理论可以有来自审美的、语言的、意象的、象征的,也可以有来自社会的、历史的、道德的、心理的,它们成为开展文学批评活动的理论来源与支撑。

(一) 文学批评是一种理论活动

文学批评活动总是会受到理论的影响,一些批评表面上看好似随感的、描述的,其实这种语言描述背后,往往都暗含着某种理论观念。这是因为文学批评作为一种实践活动,它总要有实践所必不可少的交流性,交流与互动要求参与的各方必须拿出共通的东西,即各方都理解的东西,而且这种共通的东西又是在不同的批评实践中延续流传的东西,所以过去的批评才能被当下批评所理解。普遍性与延续性,也即哲学所说的一般与必然。对于一般与必然的表达,那就是理论。谈及理论,作为西方哲学认识论传统,总要进行唯物与唯心的划分,这种情况也影响到中国文学理论,出于回顾的需要,这里对此加以介绍。

1. 唯物史观下的文学批评

唯物史观认为物质生活的生产方式决定社会生活、政治生活和精神生活的一般过程,社会存在决定社会意识。唯物史观指导下的文学批评,侧重采用阶级分析的方法,认为阶级出身是形成人物性格、思想观念乃至命运遭际的主要根源。

茅盾在分析《水浒传》的人物性格时,这样写道:

> 个个面目不同,这是一句笼统的评语;仅仅这一句话,还不足以说明"水浒"的人物描写的特点。试举林冲、杨志、鲁达这三个人物为例。这三个人在落草以前,都是军官,都有一身好武艺,这是他们的相同之处;他们三个本来都是做梦也不会想到有朝一日要落草的,然而终于落草了,可是各人落草的原因又颇不

相同。高衙内想把林冲的老婆弄到手,于是林冲吃了冤枉官司,刺配沧州,而对这样的压迫陷害,林冲只是逆来顺受,所以在野猪林内,鲁达要杀那两个该死的解差,反被林冲劝止;到了沧州以后,林冲是安心做囚犯的了,直到高衙内又派人来害他性命,他这才杀人报仇,走上了落草的路。杨志呢,第一次为了失陷花石纲而丢官,复职不成,落魄卖刀,无意中杀了个泼皮,因此充军,不料因祸得福,又在梁中书门下做了军官,终于又因失陷了生辰纲,只得亡命江湖,落草了事。只有鲁达,他的遭遇却是"主动"的。最初为了仗义救人,军官做不成了,做了和尚,后来又为了仗义救人,连和尚也做不成了,只好落草。"水浒"从这三个人的不同的遭遇中刻画了三个人的性格。不但如此,"水浒"又从这三个人的不同的思想意识上表示出三个人之不同遭遇的必然性。杨志一心想做官,"博个封妻荫子",结果是赔尽小心,依然落得一场空。林冲安分守己,逆来顺受,结果被逼得无处容身。只有鲁达,一无顾虑,敢作敢为,也就不曾吃过亏。对于杨志,我们虽可怜其遭遇,却鄙薄其为人;对于林冲,我们既寄以满腔的同情,却又深惜其认识不够;对于鲁达,我们却除了赞叹,别无可言。"水浒"就是这样通过了绚烂的形象使我们对于这三个人发生了不同的感情。不但如此,"水浒"又从这三个人的思想意识上说明了这三个人出身于不同的阶层。杨志是"三代将门之后,五侯杨令公之孙",所以一心不忘做官,"封妻荫子",只要有官做,梁中书也是他的好上司。林冲出自枪棒教师的家庭,是属于小资产阶级的技术人员,他有正义感,但苟安于现状,非被逼到走投无路,下不来决心。至于鲁达,无亲无故,一条光棍,也没有产业,光景是贫农或手艺匠出身而由行伍提升的军官。"水浒"并没叙述这三人的出身(只在杨志口中自己表白是将门之后),但是在描写这三个人的性格时,处处都扣紧了他们的阶级成分。

因此，我们可以说，善于从阶级意识去描写人物的立身行事，是"水浒"的人物描写的最大一个特点。①

《水浒传》的人物描写历来被人称颂，一百单八将各有各的音容笑貌。而茅盾则认为这样一句评语还没有真正抓住《水浒传》人物描写的核心特点。他提出"水浒"人物描写的最大特点是善于从阶级意识描写人物的立身行事。他的推理是这样的：首先，他选择了三个典型人物——林冲、杨志、鲁达，从三人落草的不同原因入手，认为"水浒"从这三个人的不同的遭遇中刻画了三个人的性格。林冲一直想苟安于世，最后得知实情才彻底放弃前愿被逼落草；杨志因失陷花石纲而丢官，又因失陷生辰纲而落草；鲁达为了仗义救人而落草。其次，茅盾探讨了三个人不同遭遇必然性的原因在于他们不同的思想意识。最后，茅盾追问了导致三个人不同思想意识的根由是出身于不同的阶层，杨志出身将门之后，林冲出身小资产阶级，鲁达出身贫农。这里我们可以清晰地看到茅盾的分析脉络，杨志、林冲、鲁达这三个人的反抗意识是随他们的阶级出身而呈降幂排列，将门之后杨志应该是大资产阶级了，反抗意识最差，小资产阶级林冲次之，贫农鲁达应该是无产阶级了，反抗意识最强。这样我们便发现茅盾的分析其实内含了这样一条定律，即不以个人意志为转移的具有客观规定性的阶级出身决定了其中的每一个人的思想意识，打着阶级烙印的每一个人的思想意识决定了他们的各自性格，他们的各自性格又决定了他们各自的命运遭际，当然，茅盾是在阶级斗争决定论的严酷社会语境与政治语境中做出如此文学批评的，难免简单、绝对，并从极致角度特征化了客观力量的决定作用。尽管如此，这段话也并未背离唯物史观的理论内涵，而只是机械生硬地套用了其中的理论内涵而已。

2. 唯心史观下的文学批评

与唯物史观相反，唯心史观认为社会意识决定社会存在，把社会

---

① 茅盾：《谈〈水浒〉的人物和结构》，《文艺报》1950 年 4 月第 2 卷第 2 期。

现象及其发展的终极原因归结为精神因素。唯心史观指导下的文学批评，更多的是从心理层面关注文学的产生、作家的创作动机、文艺的性质与效果，并分析作家的内心世界与创作的关系以及文学作品中人物行为的心理动机及其态势。

在众多对莎士比亚著名悲剧《麦克白》的评论中，英国评论家德·昆西的评论最为引人注目。《麦克白》主要写了苏格兰大将麦克白在其夫人的唆使下谋杀其君主邓肯、篡夺王位而最终被毁灭的故事。德·昆西罗抓住剧中的敲门声展开分析：

> 我对《麦克白》剧中有一点始终感到很大的迷惑。这就是：继邓肯被谋杀后而发生的敲门声，在我感觉上产生了一种我永远也无法说明的效果。这个效果是，敲门声把一种特别令人畏惧的性质和一种浓厚的庄严气氛投射在凶手身上；不论我怎样坚持不懈地努力，企图通过思考力来领悟这一点，但是多年来我一直不能领会为什么敲门声会产生这样的效果。
>
> ……
>
> 终于，我找到了使自己满意的答案，我的答案是：在通常情况下，当人们的同情完全寄托在受害者身上时，谋杀是件令人恐怖、厌恶的粗俗的事；那是因为这件事把兴趣专门投放在我们坚持生存下去这个自然的、但不光彩的本能上面；由于这个本能对最基本的自卫规律来说是必不可少的，一切生物的这个本能都属于同类（尽管程度不同）；由于这个本能抹煞了一切区别，并且把最伟大的人物降低到"被我们践踏的一只无知的甲虫"的地位，因此这个本能所显示的人性处于十分卑贱、可耻的状态。这种状态不会符合诗人的要求。那么，他该怎么办呢？他必须把兴趣投放在凶手身上。我们的同情必须在他的一边（当然我说的是由于理解而同情，通过这种同情我们能够体会他的感情，并能理解这些感情，而不是一种怜悯或赞许的同情）。在被害者身上，

一切思想斗争，激情和意图的一切涨落，都淹没在压倒一切的恐惧之中；立即死亡的恐惧"用它的令人惊呆的权杖"袭击他。但在凶手——诗人宁愿屈尊描绘的凶手——身上，必须有某种强烈感情的大风暴在发作——妒忌、野心、报复、仇恨——这种感情风暴会在凶手的内心制造一所地狱；我们将研究一下这所地狱的情况。

为了使另一个世界出现，我们这个世界必须暂时消失。诗人必须把凶手们和谋杀罪与我们的世界暂时隔离开来——用一道极大的鸿沟把他们与人间日常事务的河流相切断——把他们关闭、隐藏在秘密、深奥的地方；诗人必须使我们感觉到日常生活的世界突然停止活动——入睡——精神恍惚——陷于可怕的休战状态；诗人必须把时间毁掉；取消与外界事物的联系；一切事物必须自我引退，进入深沉的昏睡状态，脱离尘世间的情欲。因此，当谋杀行为已经完成，当犯罪已经实现，于是罪恶的世界就像空中的幻景那样烟消云散了：我们听见了敲门声；敲门声清楚地宣布反作用开始了；人性的回潮冲击了魔性；生命的脉搏又开始跳动起来；我们生活于其中的世界重建起它的活动，这个重建第一次使我们强烈地感到停止活动的那段插曲的可怖性。①

德·昆西的精彩之处是运用了心理分析的方法，分析为什么敲门声"把一种特别令人畏惧的性质和一种浓厚的庄严气氛投射在凶手身上"这一心理现象。首先，要求读者以理解的"同情"之心对待麦克白夫妇的罪行，由于他们的妒忌、野心、报复、仇恨，将两人内心强烈的情感风暴掀起。其次，区隔日常的心理世界与欲望的心理世界，暂停日常的心理世界以凸显欲望的心理世界。最后，用日常的心理世界的回归来反衬欲望心理的疯狂，敲门声打破了深陷欲望世界行凶的麦克

---

① 德·昆西：《论〈麦克白〉剧中的敲门声》，《伦敦杂志》1823年10月。

白夫妇，人性光照魔性，日常生活世界得以重建，恐怖就来自两个世界断裂期间的人性世界的停止。

显而易见的是，这种文学批评的心理分析理论与心理学是有着密切关系的，他更强调心理对人的行为的支配。德·昆西的这种建立在自我感受基础上的文学批评，不仅把主观感受置于批评标准的高度，而且进一步将其作为一切批评所由生发，所由确定，所由阐发与求证的高度，主观感受在这里获得了唯一的有效性与可信性。这可以看作唯心史观文学批评的特征性表达。

（二）关于文学批评的两种理论说法

但问题是，作为实践活动的文学批评的方法批评与作为实践观念及实践成果的文学文本是相对应的，历史的社会生活与文学史中，并没有仅持物质规定或精神规定便进行写作的作家及其文本。既然如此，以文学文本为对象的文学批评也不可能凭唯物或唯心的单向度批评就可以参悟与判断文本。批评的实际情况总是心物一体的产物与批评展现，尽管在方法上会有不同侧重，但那毕竟只是侧重。文学批评是文学理论在文本实践活动中的具体化，文学理论又是通过文学批评实践活动进行累积和提炼。上述唯物史观与唯心史观的文学批评，其不恰切于文学批评对象及文学批评根据的地方在于，它们把对象与根据孤立化、绝对化，然后用孤立化、绝对化的理论根据，去恒定被孤立化、被绝对化的文学，批评只是扮演了一个对号入座的角色（这一角色或者是唯物的或者是唯心的）。在这样的批评运用中，文学文本、文学批评、文学理论三者的相辅相生又融合为文学活动的实践过程性，便被僵化地肢解。20世纪以来，西方一些文学理论家对文学批评多有探讨，这里主要介绍两种。

1. 韦勒克与沃伦对文学理论与文学批评的差异性看法

韦勒克与沃伦主张在文学理论、文学批评之间进行划分，"在文学'本体'的研究范围内，对文学理论、文学批评和文学史三者加以区别，这显然是最重要的。首先，文学是一个与时代同时出现的秩序（simultaneous order），这个观点与那种认为文学基本上是一系列依年代次序而排列的作品，是历史进程上不可分割的一部分的观点，是有所区别的。其次，关于文学的原理与判断标准的研究，与关于具体的文学作品的研究——无论是做个别的研究，还是做编年的系列研究——二者之间也要进一步加以区别。要把上述两种区别弄清楚，似乎最好还是将'文学理论'看成是对文学的原理、文学的范畴和判断标准等类问题的研究，并且将研究具体的文学艺术作品看成是'文学批评'（其批评方法基本上是静态的）或看成'文学史'。当然，'文学批评'通常是兼指所有的文学理论的；可是这种用法忽略了一个有效的区别。亚里斯多德是一个理论家，而圣伯夫（A. Saine-Beuve）基本上是个批评家。伯克主要是一个文学理论家，而布莱克默（R. P. Blackmur）则是一个文学批评家。'文学理论'一语足以包括——本书即如此——必要的'文学批评理论'和'文学史的理论'。"①

韦勒克与沃伦对文学理论与文学批评所做的区分，应该说抓住了二者各自的要点，即前者是一般原理性的，后者是具体分析性的，这是二者的差异性强调。但二者相互作用及相互转化的关系，主要还是持认识论文学理论立场的韦勒克与沃伦，则没有做出更有说服力的阐发。

从差异性角度说，文学理论以一定的哲学方法论为指导，从理论高度和宏观视野上阐明文学的性质和创作的基本规律，与不同学科交叉，可形成文学符号学、文学心理学、文学哲学、文学社会学、文学政治学、文学文化学等不同分支。文学批评是对各种具体的文学现象，特别是某个作家、具体作品进行分析、评价的一门学科。它的特点是与具体的文学现象相联系，解决具体的文学问题，推动创作发展。文

---

① 〔美〕韦勒克、沃伦：《文学理论》，刘象愚等译，生活·读书·新知三联书店，1984，第31页。

学批评与文学理论的区别可以用具体问题的阐释与抽象学理的演绎来区别。亚里斯多德的《诗学》属于文学理论研究，茅盾、别林斯基写过不少作家作品评论，是从事文学批评。刘再复的《性格组合论》是文学理论研究，沈从文的《沫沫集》、李健吾的《咀华集》是文学批评。

2. 拉曼·塞尔登的文学批评理论

与以往的批评理论不同，拉曼·塞尔登《文学批评理论：从柏拉图到现在》的体例不再采用传统的以时代为轴编排，而是按主题分作五大部分构成编，分别为"再现""主体性""形式、体系与结构""历史与社会""道德、阶级与性别"。在每一个大主题下又由几个小主题组成章，如在第一部分的"再现"下，又用四章的篇幅分别列出了"想像性再现""模仿与现实主义""自然与真理""语言与再现"；在第二部分的"主体性"下，又用五章的篇幅分别列出了"巧智、判断力、幻想与想像""天才：自然/艺术""情感论""主体批评与读者反应批评""无意识过程"；在第三部分的"形式、体系与结构"下，又用七章的篇幅分别列出了"审美之维""统一性与文学性""含混与多义性""非个人化与作者之'死'""修辞：风格与视点""结构与体系""结构与不确定性"；在第四部分的"历史与社会"下，又用四章的篇幅分别列出了"传统与互文性""历史""社会""意识形态"；在第五部分的"道德、阶级与性别"下，用三章的篇幅分别列出"道德论""文学与'人生'""阶级与性别"。同时每个小主题又列举了从古至今的相关文论家的论述。如第一章"想像性再现"就列举了柏拉图、普罗提诺、施莱格尔、柯勒律治、雪莱、叶芝、科林伍德、史蒂文斯八人。

"在同一个主题下，不同时代文论家的相关论述共时态并置；而不同的文学批评理论主题或论题，则又形成彼此的参照"，这形成了历时共时交互的批评理论格局。同时我们注意到，拉曼·塞尔登的选文有三分之二是20世纪文论家的文论，意图很明显，就是要表明"那些新的理论如结构主义、后结构主义之类，并非凭空生出，而是渊源有自。这显然是一种深沉的历史意识，它在传统与创新之间采取了一种辩证的观点，既看到了断裂性，也看到了连续性"。① 正如我们看到的一些版本的西方文论都不能穷尽历史上发生的全部理论一样，《文学批评理论》亦如此，正如拉曼·塞尔登所说的，"想要形成一种完整的、面面俱到的、满足各种批评实践的理论模式是绝不可能的"。那么在面对众多文学批评理论时应采取什么态度呢？拉曼·塞尔登既否定"仅仅反映他们自己的兴趣和'权力意志'"的态度，也不认可"把不同的批评方法看作相互竞争的知识体系"。② 他提出"'隐含的理论'，致力于说明不同文论之间的相对独立性与逻辑关联性。在此基础上，他提倡'比较的''历史的''对话的'研究方法。在相对主义和解构主义观念颇为流行的今天，塞尔登所倡导的文学批评理论研究的观念与方法，是值得重视和颇有启示意义的"。③ 除此之外，拉曼·塞尔登的编写观念还让我们认识到文学研究的整体性。要想提高文学批评水平，首先得做好文学理论研究。没有富有创见的文学批评，文学理论的更新、提高难以实现。因而文学理论的突破会带来文学批评的重大改观。④ 拉曼·塞尔登的批评理论在编写体例上涉及面广，力图把西方文学批评理论展示得尽可能充分。在他的理论思考中，理论、批评理论及批评的方法运作，不同程度地进行了区别及有所交叉的阐释，就交叉阐释而言，他不乏创见。但囿于西方的认识论文学理论传统，他仍未能在实践论的意义上，把文学理论的实践性与实践性文学批评从有机整体的实践活动中抓住其互动互构的要点予以展开，

---

① 〔英〕拉曼·塞尔登：《文学批评理论：从柏拉图到现在》，刘象愚、陈永国等译，北京大学出版社，2006，第4页。
② 〔英〕拉曼·塞尔登：《文学批评理论：从柏拉图到现在》，刘象愚、陈永国等译，北京大学出版社，2006，第2页。
③ 赖大仁：《文学批评理论研究：观念与方法——塞尔登〈文学批评理论〉的意义》，《文艺评论》2006年第1期。
④ 刘锋杰：《文学批评学教程》，华东师范大学出版社，2010，第4页。

这便留下了进一步探索的余地。

（三）实践论的文学批评特征

文学理论与文学批评是互为互构关系，而这样的互为互构的关系又是实践性地展开的。实践论的文学批评最为重要的特征在于有机整体性地把握批判对象。

文学对象的一个基本实践属性即有机整体性。观念化的致命处即它随时都损伤着文学对象的有机整体性。这一有机整体性是创作者通过想象、抒情、体验这类心理活动，根据文学约定俗成的规定在一定的、主观化的时空范围内生成的。创作者基于现实生活目的的过程性或过程的目的性，既是它实践属性的由来，又是它有机整体性的由来。所以，把文学对象肢解为可供概念或观念规定的条理或因素，纳入某些既定模式去批评，就会肢解与丢弃对象的有机整体性。

实践论文学批评不是将文学割裂为可供条分缕析的东西从而使之成为批评与理论的对象，相反，它把展示着、透露着、隐喻着的有机整体性的东西作为批评与理论的面对与构入。这类东西正是文学对象的具体规定性与构成性，它是对象的属性，又是对象的特征。文学有机整体性的这些属性及特征，可以以某种相对稳定的一般性进入批评与理论，并形成批评与理论求解的要点，并在此基础上把握与提升这一有机整体性。比如文学批评学者贺绍俊曾就一部小说的"文化大革命叙事"发表批评意见，批评中论及"戏谑""叙事""净化""英雄观"这类理论范畴，贺绍俊把这类理论范畴放入自己的阅读经验包括接受体验中，从一般性角度找出这篇小说的特殊性，进而获得一种有机整体性的作品理解，把小说主人公的文学价值提升为一个具有一般性超越意义的图式：英雄—绅士。这是一个很自然的理论运作过程[①]。

---

① 贺绍俊：《戏谑中的庄严——评长篇小说〈英格力士〉》，《文艺报》2004年10月22日。

三 实践论文学批评方法举要

文学批评活动只有在与具体方法相结合时才具有可操作性,成为一种实际的文学活动。文学批评的方法类别与文学批评的性质有关。有关文学批评的性质主要有两种观点,一种是认为文学批评是科学活动,普希金就指出:"批评是科学。批评是揭示文学艺术作品的美和缺点的科学。它是以充分理解艺术家或作家在自己的作品中所遵循的规则、深刻研究典范的作用和积极观察当代突出的现象为基础的。"① 另一种是认为批评是审美活动,不能用逻辑推理的科学分析方法。王尔德就反对"批评的主要目的是如实地看清对象"这种观点,认为"批评在本质上是完全主观的,它试图揭示的是自己的秘密,而不是别人的秘密"。又认为"批评本身就是一门艺术","'批评'一词的最高含义,恰恰是创造性的"。② 上述两种看法是文学批评史中十分具有代表性的看法。其实,文学批评既是科学活动,又是审美活动,文学批评方法也是随着社会科学、自然科学的不断推进而层出不穷的。这里探讨实践论文学批评方法,即是根据实践论文学批评特征概述其方法要点。

(一) 文学批评方法的含义及类别

1. 文学批评方法的含义

"方法"一词源于古希腊文,意思是达到某一目的的道路、手段或行为方式,属于广泛意义上的工具,它并不是文艺科学中专有的概

---

① 〔俄〕普希金:《论批评》,伍蠡甫主编《西方文论选》下卷,上海译文出版社,1979,第373页。
② 〔英〕王尔德:《作为艺术家的批评家》,《王尔德全集》(评论随笔卷),罗汉译,人民文学出版社,2000,第410~412页。

念。在现代意义上的方法,是"指从实践上、理论上把握现实,从而达到某种目的的途径、手段和方式的总和"。是"从事精神活动和实践活动的行为方式",是"一切活动领域中的行为方式"。① 可见,方法的含义使用非常广泛,具有深度不同的多层含义。其一是哲学的方法,它是人们认识世界、改造世界的根本方法,具有方法论性质;其二是逻辑的方法,这是人类进行思维活动、思想表达和论证思想的工具,它无处不在,却又不露痕迹;其三是具体学科的方法,它既包括研究主体与研究对象之间的关系及原则态度,也包括研究工作中习惯性的思路、思维形式及思维技巧,还包括具体的技术性问题。文学批评的方法是人们在实践中逐渐形成的剖析文学现象的途径、方式和手段。

2. 文学批评方法的选择与使用

首先,批评方法的选择与使用受制于批评目的。一般来说,批评方法是随着批评目的的变化而有所改变。但有时也会出现不同步或矛盾的状态,受到社会时代与文学发展的影响,批评目的发生了新变,但在一段时间内,批评方法还没有发生变化,这时,新的批评目的也就难以实现。如我国20世纪80年代之前都是将文学当作政治的工具,文学批评方法相应地也就选择社会学批评等方法。改革开放后,随着文学审美性的提出,文学更多地被看作一种与其他意识形态相异的活动,但这时社会学批评仍占主流地位,这样文学的本质属性也就难以被挖掘。其次,文学批评方法的选择和使用还受文学观念的影响,方法为观念所决定,但又对观念的形成、发展和变化有着重大影响;另一方面,文学批评的方法与文学观念是紧密联系的。一般来说,批评家选择什么方法,把这种方法放在什么地位,他怎样运用这种或那种方法,都受到他的文学观念的支配,至于说到创立、开拓一种新的方法,那就更是离不开观念的指导。把文学看作对客观生活的反映,强

---

① 中国科技大学等单位主编《自然辩证法原理》,湖南教育出版社,1981,第262页。

调文学与外部因素的关系，多采用社会学批评、政治批评、文化批评等。如茅盾就通过文学创作与社会历史之间的关系来讨论文学创作的思想成就、艺术特点等。他赞扬了鲁迅深刻揭示人生现状的现实主义创作，把文学看作对心灵世界的表现，强调文学与心理和情感的关系，多采用心理批评、神话原型批评、体验批评等。把文学看作一个封闭的自足体，强调文学与内部因素的关系，多采用形式主义批评，如英美新批评。从实际的文学批评活动看，每种批评方法都有属于它的优点，但又都有各自的不足之处，而且一个批评者也并非只用一种批评方法，以一种批评方法为主、综合地使用不同的批评手段，探寻文本的独创所在，往往能够收到最好的批评效果。

（二）实践论文学批评方法举要

文学批评方法产生于批评实践，其合目的性一方面取决于主观的意愿，另一方面取决于客体所提供的条件，因此我们在运用文学批评方法时，要十分注重理论实践，既避免追求纯粹的客观性，又不能无视对象本身而用某种方法去生搬硬套。就实践论的文学批评而言，这里主要谈及两种方法，即系统方法与边缘方法。

1. 系统方法

系统概念是由美籍奥地利人冯·贝塔朗菲提出来用于研究生物学的方法，本是自然科学领域的研究方法，文学批评的系统方法是横移了此理论学说，并把它作为文学批评工具的一种批评方法。系统论的方法强调要从整体观念出发，把研究对象作为一个有机的整体，要考察整体中各因素的相互关系，分析整体与局部、局部与局部之间的相互作用和联系，从而确立适用于系统的一般原则，同时还要寻求运用于一切综合系统与子系统的模式、原则和规律。这种方法在具体的使用中，由于其运用的广泛性而在事实上被哲学化了，因而具有普遍的方法论意义。

刘再复曾指出："文艺研究和文艺批评作为一门科学，当然也可以引进系统理论和方法。具体说来,就是把批评对象(例如一部作品、一个典型形象或一种文艺现象)作为一个系统(即一个有机的整体)来看待,考察它的各种构成因素的联系以及这些因素构成整体的结构和层次,由此判断这一批评对象自身的规定性,即它固有的本质属性。另一方面,考察这一批评对象的历史发展或动态过程的具体机制,把握它在文艺欣赏和社会实践中的所有功能和效果,并把这一批评对象放到社会的大系统中,考察它与社会人生的各种联系,多侧面、多角度地认识批评对象的各种系统性质。总之,文艺批评的系统方法(或称为系统论的批评方法)就是从批评对象所处的实践关系中,从它的结构和功利入手,多层次地、综合地进行对象评价。包括一部作品、一个典型形象或一种文艺现象的运动过程。这种批评方法可以对批评对象作出符合实际的评价,避免机械论的反美学倾向和各执一端的片面性。"[1] 在这方面,林兴宅是我们熟知的系统论方法运用得比较娴熟的批评家。以对《离骚》的解读为例,他认为《离骚》情感的伟大和美学的魅力存在于《离骚》自身的实体。第一是它的逻辑结构。"全诗隐伏着两条基本的逻辑线索:一为现实的矛盾斗争的过程;二为心灵的辩证运动的历程。"在这两个过程当中,"现实过程几乎概括了诗人的一生:出身,少年时代的学习、修养和抱负以及后来所遇到的各种挫折,最后选定以死向现实抗议的结局。这个过程的公式是:内美好修→节节受挫→上下求索→以身殉国"。而"心灵的历程再现了诗人复杂的情感冲突,经历几个情感的波折,最后形成感情的瀑布和漩涡。这个过程的公式是:满怀热情→失望痛苦→彷徨往复→绝望决裂。"在现实的矛盾与心灵的纠结的缠绕中,诗人的"自我形象"也逐渐显露和完成。第二是它的意象群。林兴宅将《离骚》中的意象

---

[1] 刘再复:《文学研究思维空间的拓展——近年来我国文学研究的若干发展动态》,人民文学出版社,1988,第29页。

群分为三大类：人事的意象群；花草禽鸟的意象群；神仙传说的意象群。三大意象群构成了三个世界，"人事意象群构成现实世界，它是诗人生命痛苦的土壤。花草禽鸟的意象群构成象征的世界，它是诗人高洁人格的投影。神仙传说的意象群构成超现实的世界，它是诗人企图超世拔俗，迈向真、善、美境界的幻象"。第三是它的情感表现。《离骚》采用哭诉的语调；"抒情中夹杂着行动和对话的描写"；抒情中内蕴着一浪高过一浪的情感大潮；情感表现深刻体现了人类心灵的辩证法；"细致、生动地展现了人类所面临的现实与理想、感情与理智、意识与潜意识等多重矛盾"。第四是它的自我形象。林兴宅对《离骚》的自我形象的判断是"一个独立不迁、忠于祖国、为振兴楚国而痛苦追求'美政'、至死不渝的先秦进步政治家的形象"。第五是它的象征意蕴。林兴宅认为《离骚》既是"先秦时代楚国的一个失败政治家的哀怨"，更是"中国封建时代失意文人的灵魂的呼喊，是华夏性格的雕塑，是人类苦恋心境的象征"。可见，林兴宅是将《离骚》纳入一个完整的社会系统中，即从一部作品表层的语言、结构、意象到深层的道德折射出一个时代的"气象"，映照出一个时代文人的心灵密码。这种系统论的批评方法由于注重整体性的研究和各组成部分的关联，因而避免了只见树木不见森林的缺点。正如林兴宅所言，千百年来，《离骚》之所以为世人所称颂，之所以为世人所感奋，主要来自两种普遍的感动力："一是伦理的感动力，它是由《离骚》的自我形象生发出来的道德的、精神的力量；二是美的感动力，它产生自《离骚》的逻辑力量、意象结构、情感表现以及语言风格等因素所构成的整体和谐之美。"①

系统方法，不仅有助于深化对文学的认识，也有助于完善文学批评自身。它要求批评者从社会实践的无所不在的关系性与关联性中把

---

① 林兴宅：《〈离骚〉探胜》，《艺术魅力的探寻》，四川人民出版社，1985，第177~214页。

握文学批评对象,从系统的有机性与结构性角度理解与分析对象,从而使文学批评在相应的文学理论中获得系统性。

2. 边缘方法(交叉学科方法)

边缘方法是在两个或两个以上不同学科的边缘交叉领域组合这些学科中能够融通、能够移用、能够转化的方法。这类方法,随着不同领域不同学科不断地交叉融合而不断地出现并被普遍采用,并在领域及学科研究中求得突破性效果。多学科的交叉是批评方法得以迅速增长的重要推动力。

文学批评领域多学科的交叉是指在从事文学批评时,可以引进其他学科的方法来从事文学批评。引进社会学的方法来建立社会学批评,引进政治学的方法来建立政治批评,引进语言学的方法来建立语言批评,引进心理学的方法来建立心理批评,等等。由于文学活动是被社会各方面所构成的,并构成社会各个方面。因此,对这个文学即世界,世界即文学的批评对象,社会各领域,各学科的研究方法,都可以不同程度地在文学这里获得边缘有效性。用交叉学科方法来进行文学批评,对于我们全面认识文学的本质具有十分重要的意义。

如社会学方法是从社会学角度研究文学和社会历史以及文化的关系,将文艺的社会意义作为理论探索的主体。社会学方法注重通过文艺的外部环境来阐释文学的本质和规律,外部环境作为文艺社会学批评的基本参照,成为探索文艺特性的最重要依据。杜勃罗留波夫的批评活动捍卫了文学对社会的重大作用的观点,并在《黑暗王国的一线光明》中以对奥斯特洛夫斯基《大雷雨》的批评实践了这一原则。认为奥斯特洛夫斯基"能够看透人的灵魂深处,并把人性的那一面描绘出来",不仅"完整而多方面地描写俄国生活的根本方面和要求",还"描写了虚假关系的明显图画,以及它们的一切后果,从而他的作品就成为要求更好制度的这些愿望的回声了"。认为主人公卡捷林娜的思想和行为体现了俄国当时"黑暗王国"的"一线光明",让"我们呼吸到了一种新的生命，这种生命正通过她的毁灭而被提示出来"。①

再如心理学方法是将文学艺术看作一种心灵事实，它注重审美经验研究，在批评实践中注意研讨作家的心理意向、读者的心理储备和阅读期待、作品中人物的心理流程等方面，并且注重想象、模糊意象、梦幻等对文艺活动的直接或间接的影响，通过体验的方式加以描述，对审美主体内的宇宙进行深入开掘。诺斯洛普·弗莱谈到文学心理学的重要性时说："如果没有某种文学心理学将诗人和诗作联系起来，批评工作几乎无法展开。"② 弗洛伊德的精神分析法、阿恩海姆等人的格式塔心理学方法、维果茨基的社会文化历史心理学方法、皮亚杰的认知心理学方法等，都为文艺心灵世界的开拓提供了方法论武器。精神分析学派批评家诺曼·N.霍兰德从深层心理学角度，为我们理解哈姆雷特何以延宕杀死那个谋害他父亲并娶他母亲的人的行为，提供了简明扼要的理由：

> 那么，批评家们说哈姆雷特不能果断行动是因为他的俄狄浦斯情结在作怪，这究竟是什么意思？这个论点非常简单，也非常精辟。一，几百年来人们一直说不清哈姆雷特为何迟迟不杀死那个谋害他父亲并娶他母亲为妻的人。二，精神分析经验表明，每一个儿童都希望做这种杀父娶母的事。三，哈姆雷特迟疑不定是因为克劳狄斯所做的正是他自己小时候希望做的，而且现在仍无意识地希望做的事，他不能因此而惩罚克劳狄斯。四，这个愿望是无意识的，这就解释了人们为什么不能解释哈姆雷特的迟疑的真正原因。③

---

① 〔俄〕杜勃罗留波夫：《黑暗王国中的一线光明》，《杜勃罗留波夫文学论文选》，辛未艾译，上海译文出版社，1984，第352、354、377页。
② 〔加〕诺斯洛普·弗莱：《文学的若干原型》，引自伍蠡甫等编《现代西方文论选》，上海译文出版社，1983，第342页。
③ 〔美〕诺曼·N.霍兰德《莎士比亚的想象》，印第安纳大学出版社，1968，第158页。

边缘方法在文学批评中的重视与强调，有助于形成文学批评的多元化格局，有助于激励文学批评的创新精神，也有助文学批评生动活泼地展开。在实践论的文学批评中，文学实践性研究是解放了的文学批评领域，这为边缘方法的坚持与开发提供了广阔空间。

第十章

鉴赏与批评的文本超越

一个人翻阅一部文学文本,进而对其做出鉴赏与批评,这一活动从表面上看好像构成的只是鉴赏与批评者和文本之间的关系,然而实际情况却远非如此简单。佛家《楞严经》(卷二)上有这样一个譬喻:有人不知道月亮是什么,别人指给他看,他应当顺着手指,看到月亮;如果他只看到手指,而把手指看成月亮,那么他就不但不知道月亮,也不知道手指了。文学文本如同"指",鉴赏与批评如同"看"。"指"和"看"是在一个场域中进行的,针对着这个场域中的特定对象,因此"指"和"看"就不仅涉及二者自身之间的关系,而且与它们活动于其中的那个场域和所针对的对象也发生了或许更为重要的关系。进一步来说,如果把对文本的鉴赏与批评看作"指",那么也不应把这个"指"看成一种孤立的活动而只看到这个"指"。应该看到,文学鉴赏与批评这一活动其实又指向了其自身之外的更大的场域及存在于其中的各种对象。这个场域,就是鉴赏与批评活动于其中的文学活动,以至文学活动之外的社会生活。

一 鉴赏与批评的文学反馈

文学活动既是鉴赏与批评的对象,也是鉴赏与批评的场域。鉴赏与批评当然要受其对象和场域的规定、制约，如果脱离了这种规定和制约，那么鉴赏与批评也就丧失了自身的特性。但与此同时，鉴赏与批评作为文学活动中一个非常活跃的因素，既从文学活动那里收获信息，又把经其处理过、增强了的信息回传给文学活动，对文学活动的整体以及其中的各个因素、环节都会发挥积极的调控作用，这一作用可以用一个信息学中的概念——"反馈"（feedback）称之。反馈即回响、回应，这是对象性的，即对什么回响、回应，回响与回应的效应，是对于对象的反作用。文学反馈，是对于文学活动、文学文本的接受性回应、回响及反作用，它的基本行为形态是鉴赏与批评。如果说文学活动是创造主体经由文本而与接受主体互动互构的过程，那么在这个过程中，鉴赏与批评就通过作用于文本，上对文学创作、下对文学接受散播出双向的反馈，用明末小说批评家袁无涯（托名李贽）的话说，就是"通作者之意，开览者之心"，既"有益于文章"，也"有关于世道"[①]。

与文学的发展和社会的发展相始终，鉴赏与批评的文学反馈也日益发展，其意义与作用越来越突出和重要。在当今世界，"随着新闻业的发达和读者层的迅速扩大，文学作品的数量也日趋繁多。但不少文学门外汉对作品迷惑不解，这样便出现了专门从事文学和文学作品研究的解释者和向导，他们成了文学的媒介，从事着文学启蒙和鉴别作品价值的工作，这些批评家对于读者来说是文学的领路人，对于作家来说是作品的赞美者和缺点的揭发者，对于出版社来说则是忠告者和宣传员"。[②] 因此，文学反馈成为文学理论关注的一项重要问题，这个问题大致可以从以下几个方面来看。

---

① 袁无涯：《出像评点忠义水浒全书发凡》，《李卓吾批评：忠义水浒全传》，黄山书社，1991，第4页。
② 〔日〕浜田正秀：《文艺学概论》，陈秋峰、杨国华译，中国戏剧出版社，1985，第3页。

（一）鉴赏与批评对文学创作的反观和助益

鉴赏与批评是文学创作的反馈性实践，它以阅读行为为前提，又以鉴赏及批评行为为展开，对于文学创作及文本而言，它是被接受状况的回馈，对于鉴赏与批评活动而言，它又是文学创作与文本的对象性实践。鉴赏与批评对文学创作的反观和助益，是这一反馈性实践的功能与效应，这可以从文本写作与文本接受两个方面阐释。

首先，鉴赏与批评对于文本写作的推助。从创作主体角度说，创作主体同时又是他者创作的鉴赏与批评主体，他通过对于他者创作的鉴赏与批评，把他者世界融入自己的世界。这是他创作进取的重要路径。不进入这个路径而封闭在自己既有的那个世界中，尽管那个世界曾带给他成功，他也只能是那个世界的重复者。在文学活动中，经常会出现这种现象，就是一些很有才华的作家、诗人在一定生活和知识积累的基础之上，最初写出了引人注目的作品，然而后来的创作却难以为继。与之相反，很多优秀的作家、诗人可以不断地拿出新的作品，而且并不重复自己，比如巴尔扎克连续写了近百部小说，每部都能别开生面。前者与后者相比缺少了些什么呢？恐怕缺少的一样东西就是"读书破万卷"，就是对其前代和当代文学文本以及其他文学资料的品鉴和评析。

一个人的阅历毕竟是有限的，不能分身于丰繁多样的生活中，以获取更多更新的感受、题材；一个人的天分同样是有限的，不足赖以凭空创制更多更新的形式、技巧。而要得到更多更新的感受、题材、形式、技巧以满足创作的需要，有一个方便法门，就是到前代和当代文学文本以及其他文学资料中去寻找借鉴、启发。但要找到所需的东西，又绝非浮光掠影、走马观花的阅读所能够完成的，其间必然要对某些文本以及有关情况做出精鉴和详析。比如，阿根廷作家博尔赫斯从青年时代起，历任布宜诺斯艾利斯各公共图书馆的职员、馆长，长期生活在图书馆相对封闭的环境里，其创作题材大多来自阅读各类文本时触动的幻想，而其作品独特的形式、手法更与其文学鉴赏、批评活动有关。他甚至通过德译本阅读了《红楼梦》，并总结出"第三章……之后，小说稍不负责或平淡无奇地向前发展，对次要人物的活动，我们弄不清谁是谁。我们好像在一幢具有许多院子的房子里迷了路。这样，我们到了第五章，出乎意料，这是魔幻的一章。"[①] 不难看出，博尔赫斯小说经常采用的以次要情节引出主要情节的结构和幻入幻出、扑朔迷离的描写，与上述鉴赏、批评之间有着一定联系。可见，没有丰富深入的鉴赏与批评，就难以成就优秀的作家，这也解释了为什么很多优秀的作家同时又是优秀的鉴赏家、批评家，而很多优秀的鉴赏家、批评家同时又是优秀的作家。像英美新批评派的批评家艾略特、瑞恰兹、燕卜荪、兰瑟姆、沃伦等，他们还有诗人、剧作家、小说家等身份。

其次，鉴赏与批评的接受性反作用。文学家通过鉴赏、批评活动不但提高、促进了自己的创作实践，同时也会引导、带动文学后进，形成一代文风，对整个文学活动产生影响。除此之外，那些更为专业的鉴赏与批评家的工作也不容小觑。它对文学创作及文学文本具有不容忽视的有时甚至是极为有力的反作用。

专业的鉴赏家、批评家与文学家术业各有专攻，文学家往往从自身的创作出发进行鉴赏与批评，因此他们的鉴赏与批评总会带有较强的个人色彩和主观性质，以致往往"各照隅隙，鲜观衢路"（刘勰《文心雕龙·序志》），如上述博尔赫斯对《红楼梦》的鉴赏与批评，只抓住了他感兴趣的一个特征，不能呈现《红楼梦》的总体风貌。而专业的鉴赏与批评家则不同，尽管他们可能没有文学家那样切身的创作经验和体会，但他们往往会有更为专精的理论素养、更为丰厚的学术背景、更为开阔的文化视域，而且他们置身于创作活动之外，更具

[①] 〔阿根廷〕博尔赫斯：《文稿拾零·曹雪芹〈红楼梦〉》，王永年等译，《博尔赫斯全集·散文卷（下）》，浙江文艺出版社，1999，第375～376页。

旁观者冷静的、理性的目光，因此对各种文学知识的提炼、归纳和总结会更为全面、系统而严密，对单个作者的创作及作品的评价也会更为科学、客观而公允。所以专业的鉴赏与批评经常代表一定时代和地域的最高水平，也具有很强的时代和地域的穿透力，对文学活动能提供更为持久的、广泛的反馈。像古希腊的亚里斯多德、古罗马的贺拉斯、中国古代的刘勰、钟嵘、金圣叹等，他们都没有或很少涉猎文学创作而致力于鉴赏与批评，他们的鉴赏与批评达到了他们所处时代、地域的最高水平，对后世产生了极为重要的影响。再如雷纳·韦勒克之所以能够成为英美新批评派的集大成者，而且提出文本内部研究与外部研究相结合的批评理路，这也应该与他不同于艾略特、瑞恰兹、燕卜荪、兰瑟姆、沃伦等人的更为专业的批评家、理论家的身份有关。从专业型鉴赏与批评家相对于创作型鉴赏与批评家的优势这个角度，或许最能看出纯粹接受性的鉴赏与批评对于文学创作的推助尽管间接，但效应却是十分巨大的。

当然，专业的文学批评也很容易走入一个误区，尤其是在批评的独立性、自主性受到抑制的文学制度中。这个误区就是脱离文本及文本接受的实际，使文本及接受实践成为概念、观念的演绎，被理论的思辨逻辑所肢解，简单地套用另外的标准。在这样的批评中，已没有对文学活动直接的观察、深切的体验、潜心的鉴赏和新鲜的创见。这样的批评貌似高深，实则浅陋，既招作者漠视和讥笑，也让读者迷惑和头痛，成为文学的骈枝、赘疣，在文学活动中起到了负反馈的作用。文学批评界应该注意避免这样的问题，做好与文学活动的通流协和、互动互构。

（二）鉴赏与批评对文学价值的确证和生发

首先必须承认，作者的创作活动凝定而成的文本具有一种客观的价值，无论在思想性方面还是在艺术性方面，它是不以鉴赏与批评者的贬抑或褒扬为转移的。但这种客观的价值能否、怎样和在什么程度上实现、持存和延展,也就是文本可能达到的阐释学意义上的"效果",却与鉴赏与批评活动有很大的关系。比如,夏洛蒂·勃朗特的《简·爱》出版后立即得到热情的赞誉,而艾米丽·勃朗特的《呼啸山庄》出版后则长期受到冷遇,甚至被讥为"恐怖的、可怕的、令人作呕的小说",即使是夏洛蒂也认为她妹妹艾米丽的这部作品还不够成熟而相当粗糙。然而进入20世纪后,《呼啸山庄》中领先于时代的艺术手法和人性深度及其作者非凡的天才逐渐被人们领会,得到了科伦坡、毛姆等评论家的肯定和褒扬,随后评论文章大量涌现,因而它被看成比《简·爱》更伟大的小说,也在文学领域发挥出更大的影响。《简·爱》和《呼啸山庄》的不同遭遇,一方面说明文学文本的价值存在于其自身当中,另一方面也说明这种客观存在的价值需要鉴赏与批评的发现、照亮、点燃。

其一,鉴赏与批评将文学的艺术价值提升为审美价值。文学文本的客观价值实际上是一种历史价值,是文学与社会生活实践在历史性互动中,因其相互作用与相互构成的历史规定性而形成的见于文学的对应性:对应状况及对应标准。它在历史过程的延续中确定与体现,并化为不同时代的深层而稳定的价值标准。就文学文本依然定型的既在性而言,它是一个自足的、有机的意义世界。但这个意义世界自我存在着,却不能自我发现,自我照亮,或者用加拿大文学批评理论家诺思罗普·弗莱的话说,就是"所有艺术都是哑巴。在绘画、雕塑和音乐中,很容易见到艺术仅仅显示,却无法表述什么东西。同样,每当人们说什么诗人态度暧昧或深沉缄默时,其中很重要的一个意思,是说诗篇和塑像一样默不作声。诗歌以超然的态度运用语言:它不直接对着读者说话……诗人并非不知道自己在说什么,只是不能谈到他所知道的事情。"[①]

[①] 〔加〕诺思罗普·弗莱:《批评的解剖》,陈慧、袁宪军、吴伟仁译,百花文艺出版社,2006,第5~6页。

的确，任何文本都是言说者与他所言说的世界不在场情况下的替代品，并非其直接现实；而且，作为区别于日常话语的陌生化、阻拒性话语构成，也作为区别于推理符号的表象符号系统，文学文本不能像其他文本那样将自己的意义世界清楚说明，因此就更需要一个感受、理解、判断再到进一步感受的循环过程，才能把握、还原和激活这个意义世界。换言之，文学文本的"艺术价值"不等于"审美价值"，艺术价值是文本的内在属性所规定的客观价值，而只有在文本成为鉴赏与批评的对象，鉴赏与批评活动对文本加以具体化时，这种艺术价值才可能转化为、实现为审美价值。打个比方来说，艺术价值就像一道美食中固有的营养及其色、香、味，只有经过品尝，美食中的营养才能被人吸收，其色、香、味才成为人的享受。人对美食的吸收和享受验证了美食之为"美"，这种"美"就相当于文学文本的审美价值。鉴赏与批评对文学价值的确证和生发，其中一个方面就表现在把文学的艺术价值提升为审美价值。

其二，鉴赏与批评将文学的艺术价值延展为文化价值。文学文本既是一个自足的、有机的意义世界，又是一种不确定的、开放性的因而也蕴藏着无限创造力、繁衍力的表演空间。而且每个文本作为整个文化的副本，都与其他文本乃至整个文化形成互文性关系。由于文本这种作为"召唤结构"的性质，它非但不排斥反而欢迎阅读行为对其意义的融入。因此在文学活动中，意义的产生其实都是文本与阅读合作共谋的结果，也可以说是"作者带着语词、读者带着含义一同加入进来的一次野餐"①。这样，在鉴赏与批评中，探寻作者通过文本所传达的"原意"当然是必要的，但这并不妨碍鉴赏与批评者带着从自身的文化生存中获取的各种意义加入进来，与"原意"发生"视界融合"，在文本这个开放的空间中尽性地表演。即便是探寻文本中作者存放的"原意"，不同的探寻者也会遵循不同的线索，走向不同的路

---

① 〔美〕赫施：《解释的有效性》，王才勇译，生活·读书·新知三联书店，1991，第9页。

径，而找到不同的"原意"。探寻者所遵循的线索和走向的路径不会是得自一张作者另存在文本之外的寻宝图，而是都得自其自身的文化生存，因此这种探寻本身也是探寻者的一种表演，探寻者在找到他想要找的"原意"之前，早已用他的表演丰富了这一"原意"。中国的"红学"、西方的"莎士比亚评论"，其文字数量早已千百倍于原著，并且成为一种文化，这些都说明鉴赏与批评在文本意义再生产、再创造上的特殊贡献。

这里所说的文化不是什么别的东西，就是现实的人的现实的生活，其中包括精神生活。文学文本的文化价值也不是什么别的东西，就是可以让现实的人于其中展开精神生活的那种价值。现实的人都是个别的、具体的，生活于不同的时代、地域，有着多种多样具体的、个别的生活需求。一部文学文本如同一所房屋，作者在设计和建造这所房屋的时候，心目中的确存在着一个读者，他是按照这所读者的需求设计和建造这所房屋的。但这个读者只是"虚构的读者"，即作者所预期的读者，还不是"现实的读者"。这就表明，作者在创作的时候其实不可能料想到生活于不同时代、不同地域的各种各样读者的精神生活需求，那么他的作品怎么可能满足这些生活需求呢？然而，在现实中确实不乏这样的作品。究其原因，一个是这些文本可开拓、可衍生的召唤结构性质，另一个就是现实的人通过阅读，特别是鉴赏与批评对这些文本的再加工、再创造。正是这一活动，使得这些文本成为他们展开自己的精神生活并获得精神享受的文化殿堂。所以说，鉴赏与批评对文学价值的确证和生发，也表现在把文学的艺术价值延展为更开阔的文化价值。

（三）鉴赏与批评对文学接受的随顺和引导

文学鉴赏与批评者面对文本，将其引发的体验、感受、理解、评判等进一步总结升华，并诉诸文字，这就形成了鉴赏与批评的成果。当然，鉴赏与批评者完全可以把这一个人活动的结果只留给自己品尝回味，甚至当作他的心灵在杰作里探险之后的蝉蜕束之高阁也未尝不可，但在长久的文学实践活动中，鉴赏与批评已经专门化、专业化，成为与文本、接受以及传播彼此互动的实践活动。鉴赏与批评不仅需要专门与专业的鉴赏与批评人员，他们须受过专门的知识与理论训练，掌握一套专门的话语与写作套路，而且，他们还要延续性地包括个性化地运用可以与其他鉴赏与批评者，以及文学创作、接受、传播有效互动的接受标准。鉴赏与批评的接受群体包括作者和读者两个部分。相对来说，"批评家之需要读者大众，不亚于艺术家——甚至更需要。要是没有读者大众，那么理想的阅读行动，用批判的感受方式重新创造艺术品的努力注定会成为武断的印象或单纯的命令"①。而读者大众同样也需要鉴赏与批评家，鲁迅在1930年指出读书界"现在所首先需要的，也还是——几个坚实的，明白的，真懂得社会科学及其文艺理论的批评家"。② 鉴赏与批评对读者的益处，有以下三个方面。

其一，随顺读者接受活动的要求。对于文学接受的随顺作用，即鉴赏与批评者不仅要了解他所面对的接受群体的接受状况，包括接受水平、接受趣味、接受关注、接受期待，还需要使自己置身于这种接受状况，感知与体味他们的接受，亦即投身于现实接受实践中，首先使自己成为真正意义上的接受者，而不是超然的批评家。进而，他才能不是个体地接受，而是使自己的接受带有他所投入其中的接受群体的群体性或普遍性，由此展开有代表性、针对性及引导性的鉴赏与批评。这便是对文学接受的随顺。文学创作的最终目的绝非出自文学创作自身，而是为了达到与读者的沟通交流，或者满足读者的审美需求；文学文本的实际价值不单取决于文学文本自身，也需要读者接受活动的积极参与能动创造才会最后形成、确定。从以上两个方面来看，文

---

① 〔英〕乔治·斯坦纳：《福·雷·李维斯》，赵澧译，〔英〕戴维·洛奇编《二十世纪文学评论（下册）》，葛林译，上海译文出版社，1993，第410页。
② 鲁迅：《我们要批评家》，《二心集》，《鲁迅全集》第4卷，人民文学出版社，1973，第244页。

学鉴赏与批评如果仅是服务于文学创作和文学文本，那么它就不能构成一种完整的社会性实践活动。它作为文学接受中的活跃因子，是顺应文学接受的要求而产生，当然也应服务于文学接受的要求。因此了解、研究、把握和随顺特定社会历史条件下的接受群体的接受状况，才会成为鉴赏与批评的一个重要方面并使其真正发挥出实践性功能。如1902年梁启超发表《论小说与群治之关系》，畅谈"欲新一国之民，不可不先新一国之小说"，这一观点是在把握和顺应了当时中国国民的接受状况基础上提出的，因此不仅对文学活动，也对社会历史产生了重要影响。

其二，协理读者阅读活动的选择。每个读者都希望读到适合自己且物美质优的作品，然而可供其选择的文本很可能在数量上浩如烟海，在质量上优劣相参，择其所需并不是件容易的事情。如果"随手拈来，大口吞下，不料许多许多并不是滋养品，是新袋子里的酸酒，红纸包里的烂肉，那结果，是吃得胸口痒痒的，好像要呕吐"。[①] 因此一个人在决定是否阅读一部作品时，经常希望知道一些阅读过这部作品的朋友的观感和意见，鉴赏与批评家其实就如同这样的朋友。"批评"按其本义来讲就是甄别、判断，包括对作品类型的区分和优劣的评定，当然这些都需要以审美感受为基础。这样的鉴赏与批评就为读者大众的阅读选择提供了向导和参考，其中还包括介绍、推荐他们不知道的作家作品。如西方有两家历史悠久的报纸——英国的《泰晤士报》和美国的《纽约时报》，这两家媒体都开设了"书评"（Books）专栏。几十年乃至上百年，没能让"书评"法眼所及的作品，往往不为读者所注意，而一经"书评"则声价鹊起，由此可见鉴赏与批评在读者中的影响。

其三，提升读者审美活动的水平。不能否认读者大众中蕴藏的审

---

① 鲁迅：《我们要批评家》，《二心集》，《鲁迅全集》第4卷，人民文学出版社，1973，第243页。

美力和认识力,但也应该承认读者大众很难自发地成为"理想的读者"。如金圣叹所说,一般读者"不会看书,往往将书容易混账过去。于是古人书中所有得意处,不得意处,转笔处,难转笔处,趁水生波处,翻空出奇处,不得不补处,不得不省处,顺添在后处,倒插在前处,无数方法,无数筋节,悉付之于茫然不知,而仅仅粗记前后事迹"。① 因为不了解作品的艺术手法,所以对其含义、内蕴当然也不甚了了。鉴赏与批评除了是一种甄别、判断,更为重要的也是一种阐释,这种阐释"舍易见之粗,而论难识之精"(葛洪《抱朴子》),把作品中那些为一般读者难于发现或容易忽略的方方面面呈现出来。虽如俗话所说"内行看门道,外行看热闹",但"看热闹"与"看门道"的收获毕竟有高下之别;如果不是一个懒惰而乏味的读者,谁都不会满足于"看热闹"的层次。读者需要从阅读中获取更多的信息和更大的乐趣,尽可能地充实自己的审美欲求。而优秀、精到的鉴赏与批评不但把文本中的蕴藏释放出来,而且向其注入新的视角、新的内容,恰恰可以满足读者的需要。比如当年荟萃名家手笔的《唐诗鉴赏辞典》发行的盛况,就可以充分说明这个问题。概括地说,这就是鉴赏与批评对于接受的富于实践性的引导作用。

文学鉴赏与批评一方面隶属于文学创作,是在创作基础上的再创作;另一方面也隶属于文学接受,标志着接受的高度。"社会内部必须存在或培养一批力图完全一致地对文学作出成熟反应的读者。只有那样,批评家才能写出被大众广泛接受的文章"。② 文学鉴赏与批评当然为其所属规定着,但它也创造着它在现实中的"理想读者",而其"理想读者"的"期待视野"在整个文学活动中都起着全面的调控作用,这些都是鉴赏与批评对文学的馈予。

---

① 金圣叹:《金圣叹全集(一)·贯华堂第五才子书水浒传(上)》,江苏古籍出版社,1985,第28页。
② 〔英〕乔治·斯坦纳:《福·雷·李维斯》,赵沨译,〔英〕戴维·洛奇编《二十世纪文学评论(下册)》,葛林译,上海译文出版社,1993,第410页。

二 鉴赏与批评对于社会生活的互动

鉴赏与批评是文学活动的构成,而文学活动又是社会生活的构成;文学活动与社会生活发生着互动,鉴赏与批评也不例外地与社会生活发生着互动。文学鉴赏与批评介入社会文化,进而介入现实生活,这是其依附于文本同时也超越于文本的又一重要方面。

(一) 鉴赏与批评的文学置位

鉴赏与批评的文学置位,即把文学放到怎样的位置上对其进行鉴赏与批评,置位不同,鉴赏与批评的实践性运作也就各有不同。尽管在人类历史上出现的和正在出现的文学鉴赏与批评的流派、模式、方法五花八门、千差万别,但从文学置位角度上讲,不外乎两大类型:一是以文学本体为切入点,二是以文学本体之外的社会文化为切入点。或者从目的性上看,前者是以所谓的"文学本体"为鉴赏与批评的旨归,通过对文学的各个构成因素尤其是文本的观察、分析、探究、阐释、评价,最终能对文学活动本身的、内部的艺术规律有所发现、揭示和把握;后者则以"文学本体"为鉴赏与批评的起点,从这个起点出发而参与到文学之外环绕着文学的各种社会文化问题当中,提出讨论、发表看法。这些社会文化问题可以是政治的、宗教的、哲学的、经济的、生态的,如此种种不一,总归不是所谓"艺术"的。

鉴赏与批评发展流变的历史过程,总是以上述两种置位类型即内部鉴赏与批评和外部鉴赏与批评起伏交替、相互斗争的面貌呈现出来。以 20 世纪 60 年代以来国外代表性的小说批评为例,如学者申丹所说的:"结构主义叙事学于 20 世纪 60 年代中期产生于……法国,但很快就扩展到了其他国家,成了一股国际性的文学研究渊流。与传统小说批评形成对照,结构主义叙事学将注意力从文本的外部转向文本的内部……着力探讨叙事作品内部的结构规律和各种要素之间的关联。众多叙事学家的研究成果深化了对小说的结构形态、运作规律、表达方式或审美特征的认识,提高了欣赏和评论小说艺术的水平……作为以文本为中心的形式主义批评派别,叙事学也有其局限性,尤其是它在不同程度上隔断了作品与社会、历史、文化环境的关联……西方批评界往往从一个极端走向另一个极端。20世纪80年代初以来,不少研究小说的西方学者将注意力完全转向了意识形态研究,转向了文本外的社会历史环境,将作品视为一种政治现象,将文学批评视为政治斗争的工具。"[1] 与之相应,20世纪80~90年代以来,国内的鉴赏与批评也经历了由向外的政治批评转为向文学自身的内部批评,进而,又经由文化诗学及大众文化研究而转向外部批评这种置位性变化。两大置位的核心问题,就是文学的鉴赏与批评应该坚持以文学为本位,还是把文学回归到社会实践的本体中去,对其进行功能性或工具性研究?

鉴赏与批评的这两种文学置位,没有必要从理论上确认哪个更为重要,既然历史实践过程形成了这两种置位,那么理论及实践地面对与展开这两种置位的鉴赏与批评,也就各有其正当的理由。英国文学批评理论家伊格尔顿在《当代西方文学理论》中说:"难道世界上没有比(文体)规则、表现符号和阅读主体更重要的问题了吗?让我们仅仅考虑一个这样的问题。我写这本书的时候,估计世界上有60000多核弹头,许多比毁灭广岛的原子弹的威力大1000倍。这些武器在我们活着的时候使用的可能性正日益增大。这些武器的费用一年大约要5000亿美元,或者说1天要13亿美元。这个总数的5%——250亿美元——可以大幅度地、基本上缓和第三世界严重的贫困问题。任何相信文学理论(即'总批评'或称'批评的批评')比这样一些问题更

---

[1] 申丹:《〈新叙事理论译丛〉总序》,〔美〕戴卫·赫尔曼主编《新叙事学》,马海良译,北京大学出版社,2002,第1页。

重要的人,毫无疑问会被认为有些古怪,但那些认为这两个问题可能有某种联系的人也许反而显得更加古怪。"① 相对于现实这个更重要的目的性问题,文学以及文学鉴赏与批评理所当然地都可以被置位其中,被纳入构成性的关系思考、功能思考、相互作用及转换思考。而且文学是看待人和社会的性质、组织社会生活的方式等问题的一种特殊观点和信念,是对历史的解释、对目前的看法、对未来的希望,并作为"述行言语"或者说一种现实的行为介入到社会生活之中。文学鉴赏与批评通过文学介入社会生活,这不仅不违背文学的本性,倒恰是顺应了文学的本性;或者说这是文学鉴赏与批评不能回避的一种规定性。不过,对于文学的另一种置位,即文学本体置位,也有深入展开鉴赏与批评的必要。虽然文学终归是被社会实践所生成与规定的,但它同时也是一个有其自身规定性的门类或领域,凭借自身规定性,它与其他门类或领域形成差异性及不可取代性,缺少了对文学本体的鉴赏与批评,就不能了解其运作的规则、规律,这是造成对文学种种理解不当与实践运作不当的重要原因。可见,对文学的上述两种置位是鉴赏与批评在内外或上下两个层次上的运作,就像两条铁轨,在合规律与合目的的情况下二者并无冲突、碰撞,而是形成一种互补互动的良性关系,让文学这列列车平稳、高效地运行于其上。

(二) 社会生活是鉴赏与批评的终极资源

解决了"鉴赏与批评的文学置位"这一问题,就不难发现它与社会生活真实的关系。社会生活是文学艺术的唯一源泉（source）,而文学活动则为鉴赏与批评提供直接的资源（resource）。换言之,文学鉴赏与批评并非只是其主体私人的、个体的阅读史、心理史及生活史,或者只是他作为一名技术性操作者对文本中的规则、符号的纯语言学

---

① 〔英〕特里·伊格尔顿:《现象学,阐释学,接受理论:当代西方文艺理论》,王逢振译,江苏教育出版社,2006,第190页。

意义上的传译，它总是在一个历史与现实相融合的文化背景下发生。在这个大文化背景下，群体的、民族的共同经历就不仅是文学鉴赏与批评的一种限定，或者仅为其提供一套进行社会历史学研究的视角与方法，使之形成一个与心理学批评、语言学批评等流派并列的批评流派；而且，群体的、民族的共同经历是文学鉴赏与批评的材料供给者、能量输入者和生命赋予者，无此则文学鉴赏与批评难以展开、难以为继。社会生活是鉴赏与批评的终极资源，可以通过其"民族性"和"群体性"这两个方面来理解。

首先，关于鉴赏与批评的"民族性"。"民族是人民在历史上形成的一个有共同语言、共同地域、共同经济生活以及表现于共同文化上的共同心理素质的稳定共同体"。[①] 不言自明，鉴赏与批评者作为这个共同体中的一员生活在这个共同体中，其活动从可供选择的对象，直到话语的规则、方式、趣味，无不受到这个共同体的影响、规定，这使其活动自然而然或者说不可避免地带着这个共同体的特征、色泽。但这种影响、规定以及由之而来的特征、色泽还并不等于"民族性"，民族性呈现于一个主体对于本民族的利益以及实现这种利益的各种文化价值的清醒、自觉的社会历史实践中及由此形成的实践理性中。只有具备了这样的民族性，民族的共同生活才能够成为这个民族的鉴赏与批评得以展进与发展的资源。

要说明这一点，不能不谈"民族性"与"世界性"的关系。"越是民族的，越是世界的"，这一说法只是在民族存身于世界，因此民族的必是世界的这一时空归属上成立。而就民族的世界性而言，这是人类族群生活的相似性、共性或普遍性，这与不同民族的一些特殊的东西，并不具有统一的必然性，如中国人的一些饮食习惯，这是极具民族特色的，但并不具有世界性。因此这种说法掩盖了很多"民族的"与"世界的"之间复杂的矛盾与对立。世界是各个民族生活于其

[①] 斯大林：《马克思主义与民族问题》，唯真译，人民出版社，1953，第28页。

中的共同体，在这个共同体当中，正如在其他各种共同体当中，如一个家庭、单位、公司、国家，不仅存在着协调合作，也存在着利益、价值纷争，而这种利益、价值纷争按其强势与弱势又总会以文化的方式呈现为话语的霸权与顺受，并以之作为一种现实问题而解决。因此，如果不是作为民族主体而对本民族利益、价值及其文化表达具有一种清醒、自觉的意识，就很可能为强势的话语霸权所侵蚀、顺化，就此丧失了本民族的特征、光泽，丧失了"民族性"。因此，"民族性"绝非只是一种"话语"上的问题，而是这种"话语"的直接现实。反之，只有立足于现实并且清醒与自觉，才能获得民族性的"话语"。以这种话语在世界上各种话语构成的权力关系中代表着本民族的利益、价值发言，才可以是一种世界性的话语，才可能不仅在时空归属上做到"越是民族的，越是世界的"，而且也在共性或普遍性上成就这种说法。这是一个实践展开的历史进程。世界性的民族话语，不是民粹主义的、文化民族主义的话语，它不仅吸纳本民族的文化为资源，同时也广泛吸纳世界其他民族的文化为资源，而既发展成为本民族的文化资源，也发展成为整个世界的文化资源。

其次，关于鉴赏与批评的"群体性"。马克思指出："人……不仅是一种合群的动物，而且是只有在社会中才能独立的动物。孤立的个人在社会之外进行生产……就像许多个人不在一起生活和彼此交谈而竟有语言发展一样，是不可思议的。"[①] 人总要生活在家庭、家族、民族、集团、阶层、阶级、国家等一系列社会群体当中，尽管文学的鉴赏与批评可以是一种纯粹个人的行为，每个人都有权利以自己的兴趣好尚为标准，选择、阅读、欣赏文学作品并做出喜恶、优劣等评鉴，所谓"观听殊好，爱憎难同"（葛洪《抱朴子·广譬》），但他所属的那些社会群体的利益、价值又总是潜伏在他的兴趣好尚当中，对他的

---

① 马克思：《〈政治经济学批判〉导言》，《马克思恩格斯选集》第 2 卷，人民出版社，1995，第 2 页。

鉴赏与批评形成最终的影响。鉴赏与批评体现出群体性，这也说明社会群体的生活和文化是鉴赏与批评的终极资源。

这里需要特别提出讨论的是：专业的鉴赏与批评如何确定和把握自己的群体性？之所以要提出这个问题，是因为一般读者的鉴赏与批评完全可以自然而然，可以无所限制地体现其兴趣或某种不自觉的标准，也可以人云亦云，而这在鉴赏与批评家身上就要复杂得多。鉴赏与批评家大都属于被叫作"知识分子"的一个群体，可以说"知识分子从来不是一个阶级，而且也不能是一个阶级——它过去是而且现在还是由社会各阶级出身的人组成的一个阶层"。[①]那么他们在鉴赏与批评活动中，是否可以按照他们所出身的或者附着的群体（如官方、商家）的价值标准来发表自己的言论？这个问题可以从两个方面回答：其一，专业的鉴赏与批评者，首先是社会实践的参与者与构成者，他们自然要带着生活与实践其中的家庭、社群的精神印记见于批评；其二，他们必须使各自的精神印记在社会的或稳定或建构的代表性趣味标准与价值中得以提升并重构，当然这种标准未必是统一的，也可以是矛盾的甚至是对立的，却必然是体现着某种代表性的。这种代表性概括地说即作为鉴赏与批评家的知识分子的群体代表性。知识分子和其他社会群体一样，具有自己的群体性及价值标准。那么知识分子的群体性是什么呢？简单地说，知识是对真理的探索、发现和掌握，对真理的探索、发现和掌握就是知识分子的群体性。在专业的鉴赏与批评活动中，要体现知识分子的群体性，就必须坚持两项相互依赖的基本原则，即科学和公正。

真理的一个同义词就是科学，科学作为一种实践活动，就是依据事实，发现规律，得出结论，这一实践活动汇合而为能够反映现实世界各种现象的本质规律的知识体系。在文学鉴赏与批评中，一方面需要从事实出发，另一方面需要掌握关于文学的知识体系以作为鉴赏与

---

① 斯大林：《关于苏联宪法草案》，《列宁主义问题》，人民出版社，1964，第619页。

批评的标准,这样得出的结论才会是科学的。如果单从一己的兴趣、好尚出发,就很容易出现偏差。比如作家孙犁曾撰文批评俄国作家蒲宁的短篇小说《乌鸦》,认为这篇小说以丑陋的乱伦为题材,"写的是父子两人,同时爱上了一个年轻的使女,父亲成功了,儿子失败了。儿子——小说的第一人称,对他的父亲,连篇累牍地进行了挖苦、谩骂,把他描述成为一只乌鸦。""写了四个人物,没有一个人物是可爱的,或值得同情的,就连那个美丽的使女也是一样。""写得很肤浅,写成了父子间的争风。""蒲宁的这篇作品,给人的感觉是虚无的,没有是非的,没有希望的。"然而事实并非如此,《乌鸦》以批判现实主义的手法,相当深刻地揭露和讽刺了以"乌鸦"为代表的当时俄国封建宗法制度对人的压迫、摧残,其中受到压迫、摧残的儿子和使女是值得同情的。儿子放弃了财产继承权,靠收入微薄的工作自食其力,以此对抗自己的父亲;使女放弃了爱情,嫁给了"乌鸦",不是因为贪恋荣华富贵,而是为了保护亲人不受"乌鸦"侵凌而做出的自我牺牲。这两个年轻人身上都有可贵的一面,从他们身上也可以看到社会的希望。孙犁对《乌鸦》的结论之所以会出现主观、武断的偏差,一方面是因为正如他自己所说的那样:"好多年,很少看外国小说……蒲宁为赫赫有名的大作家,并得过诺贝尔奖奖金。但我过去读他的作品很少。"① 另一方面也可能是因为他更欣赏"革命现实主义与浪漫主义两结合"的写作手法塑造"理想"的人物,欣赏歌颂的艺术,不欣赏批判现实主义的写作手法刻画真实的人物,不欣赏讽刺的艺术。这对于一个个人的阅读和欣赏来讲当然是无可厚非的,但对于专业的鉴赏与批评者来讲,就要求在其个人的兴趣好尚之上另有一个科学的原则,以科学的态度和方法研究对象,得出恰当的结论。

社会领域的真理如果用一个词来概括,那就是"公正",因为既然社会已经分化为不同的阶级、阶层等群体,那么"平等"也许只是

---

① 孙犁:《小说的精髓——小说杂谈》,《尺泽集》,百花文艺出版社,1982,第106页。

一句空话，但如果没有"公正"，即各个群体合理的利益要求和价值取向得到整个社会的承认与尊重，那么这个社会也就不能正常地运行。鉴赏与批评家如果作为社会活动家，就应该也必须以"公正"为最基本的价值标准。比如："贾平凹1983年创作的中篇小说《鸡窝洼人家》，20世纪80年代中期，有人认为这部小说中的山山、烟峰、禾禾与麦绒四个纯洁灵魂的呼唤和组合，是两种生活方式、两种道德观念、两种价值准则冲突的必然结果……山山、麦绒与禾禾、烟峰的矛盾就是安于现状与勇于进取的冲突。"而与上面的观点不同："本世纪初，有文艺批评家在理论上深入地反思中国当代社会现代化发展道路，并以此为基础重评《鸡窝洼人家》，认为……山山和麦绒都勤劳、厚道，是地里刨食的实在人，而禾禾和烟峰却喜欢折腾、渴望摆脱土地，是不安分者，实质上是贫困与富裕、没钱与有钱这个经济原因在起决定作用……这种历史发展是以牺牲千千万万基层民众的根本利益为代价的，是不能容忍和该诅咒的。山山勤劳不能致富，丰收虽然没有成灾，但却贬值了，这恐怕不会是山山的过错吧！"① 后面的这种批评更能体现出社会公正的原则，而这种社会公正原则的体现又是通过对历史发展道路的不懈探索、发现中掌握的，因此也更能体现出知识分子的群体性。要做到这一点，真正的鉴赏与批评家就不能满足于在文学及其他方面有较多的知识，还应具备主体的独立性，具备体现着历史实践发展方向与水平的道德感，以及穿透板结的社会功利层面，求得精神自由的清醒意识。

三 鉴赏与批评的超越之维

没有文学，人类可以继续生活，但这种生活必将黯然无光。而没

---

① 熊元义、郭玉生：《文艺批评的锋芒如何磨砺》，《中国艺术报》2011年11月4日。

有对文学的反思，便不能深刻理解使人类生活变得富有色彩的文学，也不能深刻理解人类生活。从创作到接受再到创作，文学就像历史的车轮伴随着人类生活向前滚动。这当中，鉴赏与批评作为对文学的反思，它绝非是每一轮文学活动的总结，却总是能站在文学活动的制高点，瞭望着文学的未来和生活的未来。这是一种超越性的精神活动，它超越着对象又超越着自身，既是观念的超越也是现实的超越。

（一）鉴赏与批评的诸种超越可能性

或许"在公众的眼光中文学批评并不那么重要。大多数批评家靠文学作品提供的材料来写作，他们是侍卫，是食客，或者说是名流的影子。作家写出书来，批评家却永远是第二手地去论述那本书"。[①] 持这种观点的也有很多作家，比如托尔斯泰就认为，成功的作品即是一种完美的表达，可以让读者获悉作家体验到的情感，非此就不是成功的作品，那么夹在当中的批评就如多余的蛇足，毫无用处。以这种观点看待那些如同"侍卫""食客""影子"的鉴赏与批评确是不假，但这类鉴赏与批评其实还不是真正的鉴赏与批评。托尔斯泰如此蔑视批评家，却没有妨碍他自己也加入批评家的队列里，对莎士比亚、莫泊桑等一系列作家品头论足，说长道短。身兼鉴赏与批评家的作家多得不胜枚举。除了作家，很多优秀的思想家也青睐于文学鉴赏与批评，比如海德格尔对荷尔德林诗的阐释引导着他的存在之思，雅斯贝尔斯对悲剧特别是《俄狄浦斯王》和《哈姆雷特》的阐释引导着他的《真理论》。这些文学家、思想家在自己的创作或哲学工作之外，又都走上了鉴赏与批评这一路径，这说明了什么？说明了文学鉴赏与批评从表面上看是一种依附性的东西，但从本性上看同时又是一种具有极强的超越可能性的东西。

---

① 〔英〕乔治·斯坦纳：《福·雷·李维斯》，赵澧译，〔英〕戴维·洛奇编《二十世纪文学评论（下册）》，葛林译，上海译文出版社，1993，第410页。

鉴赏与批评之所以具有极强的超越可能性，正基于它的"依附性"，但这种"依附性"并不是一种"寄生性"，而是一种"桥梁性""沟通性"，更恰切的说法是"互动性"。这种互动性表现为：

其一，感性与理性的融合。应该承认，文学创作并不排斥理性，是感性与理性的统一，但从总体上看，它是一种更偏重感性的活动，理性为感性所裹挟。也就是说，文学创作中的感性与理性的统一，大多是理性为感性所统一。文学接受也是一样，决定它的是快感和享受，而一旦溶入的理性成分达到相当高的浓度，便已成为鉴赏与批评了。鉴赏与批评需要运用一系列逻辑的方法来分析判断文学创作、文本和接受中的各种现象，同时由其对象所决定，也离不开直觉、感受和想象。离开了直觉、感受和想象的批评，正如别林斯基说的那样，"几乎比用脚去理解艺术还更坏"。① 鲁迅也说："诗歌不能凭仗了哲学和智力来认识，所以感情已经冰结了的思想家，即对于诗人往往有谬误的判断和隔膜的揶揄。"② 理想的鉴赏与批评应该是"感受的理解和理解的感受"，或"欣赏的判断和判断的欣赏"，其中感性与理性达到了高度的融合。只有在这种融合的状态下，双方在融合一体性中形成了互动关系，而不是一方为另一方所制动。互动的结果必然是超越性的：作为把握世界的方式，鉴赏与批评既依附于也区别于艺术地掌握世界的方式和理论地掌握世界的方式，可能达到这两种方式单凭自身无法达到的一种境界。

其二，历史与现时的重叠。作家的创作活动一旦凝定为作品，哪怕它在眼下刚刚完成，也就已经成为过去历史上的一个结点，所以作品总是过去时的、历史性的。理想的鉴赏与批评需要切入、体验和认知这段历史，要与这段历史中的作家通过作品进行对话交流，通过这样的交流，凝冻于作品的历史在鉴赏与批评中现实地、当下地复苏而

---

① 〔俄〕别林斯基：《别林斯基论文学》，别列金娜选辑，梁真译，新文艺出版社，1958，第255页。
② 鲁迅：《诗歌之敌》，《鲁迅全集》第7卷，人民文学出版社，1963，第342页。

且新生。如孟子所说："颂其诗，读其书，不知其人，可乎？是以论其世也"（《孟子·万章下》），由此获得一种历史的视野；这正如克罗齐的论断"一切真历史都是当代史"①，鉴赏与批评家又总要以其现时的视野来切入、体验和认知历史，并以历史返照现时，这样历史的视野与现时的视野就交融、互构而为一种"双重视野"。这种双重视野好比立体镜，既分辨了历史图像与现时图像的差别性，也保持了这两种图像的同一性，而利用二者形成的第三者即立体的图像，已经与构成它的那两种图像大不相同了。

其三，观念与实际的统合。鉴赏与批评总要运用一定的理论，如果不这样就不能叫作鉴赏与批评。理论是由具体、实际的各种现象、活动抽象而成的"观念之物"，这种观念之物已经与"物"即各种现象、活动存在着差别。那么二者如何重新获得统一，就需要依靠鉴赏与批评具体、实际的操作。尽管理论为鉴赏与批评提供一系列范畴、原理和标准，但鉴赏与批评也并不一味地服从它们，在与具体、实际、新鲜的现象、活动接触过程中，不仅可以灵活地运用理论的前提和观点，而且能够对这些前提和观点加以重新审查，认定它们适用的时空范围，并根据实际情况对其进行修正、改写，乃至冲击和否定它们，从而又形成更新的理论、观念。例如，俄国文学批评理论家巴赫金正是在对陀思妥耶夫斯基和拉伯雷创作的实际批评当中，发现原有的理论前提和观点难以合理地解释这些作品，进而归纳出"复调小说""怪诞现实主义""对话"等一系列具有鲜明独创性的理论范畴。这是一个由观念的抽象性、普遍性向作品的具体性、个别性进行转换的过程，同时也是后者向前者抽象与提升的过程。所以说鉴赏与批评既是以观念照亮实际的活动，也是以实际激活观念的活动。

其四，自我与他者的对话。文学创作是一种作者与读者的沟通、交流活动，但在这种活动中作者所面对的沟通、交流对象是他"虚构

---

① 〔意〕克罗齐：《历史学的理论和实际》，傅任敢译，商务印书馆，1982，第2页。

的读者"及"理想的读者",而非"真实的读者",所以文学创作必然更多地体现为作者孤独地以"自我"为第一性的活动,甚至有些作者会完全否认读者存在的必要,如乔拉斯宣称:"作者表达。他不传送。诅咒普通读者。"① 与此恰好相反,尽管鉴赏与批评也是其主体的个人活动,厨川白村喻之为鉴赏与批评者在"艺术家所挂的镜中"观看"自己灵魂的姿态"②,但它必须首先把"自我"放到第二性的位置上,而把"他者"即作品及其作者放到第一性的位置上,让"自我"去聆听"他者"的声音。伽达默尔把"对话"概念纳入解释学,并特别强调对话中"聆听"的优先性。按照这种观点,鉴赏与批评就是一种最具对话性质的活动。同时,鉴赏与批评也需要聆听另一种"他者"即读者的一方,且其读者已不是"虚构的读者"及"理想的读者",而是"真实的读者",这就进一步增进了鉴赏与批评的对话性,而对话性使之突破、超出对话各方自我的封闭性、主观性,并让各方结合成一个面向"既非你的也非我的"的接受实践的共同体。

从鉴赏与批评的各个方面来看,它都表现出对双向维度的依靠:在思维方式上既有感性之维也有理性之维,在对象构成上既有历史之维又有现时之维,在运作规程上既有观念之维也有实际之维,在主体态度上既有自我之维也有他者之维,这些双向维度重合融汇,互动互构,由此产生了第三个维度,也就是鉴赏与批评的超越之维。

(二) 互动性反哺与个性提升

如上所述,鉴赏与批评的诸种双向维度互构而成其超越之维,而这种超越之维的落实,造就了它对于文学活动、社会生活的"互动性反哺",及对于其主体的"个性提升"(personality development)。

首先,鉴赏与批评必须针对文学创作、文本或接受,也就是依赖

---

① 〔美〕布斯:《小说修辞学》,华明等译,北京大学出版社,1987,第99页。
② 赵子清:《鉴赏心理的奥秘》,广西师范大学出版社,1993,第5页。

于文学活动，而其最终的土壤、资源又是社会生活。社会生活和文学活动哺育了鉴赏与批评，鉴赏与批评把从文学活动和社会生活那里获得的养料提炼、升华为文化营养，以之反馈于文学活动，介入到社会生活，从而促进了文学和社会的发展进步。这就是鉴赏与批评对于文学活动、社会生活的互动性反哺。

举例来说，德国思想家雅斯贝尔斯在第二次世界大战期间滞留在德国，因反对纳粹主义的政治立场而成为国家的敌人，不但被解除教职，逐出大学，禁止出版任何著作，而且受到监视和迫害，随时有被拘捕的危险。他和妻子甚至准备好了毒药，约定一旦危险发生，即以自杀这种唯一可以采取的方式来维护自己的尊严。也就是在这一时期，他开始研究、探讨悲剧艺术，战后不久完成了《悲剧的超越》一书，作为其哲学巨著《真理论》的先导。雅斯贝尔斯之所以要研究、探讨悲剧艺术，是出于对他所亲历的那场毁灭人性、摧残文明的现实悲剧的反思，也就是说，是现实生活而非什么精义妙理诞育了这个哲学家的悲剧之思。

雅斯贝尔斯通过对各种"悲剧知识"特别是索福克勒斯《俄狄浦斯王》和莎士比亚《哈姆雷特》的重新评鉴和阐释，提出悲剧这门古老的艺术其实呈现的就是人在其极限，即"知"与"无知"的边界，苦苦挣扎、奋斗乃至毁灭的状态。"很多诠释者把哈姆雷特描绘成一个下不了决心、神经质、犹疑，并且永远迟缓延宕的人——一个懒散的梦想者"。但雅斯贝尔斯认为："哈姆雷特每一刻都在行动；他永远在寻求真理的目标和与之相应的行动。如果以真理的尺度来衡量，他的迟疑是完全有理由的。是命运强加于他的这种处境，使得他因冥思苦想而显得虚弱、疲惫。"他机智、果敢、勇武，有行动的能力，但他的目的和使命不只是简单地复仇，而是要证明那件除了鬼神之外无人可以证明的罪行的全部真相。他"是一个追寻真理毫无限制的人"。"他的命运，无知之域和对有限的恒常意识所羁縻。难道限制之外就是空无吗？在这个剧本仿佛支撑一切的线索中，从头到尾都暗示着：

有限并不与空无毗邻接壤"。"哈姆雷特拒绝向迷信屈服——不仅因为知识的清晰透亮,还因为对未被说明的、尚在统摄之中的事物的信心而拒绝"。概括地说:"哈姆雷特的悲剧表现出人类知识在毁灭的边缘颤抖摇晃的情形。其中没有警戒,没有道德说教,只有一个人在他对于自己的暗昧无知的意识和追求真理的意志中有关根本实在的认识。"① 雅斯贝尔斯的这些论析、阐释修正了亚里斯多德、黑格尔、尼采、海德格尔等一系列思想家关于悲剧的"理念",提高了人们对于悲剧艺术的认识。可见雅斯贝尔斯的思想得自文学,又反馈于文学。

雅斯贝尔斯的思想没有也不可能停留在这里,他进一步指出"悲剧还不够"(Tradegy Is Not Enough),即悲剧不足以全部呈现人的生存状态:确实,人是"知"与"无知"的矛盾,永远处于"无知"的统摄之中,但他也会不断地把自己"知"的视野向"无知"的领域推进。因此,"真理"没有终点,它永远要通过人的努力不断发展。所以不能把某些人在某一阶段获得的"知"当成"真理",比如纳粹德国"国家社会主义"的种种优越性,因为这又是使他陷入"无知"的陷阱。当然,人也不能因此就丧失了对于人性、对于人类文明的信仰。因为"真理"的追求既然是出自人的本性,那么它就永远处于他的追求之中。这样的思想对于那被战争摧毁的人性和人类文明的重新确立,让人在经历浩劫之后重新开始生活,让人放弃某种"理念"的规制而进一步确立"民主"的信念,其价值是无法估量的。这就是它对社会生活的"互动性反哺"。

其次,社会、文化的存在绝不应该只是人的规定性,规定着人的观念和行为,人并且每一个人的发展与幸福归根结底应该是一切社会、文化存在的目的性。因此,人通过鉴赏与批评对于文学活动、社会生活形成互动性反哺,而其最后的落实之处还在于人并且每一个人的发展与幸福,就精神实践而言即"个性提升"。这里的"个性"(person-

---

① 〔德〕雅斯贝尔斯:《悲剧的超越》,工人出版社,1988,第56~69页。

ality)一词不局限于"个人心理、行为特征"这一词义,而是就人格、人性而言,指个人的整体精神存在与境界。之所以采用这个词,目的是要突出"每一个",因为人的现实性只存在于"每一个"之中,无论在什么程度上失去了"每一个"的"人",都是人的概念而不是现实的人。鉴赏与批评这种具有超越之维的高级审美活动,对于人的个性即整体精神存在与境界的提升,呈现为相互关联的两个方面。

第一,将"日常的人"提升为"理想的人"。所谓"日常的人",是指追求和满足于实际的生活需要的人,因此也是为其实际的生活需要所限定的人。然而人出于其自由的本性,不会满足于被实际生活需要所限定,而要求按照最无愧于他的人类本性的理想来预设和创造自己的生活和生活的世界,这时的人就是"理想的人"。在"日常的人"成为"理想的人"的过程中,艺术和审美活动起到了不可取代的作用。卢卡契指出:"艺术形式把人提高到人的高度。艺术的自身世界,不论在主观意义上还是在客观意义上,都不是什么超越人及其世界的超验的存在。它就是人的自身世界。"在这里,艺术世界与现实世界经过接受实践而同一为人的世界。这个世界既包含着人的"感性直接现实"的世界,也包含着"处于感性直接现实中人和世界的最具体的可能性",也即现实的人通过社会实践与精神活动为之努力的理想世界。因此,"不论它的内容是否反映一种理想,即使最朴实的民歌或最简单的静物写生,在一定意义上,也可以表达一种理想,它对日常的人提出的要求是,达到在作品中所表现的那种统一性和高度"。① 也就是说,一件艺术品美好的形式本身就是人类理想的象征,面对着传达人类理想的艺术佳作,一个人的人格将会为之提升。如俄国作家帕乌斯托夫斯基每次欣赏拉斐尔《西斯廷圣母》等名作时都激动不已,他说:"究竟是什么使人热泪盈眶?是洋溢在画面上的精神的完美和

---

① 〔匈〕卢卡契:《审美特性》,徐恒醇译,中国社会科学出版社,1986,第443页。

天才的威力，它激励我们追求自身思想的纯洁、刚强和高尚。"①

但是，艺术将"日常的人"提升为"理想的人"，首先不是也不可能使之脱离"现实的人"，而是使之意识到日常生活的局限和缺漏，并摆脱日常生活中物欲的牵绊，成为一个按照更为完满和高标的理想来生活和奋斗的现实的人。其次，要由"日常的人"提升为"理想的人"，艺术的接受者也应提高自己的审美标准，成为一个具有一定鉴赏和批评能力的人，否则他就不会感知和理解艺术中的"理想"为何物，即便由日常生活遁入艺术世界，在那里其实也还会按照他在日常生活中的世俗标准来感受生活，或只是对现实的矛盾采取了一种伪超越。正如宗白华所说的："在艺术欣赏的过程中，常人在形式方面是'不反省地''无批评地'，这就是说他在欣赏时不了解、不注意一件艺术品之为艺术品的特殊性。"② 这样，他往往会把艺术中的人物、事件及情境混同于世俗中的人物、事件及情境，不加辨析地接受或介入，读武侠小说则把自己设想为其中的绝世高人以体验无可匹敌的境界，读言情小说则把自己置换为其中的才子佳人以玩味品貌才情的荣耀，由此获得在日常生活中无法获得的虚幻的快感。这样的阅读、接受和欣赏，对于人的个性提升其实并无太大的作用。因此，鉴赏与批评的超越之维在"日常的人"向"理想的人"提升的过程中起着至关重要的作用。

第二，将"人的整体"提升为"整体的人"。所谓"人的整体"，是指人以全部身心投入某一活动，而这种投入又集中于某一感官，因此这一感官异常活跃而具有支配性，这时他可以说"我就是全部眼睛"或"我就是全部耳朵"。比如，当一个人陶醉于一支乐曲中的时候，他可能对周围的一切视而不见；当一个人沉迷于一幅画面中的时候，他可能对身边的动静充耳不闻。卢卡契认为："在审美领域，意

---

① 〔俄〕康·帕乌斯托夫斯基：《发现世界的艺术》，曹国维译，严永兴编选《世界散文随笔精品文库（俄罗斯卷）·白天的星星》，中国社会科学出版社，1993，第 216 页。
② 宗白华：《常人欣赏文艺的形式》，《艺境》，北京大学出版社，1987，第 166 页。

识是以强烈的集中局限在对一定现象的视觉或听觉的观照上。在这一作用中,当事人的一切特性、他的既往的全部知觉和知识都融合在一起而表现出来,以便对出现在他视野中的现象不仅以其实际状况尽可能准确地把握住,同时能够在当事人的经验系统中构成他的秩序。"① 因此审美活动可以使人的某一感官、直觉更加敏锐,更加具有生命与生存的整体性,也更加人化。人通过音乐的创作和欣赏,使自己听觉的感受力和领悟力发达起来;通过绘画的创作和欣赏,使自己视觉的感受力和领悟力发达起来;通过文学的创作和欣赏,更使自己的想象力、感悟力发达起来。人的各种艺术与审美活动,都可以把人提高为"人的整体"。

所谓"整体的人",是指人在生活中不对某一对象或对象的某一方面特别专注,其某一官能、智能也不具特殊的支配性,因此他是以不分裂的完整身心状态来感知、把握和占有对象的。马克思指出:"在发展的早期阶段,单个人显得比较全面,那正是因为他还没有造成自己丰富的关系,并且还没有使这种关系作为独立于他自身之外的社会权力和社会关系同他自己相对立。"② 也就是说,最初人是一种"整体的人",可以全面、综合地运用自己身心的各方面能力,尽管他还是粗陋的而不是丰富的人。随着社会分工的不断发展,整体的人日益分裂为片面的人。特别是近代工业文明以来,科学发达,功利盛行,细密的社会分工和严格的等级差别让人的理性与感性相对立,"一种破坏性的纷争就要分裂本来处于和谐状态的人的各种力量"。③ 人被限定在某一活动、某一领域中,只熟悉自己从事的活动和活动的领域,这样他的某一官能、智能就占据了他的全部身心,使之丧失了作为人应有的丰富性、完整性。因此人非常有必要通过艺术、审美这种自由

---

① 〔匈〕卢卡契:《审美特性》第1卷,徐恒醇译,中国社会科学出版社,1986,第169页。
② 马克思:《政治经济学批判》,《马克思恩格斯全集》第46卷(上册),人民出版社,1979,第109页。
③ 〔德〕席勒:《审美教育书简》,冯至、范大灿译,上海人民出版社,2003,第47页。

的活动来挽救自身的片面发展，以追求人性的全面发展。正如鲁迅所说的，社会不仅需要科学家、哲学家，也需要艺术家、诗人，"凡此者，皆所以致人性于全，不使之偏倚，因以见今日之文明者也"。① 也就是说，人的艺术和审美活动，可以把人培养为"整体的人"。

在艺术和审美的领域，"人的整体"与"整体的人"并不矛盾对立，而是可以相互转化、丰富和提升。不是"整体的人"，那么"人的整体"就是片面的；没有"人的整体"，那么"整体的人"也会像原始人一样粗陋。因此，艺术和审美活动的最终目的，是在把"整体的人"提升为"人的整体"的同时，把"人的整体"提升为"整体的人"。如果从总体上看，人的艺术和审美活动更多的是把人提升为一种"人的整体"，即各种感觉、感性的敏锐和丰富，以克服其功利的、理性的片面性，那么其中具有多种双重维度、需要综合运用人的感性与理性的鉴赏与批评，则更多的是在此基础上又将"人的整体"进一步调整、提升为"整体的人"，即更为均衡、和谐、健全、完满的人。

---

① 鲁迅：《科学史教篇》，《坟》，《鲁迅全集》第1卷，人民文学出版社，1981，第35页。

第十一章

文学接受的选择性与综合性

文学接受是创作主体与接受主体经由文本而发生的交互性作用的关系体活动。这一关系体活动的直接方式是阅读,以及与之相伴随的议论与倾听等。但在阅读之前及阅读展开过程中,这一关系体活动预先地以及过程性地以实践活动方式进行,并对见于阅读的关系体活动形成规定。通常的接受研究没有对其中的实践规定性予以更多的关注,导致接受研究的不同程度的封闭性。接受主体进入关系体系的条件是选择性的,这既包括预先选择,如接受的对象性选择——这一选择离不开实践性的社会交往,也包括接受过程中的侧重性、倾向性、理解性选择,这是实践经验在接受中的具体应用与转化。选择以个性方式进行,受时代与审美趣味的制约。进入关系体的各方面力量均交付各自得于社会生活的实践综合性,而不是单向度的人格,并以此通过文本理解与体验而获得阅读、倾听的接受实现。

一 文学接受的实践特征

文学接受是整个文学实践活动的重要组成部分,是创作主体与接受主体经由文本而发生的交互性作用的关系体活动。文学接受有广义与狭义的理解,狭义的文学接受体现在对文本的接受,即对文本的阅读；广义的文学接受是将接受看作一个双向互动的动态构成系统，不仅包括对文本的物质占有，而且还包括精神占有，其中精神占有包括了对文学传播的接受、阅读和对于鉴赏、批评的接受等三个方面。随着时代的发展与文学语境的变迁，广义的文学接受观念更加适合当前文学发展的现实境况和文学实践，它打破了孤立、静态视角，还原了文学接受的实践活动特性。因为文学鉴赏与批评是阅读的特殊形式另有专章论述，所以本章着重对文学传播与阅读进行探讨。

（一）文学传播的文学接受效应

文学文本经作者创作后，便有一种向外传播的内在需求，如果将其束之高阁、藏之冥府，则失去了其创作和存在的意义，我们很难想象一部文学作品在创作之后不被传播其结果会如何，也很难说未经传播的文本的生命力存在于何处。文学传播对于所传播的文学具有创造性，即是说传播不仅是既有文学的由此及彼的传递，不增不减的送达，而且是使一些新的东西得以增添，隐匿的东西得以彰显，既有的东西得以改变，这就是传播对于文学接受的实践功效。需要予以强调的是，传播对于文学接受而言具有一定的创造性，并不是说它对于文学的文本样式，比如文本语言改变了什么，而是通过传播过程，把相关的社会交往活动融入进来，使参与者的经验、理解、关注、体验等发生了变化，而这些又是接受的必要条件。这些条件，以潜移默化的方式进入接受，在接受中发挥作用。因此，文学传播是文学接受的重要方面，它是文学文本创作完成之后，指向文学阅读的流通过程，它包括了文学文本的出版、宣传、发行等，它是以传播媒介为基础的，其功能主要在于它既是通向文学接受的渠道，又是文学价值和意义生成的重要方式。特别是在大众媒体、网络新媒体日益繁兴的今天，文学传播的特性体现得更加明显，而与此同时，文学接受对于文学传播的依赖性也更加凸显。为此，我们有必要对文学传播媒介的演进路径和传播作为文学接受渠道所具有的特性进行一番探讨。

1. 文学传播媒介的演进路径

文学传播的方式有赖于传播媒介而实现，可以说在文学传播环节中，传播媒介起着至关重要的作用，从文学传播史上看，传播的方式与手段决定了文学文本的传播命运。依据历史演化与发展过程，文学传播的具体方式和演进路径可分为四个阶段：口头文学传播、印刷文学传播、电子媒介传播、数字媒介传播等。

口头传播是文学传播的传统方式，产生较早，它以口头语言为载体进行传播，主要有吟诵、歌唱、讲唱、演出等，《墨子》所说的"颂诗三百，弦诗三百，歌诗三百"，就是最为直接的口头传播。其他如汉乐府的歌唱、唐诗的吟诵、敦煌变文的讲唱、宋元话本的说唱、元明清杂剧戏曲的演出等，都属于口头传播。口头传播历史悠久，而且这种方式至今仍然存在，口头传播的现场交流效果为其他传播方式难以超越，这是一种直接人际间的综合性交流。但它在促进文学传播的同时，共时上容易发生变形，历时上易于遗失，因此口头传播的不稳定性和讹误性显而易见，这种缺点也正催动了新的传播媒介的出现。

印刷文学传播是在印刷术产生之后兴起的，印刷术的发明是文学传播的方式朝着便携易于保存的方向发展，出版业因此兴盛起来。图书、报刊成为文学传播的主要方式，一般认为，1890～1920年是印刷媒介的黄金时期，在这个时期，读者群数量增加，出版商权力巨大，甚至可以轻易地捧红和毁掉政治家们。[①] 印刷文学传播方式的特点是它以确定的纸媒印刷方式进行文学的文字与图像传播，并在单纯的阅读中形成文学接受。这一方式即使在今天而言也仍被看作重要的传播方式，但其存在的形态却发生了一定的改变。

电子媒介传播是指通过电磁波或电子技术复制和传递信息的媒介方式，包括电话、广播、电视、电影等。16世纪初，电磁技术的发展

---

① 〔美〕威尔伯·施拉姆、威廉·波特：《传播学概论》，陈亮等译，新华出版社，1984，第58页。

为电子媒介的出现提供了技术保障。在1838年，莫尔斯发明电报机后，电话、无线电收音机相继被发明，电影和电视技术的发明，打破了印刷媒介的垄断地位，成为新的文学传播形式。它的产生对于口头传播和印刷文学传播产生了极大的冲击，它复合了视听、音响符号，实现了文学形象的立体可感性，同时电子媒介又使真实复制与虚构的完美融合在一起，其保存便捷，易于传播，也注定了它将文学推向大众，从而引发了"文化工业"时代的到来。

数字媒介传播，是通过数字语言和网络技术来编码和处理信息的媒介传播方式，主要包括电脑、互联网、数码技术、人工智能等对信息的处理和传播。数字技术的便捷快速彻底改变了信息的传播和接收方式，它将此前的一切传播形式都转化为传统媒介，而且挤压着其他媒介形式的存在空间。以往的文学传播方式在它的面前都显得单一和迟滞。数字传媒时代的到来，改变着旧有的文学传播模式，使文学传播更具有主动性、强力性，各种"推送"通过网络呈现在人们面前，在数字媒介环境下甚至出现传播大于一切的逻辑。

2. 文本传播作为文学接受的渠道

在文学接受过程中，接受的途径和渠道往往容易被人忽视，在以往的文学研究中，也没能对文学接受渠道的价值和意义给以应有的关注和研究。事实上，文学文本和文学接受主体对文学接受的渠道功能具有依赖性，文学接受渠道会直接影响文本的接受境况，它不仅对文学外部环境产生重塑，而且对内部因素也会进行一定的影响和渗透，这主要体现在以下几个方面。

第一，通过传播渠道的预先宣传，可以唤起接受主体对接受对象的预先关注，同时不断调式与期待视野之间的切合度。从近些年文艺活动中对文艺作品的宣传和推广度来看，对文本问世后的宣传越来越成为一种普遍和必然行为，被更多的人认可。传播渠道通过宣传，其目的在于唤起接受者对于文艺文本的某种预先期待，从而对文艺文本产生接受的欲求。接受者是否真正实现与文本的接触，这有赖于前期宣传的力度、范围，更主要的是宣传与接受者期待视野之间的契合度。

期待视野是接受美学的创始人姚斯提出的一个核心概念，它是指接受者事先就秉持的一种文艺接受的标准和内在尺度，它受到接受者此前的经验和知识积累的制约。传播渠道通过先期的宣传，正是为了调动接受者的期待视野，引发接受兴趣，如小说出版前的宣传，包括专家研讨、签售活动，甚至电影海报等希望通过前期的宣传获取接受对象的更多关注。然而关注与接受本身还存有一步之遥，为了达到接受的目的，宣传者正是通过对各种传播方式的调试，切近接受者的期待视野。

想要实现接受者与文艺文本的照面，并不是一帆风顺的。接受者的关注或期待中蕴含了先天的预先选择，这其中便已有关注什么的隐含内容，它对于后来的接受具有某种先入为主的引导性，在一定程度上秉持已见而对传播存在一种拒斥。为了消除接受者的隔阂，放大文艺文本的吸引力，传播在不断地试错中调整自身与期待视野的契合度，最大化趋近于期待视野。

第二，在传播过程中，传播渠道并非作为一种客观的传播手段存在，而是引发了传播对象和接受对象的双向形变。一方面，为了趋近于接受者的期待视野，在宣传过程中，通过各种传播渠道的描述和渲染，文艺文本的某些方面被放大，同时某些方面也被遮蔽，传播渠道在无形中对文本自身蕴藏的取向和价值进行了修改和重塑，客观上文艺文本在还未与接受者接触之前就因此而发生了一定的形变。甚至，传播可以将非文艺因素引入其中，使文艺文本笼上一层浅表化、商业化的面纱。从另一方面来看，传播是接受的雕琢过程，即是说，传播随时影响甚至改变接受，接受成为向传播敞开的接受。传播通过渗透对接受者施加影响，它先期以一种迎合的姿态出现，而当接受过程实现时，传播就会将自身的价值判断向接受者进行渗透，滋养着接受者未来期待视野的形成，并促使下一次的传播接受顺利进行。就接受者而言，他自身也向传播敞开，通过传播和接受，主动将文艺文本内化为自身经验判断,从而扩充和更新自身的期待视野,为下一次接受做出更充分的储备。

第三,传播过程就像一个连接文本和接受的通路,它有效地促成了接受的反馈,它的存在实际性地引发了文艺文本和接受者在某种程度上的形变,从本质上看,传播正是对文艺文本与接受者进行着一场重建的活动。传播不仅通过文本接受而形塑着接受者的生命体验、知识结构、审美趣味等,它作为连接文本与接受者的中介,更为重要的是将接受者的趣味、意图、需求反馈给作者,而对文本进行相应的调整,甚至影响到作者的创作。

在一般的纸质媒介的传播阶段,传播媒介将接受者的意图反馈给作者,但因传播中介的延迟性,使反馈出现了间断,这尽管没有影响到反馈意图的表达,也不影响作者对反馈意图的理解,但这种意图只能转化为一种"隐含的读者"进入作者的下一次创作之中,成为影响作者构思的重要因素。正如伊瑟尔在《阅读行为》中所说的:"如果我们要文学作品产生效果及引起反应,就必须允许读者的存在,同时又不以任何方式事先决定他的性格和历史境况……因此隐含的读者观深深根植于文本结构之中,它表明一种构造,不可等同于实际读者。"[①] 这正是读者意图在作者创作过程反馈的表现。

到了网络媒介时代,传播的延迟消失,即时性反馈得以达成。隐含的读者和现实的读者对创作和文本的修正同时在场,隐含的读者和现实的读者共同对文本创作起作用,特别是现实的读者的在场对文艺文本的创作产生了即时性的影响。金宇澄的长篇小说《繁花》获得第九届茅盾文学奖,它最先是在上海"弄堂网"发表的,在连载过程中,文本完全敞开,依据网友的建议对人物姓名、情节、语言分别做了不同程度的修改和反复的调整,而且在论坛中,作者与网友之间针

---

① 转引自朱刚:《论沃·伊瑟尔的"隐含的读者"》,《当代外国文学》1998年第3期。

对作品还互有交流,对此,《繁花》"几乎每一次重版都做修订"。① 网络媒介有效地实现了文本干预和重建。

(二) 文本阅读的行为实践性与经验实践性

一部作品经过作家含辛茹苦地创作,经由文学传播,它要获得现实的艺术生命,还需要进入阅读领域,文学作品只有通过读者的阅读接受,才能实现审美价值和社会意义,才能成为一件真正的文学作品。文本阅读是文学接受的核心,同时也是文学传播的目的和指向,在阅读过程中,读者在提取文本信息的同时,调动读者的经验结构与审美想象,填补文本中隐含的空白,发现文本中暗示的多重意义,从而实现对文本的再创造。文本阅读并不像一些阅读学或阐释学所说的,是阅读者与文本在文本设定的渠道中的封闭性的对话。在这种被设定的封闭性对话中,话语被认为是文本预先给定的唯一中介与场所,阅读就是对于文本语言的按图索骥。阅读的实际情况并非如此。这是一个行为——包括阅读的伴随性行为及中止阅读或连续阅读中不时插入的其他生活行为。这类行为各有其经验意义与行为意义,甚至是广泛的生活意义,它们被带入阅读,并影响阅读。

1. 阅读的文本规定性

文学文本是凝聚了作家创作意志、审美理想,凸显创作风格的具有开放性特征的编码系统,它以其特有的形式构建出读者阅读的场域。文本一经形成,便有了其固定的形式与内容,从一定意义上说,文本是凝聚了创作者特有风格的具有独立存在性的客观实体。文学阅读尽管具有宽泛的自由性,但文本自身对于阅读的规定性也同时限制着阅读活动的展开,从而使读者进入由文本建立起的自有的阅读场域而与其他不同,这也正是不同阅读文本产生不同阅读效果的根本原因所在。

阅读文本规定性是指创作内容、情感与思想导向、语体风格等方

---

① 2014年6月6日上海文艺出版社官方微博信息,对《繁花》修改情况有详细表述。

面在读者阅读时对其形成的限制与规定。我们可以将这种规定性理解为"实",而与之对应的"虚"的规定性,是指文本中设置的"召唤结构"对阅读的作用。接受美学的代表人物之一伊瑟尔认为,文本中蕴含着一种"召唤结构",它是文本中蕴含的召唤和吸引读者阅读的结构机制,创作者在文学创作时为读者预留了意义的"空白"和"未定点",在伊瑟尔看来,"作品的未定性与意义空白促使读者去寻找作品的意义,从而赋予他参与作品意义构成的权利"。[①] 期待和召唤读者用自己的经验、体会和理解去填充它,从而实现读者对文本的再创作。可见读者对文本的再创作也是受到文本规定性制约的。

2. 阅读的主体心理机制

读者在与文本接触进入阅读过程时,在受到文本制约的同时,其心理机制发生了很大的变化,在文本的召唤下,读者以往的经验、情感和情绪被调动,从而引发原有的心理和思维模式与作品的对抗、参与、投入与再创造。这种对抗与修正的心理机制,在阅读过程中表现为对文本的期待、预设,读者情绪、情感的调动与回味几个阶段。

期待、预设是读者心灵中对某种作品的期盼,是读者站在自身的角度对文学文本做出的阅读前的心理要求。接受美学的创始人之一,姚斯将之称为"期待视野",具体指的是,在文学阅读之前及过程中,读者在心理上形成的一种阅读"既定图式",因为,任何读者总是具有自身的人生经历与艺术经验,他在阅读之前一定是带有"先见"与"成见"的。期待视野的意义包括:"其一,对于任何一部从未目睹的新作品,读者对之进行的文学体验必须先行具备一种知识框架或理解结构。没有这一结构,就不可能接受新东西。""其二,所谓新的作品,从来不可能在信息真空中以绝对的新的姿态展现自身,它总是处在作品与接收者历史之链中。""其三,期待视野不是固定不变的。它

[①] 〔德〕沃尔夫冈·伊瑟尔:《文本的召唤结构》,转引自胡经之、张首映:《西方二十世纪文论史》,中国社会科学出版社,1988,第 275 页。

处在不断建立和改变的过程中，而这一过程也决定着某一本文与形成流派后继诸本文间的关系。"① 期待视野贯穿于文本阅读的整个过程，它实际上也是读者在文本阅读时，调整和修改的对象。此外，阅读期待还包括阅读过程中不断形成的对文本如何展开的某种预期，很多文本通过设置悬念以及运用倒叙、顺叙、补叙等各种叙事手法有意地引发读者的这种期待的展开。

在阅读过程中，读者的内在情绪与情感被充分调动，因情绪与情感的波动起伏，读者的期待视野受到阻遏与调整。读者在阅读过程中，当全身心地贯注于文本时，其心理张力是起伏不定的，读者始终处在内外的"松弛"与"紧张"之中，当作品与读者的期待与预设相谐、相抗而触动了读者，使读者的情感与想象都处于极度兴奋的状态，读者的心理处境与情绪会被调动到极致而产生共鸣。共鸣是读者心中的喜怒哀乐忧愁爱惧为文本对象蕴含的结构所波动，于是产生同声相应、同气相求的应和状态。

在读者阅读文本进入情感高潮后，尤其是作品引起共鸣的愉悦心情久久不能平复，于是读者在结束文本阅读之后还要进行重温与回味，希望能够延长欣赏的时间，并且从中检视自己的审美体验，让一般的感受与体验转入深层的审美回味中。回味是阅读过程中读者心理机制的最后环节，它是一种回溯性的心理活动，是精神上的反刍现象。回味会对阅读起到两方面的作用，一方面，它可以使读者对阅读过程中不甚明了的东西，在玩味中获得发现和领悟新的意蕴；另一方面，它可以使接受主体在回味与反顾中，削弱情感激越与冲动，增加思维的沉淀与理性的分量，将阅读进行理性的升华。中国传统的"玩味"说，司空图在《与李生论诗书》中提到"味外之旨"就是指读者在阅读中及阅读后回味再三，玩赏不尽的心境。

---

① 金元浦：《接受反应文论》，山东教育出版社，1998，第122页。

3. 阅读的行为经验规定性

当接受主体进行阅读，主体的心理机制与文本的内在规定性相互照面时，真正意义上的阅读关系得以构成，阅读活动才能得以实现。当接受关系形成时，阅读者并非进入文本提前设置好的封闭空间无法自拔，恰恰相反，阅读主体将自身的各种行为经验带入阅读活动之中，令阅读活动充满了更多丰富性和可能性，从而形成一种极具开放性的接受关系。

在以往的接受研究中，强调文本意义和价值，认为阅读是读者经由文本语言，进入形象、情感层面，而把握作品的主题、观念的探索过程，文本是接受的中心，其原有的给定性不容改变。而事实上，阅读本身伴随着接受者行为与文本内在规定之间的照面，阅读过程中，读者的个体化经验会融入其中，包括读者日常生活经验、审美经验等会对阅读活动产生持续或间断性的介入。

在与文本进行接触之初，接受主体就存在一种预先的经验介入，这成为文本理解的先期条件和基础。海德格尔指出，人与对象的关系首先是一种存在关系，人是透过自身的存在经验去把握物的。比如说听声音，"这种能听在生存论上是原初的；在这种能听的基础上才可能有听到声音这回事……我们从不也永不'首先'听到一团响动，我们首先听到辚辚行车，听到摩托车"。[1] 人在认识事物时总是先凭借经验而先听到的是"行车""摩托车"，而不是"一团响动"，"这是一种现象上的证据，证明此在作为在世的存在一向已经逗留着寓于世内上手的东西，而绝非首先寓于'感知'，仿佛这团纷乱的感知先须整顿成形，以便提供一块跳板，主体就从这块跳板起跳，才好最终到达一个'世界'"。[2] 我们在认识和领会事物之前，就已经存有了经验性

---

[1] 〔德〕海德格尔：《存在与时间》，陈嘉映、王庆节译，生活·读书·新知三联书店，2000，第191页。

[2] 〔德〕海德格尔：《存在与时间》，陈嘉映、王庆节译，生活·读书·新知三联书店，2000，第191页。

的领悟，这种经验成为理解和认识的开端。读者在与文本接触之际，首先会调动自身预先的经验，这种经验决定了与文本之间接受关系的起点和差异性。实际上，这也正是面对同一作品，不同的读者会产生不同的审美感受的原因之一。

阅读时读者会随着文本的内容起伏而引发自身生活体验的联想，读者将经验、感悟与体验融入其中，获取自身特有的阅读感受和意义。伽达默尔认为，阅读的过程需要接受者经验的融入，这样阅读的意义才能够得到增值，他说："我们所阅读的一切文本都只有在理解中才能得到实现。而被阅读的文本也将经验到一种存在的增长，正是这种增长才给予作品完全的现实性。"① 伽达默尔强调"审美无区分"，他不仅强调艺术作品与世界的不可分，艺术作品及其表现中介的不可分，更强调了在接受过程中审美经验与非审美经验的不可分，因此作为一种活动，审美经验、非审美经验的介入对于文本意义和价值的生成具有同等重要的作用。与此同时，在与文本的接触过程中，读者运用主体经验与文本形成相互的投射关系，在理解文本的同时将文本与自身的经验相结合，从而在阅读过程中实现自我的理解。伽达默尔说："只要我们在世界中与艺术作品接触，并在个别艺术作品中与世界接触，那么，这个他物就不会始终是一个我们刹那间陶醉于其中的陌生宇宙。我们其实是在他物中学会理解我们自己，这就是说，我们是在我们此在的连续性中扬弃体验的非连续性和瞬间性。"② 这也就是说，在阅读过程中，读者的经验世界与文本世界形成一种对应关系，自我经验与他者经验形成反观，构成"主体间性"，接受过程中在理解世界的同时，自我理解得到进一步的深化。

不仅如此，在阅读过程中还存在主体经验的阻滞现象，阅读行为会因此而忽视接受主体的现实存在。此时，不仅使作品的审美价值得

---

① 〔德〕伽达默尔：《真理与方法》下卷，洪汉鼎译，上海译文出版社，1999，第650页。
② 〔德〕伽达默尔：《真理与方法》上卷，洪汉鼎译，上海译文出版社，1999，第124页。

到充分展现,而且也将阅读者充盈的生命境界拓展出来。这种阅读过程中展现出的状态,老子称其为"涤除玄鉴",庄子称其为"坐忘",法国现象美学家杜夫海纳称其为主体的"非现实化"。他在《审美经验现象学》中说:"在一幅形象画面前,我在雷斯达尔画的橡树荫下,在卡纳勒托市,与再现的人物在一起。任何光线都不是不可能的,因为那是画的光线;任何怪物都不是畸形,任何脏乱都不需要打扫,高脚水果盘有权成为歪斜的样子。这倒不说明绘画不现实。这说明我为了宣告绘画的现实性而使自己非现实化了,说明我已涉足绘画为我这个变成新人的人打开的那个新世界。"[①] 阅读中,读者的一般生活经验会在审美体验的高峰中受阻,现实经验已经完全转入审美体验之中,这时候读者进入一种内省状态,在审美的感悟中审视自身和世界。

(三) 文学接受的交互关系

在文学接受过程中,文学接受行为呈现出双向建构、互为对象、互为主体的交互关系。就文学传播而言,文学传播在把文学文本引向接受主体的同时,也将创作主体的主张和意图引向了接受主体,不仅如此,文学传播将接受主体的议论与评价反馈给创作主体,两者以文本为根据地,通过传播构成了文学接受的交互关系体。就文学阅读而言,阅读主体与文本之间存在着一种对话关系,文本的信息转化依赖于读者的阅读与再创作,而阅读主体的确立更依赖于文本的表达。

1. 文学传播的双向建构功能

文学传播的双向建构功能体现为一种社会互动性,它实际上是传播与文学创作及文学接受的相互调节与控制。文学创作与文学接受是联系紧密的关系体,两者之间的合作、调适以及一体化互动过程往往是由文学传播来完成的。与此同时,传播媒介、传播手段、传媒视角及传播形式在受到文学创作与文学接受构成的同时,也在改变和制约

[①] 〔法〕米·杜夫海纳:《审美经验现象学》,韩树站译,文化艺术出版社,1996,第85页。

着文学创作和文学接受活动的生成。

文学传播与文学创作的双向建构，是指在文学传播过程中，文学传播在受到文学创作制约的同时也在影响和制约并且建构着文学创作。文学传播在宣传、推介文学文本的同时也在控制着创作主体，这种控制和影响来自它将读者的信息真实的反馈，比如一部小说在传播过程中，会将社会反响反馈给作者，从而对作者的创作思路和取向造成影响。正像道格拉斯·凯尔纳所说的："一切文化要成为一种社会的产物从而名副其实地变成'文化'，就既是传播的主宰，又被传播主宰，因而就其实质而言，也是传播性的。不过，反过来，虽然'传播'受文化的调停，但是它也是文化得以散播和实现其真实效应的一种模式。这里既没有无文化的传播，也没有无传播的文化。"[①] 同样，文学文本要成为作品，在一定程度上也受到文学传播的制约。不同的文学传媒形态对文学创作形成不同的文体模铸，从而产生适用于传媒形态的文学文体或文学文体规定，如适应于杂志报纸的一句话小说、微小说，适应于网络连载的长达千万字的长篇小说等，在媒介的制约下达成文体的约定。

而文学传播在受到文学接受制约的同时也塑造和影响着文学接受。文学传播不仅是以推动文学文本进入接受领域为目的的，与此同时，它也对文本产生一种评价效应，从而影响着文学接受，如一部小说的印数、借阅状况、发行量等传播状况，在一定程度上会影响接受。有这样一个事例，"1837年的时候，在一次音乐会上演出了两位音乐家的作品，一个是贝多芬的三重奏，另一个是名叫毕克西的作品，但在节目单上两位作曲家的名字被颠倒了，结果出现了这样的现象：当乐队演奏贝多芬三重奏时，听众以为是毕克西的作品，反应极其冷淡；但当乐队演奏毕克西的作品时，听众却以为是贝多芬的，因而掌声雷

---

① 〔美〕道格拉斯·凯尔纳：《媒体文化——介于现代与后现代之间的文化研究、认同性与政治》，丁宁译，商务印书馆，2004，第60页。

动"。① 文学传播对于文学接受的评价功能与建构性而言可见一斑，特别是在网络传播媒介发达的当下，文学传播对文学接受的引导和形塑作用更加让人无法忽视。新书发布、电影的上映，离不开各种媒介的宣传和推广，甚至一部电影的上座率的成败与前期的通告、宣传也存在密切的关系。

2. 文本阅读的交互关系

黑格尔很形象地勾勒出艺术品与观众的交流关系，他说，"每件艺术品也都是和观众的每一个人所进行的对话"②，文本阅读的交互关系一方面体现为读者与文本之间的互为主体、相互融通上，另一方面则表现为两者之间的互为对象、相互依存上。

首先，文本与接受主体之间是一种交互主体关系。交互主体性是西方近代哲学核心概念，胡塞尔、海德格尔、伽达默尔等人均有论及，现象美学家杜夫海纳对此有深入的和系统的探究。他将审美对象的存在方式界定为"准主体"，"我不再把作品完全看成是一个应该通过外观去认识的物，而是相反，把它看成一个准主体"。③ 在他看来，是读者接受经验的渗入使文本完成了从接受对象到艺术品的转化，也就是说，是读者的接受经验把文本从一般的对象中超拔出来，将其提升为一种与读者相对等的"准主体"，为在两者的依存与对话关系中实现审美接受与艺术品之间的互动提供了场所和可能性，形成双向的互动主体性基础。杜夫海纳所说的"准主体"，有着与阅读主体对等的特性，它来自胡塞尔的交互主体理论。

作品主体地位的获得，实现了意义在读者与作品之间的互动过程中生成。它揭示了人与人之间的关系，使阅读的审美活动成为一种交感性精神交流。读者不仅旁观而且参与作品的建构，他还介入作品本身，作品是主体性的读者的审美意向的投射与结晶。同时作品也获得

---

① 〔匈〕阿诺尔德·豪泽尔：《艺术社会史》，黄燎宇译，商务印书馆，2015，第167页。
② 〔德〕黑格尔：《美学》第二卷，朱光潜译，商务印书馆，1979，第335页。
③ 〔法〕米·杜夫海纳：《审美经验现象学》，韩树站译，文化艺术出版社，1996，第432页。

了主动性,作品在与读者的交流中,"作品在鼓励人去充当见证人时,它在人的身上发展了人"。① 就在作品介入读者的同时,读者也介入了作品,作品在发展读者的同时,读者也在创作着作品,这样就在作品与读者之间形成了一个实在的共同体,在这个共同体中,读者和作品获得了整体性,读者走向了世界和洞悉世界的奥秘。

其次,文学文本与读者的交互关系还体现在二者的互相对象化关系中,其中包括文本的主体化和读者的对象化。所谓文本对象的主体化,是指在文本阅读的过程中,文本对象经过读者的阅读,逐渐为接受主体所把握、占有,甚至再创作,文本的客观规定属性因读者的接受而内化为读者的审美个性、审美理想、审美体验,文本对象的意义和价值得到主体自身的确证、认同,从而由潜在的意义和价值变成真正的、现实的美学意义和价值,主体的精神力量也被对象所印证和高扬。② 文本对象化体现在读者对于文本的理解和认同上,当读者对文本认同后,文本为读者所接受,读者甚至可以从文本中获得生活的、审美的等各种经验并将其内化为自身的素养与能力,并且用以指导以后的生活实践。

文本对象与阅读主体双向交流的另一方面是阅读主体的对象化。阅读主体的对象化即读者通过阅读,按照文本意蕴,包括人物、环境、情节、细节语言等塑造、改变、提升自己,使自己成为文本意蕴所模塑的样子。这个对象化阅读在主题心理及举止言谈中发生,是见于主体的文本对象化。这种对象化又有两种情况,一是阅读主体的自身对象化或对象自身化,二是阅读主体的信息经过创作者转化到文本中去,成为见于文本的对象化。马克思说:"艺术对象创造出懂得艺术和能够欣赏美的大众——其他任何产品也都是这样。因此,生产不仅为主体生产对象,而且也为对象生成主体。"③ 这也就是说,文本中所建构

---

① 〔法〕米·杜夫海纳:《审美经验现象学》,韩树站译,文化艺术出版社,1996,第88页。
② 〔德〕黑格尔:《美学》第一卷,朱光潜译,商务印书馆,1978年,第46~47页。
③ 《马克思恩格斯选集》第2卷,人民出版社,1966年,第206页。

的艺术形象生动、真切地召唤着阅读主体，感染着接受主体，使其在获得审美体验的同时，知识能力、审美趣味、道德水准、思想倾向等方面也随之受到强烈的影响，甚至为之改变，直至达到为文本对象所同化。正像克罗齐说的："要判断但丁，我们就须把自己提升到但丁的水平，从经验方面说，我们当然不是但丁，但丁也不是我们；但是在观照和判断那一顷刻，我们的心灵和那位诗人的心灵就必须一致，就在那一顷刻，我们和他就是合二而一。我们的渺小的心灵能应和伟大的心灵的回声，在心灵的普照之中，能随着伟大的心灵逐渐伸展，这个可能性就全靠天才与鉴赏能力的统一。"[①]

二 文学接受的实践性选择及个性选择

文学接受体现了接受者积极参与，能动介入文本的复杂特性，在文学接受的过程中，以文本为基础的双向交互关系确立的同时，也确立了接受主体对文学文本的实践性选择及个性化选择。

（一）阅读过程中的实践性选择

1. 实践的问题性选择

任何接受都是置身于一定社会生活实践中的接受者的接受。社会生活实践通过耳濡目染等方式作用于接受者。而社会生活实践总是以一定的问题性向接受者呈现，将接受者置于不同程度的问题域中。阿尔都塞在《保卫马克思》中指出每种思想都是一个真实的整体，由自身的问题内在地把各个部分统摄起来，成分的性质取决于问题式的规定性，只有从问题式出发，其成分才能被思考，或者才能得到正确的思考。"每种思想都是一个真实的整体并由自己的总问题从内部统一

[①] 〔意〕克罗齐：《美学原理》，朱光潜译，人民文学出版社，1983，第229页。

起来，因而只要从中抽出一个成分，整体就不能不改变其意义"。① 不仅如此，"每个独特思想整体的发展，其意义不取决于这一发展同被当作其真理的起点或终点的关系，而取决于在这一发展过程中该思想的变化同整个的意识形态环境的变化，以及同构成意识形态环境基地的社会问题和社会的变化的关系"。② 因而说一种思想最后的本质与其说取决于思考对象的内容，不如说取决于提出问题的方式。文学接受实践同样受到不同的问题域的制约，对问题域的选择是获取阅读意义和价值的方式，同样，在接受实践中透过对文本不同的问题性窥探，自然会影响接受意义的获得程度。在阅读过程中，读者会不可避免地将自身置于问题的框架下进行思考和接受，也通过不同问题的提出而获取不同的求解方式。

2. 实践的求解性选择

事实上，问题的提出与求解是相伴而生的，而在实践活动中，不断会有新的问题产生，这样就有新的问题得到求解，实践过程即是产生问题与求解问题的过程，接受者总是在一定的实践性求解中进行文学接受。

一方面，在一般情况下，对文本所进行的问题性求解会随着不同问题的提出而展开。对于同样的文本，接受者的研究志趣和接受焦点会随着不同时期时代问题的流变而发生转变，并随之打上深深的时代烙印，也就是说，对同一文本的关注点和接受角度是与时代问题的发展密不可分的，如后现代文学接受、新媒体文学接受，都是有明显的时代求解特点。新媒体文学接受是受到网络媒介技术、经济运筹以及大众接受等时代问题助推而生的，它让接受者的视角在时代问题的框架下游移。也可以说，不同时代所面临的现实问题主导甚至决定了求解的选择性。时代主题的变化和重大问题的提出主导着人们对文本的

---

① 〔法〕路易·阿尔都塞：《保卫马克思》，顾良译，商务印书馆，1984，第42页。
② 〔法〕路易·阿尔都塞：《保卫马克思》，顾良译，商务印书馆，1984，第43页。

关注点，因此对文本的求解在一定程度上必然带有时代性，它是时代问题的产物。如对《西游记》的解读，过去读出的是"阶级斗争"，如今读出的是"团队协作""生态意蕴"等，这无疑是时代问题转变的结果。不仅如此，在具体的阅读接受中，除了宏大时代问题对求解的影响，个体性问题的提出也会对接受产生影响。例如，个人阅读过程中知识性、趣味性问题的需求，会主导阅读的意图。

另一方面，文本意义的生成会伴随着问题的提出而展开，可以说提出问题是对寻求意义的前理解状态，问题的提出即是求解的开始。这种前理解状态与伽达默尔所说的"前理解"有着共通之处，在他看来，人的理解具有历史性，头脑中总是带着自己的前理解来理解，前理解包括前有、前见、前知，就本质而言，认识事物前对问题的提出，实际上是对于某种观念、前提、假定已经存有了先在的认识，在认识的过程中探索问题，修正问题，从而在对于"前理解"中可以清除的"非法偏见"的修正和不能清除的"合法偏见"的顺应中，使对象的意义生成。这种具有前理解意味的提问，实际上也揭示出了，提问者即接受者，在接受过程中所具有的主体性，突破了唯文本的传统模式。对于文本意义的追索，伽达默尔提出了"视界融合"，实际上是在时代与历史问题域的转换、修正中实现意义的生成。不仅如此，阿尔都塞认为，凡是阅读必然在一定的问题式下展开，要获得文本阅读的真谛，寻求本真的意义，需要在问题式的转换中进行一种"症候性"阅读，也就是在阅读中寻求不同问题式的回应及答案，从而在带着对空白、问题的追问中追问意义与价值。

3. 实践语境性选择

无论接受者如何能够跳脱，都无法纯粹地置身于文本之外，在形成接受关系时，接受的实践活动都会在不同程度上受到语境的制约与限定。接受总是在特定的接受语境中实现，语境并非是接受的条件或背景，从一定意义上说，它直接规定着接受行为的呈现。新批评的代表人物瑞恰兹从事语义学研究的核心是"语境"（context），这一理论

第十一章 文学接受的选择性与综合性

对新批评的发展具有极大的影响。瑞恰兹指出,"最一般地说,'语境'是用来表示一组同时再现的事件的名称,这组事件包括我们可以选择作为原因和结果的任何事件以及那些所需要的条件"。[①] 在他看来,一个词有很多不确定的潜在的复杂词义,在具体的语境中,这些词义得到具体化理解,还不仅在此,这个获得具体意义的词总是与过去曾发生过的一连串复现事件存在密切的关联,接受过程中词语意义的丰富正是源自这些"再现事件"及其相互的阐释之中,现实文本与历史事件之间共同构成了接受语境的规定性,从另一角度看,接受实际上正是对所面临的文本与历史事件的揭示,将那些隐匿的"事件"明细化。

接受的实践语境构成是具有综合性的过程,可分为综合语境、具体语境及接受者的个体语境。接受的个体语境是与接受者的个人经历和个体的心理活动相关的,它是接受者的切身经历和感受的聚集,包括接受者的认识活动、情感活动、意志活动,以及他此前获得的知识及其他个体性经验结构等经过积淀沉积为潜在的理解背景,这些因素在接受过程中会作为接受的基础和起点存在。瑞恰兹强调语境的个体心理建构,他认为心理语境是一组复现的心理事件,个体语境由创作者和接受者的心理因素共同起作用。具体语境是接受者与文本照面时所处的语境,其中包括文本内部语境和外部的环境,文本内部语境是创作者预先设定的形式、内容等,瑞恰兹所说的限制词语由多意向确指的语境等,同时接受者与文本接触时,此刻个体的心境和外部的环境也同样构成具体语境的成分,影响着接受行为的延伸。综合语境实际上是在接受的过程中,具体语境和个体语境的交错渗入,对文本接受产生限定。综合接受语境并非是具体语境与个体语境的简单叠加,而是在接受中,接受进入深层阶段,个体的理解、体验,文本自身甚

---

① 〔英〕艾·阿·瑞恰兹:《论述的目的和语境的种类》,赵毅衡编选《"新批评"文集》,百花文艺出版社,2001,第334页。

至词义的多元以及各种复现的前在的历史事件等被构入一个综合性的关系网络之中，接受的意义在这个综合网络中明晰、显现。

（二）凸显个性化的选择方式

在文学接受过程中，接受主体的接受活动具有个性化特征，它力争摆脱普遍的束缚，依据接受主体自身的个性爱好对文本进行选择。在传播环节中，这种选择体现为社会或团体对于文本的选择，接受主体对于文本接受的个性化选择这两个大的方面。

社会群体性选择受到社会观念和团体利益的影响。这种选择更多的是一种团体性或官方性选择，它是选择群体依据自身的共通性特点而选取适宜的接受内容和接受方式。就社会官方群体而言，其选择性主要体现为文学文本的出版审查制度、相应的法律规范等，也包括文艺方针、政策之类，以及各种评奖形式等，通过评价体系的确立和价值观的引导，来表达自身的选择意图，实现选择的途径；就经济利益团体而言，这种群体性选择受到资本因素的操控和掌握，当前网络文学的发展态势，从网文到影视剧改编过程中在很大程度上受到资本的影响。出版行业的畅销书排行榜，也是文学进入市场运作的表现。总体来看，在文学接受过程中，社会群体性接受尽管以团体形式出现，但它对于文本接受仍旧是具有极大的个性化特色的，只不过接受目的的不同，所依凭的选择标准不尽相同，有的是以某种意识形态的需求作为选择依据，有的则向自身利益最大化看齐。无论怎样，各种因素交杂其中，制约着接受不同的选择趋向，这也构成了当下文学群体性接受的丰富性、多元化。

在文学阅读过程中，读者对于作品选择的个性化特点更加突出。在文学接受过程中，读者搜寻、捕捉与自身的接受能力、个性特点相契合的作品，甚至作品的价值、意义也会被读者的兴趣所影响。刘勰在《文心雕龙·辨骚》中谈到读者选择时说："故才高者菀其鸿裁，中巧者猎其艳辞，吟讽者衔其山川，童蒙者拾其香草。"说明了不同需求和不同类型的人在理解《离骚》时选取的角度各不相同。读者的选择性，不仅包含了对阅读对象的选择，更为重要的在于对阅读意义的选择。也就是说，不同的读者不仅会依据自身的喜好选择不同的文本阅读，而且在阅读同一部作品时，选取的接受焦点也各不相同。文学文本在经过读者有意识的创造性选择、重组后赋予本文新意义而与其他人有着鲜明的不同，这也正是人们常说的"有一千个读者就有一千个哈姆雷特"的重要原因。在伊瑟尔看来，"意义的现实化始终是读者在各种可能中进行选择的结果。换言之，具有多义性本文只有经过排他性的选择，才能获得某种明确的意义"。[①] 事实上，读者接受的个性指向文本后，接受者的个人情感、个性体验和经验与文体融合，文本的意义会因接受个性而发生偏转和迁移，从而实现与众不同的文学接受。

　　社会接受的选择性与个人接受的选择性就本质而言，都强调一种个性化的选择。即便是作为最广泛的选择团体的官方，在进行接受选择的过程中，也依据自身特有的要求而追求接受的独特性，当然这种独特性是针对与其他团体接受和个体接受的区分而言的，比如说官方价值观看重作品中正能量的弘扬，商业投资可能看重作品的市场效应，个体读者可能看重作品的情节，从三者之间的不同追求看，均具有十足的个性化选择倾向。选择的个性化促成了文学发展的多元化，也有助于文学丰富性和促进文化的繁荣，但三者之间也有趋于一致的时候，当社会、团体与读者选择趋于一致的时候，文本的经典性就得到了凸显，它在以自身的魅力满足最广大接受者的需求，成为能够满足更多个性化选择需求的文本。经典性文本在一贯的接受过程中，也并不会因为其对更多选择需求的满足而削弱不同的接受者的个性化选择，它犹如开掘不尽的富矿，会持续不断地给不同的需求者带来丰富的个性化体验。

[①] 金元浦：《接受反应文论》，山东教育出版社，1998，第53页。

（三）时代给定性与审美趣味的制约

探寻文学接受活动中选择个性化选择产生的根源，不难看出文学接受的选择性主要受到时代给定性与审美趣味的制约。接受主体对文本的选择一方面受到社会条件的限定，另一方面受到个体审美趣味的制约。

1. 时代给定性对文学接受的制约

就传播环节的选择而言，接受总是与一定的社会政治、道德、法律、公民的权利与义务密切相关的，无论是社会接受、团体接受还是个体接受都是如此。文学接受的社会与团体性选择对时代环境的依赖性表现得极为明显，为了维护社会有序发展，社会与团体的选择过程中有意剔除和排斥那些与时代意志相背离的文本对象。例如，社会处在动荡与变革时期，突出时代变革风貌的文艺作品会成为文化的引领者。它突出文艺作品对时代变革的功用性，甚至融入社会变革进程中，成为促进社会发展的重要因素。新文化运动时期，那些锋芒显露、思想进步、能够顺应变革需求、能够开启民智的文艺作品，会得到大力宣传并且为广大群众所接受，这与时代的特殊要求是分不开的。文艺复兴时期，能够被广泛认可、获得更多的展现空间的文艺作品，实际上是那些经历时代约定后与时代趋向一致的作品，那些文艺作品恰恰开拓与启蒙了大众的思想与心志，成为支撑启蒙思想运动有效开展的强力的支撑，它们的涌现与社会发展的步调几乎吻合。

在阅读环节中，读者对于作品的选择与时代特性密不可分，他的选择势必要受到时代的规定，受到自身生存环境的制约与限定。在不同时代下，人对文艺作品的关注点不同，这也在一定程度上促成了文艺作品发展的时代特征的形成，王国维在《宋元戏曲考·序》中写道："凡一代有一代之文学：楚之骚，汉之赋，六代之骈语，唐之诗，宋之词，元之曲，皆所谓一代之文学，而后世莫能继焉者也。""一代有一代之文学"实际上是时代特征下，读者对作品在选择与筛选后趣味趋同的结果。而这种趣味的趋同现象不是巧合，正是社会环境、时代特征作用的产物。接受主体的具体生存环境影响着对阅读文本的选取，包括地域、民族、性别、年龄等因素对阅读主体的选择产生影响，而这些因素又恰恰受到时代的造就，是时代规定的产物。例如，从性别上看，女性较多地选择感性文学，男性较多地选择理性文学；从年龄上看，儿童一般喜欢幻想文学，青年人较喜欢抒情类文学，老年人对回忆类的文学感兴趣。不同职业、不同阶层的接受主体也体现出对文学接受的不同选择，这一切无疑都与他们所处的时代和环境有着重要关联。

2. 审美趣味对文学接受的制约

如果说时代给定性是制约接受选择的外部规定性的话，那么审美趣味可以看成是制约接受选择的内在规定性。审美趣味有一种特殊的审美经验，它是人在审美关系中，对某些审美对象产生的喜好和偏爱，它受到审美主体心理素质、文化修养、生活环境和人生经历等因素的影响，既能够体现出个性差异的一面，又具有时代性、阶级性、民族性等共通规约的一面。审美趣味的选择功能是显而易见的，文学接受在很大程度上是建立在审美趣味基础上的。

审美趣味的不同决定了接受主体对接受文本的选择。人们在文学接受活动中，总是表现为大相径庭、丰富多彩的审美趣味对接受产生的影响，不同的接受主体由于审美趣味的不同而选取不同的接受对象，如有人爱听音乐，有人喜欢绘画，有人喜欢舞蹈，有人喜欢《红楼梦》中的林黛玉，有人喜欢薛宝钗，不尽相同。一个人的兴趣最能表现出他对作品的兴趣和偏好的选择，当他对某部作品发生兴趣，他的注意力就会被引向他所关注的对象，而其他对象则被排除在外，无法进入接受领域。通过多种接受渠道对作品进行推广和宣传的意图，在很大程度上也是为了引发读者的这种审美趣味，从而产生对作品进行接受的冲动。

在文学接受过程中，审美趣味的多样影响了接受主体的接受层次与品味的多元化。接受过程中的审美趣味具有多样性，桑塔耶纳曾认为：只要人们没有忘掉审美趣味的基础和职能，并且各种审美趣味没有各自自认为有权独霸天下，那么，各式各样的审美趣味就不会彼此冲突而相争执，也不会引起道义上的问题。要求一种审美趣味一家独鸣，这种态度是荒诞可笑的。审美趣味的多样性决定了选取审美对象的多样性，因为接受者在接受过程中，审美趣味作为先在存在的个体意识，有意无意地以一种"倾情"的方式起作用，结果则表现为接受过程中的偏爱与喜好。而多样的审美趣味有时是有所区别的，从品位与层次上看，有的显得很高雅，有的又显得很低俗；不同的人，不同的群体，即便是在不同的时期，人的审美趣味的品位与层次也是具有一定差异的。而在不同审美趣味的驱动下，与之相应的审美对象进入接受视野，又会影响接受主体的审美趣味的层次和品位的构成。

审美趣味既是接受主体成长过程中在偏爱、喜好等因素的催动下逐渐形成的极具个性化的一种审美意识，它受到个体诸多的生理心理素质、文化修养、生活环境和生活阅历等方面的影响，呈现出鲜明的个体差异性，同时它又具有与时代的、历史的、民族的共同性的一面，它在很大程度上又受到社会总体因素的规约，从根本上看，它是接受主体的社会性的显示。因此，审美趣味实际上是个体性与社会性、特殊性与普遍性的融合。审美趣味存在相对稳固性，但它又会随着时代发展而适时地进行自我调整，如进入大众传媒时期，随着微媒介的发展，审美趣味正在发生悄然的转变，而与社会发展的节奏同步。

三 文学接受的实践综合性

就生命本身的生存活动状态而言，整体综合性是人的生命本有的自明属性，行为精神与肉体的融合，心理结构、语言活动等与生存相统一等，共同构成人的生存的综合性实践。文学接受更不例外，这种接受过程的实践综合性表现依旧存在，而在现实的文学接受研究中，对于文学接受所体现的实践综合性视而不见，而且存在一种静态化、割裂化的关注倾向，作者中心、文本中心研究莫不如此，即便是接受美学的研究，也存在着某种割裂和不足，从伽达默尔对接受美学的批判中就可看出这一点，他的"视界融合"更强调文本与读者的相互作用，而"召唤结构"和读者的"期待视域"的互动融合等还是偏向于读者一方的。文学接受是一种具有综合特性的实践活动，综合性是指在文学接受活动中，包括文学传播、文学阅读、文学鉴赏与批评等实践活动互相融通，不分彼此；接受主体与接受对象互为主体，物我不分，相互构入，相互呈现；在这期间，主体运用的思维方式是主客体验式的浑融思维，主体在接受活动中实现自我。

（一）接受者综合性的实践主体身份

在接受活动中，尽管文学接受是一种特殊的审美精神活动，但接受主体的接受行为本身也是接受者个体的生存活动，在这一过程中，接受目的、接受行为以及接受时主体的心境都具有综合实践性。同时，接受对象即文本也在接受行为中具有了综合性的实践主体身份，接受主体与文本主体在接受实践活动中相互映现，存蓄着主体间性，文本与接受者的关系在实践综合性中打破了二元对立。

1. 实践目的性

从主体接受的目的来看，具有实践目的性。文学接受作为读者的一种实践性活动，主体在接受中的行为实际上是具有综合性和整体性的。就人的生命体而言，文学接受活动是与他的个体生命活动不分彼此的，接受活动不仅仅是生命活动的一部分，它原本就是生命活动本身。为此，在接受过程中，接受主体的状态是综合整一的。人的阅读活动总是带有现实的目的性，尽管其表现形态是个体的感性行为，但从根本上说，它是一种实际的现实活动，它不是摆脱世界的孤立行为。

人们在进行文学作品的接受和欣赏时，即便只是娱乐消遣行为，也仍具有鲜明的实践目的性，不论何种阅读状态的背后都根本性地关联着阅读者一种或多种现实性的实践活动，它是与人的生命体的存在方式直接相关的。比如读诗，它不是停留在字句、意象或片段的组接，也不只是单纯的知识性获得，而是与读者的内在情感、生活境遇、个体成长等实践活动息息相关。每个阅读行为最终的目的指向都是接受者的生存实践，阅读的最终落脚点都是人生，徐复观说，"虽然老、庄较之如家，是富于思辨的形而上学的性格；但其出发点及其归宿点，依然是落实于现实人生之上"①，这实际上也揭示出阅读行为对于人生实践的介入和构成。

2. 互动行为性

人在阅读的同时，也并非只和文本进行单向的接触，而是同文本中所呈现的丰富的世界进行对话和交流，文学接受实际上是读者与文本进行的互动行为。在阅读的过程中，文本虽然不可避免地带有作者的影子，但它却是向读者永久敞开的。杜夫海纳把艺术品看作"准主体"，它是接受行为交互活动的纽带，作品与接受者的对等关系是接受互动行为的基础。作品揭示的是人与人、人与世界的关系，而当接受者的主体情感、审美意向对其进行介入和投射时，作品就会向接受者敞开它其中隐含的作者的世界，敞开它自己的世界，也同时敞开接受者自身的世界。反之亦然，在阅读过程中，读者通过作品实现了与作者、与作品、与自己的对话和交流。

接受行为的互动性还表现在它的流转性上，它是随着作者生命节律的变化而不断发生的。作品向读者的敞开过程是流动不居的，读者对作品持有怎样的阅读感官，作品就对人呈现出怎样的敞开状态，接受者与作品的关系始终是在持续不断地互动中实现。在不同阶段中的人，在面对同一部作品所形成的感官和体验并不相同，这是与个人的生命体验的变化一致的，但作品自身所具备的开掘空间为阅读感受的

---

① 徐复观：《中国艺术精神》，春风文艺出版社，1987，第40页。

变动提供了条件。人们说"半部《论语》可治天下",世界上并不存在放之四海而皆准的真理,但真理却可以在与文本不断地互动、交流中生成。

(二) 接受者实践性的接受综合性

从文学接受的整体过程来看,文学接受是综合性的。接受活动是一个完整的过程,离开综合,这个过程就会被割裂,接受者的实践接受综合性体现在传播的接受综合性、接受主体的理解与体验的综合性以及在评议和反馈中的综合性等方面。

1. 传播的接受综合性

文学传播是以阅读为指向的,文学阅读在影响文学传播的同时,文学传播在很大程度上也改变了文学阅读,而文学鉴赏与批评是建立在文学阅读的基础上的,高层次的文学阅读状态,它们之间是接受主体交互作用伸展开来的结果,它们的合理存在势必需要接受主体运用综合将其连接并聚集,否则单纯地扩大传播或者阅读领域都是不足取的,都将导致文学接受活动的错位。

首先,传播渠道是综合性的。传播渠道是个连接读者与作者、文本的通路,它把作者引向文本和文本中内蕴的丰富的世界,它是双向的,具有持续不间断的特性,它自身就是一个整体,它又通过自身的综合性把读者、作者、作品和世界连接成为一个总体。无论是传统的口耳相传,还是当下的网络传播,都是生动的综合性传播,它不是单纯的工具,它是一种具有整合性功能的存在方式。传播渠道是一个敞开的"场域",它将各种因素引向汇聚,并催化各种因素发生综合性反应。作家、读者、批评家、出版商等均汇聚于其中,通过传播产生效应。

其次,传播形态是综合性的。传播并不是单向的,传播形态发生着的不断的演变和流动,无论是传统的传播方式还是现代的传播方式,都是与人类社会发展和人类文明形态的形成直接相关的。传播形态的综合多元伴随着人类精神空间和物质文明的拓展,它不可能孤立地存在。传播在具有排他性的同时也具有包容性,一种传播方式挤压着另一种方式的生存,但永远无法取代,特别是在多元传播共生的当下,文学传播的表现形态也是多元共生,不但不需要用一种传播取代另一种传播,正相反,各种传播形态的相互协作成为新的景观,如小说出版和影视的互相跟进,网络连载和电玩制作等,构成新的互文性关系。

最后,传播的主动性也是综合的。传播实际上是一种共享与互动,在哈贝马斯看来,传播可以使人们达成共识,并最终成就传播的理想境界。传播的意图是建立一种主动的对话关系,在这一关系中,接受者与文本之间、与作者之间都是对等的。他们之间的存在状态也都是主动性的,读者主动去了解传播和传播指向的文本,而传播更是文本向读者趋近的重要方式。在这种互相趋近中,传播完成着各种参与者之间的交流和互动。

2. 理解与体验的接受综合性

读者的阅读,是带着自身的理解和体验进入对文本的接受之中的。在阅读过程中,读者带着自己的前见进行阅读。他原有的知识、情感、对事物的理解会对阅读产生影响,伽达默尔说:"一切诠释学条件中最首要的条件总是前理解……正是这种前理解规定了什么可以作为统一的意义被实现,并从而规定了对完全性的先把握的应用。"[①] 前见在伽达默尔看来,在人的理解中实际存在,并且是使文本可以理解的首要条件。这种前理解是人的历史过往中体验与知识等各种因素的积淀与综合,它是历史、传统对读者生存语境的制约的产物。在阅读过程中,这种前见与文本汇合,形成交流和理解的基础。

读者在文学接受中的体验是,生命体验与身体体验的综合,它是作者身心一体的活动,如果说阅读过程中调整"前见"的理解是对文本意义的追索,那么体验则是读者由文本回到自身的感觉、知觉等身

---

① 〔德〕伽达默尔:《真理与方法》上卷,洪汉鼎译,上海译文出版社,1999,第378页。

体性体悟的方式。梅洛·庞帝呼唤回到身体,并从身体中体验人灵动的生命存在。通过体验,文学中的秘密和生存中的秘密被揭示和感知,从而将被理性压抑已久和被各种社会关系限制的人从扭曲和麻木中拯救出来。在体验中,读者与作品中的形象融为一体,伽达默尔认为,通过体验能够获得无限的意义,"在艺术的体验中存在着一种意义丰满,这种意义丰满不只是属于这个特殊的内容或对象,而是更多地代表了生命的意义整体。一种审美体验总是包含着某个无限整体的经验,正是因为审美体验并没有与其他体验一起组成某个公开的经验过程的统一体,而是直接地表现了整体,这种体验的意义才成了一种无限的意义"。[①]

3. 评议与反馈的接受综合性

文学评议与反馈是文学接受的延伸,它涵盖了一般性议论、跟帖和文学批评,它是在对文本理解的基础上,接受者结合自身的体验对文本进行的一种反馈行为。反馈和评议是综合性表现,首先,它需要调动接受者的各种心理因素、知识结构对文本进行理解。其次,它要通过自身对文本的体验形成对文本的态度,或者是一种共鸣,或者是一种否定。最后,接受者还要形成表达内容,并且运用各种传播渠道将其表达出来。在这一过程中,需要调动各种因素对文本形成一种评价性反馈,这必然是综合性的,哪个环节和因素的缺失,都无法实现反馈行为的有效达成。

不仅如此,影响反馈的标准也是综合性的。评价标准受到各种群体、观念的制约和影响,出于不同的目的而形成不同的反馈模式,其多样性、复杂性一直伴随其中,如有文本批评的评价形式,也有作家作品研讨会的评价形式,有新闻式的评价形式,也有广告式的评价形式;有文学排行榜式的评价形式,也有文学评奖式的评价形式,等等。有官方的要求,也有文学团体、商业团体的要求,无论怎样,反馈的

[①] 〔德〕伽达默尔:《真理与方法》上卷,洪汉鼎译,上海译文出版社,1999,第89~90页。

众声喧哗都是不同意图下评价标准综合考量的结果。

(三) 接受者构入性的心理综合性

文学接受是接受者的各种心理活动综合性地构入的过程。这些心理因素是接受者审美心理机制的体现,他们在接受中相互作用、相互交融,共同促成接受者对文本的介入。接受心理一般来说,包括感知、想象、情感、理解等几种基本的要素。

感知是接受活动中形成接受者审美体验的基础,美国当代文学家帕克说:"感觉是我们进入审美经验的门户;而且,它又是整个结构所依靠的基础。"① 它包括人的最基本的感官功能,生理感官是在审美活动被理想化而遗忘的重要元素,它是阅读的起点,事实上也是阅读的归宿。首先,审美感知是与人类社会、历史一体的,马克思认为"五官感觉的形成是以往全部世界历史的产物。"其次,审美感知也是与人的内在情感等紧密相关的,在日常接受中,往往是因为文本激起了接受者的情感体验,才引发接受行为的继续。最后,审美感知是人的一种生存活动,在感知中,文本中的生命体验与接受者融为一体。

想象是接受活动中在文本的激发下接受者通过加工和改造记忆中的表象来创造新的思维表象的过程。它包括了联想和创造性想象。在接受者的思维中,想象需要调动记忆及以往对日常的经验、认识、创造性思维等与文本融合,形成具有创造性的新的意象。它不可能孤立存在,它是思维在综合作用下的产物。

整个接受过程都弥漫着充沛的情感因素,它成为审美活动的鲜明标志之一,没有情感的审美过程是不存在的。审美情况具有极强的个性化特色,它可以成为接受的动力。它一头连着接受者作为一般生存者的直接的肉欲或生理的快感,一头连接着显著的社会属性,因情感也是一种价值性体验,受到社会价值观念的规约。

---

① 〔美〕H. 帕克:《美学原理》,张今译,广西师范大学出版社,2001,第50页。

第十一章 文学接受的选择性与综合性

理解在接受中是感性与理性因素的融合。审美理解又不是凝定不变的,它具有多意性和丰富性,这种丰富性源自综合的结果。从接受者这一角度而言,接受者总是具有一定的、由他的审美期待构成的视域,而且这种视域本身是不断变化的。从文本这一角度而言,文本也具有自身的独特意图和结构,这种结构是开放的,也存在一定的不确定性。在两厢相遇下,注定了理解的多意和丰富。

在接受过程中,尽管各种心理因素有着自身的特点和作用,但它们不能够孤立存在,而是相互交织、相互渗透、相互制约的,伊瑟尔在谈论到阅读时认为:"读者为了整体地完成阅读,必然将其在游移视点中分割感觉的东西融而为一,这就要求他必须进行综合。但这种综合既不能在文本的印刷页上显现,又不能完全由读者的想象去创造,它们具有双重的本质:它们是从读者中显现出来的,却又受到将他们投射进读者大脑的本文信号的导引。而且,这种综合往往发生于意识的域界之下,常常是在读者非常自觉的潜意识或无意识中完成的。"因此,伊瑟尔选择了胡塞尔的术语,称之为:"被动综合。"[①] 在伊瑟尔看来,要获得文本的审美意义和价值,首先需要从文本的格式塔中获得艺术形象,这就离不开"被动综合",它是通过对文本的阅读调动接受主体内在的各种复杂的心理因素特别是通过感知、想象等来构建形象,形成理解。接受过程是需要接受者通过自身与实践联系而生成的,需要调动起各种心理的、生活经验的、社会的复杂因素,并将这些因素集结,在大脑中进行整理,创造出想象的序列,最终构成文本的理解。

---

① 〔德〕沃尔夫冈·伊瑟尔:《阅读活动——审美反应理论》,金元浦、周宁译,中国社会科学出版社,1991,第163页。

第十二章

文学理论的实践论研究方法

古希腊伟大哲人亚里斯多德在其《形而上学》一书开宗明义地说:"人类求知是出自本性。"① 人之为人,就在于其作为有限的存在物而追求无限,所以他并不满足于实用的知识而创造理论的知识,因为理论是以有限掌握无限的唯一方式。在同样意义上,德国哲学家伽达默尔说:"人类最高的幸福就在于'纯理论'。"他甚至说:"出于最深刻的理由,可以说,人是一种'理论生物'。"② 由是而论,理论似乎只是一种纯粹的、超然的、无为的"观念",与实践无涉或者正相对立,而可以从理论家的"思辨"中生产出来。然而,理论的纯粹性、超然性、无为性其实都是它不得不如此的一种有限性,所以是人类在其理论活动中应该尽力克服的而非竭力宣扬的。按照人类的本性或者理论的本性来说,理论必然是实践性的,这是因为人类需要的是真实地掌握世界而不是虚假地掌握世界,如欲真实地掌握世界,就必须使自己的观念与真实的世界相符合,而实践是人类使自己的观念与真实的世界相符合的唯一途径。实然,理论所求索的目标是一种放之四海而皆准、施于万世而不匮的规律性、普适性,没有这种规律性、普适性的求索,也就没有理论存在的必要。而欲求索这种规律性、普

---

① 〔古希腊〕亚里斯多德:《形而上学》,吴寿彭译,商务印书馆,1995,第1页。
② 〔德〕伽达默尔:《赞美理论——伽达默尔选集》,夏镇平译,上海三联书店,1988,第26页。

适性，那么它所面对的对象就不应该是孤立的、单一的、静止的。人类的任何实践活动都不能单从自己的主观意愿出发，而必然要受到其对象的决定。受其对象的决定，任何理论的研究方法都必然是有机整体性的、流变生成性的和观念敞开性的。文学理论亦复如是。

一　有机整体性地研究对象

不难理解，文学理论研究的目标是获取人类文学活动的本质与规律。为了达到这个目标，其面对的对象就必须是文学活动的有机整体，而不是某一个别的现象或者干硬的标本，因此研究方法也应该是有机整体的。然而，如欲把这一方法真正落实于实践领域，便会即刻显现出一种深刻的内在矛盾。

（一）"有机"与"整体"的矛盾

简单地说，上述矛盾就是"有机"与"整体"的矛盾。这里所谓的"有机"与"整体"是有所特指的，它们不是就研究对象而言，也不是就研究方法而言。必须首先明确的是，文学活动作为文学理论的研究对象，既是整体的，也是有机的，其间并不存在矛盾，而与这一研究对象相适应的有机整体的研究方法当中也并不存在矛盾。矛盾出现在具体、实际的研究主体，面对具体、实际的研究对象之时，运用具体、实际的研究方法之际。必须承认的是，具体、实际的研究主体无论作为个人还是集体都是有限的人，身处有限的条件当中，受到时代、环境的限定，即便是天才的思想家也莫不如此，并非什么万能的人。因此，有限的主体在把握无限的对象的时候，必然要遭遇某种"有机"的方法与"整体"的方法之间孰轻孰重、孰先孰后而难以统一的矛盾。真正实践论的文学理论与僭名实践论的文学理论的一个区别就在于，它不仅注重在一种虚拟的、理想的状态下去证明文学活动的有机整体性，以及采取有机整体的研究方法的合理性，这一点也早已被前人证明而无须再去重复。真正实践论的文学理论更为关注的，是发现并解决现实中的人在现实的关系中的矛盾，现实中的人在现实的关系中的矛盾对于僭名实践论的文学理论是无足轻重的，而在真正实践论的文学理论看来，是最为深刻的内在矛盾。

哲学家、美学家李泽厚说："我记得每次走进图书馆的书库时，几乎总有一种异样的感觉：望洋兴叹，惘然若失。再博览，书总是读不尽的……那个书库张着大口的嘲讽似乎总在我眼前荡漾着。"① 恐怕，这不单是一位哲学家、美学家的慨然，也同样是许许多多学人的浩叹。既然一个图书馆里的有关书籍是一个人穷其一生都无法读尽的，那么弥漫于历史与现实的时空中的人类的特定的活动就更是他不能遍览的，"以有涯随无涯，殆已。"（《庄子·养生主》）人是有限的存在物，相对来说，人类的文学活动是无限的，因此，即使是某一时段、某一地域的文学活动的"整体"，也是一个作为有限的存在物的人难以究极的，那么一个人又该如何整体性地研究文学活动呢？方法只有一种，这就是抽象的、间接的方法，或者说哲学的、史学的方法。如果能够站在一定的哲理高度之上或历史距离以外，人便可见到文学活动的全景。然而，这个"全景"又肯定不会是"有机"的。比如说，飞上天空才能俯瞰一片森林的状貌，但不能辨明一棵树的形态；进入太空方可遥望地球形体，但不能了解地球的构成。所以说，文学理论以及任何理论都必然要求有机整体地研究对象，可是对于一个人来说，"有机"与"整体"又是很难两全的，这是一种深刻的内在矛盾。

众所周知，内在矛盾是事物发展的动力，如果能够正确地处理、解决、克服困难，就会使事物向人们希望的方向发展。处理、解决、克服包括文学理论在内的各种理论研究之方法论上"有机"与"整

---

① 李泽厚：《〈中国古代思想史论〉后记》，《走我自己的路》，生活·读书·新知三联书店，1986，第200~201页。

体"的矛盾的唯一途径,就是把抽象的、间接的方法与经验的、直接的方法或者说宏观的研究与微观的研究结合、融贯、统一起来。比如,黑格尔指出:"实际上,亚里斯多德在思辨的深度上超过了柏拉图,因为亚里斯多德是熟识最深刻的思辨、唯心论的,而他的思辨的唯心论又是建立在广博的经验的材料上的。"① 可见,亚里斯多德之所以能发展、超越柏拉图的理论,就在于他能够把柏拉图抽象的、间接的方法与自己经验的、直接的方法结合、融贯、统一起来。但是,这一途径对于当今具体的学术个体来说,又仿佛是一条歧路,正如李泽厚所说:"我倒是觉得,今天固然不可能再出现一个如亚里斯多德那样的百科全书式的学者,科学分工愈来愈细。"② 每一个学术个体都难免被这种科学分工限定在某一学科的某一专业的某一领域,而缺少学术个体独立自主的思想,则不会有学术的繁荣。因此,当今每一学术个体如非歧路彷徨,就需要做出某种决然的选择。

从20世纪70年代末开始,中国学术重新起步,而偏重于宏观的研究,其原因正如曹文轩从文学批评的角度所指出的:"历史的经验述说着这一点:无知、荒寂与萧索之后,对宏大之物、高屋建瓴式的思想的向往与投入,是注定了的事情。大文化批评给中国的文学批评带来了风风火火、高潮迭出的生动局面。在中国的文学批评史上,从未有过这样的悲壮气象。大文化批评使从事者领略到了登临顶峰、'一览众山小'的思维快意。大文化批评甚至影响了中国的整个的人文气氛。我有一种感觉:发生在其他学科领域中的同样大气磅礴的思想喧哗,与被大文化批评的感染密切相关。从某种意义上讲,大文化批评使我们这个民族获得了一种新的大气的思维方式,获得了一个思想的高度。"③

李泽厚无疑是具备这类大气的思维方式与思想高度的代表性人物,

---

① 〔德〕黑格尔:《哲学史讲演录》第2卷,贺麟、王太庆译,商务印书馆,1983,第270页。
② 李泽厚:《走我自己的路》,生活·读书·新知三联书店,1986,第5页。
③ 曹文轩:《小说门》,作家出版社,2002,第2页。

他未尝不重视和赞赏微观的研究，但在总体的学术路向上最终还是选择了宏观的研究，"尽写些提纲性的东西。从有关中国近代思想史的文章，到《美的历程》，到这本书（《中国古代思想史论》），都是极为粗略的宏观框架。特别是后两书，上下数千年，十多万字就打发掉。而且，既无考证，又非专题；既无孤本秘笈，僻书僻典，又非旁征博引，材料丰多。我想，这很可能要使某种专家不免摇头便叹气的。不过这一点，我倒是自甘如此，有意为之"。[①] 在他看来，自己之所以有意做出这样的选择，一方面是由其学术个性决定的："学术研究与个人的气质也有关系。有的人分析能力强，可以搞细致的精深的问题。现在国外的许多研究细极了，一个作家一部作品的细枝末节考证得十分清楚详细，这也是很有用的。不过就我个人来说，不习惯这样，不习惯一辈子只研究某一个人、考证某一件事、钻某个细节。"[②] 而另一方面也是出于一种学术信念："对于创造性思维来说，见林比见树更重要。"[③]

但是，在科学研究中学术个性的树立与发扬固然重要，却不可任性而为，而必须遵循一项基本的认识论原则，这项原则就是经验、实践是认识的第一来源。当然，利用前人通过经验、实践获得的观念来推演出新的知识，这也是认识的一种途径，然而这一途径毕竟是第二性的。从这个意义上看，见林就并不比见树更富于创造性，至少二者对于创造性思维来说同样重要。宏观的研究总是预设和借助某种或某些观念才能完成，就像见林需要望远镜和瞭望台一样。在预设和借助的观念为真的情况下，宏观的研究也只能扩大、丰富这种观念，或者说为这种观念提供更充分的例证，并不能发展、更新这种观念。而在

---

① 李泽厚：《〈中国古代思想史论〉后记》，《走我自己的路》，生活·读书·新知三联书店，1986，第200页。
② 李泽厚：《读书与写文章》，《走我自己的路》，生活·读书·新知三联书店，1986，第12页。
③ 李泽厚：《推荐〈科学研究的艺术〉》，《走我自己的路》，生活·读书·新知三联书店，1986，第37页。

预设和借助的观念为假的情况下，宏观的研究便可能导致更多错误观念的衍生。也是从这一认识论的基本原则出发，德国现象学哲学家胡塞尔提出了一个著名的口号："没有前提"。对此，美国学者赫伯特·斯皮格伯格挑明："现象学是从沉默开始。只有那种当试图寻找对现象的恰当描述时面对现象体验到真正的困惑与挫折的人，才知道现象学的'看'真正意味的是什么。"① 正是为了回归科学的理论信念，拒绝、遏止、清除虚假观念的预设及其造成的种种错误认识的蔓延，才兴起了一场在国际知识界产生巨大影响的"面向事物本身"的现象学运动。如欲"面向事物本身"，就不能首先选择宏观的、见林的方法，因为这种方法必须与对象保持一种间接的、抽象的关系，无法接触到对象本身，所以它虽然可以让"从事者领略到了登临顶峰、'一览众山小'的思维快意"，却不能使人在"试图寻找对现象的恰当描述时面对现象体验到真正的困惑与挫折"。

单纯的宏阔、整体的研究方法因为不是经验地、直接地面向事物、现象本身，所以不能真正地感知事物、现象，而容易对事物、现象做出歪曲的描述，使之适合某种预设的、先验的观念。以李泽厚《美的历程》中的一则论断为例：

> 从半坡、庙底沟、马家窑到半山、马厂、齐家（西面）和大汶口晚期、山东龙山（东面），陶器纹饰尽管变化繁多，花样不一，非常复杂，难以概括，但又有一个总的趋势和特征却似乎可以肯定：这就是虽同属抽象的几何纹，新石器时代晚期要远为神秘、恐怖。前期比较生动、活泼、自由、流畅、开放、流动，后期则更为僵硬、严峻、静止、封闭、惊畏、威吓。具体表现在形式上，后期更明显是直线压倒曲线，封闭重于连续，弧形、波纹减少，直线、三角凸出，圆点弧角让位于直角方块……即使是同

---

① 〔美〕赫伯特·斯皮格伯格：《现象学运动》，王炳文、张金言译，商务印书馆，2011，第130页。

样的锯齿、三角纹,半坡、庙底沟不同于龙山,马家窑也不同于半山、马厂……像大汶口晚期或山东龙山那大而尖的空心直线三角形,或倒或立,机械地、静止状态地占据了陶器外表大量面积和主要位置,显示出一种神秘怪异的意味。①

确实,半山、马厂时期的陶器纹饰较之于马家窑时期及之前发生了明显变化,这就是"弧形、波纹减少,直线、三角凸出,圆点弧角让位于直角方块"。但是,由直线、三角、直角方块等构成的图案何以就会让人感到"神秘、恐怖"、"僵硬、严峻、静止、封闭、惊畏、威吓"呢?这却实在是很难让人理解、认同的。就像直线、三角、直角方块等构成的图案出现在现代日常生活之中,给人的感觉是规整、简洁、明快,而不是"神秘、恐怖",它们出现在半山、马厂时期的陶器上,也未必就会具有"惊畏、威吓"之感。而且一个事实是,这些陶器应该都是半山、马厂人平时使用的器物,并非什么"法器"或者武器,半山、马厂人不会成天自己惊畏、威吓自己,甚至连打水、烧饭都要感觉神秘、恐怖。所以说,直线、三角、直角方块等之所以会成为半山、马厂时期的陶器纹饰的"一个总的趋势和特征",并且"占据了陶器外表大量面积和主要位置",只能是因为它们引发了当时的原始人最大的审美兴趣,成为他们最重要的审美对象。而直线、三角、直角方块都不属于纯粹的自然物,在自然界中,人们可以看到曲线,也可以看到圆形,如太阳、月亮、眼珠,却看不到直线、三角、直角方块。直线、三角、直角方块是原始人在编织、搭建等劳动中创造出的形状,它们成为原始人最重要的审美对象,而引发了他们最大的审美兴趣,只能说明在半山、马厂时期,随着生产力的发展,原始人对于自身、自身的活动及其创造物的有意识的观照,说明人性的初步觉醒,不能说明他们对于自然力、社会力的无知而产生的"神秘、

---

① 李泽厚:《美的历程》,中国社会科学出版社,1984,第35~36页。

恐怖""惊畏、威吓"感。现代人在没有任何知识背景、观念预设的情况下,单凭一个人的正常的感觉来观赏半山、马厂时期的陶器纹饰,感觉到的应该是那种朴拙中的新异,不会产生什么"神秘、恐怖""惊畏、威吓"之感。而李泽厚先生之所以会觉得它们"神秘、恐怖""惊畏、威吓",正是由于他不是经验地、直接地从对象出发,而是从一种观念出发,这种观念就是前人关于原始图腾、巫术的某些认识,而把原始时期的一切意识活动都泛化为图腾、巫术活动,又把图腾、巫术活动同后来所谓"奴隶社会"的意识形态统治工具联想、嫁接起来。由于图腾、巫术及意识形态统治工具具有"神秘、恐怖""惊畏、威吓"之感,而以图腾、巫术及意识形态统治工具来看待半山、马厂时期的陶器纹饰,那么这些陶器纹饰也就具有了"神秘、恐怖""惊畏、威吓"之感。

从某种预设的观念出发来研究对象,就往往不能恰当地描述对象,而经常会对对象做出某种牵强附会的判断。并且这种预设的观念作为一种"前提",因其被置于具体的研究之先而逃避了具体的研究及研究的对象的检验,所以其真假对错又是没有保靠的。比如李泽厚在《美的历程》等著作中提出的"积淀说",即"美之所以不是一般的形式,而是所谓'有意味的形式',正在于它是积淀了社会内容的自然形式。所以,美在形式而不即是形式。离开了形式(自然形体)固然没有美,只有形式(自然形体)也不成其为美。"[①] 这一提法是他早先提出的"美是客观性与社会性的统一""人化自然"说与英国形式主义美学家克莱夫·贝尔的"有意味的形式"说的扭合,是一种观念的产物,而非经由对审美、艺术现象的观察、研究之后所总结出来的,因此就不应当作为进行下一步研究的可靠前提。而且,单从"积淀说"本身来看,其中就包含着种种违反语言逻辑规则的错误:其一,"形式"不能等同于"自然形体",它应该包含着"自然形体""人工

---

① 李泽厚:《美的历程》,中国社会科学出版社,1984,第30页。

形体"以至部分自然部分人工的所有形体,比如,直线、三角、直角方块不能因其并非"自然形体",便可算作"内容"或者说"意味"。其二,"社会内容"纷繁复杂,有合乎人性的方面,也有不合乎人性的方面,比如人的异化也是一种"社会内容"。如果不能说积淀着人的异化的形式是美的,就不能说积淀了社会内容的自然形式是美的。关于"积淀说"短短的一段表述就包含着用大概念偷换小概念或者用小概念偷换大概念的语言逻辑错误,因此更不能确定它是先验的可靠的。以某种不可靠的总体观念来推演出一种对具体现象的牵强附会的判断,再以这种对具体现象的牵强附会的判断证明某种不可靠的总体观念,这种自给自足的循环是单纯的宏阔、整体的研究方法的普遍结果,也是众多学术个体之所以乐于选取这一研究方法的原因。

(二)从"有机"而至"整体"

如上所论,首先从整体入手的研究方法因违反经验、实践是认识的第一来源这一基本的认识论原则,而经常导致科学研究在一个先验的前提之后不会取得什么实质性的进展,或者说不能有机地掌握对象;要有机地掌握对象就必须对对象进行个别的、具体的研究,或者说,必须经验地、直接地面对一个个对象,而不是超验地、间接地面对这些对象的所谓"整体"。但这不等于说,对事物进行整体性的研究是不可能的或者不必要的,因为整体性地掌握事物是"理论"的目的,所以说,有理论存在的必要,就有整体性的研究存在的必要;有理论存在的可能,就有整体性的研究存在的可能。这只是说,要有机整体地研究对象,必须先"有机"而后"整体",不可先"整体"而后"有机",换言之,没有"有机",就谈不上"整体"。

对于整体的有机认识,即揭示与把握整体的内在联系性,这是一种通过实践发生作用而体现出的内在关联性。西方传统认识论把构成并规定整体的内在关联性固定化、必然化,导致整体研究的刻板与僵化,已然揭示的内在联系即"本质",便成为上帝般恒常的存在,最终必然走向本质主义的形而上学。现当代以来,西方文化对传统的形而上学由质疑而反思,形成了"反本质主义"思潮以反抗传统认识论。但这一思潮尚远未重新形成一种有机整体的认识论,甚至由于过度注重个别、现象而割裂了个别现象之间的联系,使之碎片化,因此在去"整体"的同时也去"有机"了。中国传统的认识论与西方传统的认识论具有很强的异质性,它强调对具体事物混溶的感悟以体认大道,可以说是有机整体的。但这种认识论尚属于古人在"天人合一"观念基础上形成的诗意幻想性质的相似性知识型,具有强烈的"古代性"。如欲使这种"古代性"转化为"现代性",就必须使混溶中的有机整体与西方注重逻辑的认知方式适当调和,从而重新形成一种由"有机"而至"整体"的认知方式。

先"有机"而后"整体",或者说没有"有机"就谈不上"整体",这是就人的认知方式、步骤而言的,不是就认知的对象而言的。就认知的对象而言,任何事物、现象都同时既是整体的又是有机的,因此也可以这样说,特定的事物、现象的整体性就是其有机性。拿文学活动来说,其中"艺术家""文本""世界""读者"这四个要素以及分布于不同时空之中的每一个具体的艺术家、文本、世界、读者,都不是分散地、割裂地、孤立地存在着的,而是相互发生着普遍的联系并且共同形成了一个整体。这种整体性确定了文学是一种活动的存在物,也即确定了文学活动的有机性。但是这种最高程度的有机性却不是任何人可以"目击道存"而首先把握的,因为任何人都不能天赋神授般的具有某种超验的认知能力,以把握与这种最高程度的与有机性为一体的整体性。每一个人可以首先整体性地把握的只能是构成最高程度的整体的某一或某些个别的部分、事物、现象,比如一个人终其一生不能读尽所有的文学作品,却可以用几天时间仔细阅读、深入分析、透彻领悟一部文学作品及其各个要素之间的联系,也就是在整体性地把握了这部文学作品的同时,也有机性地把握了这部文学作品。换言之,每一个学术个体只有当其面对某一或某些个别的事物、现象时，才有可能把其学术探索、科学研究的有机性与整体性统一起来。这样说并不等于要求每一个学术个体"一辈子只研究某一个人，考证某一件事、钻某个细节"，但是如果想要在学术、科学上取得真正的发现、创新、建树，那么"研究某一个人、考证某一件事、钻某个细节"就是其必须经历的一个步骤。

必须经历这样一个步骤也不等于必须停留在这个步骤，或者说需要一个一个地研究所有的人，考证所有的事，钻所有的细节，之后才能向理论迈进；如果这样，世界上也就不会有理论的存在。世界上现存的所有理论也都不是从其针对的全部事物、现象中归纳、总结出来的，而是从其针对的一部分事物、现象中归纳、总结出来的，因此可以说，任何理论都是采取"不完全归纳法"所获得的结论。人们之所以能够从不完全的个别事物、现象中归纳出理论，正是由于个别事物、现象的整体性与有机性，即每一个别事物、现象本身作为一个整体与其他事物、现象发生着普遍的有机的联系，因此带有所有类似事物、现象的一般特性，正如佛家所说"一花一世界，一叶一菩提"，因此人们就有可能将其对于个别事物、现象的观察、了解、体会、认知进一步上升为对一类事物、现象的一般性认识，即"见瓶水之冰，而知天下之寒，鱼鳖之藏也；尝一脔肉，而知一镬之味，一鼎之调"（《吕氏春秋·察今》）。所以说，"研究某一个人、考证某一件事、钻某个细节"不仅是获得理论必须经历的一个途径，并且通过这一途径而达到一定程度的理论高度也具有可能性。

早在17世纪，人类关于自身的认知能力与认知方法的观念发生了一次革命性的转变，这就是自下而上的、经验实证的认识论取代了自上而下的、先验玄想的认识论。在这一革命性转变的进程中，特别是被马克思誉为"英国唯物主义和整个现代实验科学的真正始祖"的思想家弗朗西斯·培根把从特殊到一般的归纳法确立为获得新知的根本方法。在培根看来，由古希腊哲学家亚里斯多德提出的且一直沿用至欧洲中世纪神学、经院哲学的那种从一般到特殊的演绎法存在着一个巨大的缺陷，因而是导致欧洲几千年思想禁锢的罪因。演绎法首先需要一位上帝、神明、圣贤或者智者确定一种颠扑不破的"公理"作为逻辑前提，然后再把这个"公理"应用于具体、个别、特殊的现象或事物上，推导出对具体、个别、特殊的现象或事物的认知。以亚里斯多德的一个著名的三段式为例，其大前提为"凡是人都会死"，小前提为"苏格拉底是人"，由此可以得出结论，"苏格拉底会死"。这项结论当然是完全正确的，因为它的大、小前提都是从经验中总结出来的正确知识。但是它对于人们原有的、已知的知识或者说"公理"并未有所增加、提高，也并未建构出新的知识，不过是在重复、沿袭旧的知识。因此，培根认为演绎法"只就命题迫人同意，而不抓住事物本身"，是一种用于辩论的技术，而不是求得发明的方法。但这还算不得演绎法最大的罪状，演绎法最大的罪状是：如果其用于论证的前提未经经验的检验因而未必正确，如"上帝是存在的""世界是上帝创造的"，那么由这个前提又会推演出更多未必正确的结论。这样到了中世纪的神学、经院哲学那里，亚里斯多德确立的演绎法就由一种辩论的技术蜕变为一条束缚人的思想的锁链，甚至专门以论证上帝的存在为其最终目的，因此培根指出："现在所使用的逻辑，与其说是帮助着追求真理，毋宁说是帮助着把建筑在流行的概念上的许多错误固定下来并巩固起来。"而要打破思想禁锢以建构新的知识，就必须依靠从特殊到一般的归纳法："我们实应遵循一个正当的上升阶梯，不打岔，不躐等，一步一步，由特殊的东西进至较低的原理；然后再进至中级原理，一个比一个高，最后上升到最普遍的原理；这样，亦只有这样，我们才能对科学有好的希望。"①

在科学的思维方法草创之际，培根不免会把归纳法与演绎法对立起来，割裂开来，单纯倚重归纳法而完全排斥演绎法，因此有其偏激之处。正如恩格斯所指出的："归纳和演绎，正如分析和综合一样，

---

① 〔英〕弗朗西斯·培根：《新工具》，许宝骙译，商务印书馆，1984，第10、81页。

是必然相互联系着的，不应当牺牲一个而把另一个捧到天上去，应当把每一个都用到该用的地方，而做到这一点就只有注意它们之间的联系，它们的相互补充。"① 但是，这绝没有否定强调经验、实验、实践的归纳法在人们追求新知、发现创造等活动中不可动摇的基础地位，只是认为如果能够把归纳法与演绎法结合起来，则会发挥出归纳法更为巨大的作用，而归纳法"该用的地方"就在于其为人的认知活动的基础。正如马克思谈到他在政治经济学研究上采取的方法时所说的："我觉得说出正要证明的结论总是有妨害的，读者如果真想跟着我走，就要下定决心，从个别上升到一般。"②

文学理论是一种理论的知识，理论的知识具有与实用的知识不同的特点。在实用的知识中，演绎法可以占据更大更多的用武之地，比如把某种科学原理应用于某种具体的领域而有所发明创新；但在理论的知识中，演绎法无论如何都不应当占据主导地位。道理很简单，这是因为演绎法是一种从一般到特殊的方法，只能从一般性的理论推导出下一级的更具体的理论，而不能在一般性的理论问题上有所发现、创新。所以说，理论知识的获得是归纳法"该用的地方"，其中尤其是以文学理论为甚。因为文学理论一方面是理论的知识，另一方面其对象即文学活动又是特别强调感觉、经验与实践的，所以要想在文学理论上有所发现、创新，就不可不发挥归纳法应有的作用。

上文已述，从20世纪70年代末开始，中国学术领域包括文学理论的研究偏重于宏观的、"见林"的、整体的方法，也就是演绎法。这是其所处时代使然，而有其不得已之处的，因为经历了长期的无知、荒寂与萧索之后，必须以宏观的、"见林"的、整体的方法迅速地开辟出大片的领域，而凭借一点一滴的经验、实践的积累则时不我待。正如美学家李泽厚自认无意于"绝对真理""真学问"，只是"为王先

---

① 恩格斯：《自然辩证法》，人民出版社，1971，第206页。
② 马克思：《〈政治经济学批判〉序言》，《马克思恩格斯选集》第2卷，人民出版社，1972，第81页。

驱",垦拓荒芜而留待下一代去建树。① 尽管这种对演绎法的偏重在特定的时代发挥了特定的作用,但是按照正常的情况来说却是突进的、躐等的。二十多年过后,垦拓荒芜的工作业已完成,而仍旧偏重演绎法,这便有些守株待兔的味道。也就是说,中国当代的文学理论建设正采用着古代、中世纪的陈旧、落伍的方法,以求得突破、创新而在世界学术之林中占有一席之地,这是万难做到的。从古到今,凡是有所建树的文学理论都离不开对于个别、特殊、具体的文学现象的经验归纳,即便是长于思辨的理论家也是这样,比如亚里斯多德对《俄狄浦斯王》、黑格尔对《安提戈涅》、海德格尔对荷尔德林诗歌、巴尔特对《萨拉辛》的深入细致的分析,等等。特别是自现代文学研究在方法论上发生了一次"语言学转向"以来,文学理论研究的触须已经深入到各种具体的文学文本的语言现象的极其细微之处。以这种形而下的研究为基础,一度产生了一个"批评的世纪",才形成了世界范围内文学理论纷繁新异、争奇斗艳的局面。而中国当代的文学理论之所以会陷入一种"失语症"的尴尬境地,与其缺乏形而下的研究作为攀升的基础是密不可分的。为了纠正中国当代文学理论的偏失,微观的、"见树"的、有机的研究方法就更应该得到呼唤、鼓励、提倡,针对个别的、特殊的、具体的文学作品、现象的发现、成果应该得到应有的评价。这样,也只有这样,才能由这些发现、成果一步一步进至较低的原理,进至中级的原理,最后上升到最普遍的原理。当然,同时也应注意这种微观的、自下而上的方法与宏观的、自上而下的方法的结合,如钱钟书所说的:"积小以明大,而又举大以贯小;推末以立本,而探本以穷末;交互往复,庶几乎义解圆足而免于偏枯,'所谓阐释之循环(Derhermeneutische Zirkel)者是矣'。"② 如此循环不已,中国当代文学理论才有希望。

---

① 李泽厚:《〈中国古代思想史论〉后记》,《走我自己的路》,生活·读书·新知三联书店,1986,第201~202页。
② 钱钟书:《管锥编(补订)》,中华书局,1986,第171页。

二　流变生成性地把握对象

由古及今，人类的文学活动生生不息，发展壮大，要把握这样的对象，文学理论必然不该故步自封、停滞僵化，而应随着文学活动的流变生成而流变生成。文学理论的流变生成性不该表现为十年河东十年河西式的变换、转化、循环，时而流行弗洛伊德主义，时而流行存在主义，时而流行符号学，时而流行西方马克思主义，而应表现为对于文学的本质与规律的认识的不断深入与提高，换言之，表现为文学理论知识生产的增长。那么，如何才能有效地促进文学理论知识生产的增长呢？其实，文学理论知识生产同任何知识生产、社会生产一样，依循着一个规律，这个规律可以运用马克思主义政治经济学的一个原理来加以解释。

（一）文学理论知识生产、消费的转换过程与其中诸环节

马克思指出："生产直接也是消费。双重的消费，主体和客体的：个人在生产中发展自己的能力，也在生产行为中支出和消耗这种能力，同自然的生殖是生命力的一种消耗完全一样。第二，生产资料的消费，生产资料被使用、被消耗，一部分（如在燃烧中）重新分解为一般元素。原料的消费也是这样，原料不再保持自己的自然形状和特性，这种自然形状和特性倒是消耗掉了。因此，生产行为本身就它的一切要素来说也是消费行为……消费直接也是生产，正如自然界中的元素和化学物质的消费是植物的生产一样。例如，吃喝是消费的形式之一，人吃喝就生产自己的身体，这是明显的事。而对于以这种或那种形式从某一个方面来生产人的其他任何消费形式都可以这样说。消费的生产……生产直接是消费，消费直接是生产。每一方直接是它的对方。可是同时在两者之间存在着一种媒介运动。生产形塑着消费，它创造

出消费的材料，没有生产，消费就没有对象。但是消费也媒介着生产，因为正是消费替产品创造了主体，产品对这个主体才是产品。产品在消费中才得到最后完成。一条铁路，如果没有通车、不被磨损、不被消费，它只是可能性的铁路，不是现实的铁路。没有生产，就没有消费，但是，没有消费，也就没有生产，因为如果这样，生产就没有目的。"① 可见，生产必须依赖于消费才能确立，其目的是满足消费的需要，因此生产是与消费相对的，正如没有生产就没有消费，没有消费同样也就没有生产。相应来说，文学理论建设如欲呈现出流变生成性，以适应文学活动的发展变化，也不能机械地、简单地只是从生产这一个方面着手，还应辩证地加强消费的方面，使得生产与消费两个方面形成一种良性的相互转换的运动过程。

文学理论知识生产与消费的相互转换是一种相当复杂的运动过程，其中存在原料、产品、生产者和消费者四个互为媒介的环节：

首先，文学理论知识生产需要消费一定的原料，没有原料的消费作为媒介，文学理论的知识生产就不可能形成。文学理论知识生产需要消费的原料包括文学艺术、现存的文学理论以及其他学科的相关理论知识三个部分。这三种原料具有不同的性质和特征，消费什么样的原料也规定着文学理论知识生产的性质和特征。其中，文学艺术理所当然是最为基本的原料，以文学艺术为原料的文学理论知识生产，即生产者消费各种文学文本、文学现象及自身在文学写作、鉴赏、批评中获得的经验以生产文学理论知识，往往是最富原创性的；离开了文学艺术这种基本原料的消费，文学理论知识生产无论如何都不会具有原创性。除了基本原料的消费以外，文学理论知识生产又可以消费古今中外丰厚的文学理论成果，以生产出更为高级的知识产品。这种消费如果与基本原料的消费相脱离，那么以之为媒介的生产就只能是

---

① 马克思：《〈政治经济学批判〉导言》，《马克思恩格斯选集》第2卷，人民出版社，1972，第93～94页。

加工型的生产，不会具有原创性；如果能与基本原料的消费相结合，便会发挥出更为巨大的生产力，生产出更为高级的知识产品。当然，文学理论知识生产也需要消费其他学科如哲学、社会学、经济学、政治学的理论，即把其他学科的理论延伸、落实、运用于文学艺术领域以形成文学理论。把其他学科的理论延伸、落实、运用于文学艺术领域，就已经消费了文学艺术及文学理论。如果其他学科理论的消费不与文学艺术及文学理论的消费结合起来，则不能生产出有效的文学理论知识产品，或者生产出某种失败的、有害的产品。因此，其他学科理论的消费即便具有高度的指导意义，也只能是工具性、方法性的消费，或者说消费其他学科的知识以生产出文艺学研究的工具和方法。

其次，消费一定的原料而生产出的文学理论知识产品，应该是以消费为目的的，而这一消费又应成为新一轮生产的媒介。也就是说，文学理论知识产品必须被阅读、理解和接受，提高人们对文学活动的理性认识；还必须能够投入到文学鉴赏、批评与创作等实践活动中，在这些实践活动中发挥一定的借鉴、指导作用，促进文学鉴赏、批评与创作等实践活动的展开与兴旺；同时，在文学鉴赏、批评与创作等实践活动中得到检验，其中不足或不当之处得到修正，而成长、进化为更加健全的文学理论。如果文学理论仅仅停留于理论层次上的辨析、推导、求证，那么它就放弃向更高层次发展的路径，其成长、进化必然受到极大的限制、阻碍。如果文学理论知识产品不被阅读、理解和接受，只作为一种产出，或者说作为完成了某项科研成果、指标的标志，那么它就不算是知识产品，至多只能算是尚未完成的知识产品，无法参与进一步流变生成的转换过程。

再次，在文学理论知识生产中，生产者不应只是作为一种生产者，也应同时作为一种消费者，而他们消费的程度规定着他们生产的程度。生产者必须消费一定的原料和工具，在消费原料和工具的同时也消费自身的精力、时间。原料和工具及生产者的精力、时间的消费转化为文学理论知识产品，并且转化为生产者提高了的生产力。生产者消费的原料和工具以及自身的精力、时间越是充分、全面，则越是具有生产力，其生产的知识产品越是具有价值。如果作为生产者，单方面地强调生产，那么生产就无法形成。如果生产者消费的原料和工具以及自身的精力、时间不够充分、全面，那么其生产的知识产品就具有较小的价值。当然，生产者用于消费的精力、时间与用于生产的精力、时间往往会发生冲突、矛盾，用于消费的精力、时间增多，则用于生产的时间就会相对减少；反之，用于生产的时间增多，则用于消费的时间就会相对减少。因此，生产与消费需要达到适当的平衡，在二者比例失衡的情况下，生产也无法良性地开展。

最后，在文学理论知识生产的运转过程中，消费者虽然不是直接的生产者，但他们作为间接的生产者，其作用同样十分关键。他们不仅是文学理论知识产品的最终完成者、实现者，把文学理论转化为现实的力量、实践的活动，并且以这种力量、活动媒介出新一轮的、高一层的文学理论知识生产。文学理论知识产品的消费者的构成相对于生产者来说更为复杂、庞大，包括作家、批评家、文学专业的学生以及其他文学爱好者，因此也蕴藏着更为巨大的生产力。作家、批评家从事文学创作、批评，需要一定的文学理论知识，没有一定的文学理论知识，文学创作、批评就会徘徊于经验的、低级的阶段。文学理论知识生产应该服务于作家、批评家从事文学创作、批评的需要，离开了这一目的，文学理论的流变生成就失去了一种动力。而作家、批评家把文学理论运用于创作、批评的实践活动中，使之得到检验、淬炼、修正，这更是文学理论流变生成的一种动力。文学专业的学生以及其他文学爱好者是文学活动也包括理论活动的社会的、群众的基础，文学理论更应该满足他们参与文学活动的需要，提高他们对于文学的理解、认识的水平和参与文学活动的能力，因为只有整个社会的文学水平和能力得到提高，才会有这个社会文学活动的繁荣，而只有随着社会文学活动的繁荣，文学理论才会发展提高。从这个角度来看，实际上是文学理论的消费者生产了文学理论的生产。

总之,文学理论的流变生成是一种系统的运动过程,其中四个基本环节相互依存、缺一不可。因此只有当它们全部发挥了各自不可替代的作用时,文学理论才能够按照螺旋式上升的规律发展提高。

(二) 中国当代文学理论在流变生成进程中遭遇的问题与改革策略

自新时期以来的二十多年,中国文学理论界一直表现出对于提高知识生产水平的强烈欲望,创新、突破、与时俱进、流变生成等目标受到突出强调,几代学人也为此进行了各种探索,付出了诸多努力。然而,正如一些文学理论家、学者所总结的:"我国的文学理论研究表面上看来似乎十分繁荣,而实际上却少有理论建树和理论进展"[1],"文艺学研究存在'抽象上不去,具体下不来'的状态,一些学者是生活在一种虚假的概念里。"[2] "1996年,曹顺庆《文论失语与文化病态》一文指出当代文艺理论研究最严峻的问题是'文论失语症'。"[3] 可见,中国当代文学理论在流变生成的进程中遇到了一定阻碍,存在着很多问题。这些问题甚至可以用"失语症"来概括,更说明了问题的严重性。那么问题的症结何在?又该如何根治这些问题,以使中国文学理论研究、建设向健康的方向发展呢?这就需要按照前文所述文学理论知识生产的规律及其各个环节来一一考量。

首先,从原料的环节来看,中国当代文学理论知识生产所消费的主要是文学理论,包括三个部分:中国古代文论、"五四"以来的文论和西方文论,试图通过古今互释、中西对话的方法以生成新质,很少通过文学鉴赏、批评以及创作活动去消费文学艺术。原料的性质规定了生产的性质和产品的性质,中国当代文学理论知识生产的原料不

---

[1] 王元骧:《当今文学理论研究中的三个问题》,《文学评论》2008年第1期。
[2] 王峰:《"大众传媒时代的文学生产"学术研讨会综述》,《文学评论》2008年第1期。
[3] 蒋述卓、闾月珍:《八十年代以来中国古代文论学术活动评述》,《福州大学学报(哲学社会科学版)》2002第1期。

可谓不丰厚，而把文学理论转化为文学理论相对于把文学艺术转化为文学理论，其生产时间会更少，速度会更快，工艺也会更简单，因此中国当代文学理论方面的论文、专著的数量会在世界居于首位。但是这种生产只能是加工性的，难以具有创造性。可以说，世界上任何具有创造性的文学理论都是通过鉴赏、批评乃至创作活动去消费文学艺术以及与文学艺术相关的社会现象才得以产生的，因此它们总是包容于文学批评当中，与文学批评的界限难以分清，或者根本不存在界限。中国当代文学理论不能消费文学艺术，与文学学科的设置有很大关系。在文学各个学科设置中，文学理论和古代、当代文学史是最为基本的学科，一直缺少独立的文学批评学科。文学批评的原理部分被简括在文学理论学科中，文学批评的实践部分被收容在当代文学史学科中，而这种文学批评的目的是为文学史的书写准备经典。所以说，文学批评在当前的学科设置中是被割裂的，并且其具有一定实践性的部分与文学理论脱节，服务于"史"而不服务于文学。缺少了正当的文学批评的运作，文学理论当然就不能很好地消费文学艺术。而且，由于种种原因，如不具所谓的"学理"性、教学难度大等，文学写作学科在中国当代基本上是被取消了的，现有的写作学科停顿在教学应用文的层次上，并且水平不是很高，这样就又阻塞了一条由文学写作以消费文学经验来生成文学理论的创造性的途径。

其次，从产品的环节来看，中国当代文学理论知识生产的产品主要是用来代表或标识国家整体和学术个体在学术上达到的水平，而其能否被文学鉴赏、批评、教学、创作等实践活动所消费则基本上不被考虑，因此可以说，它们归根结底只是以生产为目的，只是产品，而不是以消费为目的，不是消费品。不是消费品，其价值就无法得到实践的检验和最后的完成，也就无法投入到流变生成的进程中，这也是中国当代文学理论之所以发展迟滞甚至出现"失语症"的一个症结所在。之所以会产生这样的症结，一方面与文学学科设置的不合理、不科学有关，另一方面也与学术管理、评价体制中存在的官僚主义意识、方法、作风有关。中国很多学术机构的管理官员难以避免地以一些数量化的指标为其追求的目标，如大学排名的高低，而这些指标又被下分给知识产品的生产者，生产者则按照指标化管理的要求，把著作的数量和发表作品的期刊、出版社的级别作为自己追求的目标，因为只有这样的数量化的指标才能表明他们的业绩。尽管知识产品能否被实践活动所消费才最终表明它们的实际价值，但因为难以数量化为指标，而不能被学术管理、评价体制认可，也就往往被产品的生产者忽略，造成中国当代文学理论知识生产长期在低档次、乏创造的谷底徘徊。

再次，从生产者的环节来看，从20世纪90年代初开始，随着中国知识分子阶层在总体上步入职业化、学院化的方向，文学理论知识的生产者也高度专业化、学者化了。这种专业化、学者化一方面带来的是更为专精的、规范的、高速的学术研究和知识生产，另一方面也意味着文学理论知识的生产者被局限在一种相对封闭的环境中和单一的领域内，基本上只是从事古今中外各种文学理论及与其相关的美学、哲学等学科的学理性研究，较少旁顾包括文学活动在内的其他实际的社会活动，这就造成了他们主要消费理论性原料，而较少消费实践性原料。而且，他们经常处于生产指标的压力之下，为了完成生产的数额而缩减消费特别是文学艺术消费的精力、时间，或者为了加快生产速度时常采取一些很不科学的生产方法，如抄袭、搬运、拼凑、改装，这就促使他们的生产缺乏坚实的基础，因而具有较大的泡沫性甚至虚假性。

最后，从消费者的环节来看，因为中国当代文学理论知识生产主要不是以消费为目的，消费者也不在生产者考虑范围之内，所以其产品极度缺乏消费者，甚至可以说基本上没有消费者。中国当代作家、诗人已经与文学理论界相当隔膜，他们在需要理论工具、方法时，几乎没有人会去阅读当代文学理论学者枯索的专著、论文，而是直接到西方的或者古代的文学理论中寻求支援；他们在需要批评、评介时，也是与当代文学史学科的学者取得、保持联系。文学理论界内部又由于生产的压力，同行之间很少花费精力、时间去拜读、品鉴别人的产品，文学专业的学生也只有在撰写毕业论文时才去检索这些产品，以作为借鉴、剪贴、改造的材料，而一般的文学大众甚至不知道文学理论界的存在。由于极度缺乏消费者，中国当代文学理论就很难真正进入流变生成的进程中。

找到了问题的症结，也就不难拿出应对的策略。中国当代文学理论的问题出现在知识生产的各个环节上，相当复杂，而其症结是学科设置和管理机制的不尽科学，所以应该在这两个方面进行根本性的改革。第一是重建文学批评学科。重建文学批评学科的现有基础是文学理论和当代文学史这两个学科，必须使这个学科逐步批评化，然后融合为文学批评学科。文学理论应该作为文学批评的子学科，只有在其相当成熟、完善时才可从文学批评学科中独立出来，与之比肩，但无论怎样都不能以文学理论代替文学批评。摆正了文学理论与文学批评的关系，文学理论就能与文学批评发生联系，并通过这一联系与文学活动发生联系，进而获得流变生成的源泉和动力。第二是加强文学写作学科。写作学科不能停留在应用文写作的水平上，而应尽力向文学的方向发展，使诗歌、小说、戏剧等文类的创作成为其着重的内容。这样文学批评、文学理论才能渗透到文学写作之中，并从文学写作中获取有益的经验，进一步打破现存学科设置中的壁垒。第三是革新学术管理体制。特别是要祛除其中存在的官僚主义意识、方法、作风，不以数量化的指标来要求和衡量知识生产。要做到这一点，就应该逐步建立起一套更加民主的、科学的学术管理体制，使知识产品真实的质量与价值得到公正的评价，这样才能提高知识生产者依循科学规律生产的热情，促进中国当代文学理论的流变生成，并向实践的方向流变生成。

三 观念敞开性地分析对象

在工业革命之前,世界上不同地方、不同民族的人们在一种相对来说封闭的、隔阂的状态下生产和生活,精神生产和生活亦复如之,因此其文学活动便呈现出各自显著的地方性、民族性,文学观念也随之呈现出各自显著的民族性、地方性。比如,中国古代的文学观念以"言志"说为根基,而古希腊、古罗马的文学观念则以"摹仿"说为根基,二者差别极大。自工业革命以来,正如马克思、恩格斯所指出的:"资产阶级,由于开拓了世界市场,使一切国家的生产和消费都成了世界性的了……过去那种地方的和民族的自给自足和闭关自守的状态,被各民族的各方面的互相往来和各方面的互相依赖所代替了。物质的生产是如此,精神的生产也是如此。各民族的精神产品成了公共的财产。民族的片面性和局限性日益成为不可能,于是由许多民族的和地方的文学形成了一种世界的文学。"① 到了当今时代,经济的全球化正以不可阻挡之势风起云涌,它不仅促使各种经济要素在全球范围的重新配置,也带来了世界上不同的文化生活、意识形态、价值观念的碰撞与交融。在这种全球化语境下,许多民族的和地方的文学进一步形成了一种世界的文学,而文学观念必须以极大的敞开性面向这样一种新时代的更加世界的文学,任何地方的和民族的自给自足和闭关自守的状态都将被历史前进的脚步所遗弃。而在文学观念的敞开中,又必须处理好两种基本关系,简单地说:其一为"我"与"他",其二为"进"与"出"。

---

① 马克思、恩格斯:《共产党宣言》,《马克思恩格斯选集》第 1 卷,人民出版社,1972,第 254~255 页。

第十二章　文学理论的实践论研究方法

（一）观念敞开中的"我"与"他"

王羲之《兰亭诗》曰："……仰望碧天际，俯瞰绿水滨，寥朗无涯观，寓目理自陈。大矣造化工，万殊莫不均。群籁虽参差，适我无非新。"这首诗蕴含着深刻的哲理意味，展现出作者敞开胸襟，仰观俯察，接纳万殊，以更新、发展自我的主体性精神气度。古人的这种精神气度也应为今人所继承和葆有。

当今之日，闭目塞听、禁锢自我的观念必将被日新月异的时代所淘汰，人们也都向往着朝整个世界敞开自我的观念，以接纳世界上的新生事物，并把自我融入世界，随同世界的发展进步而发展进步。但是人们在敞开观念之时又总会心存疑虑，这就是担心自我被他者所同化、消解、侵犯、损害。确实，在当今世界上，存在着经济、政治的不平等，因此也存在着文化、观念的不平等，西方发达的资本主义国家凭借其在经济、政治上的优势，向全球倾销、推行、扩张自己的价值理念与伦理标准，谋求西方文化、观念的全球化或趋同化，以配合西方经济、政治的主导化与一体化。如果这样的文化、观念被不加辨察地全盘接纳、吸收，那么欠发达国家、民族的文化传统、精神家园的独立性、自主性必然受到一定的瓦解，而其在全球经济、政治中应有的权利、利益也会随之受到进一步的侵犯、损害。因此，既然观念敞开是大势所趋，那么在观念敞开中的根本与首务就是"我"的坚守与树立，即自身主体性的巩固、建设。

这种主体性不是那种盲目的自大、虚幻的自荣、幼稚的自爱，总之不是那种民粹主义的自我中心的自鸣得意，而是应该基于对自身的清醒、准确、客观的认识，乃至对于自身深刻的反思和沉痛的批判。只有这样，才能看到自身的过去与现在的实际状况，衡量自身的优势与劣势，辨别自身的正确与错误，进而审时度势，找出自身未来发展进步的正确目标和途径。掌握了正确的目标和途径，则可以按照自身的目标和途径的需要，有判断、有选择地接纳、吸收所有那些有助于纠正自身的偏见与缺陷，有益于促进自身的提高与完善的各种知识、信息，正所谓"群籁虽参差，适我无非新"。这种按照自身的需要接纳、吸收各种知识的主动性、独立性、自由性，就是在观念敞开中必须首先巩固、建设的主体性。毫不具备或过度缺乏主体性，便会处于某种无"我"的状态。无"我"则无我的观念，也就无所谓观念的敞开性。或者我的观念的空洞会被他者的观念所挤占、充塞，或者我的观念会随顺、屈从于他者的观念，而最终会被他者的观念所瓦解、同化。自新时期改革开放以来，中国文学及文学理论以昂扬的姿态向世界敞开自我，从其他民族、地方接纳、吸收了大量有助于自我发展、进步的文学经验与观念，展现出走向世界的新的面貌。但是与此同时也出现了一些问题，比如，文学创作领域出现的"伪现代主义""伪后现代主义"，出于对西方现代主义、后现代主义文学的盲目推崇，而以西方现代主义、后现代主义文学的一些皮毛甚至糟粕来拼凑出生涩、空洞、乏味的作品，不但丧失了文学的本真以及自己的个性，而且也与现代主义、后现代主义文学貌合神离，其实并未学习、借鉴到现代主义、后现代主义文学真正的成就与价值。再如，文学理论领域一方面把对西方各派哲学、美学及"批评理论"追新逐异的搬运、复述、剪贴当成标新立异的学术成就，而另一方面又把自身缺乏理论创新性，归因于西方话语霸权的横行，以及民族文化传统、学术谱系的断裂。这些问题归根结底都是由于缺乏自身的主体性所造成的，由此也可见在观念敞开中自身主体性的巩固、建设应该是首务之急。

在中国当代文学文学理论研究、建设的过程中，观念敞开其实并非某种目的，而是一种途径。有些学者确实可谓观念敞开，却把观念敞开当成目的，于是竭尽所能跟从、涉猎他者的观念，或以夸博耀富为贤，或借追新求异为高，而终归邯郸学步，失其故行，匍匐人后。观念敞开作为一种途径，其目的是通过跨时空、跨文化的文学艺术及文学观念的交流、对话，增进对古今中外文学及文学观念的了解、掌握，并通过借鉴、学习他者的特异与优胜之处，来促进本国家、本民族文学观念的发展进步，以助成本国家、本民族文学艺术的繁荣兴盛，同时在本国家、本民族文学艺术繁荣兴盛及文学观念发展进步的基础上，为世界文学艺术的繁荣兴盛、文学观念的发展进步以及文化格局的多样性做出一份贡献。从这一目的性来看，在观念敞开中自身主体性的巩固、建设应该是立足之本。没有主体性的精神气度，也就丧失了独立自主的"我"，同时也丧失了与其他文化平等的地位。如果说交流、对话必须建立在各方平等的基础上，那么丧失了独立自主的"我"也就丧失了同其他文化交流、对话的资格。借用德国存在主义哲学家马丁·布伯的一种观点来说，人在世界上生存，必然与世界处于一种对象化的主客关系中，因而形成了"我"之世界与"他"之世界的二重性，世界相对于我就是对立的"他"者，这种关系可称为"我—他"。人无法离开"他"者而独自存在，必须筑居于"他"之世界，利用与我相关联的所有在者以获取经验，满足愿望。如果人没有这种对象化的活动，就不能形成认知，产生科学。然而，如果人只是处于这种状态下以求生存，那么人最终会被"他"者所物化，失去了作为主体的意义而不能成为一个真正的人。因此人应该在坚持自身主体性的同时超越自我中心主义的过分张扬，重建一种"人与物"之间的对话、交流关系，由"我与他"转向"我与你"，从而消解"我与他"之间的对立，达到万物一体、主客相融的更高境界，以适应现代社会发展进步的需要。马丁·布伯的这种观点非常值得中国当代文学文学理论的研究、建设者的注意与借鉴，在理论研究、建设的过程中，一方面要消除夜郎自大、自以为是的民粹主义思想倾向，另一方面也要防范自怨自艾、全盘西化的洋奴主义的膜拜意识，合理地确立自身的主体性，以一种主体的姿态参与到世界上各个文化主体的平等的交流、对话当中，并与整个世界融为一体。这时，世界上的"他"者便不再是一种异己的力量，而是与"我"一样，正如"我"与"你"一样，成为和而不同的世界文学、文化以及价值观念、精神家园的建造者。

（二）观念敞开中的"进"与"出"

观念敞开的目的在于与各种不同的观念进行对话、交流，以促成自身观念的吐故纳新，流变生成。这种对话、交流应该包括观念的引进与输出两个方面，缺少任何一个方面都不足以构成对话、交流。正如人的呼吸，呼是吸的条件，吸是呼的结果，呼带动了吸，观念的引进应该是本位的、首要的，观念的输出从属于观念的引进，为观念的引进所带动。

在观念的引进之中，与自身同质性的观念固然重要，而与自身异质性的观念则更为关键。因为同质性的观念最多只能扩充、延展自身原有的观念，使自身原有的观念发生物理性的变化，即量的增长，而异质性观念往往是自身所缺乏的因而能够相反相成的某些因素，一旦这些因素得以引进，便会与自身原有的观念在碰撞、交融中形成化学性的反应，使自身原有的观念发生质的提升。对于这一道理，中国古人很早就有深刻的认识，据《国语》记载，周朝大臣史伯曾说："夫和实生物，同则不继。以他平他谓之和，故能丰长而物生之。若以同裨同，尽乃弃矣。"（《国语·郑语》）孔子继承了这一观点，主张"君子和而不同，小人同而不和"（《论语·子路》）。可以说"和而不同"是中国古代达到的高度智慧之一，而在西方现代思想界，不同文化观念主体之间的差异性所具有的特殊价值更是得到了前所未有的承认与尊重。比如德国哲学家伽达默尔认为，对于某种事实、问题的理解与认识存在着不同的视域，任何特殊的视域都不应封闭自身而一成不变，而应融入一个包容着它们的更大的视域，这样才能获得对于这种事实、问题的更全面更深入的理解与认识。因此人的理解与认识活动从本质上看乃是不同视域跨越自身界限并向对方敞开的相遇相交，即所谓"视域融合"，而恰恰是不同视域的差异性引发、促成了这种"视域融合"。无论"和而不同"还是"视域融合"的观点，皆可说明对与自身异质性观念的引进的必要性。

然而，要做到对与自身异质性观念的科学的、合理的引进、消化、吸纳，还必须具备一个先决条件，这个先决条件就是自身主体性的建立与发扬，只有具备了自身主体性，才能审视、辨明自身的长处与不足，特别是自身的不足，这样才能取人之所长以补己之所短。中国当代文论的主要不足之处，并非在于缺乏特征性，而在于缺乏实践性。这种实践性不同于对"实践性"的认识、观念，中国当代文论总体上完全承认、主张、重视、标举"文学是一种社会实践活动因而具有实践性"这种观念、认识，或许也可以自称为一种"实践论"的文论。但是，在观念上认识到文学活动具有实践性，不等于自身便具有了实践性，因为这种"实践性"仍然停留在观念上、认识上，是一种对于"实践性"的观念、认识，如同那种反对文学活动具有实践性的观念、认识一样，归根结底仍然还是一种观念、认识，而不是一种实践。所以究其实质，可以说这种所谓的"实践论"的文论仍然是一种观念论、认识论的文论。真正实践论的文论应该本身成为一种实践性的活动，成为整个文学活动的有机组成部分，因而具有了实践性。中国当代文论在很大程度上是一种以文论搭建文论的文论，基本上既不是从文学创作、批评等实践活动中来，也不能到文学创作、批评等实践活动中去，与文学活动以及相关的社会实践活动之间存在着很大的间隔。从这个意义上说，中国当代文论的主要不足之处在于缺乏实践性。认识到这一不足之处，中国当代文论在敞开自身以引进古今中外的文论时，就不应侧重于引进那些抽象化、哲学化的文论或者一些文论中经高度概括而得出的结论，以使自身在表面上显出一种莫测高深的思辨气派。这种做法可谓"以同裨同""同则不继"，有可能促使中国当代文论进一步理论化、概念化，进一步朝着片面的认识论、观念论的路向发展，进一步失去实践性。相比之下，那些与文学创作、批评等实践活动发生了密切联系，因而呈现出很强的经验性、实证性、应用性以至实践性的文论，特别是这些文论得出自己结论的具体而微的操作方法，对于中国当代文论的建设应该更具裨益。比如，英、美"新批评"派文论及其采用的"细读法",尽管这派文论把文学看成是一种封闭的、独立的存在物,而使之与社会生活割裂开来,不承认文学的实践性,属于形式主义的文论,但是从另一方面来看,它注重于对个别的、具体的文本形式中所凝聚的文学活动进行深入细致的分析、探究,作为一种方法在文学的教学、批评、创作等实践领域发挥了不可替代的实际作用,因而具有强烈的实践性。也就是说,英、美"新批评"派文论在观念认识论上不是实践性的,但在方法论上却是实践性的。而中国当代文论虽然在观念认识论上满载着实践性,却在方法论上匮乏实践性。因此英、美"新批评"之类的文论与中国当代文论是"和而不同"的,其经验与做法理应得到中国当代文论更多的借鉴、吸取。

观念的引进完全是一种主体的主动的行为,可以在很大程度上不依赖于对方而达成,因为只要对方展示出自己的观念,而我方有意愿、有需求予以引进,这种行为便可以展开。同观念的引进一样,观念的输出也是一种主体的主动的行为,但不同的是,它又在很大程度上取决于对方的意愿与需求,单凭己方的意愿与需求,无论如何这种行为都不能达成。交流与对话是一种主体与主体之间的行为,是"倾听"而不是"表白"构成了这种行为的基础。正如我方引进对方的观念是在"倾听"对方的声音,这种"倾听"基建了对方观念的输出,我方观念的输出也必须建基于对方作为主体对我方声音的"倾听"。从这个方面来看,观念的输出又是一种客体的被动的行为。正是这种被动性,造成了中国文学理论在全球化时代的一种紧迫与焦虑:"在当今世界文论中,完全没有我们中国的声音。20世纪是文评理论风起云涌的时代,各种主张和主义,争妍斗艳,却没有一种是中国的。"[①] 中国当代文学理论需要在世界上发出自己的声音,也需要世界听到自己的

[①] 黄维梁:《〈文心雕龙〉"六观"说和文学作品的评析——兼谈龙学未来的两个方向》,《中外文化与文论》1996年第1期,第77~78页。

声音,并为此进行了许多尝试,付出了极大努力。这些尝试与努力主要表现在两个方面:一是对自身话语特色的寻找,二是按照对方的话语方式来说话。当然,这两个方面的尝试与努力都不能说是完全错误的,也不能说是没有必要的,但如果它们没有一个立足之本,反而可能会使观念的输出进一步成为客体的被动的行为,很有些摇尾乞怜的味道。任何事物都具有自己的特色,这种特色不是人为的、外求的,而是事物的品质自然而然的呈现,有什么样的品质就会呈现出什么样的特色。所以说,中国当代文论不是没有自身的话语特色,也不是话语特色会为中国当代文论赢得世界性的影响和地位;中国当代文论要赢得世界性的荣誉和地位,关键在于建立自身什么样的话语品质。按照对方的话语方式来说话或许可以让对方听到、听懂自己的声音,但还不足以引发对方倾听自己的声音,因为只有当对方在听到、听懂自己的声音之后,感知到其中包含着对自身有益的优良品质,才会自发地产生倾听的意愿和需求。由此可见,建立与提升自身的品质,才是中国当代文论输出观念以参与国际性对话、交流的立足之本。这种品质应该是一种实践性的品质,也就是说,中国当代文论不能只是一种观念、认识,必须投身于它所从属的文学批评、创作等实践活动中,并发挥出自身的正能量,对文学实践活动形成一定的影响而展示出自身实际的价值。这样一种对自身实际价值的展示不是别的,就是观念的输出,而且是一种主体的主动的行为。

后 记

《通往实践的中国文学理论建构》几经研讨、碰撞、写作、修改，历时一年多，现在终于交付出版了。

这是一部对中国特色文学理论进行建构的书，构思这部书的初衷，是中国文学理论经过一个多世纪的现代性转型，从大处说，发生了两次断裂及随断裂而来的两次转向，这两次断裂一是20世纪初的与古代传统的断裂及随之而来的转向西方，二是20世纪80年代随着粉碎"四人帮"而来的与政治一体化的现代传统的断裂，随之而来的仍然是转向西方——尽管第二次断裂不是批判性的而只是文学理论试图向内转而确认一个自己的领域，但两次断裂均指向传统又把断裂的补救均指向西方。这本身就说明一个问题，即传统问题与西方问题在中国文学理论建构中的严重性与复杂性。这两次断裂带来的理论影响不仅是学科领域性的，更是理论思维与理论实践性的。这是因为断裂了传统的理论只能是无根的理论，转向西方是断裂的不得已的缝接，更是理论无根的证明。而从小处说，一百多年来，一波接一波的民族危机冲击、政治事件冲击、理论思潮冲击，以及文学理论自我调整的转化性冲击，使中国文学理论成为亟待在反思与进一步的实践中梳理的学科领域。而当下，中国特色建设发出了时代的召唤，理论激情在理论研究者心里强烈地燃烧，化作文学理论建构万舸争流的局面。本书孕育于这样的历史与时代的过程中，也成书于这样的过程中。

为使理论建构的交流对话由混乱性进入合理性与合法性，哈贝马

后 记

斯提出一个公共领域的概念,认为在公共领域平台上,大家抱着学术交流的目的各抒己见,又都有一个通过交流而不同程度地取得理论共识的愿望与努力。这已成为一个重要的理论建构态势,本书的成书过程,正是这样一番交流对话的过程。交流围绕文学理论的相关重要范畴展开,进而求解进入这一视域的重要性问题。因此,这部书的一个重要意义就是对文学理论实践性的交流对话式建构进行了演示,也因此把通过交流对话才能打开的问题域进行了敞开。

本书是辽宁大学文学院统一组稿并资助出版的"汉语言文学中国特色研究丛书——实践论文学理论建构"之一,全书分十二章,其中第一、二、三章为高楠撰写,第四、五、六、十、十二章为徐可超撰写,第七章为徐大威(辽宁师范大学)撰写,第八章为徐迎新撰写,第九章为尹传兰(浙江越秀外国语学院)撰写,第十一章为张立军撰写,高楠做了全书的统稿工作。

高　楠

2018 年 6 月 30 日

图书在版编目(CIP)数据

通往实践的中国文学理论建构/高楠等著. -- 北京：社会科学文献出版社，2018.11
（汉语言文学中国特色研究丛书）
ISBN 978-7-5201-3737-9

Ⅰ.①通… Ⅱ.①高… Ⅲ.①文学理论-研究-中国 Ⅳ.①I206

中国版本图书馆 CIP 数据核字（2018）第 240370 号

汉语言文学中国特色研究丛书
通往实践的中国文学理论建构

著　　者／高　楠　徐可超　等

出 版 人／谢寿光
项目统筹／高　雁
责任编辑／高　雁　黄　利

出　　版／社会科学文献出版社（010）59367226
　　　　　地址：北京市北三环中路甲29号院华龙大厦　邮编：100029
　　　　　网址：www.ssap.com.cn
发　　行／市场营销中心（010）59367081　59367018
印　　装／三河市尚艺印装有限公司

规　　格／开　本：787mm×1092mm　1/16
　　　　　印　张：22　字　数：304 千字
版　　次／2018 年 11 月第 1 版　2018 年 11 月第 1 次印刷
书　　号／ISBN 978-7-5201-3737-9
定　　价／85.00 元

本书如有印装质量问题，请与读者服务中心（010-59367028）联系

版权所有 翻印必究